U0008685

LOCUS

LOCUS

LOCUS

LOCUS

RECREATION

R93
血色嘉年華2：綁匪密令
The Carnivia Trilogy 2: The Abduction

作者：強納生．霍特（Jonathan Holt）
譯者：柯清心
責任編輯：翁淑靜 封面設計：江宜蔚
內頁排版：洪素貞 校對：陳錦輝
出版者：大塊文化出版股份有限公司
台北市10550南京東路四段25號11樓
www.locuspublishing.com

讀者服務專線：0800-006689
TEL：(02)87123898 FAX：(02)87123897
郵撥帳號：18955675 戶名：大塊文化出版股份有限公司
法律顧問：董安丹律師、顧慕堯律師

總經銷：大和書報圖書股份有限公司
地址：新北市新莊區五工五路2號
TEL：(02) 89902588　FAX：(02) 22901658
製版：瑞豐實業股份有限公司
初版一刷：2018年11月

定價：新台幣450元
Printed in Taiwan

血色嘉年華. 2 : 綁匪密令 / 強納生.霍特(Jonathan Holt)著 ; 柯清心譯. -- 初版. -- 臺北市 : 大塊文化, 2018.11
面 ; 公分. -- (R ; 93)
譯自 : The carnivia trilogy. 2 : the abduction
ISBN 978-986-213-926-4(平裝)

873.57　　107016428

血色嘉年華

2 綁匪密令

強納生・霍特——著
Jonathan Holt
柯清心——譯

THE CARNIVIA TRILOGY 2
THE ABDUCTION

【導讀】以多元的視角書寫罪惡的真貌

◎余佳璋（國際記者聯盟［IFJ］執委會委員）

窺探、持續重複窺探，以及每次窺探均有新的內容，似乎構築了此系列第二部曲的篇章主調，引導讀者隨之進入每個角色所親臨的情境。無論從網路世界看穿真實現象、從現實生活中查探到虛假，從犯案者以直播方式將綁架事件公諸於世，迫使窺探影像的網路使用者，驚訝之餘更添好奇，甚至本書後段另一起扣人心弦的事件，在無人飛機監控之中，讓事情發展急轉直下，讀者猶如歷經無數次的網路頁面更新，看到變化萬千，目不暇給。

作者大膽安排一名身分特殊的美軍軍官做開端，儘管家教嚴格，但他乖巧的女兒卻透過危險的網路活動，闖入是非之地，遭到激進份子綁架，甚至透過直播「刑求」少女的極端手法，引發議論，也讓美國與義大利政府，設法營救軍官女兒做為故事主軸。然而，這卻非單純的刑案，或者恐怖行為，作者有意探討美軍對待關塔那摩遭監禁者的種種行為，算不算達到美國憲法與法律引用聖經「震撼良知」（shock the conscience）的標準？或者只是合乎規範的審訊技巧？內容鋪陳彷彿反映當前世界中，各種不同意識主張、或者反抗份子的行徑，以及有權力者的處置，在正義與違法之間的模糊地帶，該如何看待，希望引起反思。

本系列在宗教神聖與神祕的氛圍下，讓諸多傳說中的組織，如麥基洗德修會、條頓騎士團、聖墓團騎士等，穿插於故事之中，這些出現在鄉野傳聞、電影及小說文學中，難以認識卻又不斷傳頌的話題，在作者的筆下，不僅相當活躍，還與時俱進地數位現代化。這些組織凝聚緊密程度強且有特殊門檻，做為擁護教廷的外圍團體，不僅享有接近「聖壇」的特權獨尊，還能打入世俗間各國政府與各大財團企業權力核心，介入政治爭奪甚至左右局勢，既超越任何法律、遊戲規則，又獨特自成一格。但這些組織是否真的存在於這個世界中，又能不被發現？作者巧妙的塑造出猶如網路遊戲裡，擁有魔幻般神祕力量且不可質疑的角色，增添閱讀豐富度。

同樣具戲劇性的，還有追查案件的美軍女軍官及義大利憲警，在追蹤與反追蹤的過程，遇到層層關卡，靠著腦力智慧、過人判斷與敏銳反應，構築出英雄神探般的精采行動，但在揭發真相卻即將殞命、束手無策之際，讀者驚呼完蛋的情況下，最終出現天外有天的情節安排，似乎是作者巧妙布局，也是真實世界極有可能發生的場面。

作者將真實世界發生的美國「稜鏡計畫」（PRISM），亦即被史諾登（Edward Snowden）向《衛報》與《華盛頓郵報》吹哨揭發的事件，借用本集情節中，某種程度試圖反映當前人類生活型態的縮影與問題。因為每個人在虛擬世界中的活動軌跡、意圖、想法，與實際發生的結果，都會留下足跡。因此，誰能監控不顯露於外的那個世界；隱藏或處理各種不可告人的政治陰謀，甚至大國戰略算計……這些手段，在科技時代中，將占據有利制高點，以及用之於與敵人較量。然而這種計畫或者工具，在當前與未來的數位世代不僅不會消失，也不可逆，只有更進化。

筆者不禁想起幾年前參加英國《衛報》與國際媒體界在倫敦總部的一場小型座談，曾獨家採訪史諾登的某位資深特派員，現身說法一段詭異的經歷。他於祕密採訪結束後離開，打開筆電，叫出撰寫中的文稿，居然是上下顛倒，左右對調出現於螢幕，令在場聽聞者無不嘖嘖稱奇。

欲使戰爭符合公義，須有三要件。首先，擁有主權。其次，師出有名。其三，出於正義。

——多瑪斯．阿奎納（Thomas Aquinas），《神學大全》（Summa Theologiae）

序曲

今晚是俱樂部今年活動最盛大的時刻，但是到處都見不著活動的廣告。人們大多熱烈討論足球比賽或搖滾音樂節，仍然陶醉在去年的盛況裡。除了在一些毫不起眼的網路告示板和特殊興趣網站之外，任何地方都沒有廣告。雖然這裡的活動與威尼斯一年一度的嘉年華慶典的精神及時間點息息相關，但並未列入官方行程裡。許多出席者專程飛到威尼斯，對他們而言，這一晚與官方的慶典無異。

午夜時分，俱樂部六百平方公尺的舞池——更重要的是，舞池後方那些燈光幽微的房間——還幾乎空無一人。但十二點半不到，等著排隊進場，使用店家貼心提供的儲物櫃人龍，幾乎已排到停車場了。穿燕尾服、打蝴蝶結領帶的安檢人員，正拿著持票者的名單詳加檢視。凌晨一點，主舞池已擠滿人了。

任何不熟悉這類活動的人，會覺得場面看起來挺不協調的。所有出席者全戴了嘉年華面具，從經典的素白瓦爾托面具（Volto）搭船形帽，到更華麗的仿太陽光芒面具、中世紀黑死病醫生戴的鳥嘴面具，或十八世紀情婦飾滿珠寶的面具……樣式不一而足。所有人的嘉年華穿戴幾乎都僅及肩膀，自胸部以下的穿著則較為平常；俱樂部嚴格規定，男士須穿著帥氣的長褲與昂貴寬鬆的襯衫，女士須穿著短裙與上衣。

如此規定的原因，到兩點鐘便顯而易見了。賓客開始一一褪去衣衫，戴著面具的女生裸著上身熱舞。男生則保留得較多——至少撐到等他們加入人群，進出包廂時。舞廳後方有更多吧台，客人可先與其他愛侶聊聊天，再做選擇。但大部分人都直接鑽入娛樂室裡，那裡的幽暗燈光各具顏色，表示房內所含的特定娛樂項目。有些房內人體糾纏翻騰，但大家依然緊戴假面。其他房間則因面具有礙尋歡，而被棄置一旁。

每個娛樂室都貼心地擺了一疊疊毛巾和一盤盤各種風味的保險套與薄荷糖。俱樂部在網站上保證，這裡會提供最佳衛生環境，以及歐洲最棒的音樂、燈光與氣氛。

一名戴著金色哥倫比亞羽毛面具的纖瘦女孩，在其中一間娛樂室門口駐足。裡面十幾對男女正在翻雲覆雨，整個場景的照明僅有忽明忽滅的閃光器。女孩的明眸在羽毛面具後方瞪得老大，將一切收入眼底。

有個聲音逗趣地在她耳邊說：「我們要不要加入？」

女孩頭都不回地說：「要的話你自己去，我只打算看。」

男人伸手去拉她的T恤，「那麼至少把這個給脫了。」

「不要。」她按住他的手阻擋，說：「你想找樂子就自己去玩，但別找我，我們說好的，記得嗎？」

女孩頭也不回地走到下一個房間。檸檬色的燈光下，兩名女子跪在一小圈戴面具的男性中間。女孩觀看片刻，然後繼續前行。

另一個房間則全黑，門邊紙條上寫著「請入內者脫去衣物，善用自己的觸覺」。她有些懊悔地轉身，在一個小吧台邊停下來，看一名長腿金髮辣妹躺在矮桌上，桌子兩邊各杵了一名男子，幾對男女環立四周，端著酒飲觀看。

「嘿，美女。」一名身材魁梧，在這種季節皮膚卻曬得黝黑的男子，用帶著喉音的英語對她說：「我老婆覺得你很辣。」

她很快地搖頭歉然一笑，折回舞池。舞池一端的台子上有兩名專業舞者。這對不停舞動的男女，身體閃著塗油與汗光。男舞者的胸膛瘦若搖滾明星，卻肌肉精實。女孩看了舞者一會兒，模仿他的動作，縱情於鼓動的節奏裡。

「嗨。」一名年紀長她幾歲，戴面具的女人在樂聲中對她微笑招呼。「玩得開心嗎？」

「開心極了。」

女人靠過來。「要不要來點什麼？搖頭丸、古柯鹼、廉價香菸……」

「呃……也許來點菸吧。」

「去跟他談。」女人指著一名站得略有距離的年輕男子，男子頂著驚人的金色雷鬼頭，戴著三臉面具（Trifaccia）。「不管你需要什麼，他都有。」

戴羽毛哥倫比亞面具的女孩點頭示謝，朝金色雷鬼頭男子走過去。「嗨。」她輕鬆地說。

男子火速張望一下，推開逃生門，示意要她到外頭。女孩來到戶外，被冷冽的霧氣撲到發抖。「聽說……」她才開口，但話音未吐，便被人用強壯的手臂從背後扣住，女子臉上的嘉年華面具被摘掉，代之以沉厚的頭罩。接著有更多隻手緊抓住她的小腿，兩人小組像把櫥窗模特兒搬到另一扇櫥窗似地，不費吹灰之力地將她抬起。女孩感覺自己被抬向前，然後放到硬地上，攻擊她的人跟著爬進來，地面隨之一沉，他們火速以塑膠繩之類的東西綑綁她的手腳。*我是在廂型車裡*，女孩想，*他們把我放進廂型車裡了*，*他們一定是警察*。片刻後，女孩意識到義大利警察絕不會這樣蓋她頭罩，便遲疑地喊問：「是爸爸嗎？」這時，有人拿一條厚實的膠帶隔著頭罩纏住她的嘴部，連她遲來的驚叫聲都掩去了。恐懼與驚惶在她四肢中流竄，女孩雖然瘋狂掙扎，卻像條掉在陸地上的魚，被綑得無法掙脫。

她聽到車門被重重關上，感覺車子開動，這一切過程不到三十秒鐘。

有隻手按住她，一名男子的聲音在她耳邊低聲說了幾個義大利文單字，然後轉為口音濃重的英語。

「乖乖別動，米雅。我保證你不會有事。」

他知道我的名字，女孩心想，這比目前發生的一切更讓她害怕。她感覺腸胃揪緊了又放鬆，女孩雖極力忍抑，卻控制不了自己的膀胱。接著一股甜液濡溼她鼻周的頭罩，黑暗撲天而來。

第一天

1

威尼斯國家卡賓槍騎兵憲警隊（以下簡稱憲警隊）的阿爾多．皮歐拉上校猛然驚醒，一時間想不起自己身在何處。漆黑中有個白色螢幕閃著光，小音箱裡流洩著一首流行歌。他認出那是九歲大的兒子最近在聽的美國女歌手粉紅佳人（Pink）的曲子。皮歐拉十分火大，一定是克勞帝歐故意竄改他的鈴聲。或者，皮歐拉心想，孩子很有可能希望藉此博得忙於工作的父親注意，一時間突來的溫情與罪惡感，取代了惱怒。

沙發旁邊沒有光源，皮歐拉只能憑感覺接電話。「什麼事？」

「上校，我是瑟托，抱歉在這種時候吵醒你。」

皮歐拉根本不知此時是何時，不過事態若嚴重到這位准將非打電話不可，時間也就無所謂了。皮歐拉僅答道：「沒關係。」

「上面要我們調查一件維琴察的案子。有人在美軍施工的基地發現一些遺骸。」

皮歐拉發現將軍用的是「遺骸」，而不是「屍體」。「是誰發現的？」

「當地一名參加抗議活動的男孩。會在這種時間打電話找你，是因為那邊沒有你這種位階的人。塞堤去受訓了，朗巴多又被派到別處。」瑟托將軍猶豫道：「感覺應該找位資深軍官過去，以彰顯我們的重視。」

哎呀！搞半天是政治因素。如果案子涉及美軍，那就不奇怪了。「說到重視，你大概知道，現在有些行政工作，占去我不少時間。」皮歐拉走到門口，邊說邊開燈，兒子扔在沙發上的棉被和一只立在沙發扶手上、岌岌可危的鬧鐘躍入眼簾。此刻是凌晨四點三十二分。皮歐拉伸手取長褲，手機仍夾在肩耳之間。

「我知道，阿爾多，所以我才會想到你，本案需要迅捷、專業、經驗老道的好手來調查，應該不會花太多時間，而且讓老美到政風處幫你說句好話也不錯。」

「我明白了，謝謝你。」皮歐拉從打開的門口瞥見走廊對面有動靜，一襲睡袍竄入門框後，是妻子吉兒黛想偷聽。「長官。」皮歐拉補一句，強調是工作上的電話。睡袍消失了。

「謝謝，車子去接你了，保持聯繫，好嗎？」

皮歐拉掛掉電話時，他妻子已關門回床了。皮歐拉輕聲敲門，隔著木板說：「我得出門了。今晚見，可以嗎？」

對方沒回答。

✣ ✣ ✣

皮歐拉不想再驚動家人，便到街上等車，但願這次司機有點大腦，不會啟動警笛。今晚的大霧特濃，這個時節，霧氣幾乎夜夜籠罩威尼斯及周邊的威尼托大區。大霧於前一天從海洋飄入威尼斯，漫向運河及小河道；泛過人行道和門檻，來到迴廊與院落中。從下午四點左右，黃昏降臨時，淡淡的空氣便逐漸轉成模糊詭異的霧氣，朦朧了教堂的鐘聲，使街燈暈散成蒲公英球般的光環。霧氣帶來了潟湖及亞得里亞海的鹹味與刺寒，皮歐拉將夾克拉鍊拉到頂。他辦案時通常穿便服，但因本案涉及美軍，皮歐拉挑了憲警上班時的制服：黑色打褶褲、擦亮的黑皮鞋和深藍色防風夾克。防風夾克翻領上的三塔城堡憲警紋章上方，加了三顆銀星。老美雖然不會被他的位階震懾，但提醒對方憲警也是軍事單位並無妨。皮歐拉把上校的帽子夾到腋下，提醒自己到時別忘了拿，因為他經常忘記。

皮歐拉運氣不錯，車子只閃著藍燈，未開警笛，司機艾多米奧甚至還貼心地帶了咖啡。皮歐拉小口將紙杯裡的咖啡送入喉中，開心地發現咖啡裡加了不少格拉巴酒。

「那邊目前有誰？」皮歐拉在途中問道。

「有多托雷．哈帕迪，長官，他會隨叫隨到。還有幾位憲警，應該是本地人。」

「知道任何消息嗎？」

艾多米奧聳聳肩。「不多。聽說有副骸骨，不過是抗議人士在工地裡發現的，所以……」

皮歐拉點頭表示明白了。新的美軍基地建於廢棄的達莫林機場，離美軍現在駐紮的埃德里基地僅幾公里，是義大利北部最大型的建設計畫之一，僅有威尼斯潟湖防洪工程可與之匹敵。兩項工程都具爭議性，但達莫林的案子很快衍生出更多的含意。

許多本地人對美軍在他們的城市裡興建各種設施——從地下的飛彈發射井到汽車組裝廠——早已感到難安。美國人總有辦法繞過一般的規劃程序，也令大家十分惱怒。美國人的出現，早在二戰時的祕密協議中便獲得允許了。二〇〇七年，十五萬人在維琴察的市中心——一處聯合國教科文組織公告的世界遺產——以手相繫，象徵地環城圈出一道人牆，以示保護此城。有關新基地要舉行公民投票的提議，竟在最後一分鐘被法院莫名其妙地取消了；維琴察居民不屈不撓地誓言繼續對抗，甚至在建築工地旁設立永久性的「和平基地」。然而此舉對工程似乎毫無影響，據當地報紙指出，工程將以破天荒的速度盡快完工。但皮歐拉相信，憲警的調查對雙方都是件大事。

如果只是一副骨骸——難怪瑟托說那是「殘骸」了——很有可能是古時的遺物，如此便無須做調查了。威尼托地區施工時經常挖出這類骸骨，因為該地區在羅馬帝國之前，人口便已十分稠密。不過皮歐拉也知道，埋在威尼托溼土裡的屍體，數個月內便會僅存骨骸；而黑手黨長久以來，便很喜歡利用建築工地，掩埋受害者。不過他最好還是先別亂假設。

✣ ✣ ✣

車子開了約四十分鐘，他們從維琴察西邊出口，離開荒涼的A4公路，然後直奔太陽大道。

他們來到內陸時，霧氣已稍變淡，因此接近時，皮歐拉已能看出舊機場的模樣。周邊幾乎全圍了木板，讓人忍不住想在上頭張貼海報或塗鴉。詆毀美國人的各種標語——「Vicenza Libera! 解放維琴察！」「No Dal Molin! 拒絕達莫林！」「Fuori Dalle Balle! 滾回家！」——有部分被一些橫幅海報遮掉了，海報上是穿著黑西裝，面帶微笑的男人。當地議會快要選舉了，這些全是候選人皮笑肉不笑的臉孔。不過從出入的大門和鐵絲網，還是能瞥見裡頭的情形。鋸齒狀的泥漿如凍結的海浪，證實了這裡是建築工地；還有像童話裡的豆莖似的，竄入濃霧裡的起重機。不過最引人側目的，還是嘶嘶作響，飄入夜空的巨大螺旋狀彩煙——綠、白與紅色——將濃霧化成了一幅閃閃發亮的巨幅義大利國旗。

艾多米奧指著遠處的藍色閃光說：「聽說是抗議人士放的照明彈。我們的人應該在那裡。」

果然，他們從標著「G門」的木板縫中，看到兩輛停放的憲警警車，其中一輛的警示燈還在閃動。一名穿制服的一等兵見到皮歐拉下車，立即行舉手禮，但快步迎上來的，卻是穿灰綠色迷彩服的美軍，此人用還算通順的義大利文跟皮歐拉打招呼。

「是皮歐拉上校嗎？我是美軍憲兵隊的鮑諾中士，我會送您過去現場，麻煩您把這個穿上。」他將螢光色的夾克、一頂防撞頭盔和附帶鍊子的訪客通行證遞給皮歐拉。皮歐拉二話不說悉數穿戴，接著跟著中士坐上候在一旁的吉普車。

車子在顛簸的路面上行駛時，中士再度發話。「我們什麼都沒移動或破壞，你們的檢驗組差不多一個小時前就到了。」

「遺骸是什麼時候發現的？」

「兩點半左右。我們有個安全入口，示威人士剪斷那裡的掛鎖，硬把門打開。門上裝了警報器，我們的監視器也有夜視功能，所以我們對他們有萬全準備。他們放了你看到的照明彈，畫了些塗鴉，然後分散開來。其中兩個最令我頭痛，他們把自己綁在起重機上，我們只好派滑降員去解開他們。我的手下去追另一個跑到319D的人——那是工地最大的怪手。等我的手下追上去時，這位老兄正在打電話報警，說他在怪手的挖斗裡看到一副骨骸。我的手下查看後，發現他說得沒錯，至少確實有副遺骸。」

皮歐拉發現中士意有別指，「你不相信他的其他說詞？」

「長官，我不想影響您的調查。但我們可從錄影上看到，那人闖進來時扛了個大手提袋，骨骸有可能是他自己帶進來扔到挖斗裡再報警的，希望藉此延宕工程。」鮑諾看向皮歐拉。「我無意冒犯，上校，但義大利的官僚體系是出了名的龜速，這不是反對者第一次想以公文往返來絆住我們了，所以我們才非得找憲警來主持調查，而非國警。你們才懂得我們是照軍方時程在辦事的。」

皮歐拉故意不直接回應。「抗議者以前闖進來過嗎？」

「沒有。這是基地改造後第一次闖進來。」

「改造？」皮歐拉重複問。

鮑諾聳聳肩。「負責工程的集團就是這樣稱呼的，你自會明白，這跟典型的建築計畫不同。」

事實上，皮歐拉視線所及看到的景物非常有限。團團霧氣遮去了行駛中的吉普車燈光，皮歐拉覺得在飄盪的霧氣間隔中，瞄到左邊有幾架重型推土機，但形狀相當模糊。又過了至少一分鐘，吉普車才開到機具旁邊。

皮歐拉跟著鮑諾中士走向機具。為了保護鞋子，皮歐拉小心翼翼地踩過泥地。他知道自己剛才為何會抓不準距離了，因為機具超大——至少是一般的兩倍大，光輪胎就有一個人高。機具離他最近的門上，被噴了塗鴉——圓圈裡面有個A，類似無政府的象徵，但A的兩隻腳下，各有一個更小的D和M。塗鴉是最近才噴上去的，黑色未乾的漆液在潮溼的空氣裡依然滴淌著。

怪手如此巨大，皮歐拉必須攀上靠在機具旁的梯子，才能看到挖斗的內部。皮歐拉從邊緣望過去，看到兩名全身素白的人蹲在一堆瓦礫裡，拎著手提弧光燈檢視一些骨頭。皮歐拉看到一顆年久發黃的頭骨，頭骨下是胸腔，脫落在旁的一條腿上仍連著腳掌。

「早安，哈帕迪。」皮歐拉跟兩人打招呼，其中一人抬起頭。

「唉呀，是上校，我正在想，我們吃早餐前應該能看到你。」哈帕迪悶聲在面罩後說。

皮歐拉說：「我不太確定自己在這裡幹嘛，本地人員應該會更清楚吧。有什麼能告訴我的？」

檢驗員拉下面罩站起來，伸展僵硬的背部。「從骨盆大小來看，是個男的，DNA會確認這點——我們得使用粒線體了，沒有足夠的東西能做傳統化驗。」

皮歐拉雖然幾乎聽不懂這些技術細節，但還是點點頭。「知道死亡的年代嗎？」

彼此都知道這是關鍵問題，哈帕迪回答時，語氣極為謹慎。「應該不是中世紀前；但也不算新鮮，因為褪色褪得很均勻。我們有找到幾段纖維，可能來自卡其布的夾克，或許有幫助。而且死者左手腕有變形，可能在接種疫苗前患過小兒麻痺導致左手明顯萎縮。老實說，判定骨骸的年代是相當專業的工作，我得找個比我更熟悉這種化驗的人來。」

「知道這玩意兒是如何跑到這裡來的嗎？」

「看來是被人扔到地上的；顯然是放在土上，而非埋在土裡。我想大腿骨與骨盆會分開，是撞擊力造成的。」

「所以骨頭可能是幾小時前才扔過來的？」

「有可能，我知道美軍有這種假設。」皮歐拉發現法醫的語氣格外謹慎，「不過你們應該能夠輕易地證實或反駁這點。」

「怎麼說？」

哈帕迪再次蹲下來。「看到這邊泥土是怎麼填入盆骨腔裡的嗎？如果骨頭是被抬來的，有些土便會沿途掉渣，留下痕跡，上校，就像童話糖果屋裡的餅屑一樣。」

「謝謝你，這點很有用。」

皮歐拉正要爬下梯子，哈帕迪又說：「你剛才沒問死因。」

皮歐拉停下來。「那是因為我以為你無法告訴我。」

「通常也許沒辦法，但像這種就不難了。」法醫用戴著白手套的雙手捧起頭骨，將它轉過來，讓皮歐拉看到骨骸左耳後有一個切口整齊的圓洞。「我就是因為這個，才知道它不是中世紀的遺骸。上校，因為子彈發明前，不會出現這種傷孔。」

2

米雅悠悠轉醒，但記憶如潮水般湧來，想起發生的事時，那昏沉的感覺便消失了。她這樣忽睡忽醒已有一陣子了。睡著是因為綁匪為她注射藥物；醒來時昏鈍的腦中便一片驚慌，然後又陷入昏睡裡。她不知道這種狀態究竟有多久了。

米雅隱約記得車身晃動，感覺車子從平坦的快速道路，駛入顛簸的郊道。由於她的身體滾來滾去，猜想他們一定是上山了，最後他們好像開進一條農地小路，慢慢顛過一個個的坑洞。

她又睡著了，只在廂型車終於停下時醒來。車門發出巨響，冷風灌到她腳邊。一名男子說著話，他的義大利方言說得又快，口音又濃重，她無法聽懂。

在她頭邊的另一名男子答話——這段時間，他一定都陪著她待在車廂中。有人抬起她，兩個男的將她推出車外，一起抬著。兩人低聲交談：「慢慢來」、「注意門」，彷彿只是在搬運家具或地毯。接著她被搬到一個感覺很小而有回音的地方。男人的靴子擦在粗糙的地面。她被放到床墊上了。

腕上傳來的刺痛，再次引她心慌，但睡眠再度令她平靜下來。

米雅醒時，發現頭罩被換成護目鏡了，像滑雪用的大護目鏡，但鏡片都被塗黑了。她試了一下手，被銬住了，膽汁溢到她的嘴裡。

「看來你醒了，公主。」有人用口音很重的英文說。

有隻手握住她的手腕，但動作並不粗暴，只是扣在那裡。那輕如愛撫的碰觸令她身子一縮，但對方只是在量她的脈搏。

「好了，」同一個聲音終於說：「Cominciamo.」她不太會說義大利語，但她懂那個字，身體因恐懼而發僵。

咱們開始。

3

皮歐拉爬下梯子時，聽到有人大聲說話，他扭頭望著肩後，看到弧光燈下站了四個人。一位是年輕的憲警中尉，皮歐拉並不認識。中尉兩旁各站著鮑諾中士和一名粗胖的壯漢——壯漢穿著繃緊的西裝，上面套了件極不搭的豔色夾克和一頂小了好幾號的防撞頭盔。第四位是女的。

「……所以我必須在現場檢驗殘骸，」女子咄咄逼人地說。「移動骸骨有明確的程序規定，最重要的是：除非經過詳細檢查，畫定位置，否則什麼都不許移走。」

「呃，骨頭現在在義大利警方手上了。」胖男人說。

「或者應說是憲警隊。」皮歐拉加入他們的談話。「早安，我是皮歐拉上校。」

胖男踏向前，伸出肉嘟嘟的手，用自己的身體有效地遮住女子。「我是瑟吉歐．賽格斯，改建計畫的主管。」此人的義大利語雖然流利，但皮歐拉從他的鼻音中聽出，此人更習於說英語。「找到你們需要的東西了嗎？我們希望能盡一切力量，快速地為你們解決問題。」

「謝謝你。」皮歐拉繞過賽格斯的肩頭，看著後邊的女人，女人現在似乎怒氣更盛了。「請問你是？」

「法醫考古學家，艾沙．亞丹莎博士。」皮歐拉發現她沒有在博士頭銜的字尾加上一般女性會用的-a。皮歐拉聽說有些女性主義者，開始避用「Dottoressa」這個傳統上用來稱呼取得大學學位的女性，甚至是醫師妻子的字。她補上一句：「我應該是這項工程計畫的一份子。」

「只有在準備階段才是。結果發現，其實根本不需要你參與。」賽格斯插嘴。

亞丹莎博士逕自對皮歐拉說：「讓我的團隊進來，是這邊能動工的條件之一，由於對方不合作，我們所獲有限並不令人訝異。」

皮歐拉好奇地問：「你認為可能會有收獲嗎？我都不知道這地方有那麼重要。」

「上校，考古學不僅含蓋古代歷史。這片機場二戰時期曾為德、義空軍所用，任何與二戰相關的東西，史學家都會很感興趣。」

「那麼你究竟想做什麼，博士？」

「我想檢查殘骸，篩檢骸骨發現地點周邊一立方公尺的泥土。」她隨即又說：「如果有任何證據證實骨骸來自另一個地區，我也會在那個地點做同樣的檢驗。」

「應該不會有……」賽格斯才開口，便被皮歐拉打斷。

「博士，你去跟法醫哈帕迪談談吧。他說過想找這方面的專家，他若無異議，我也沒意見。」

「謝謝你，我會去準備。」她轉身鑽入濃霧裡。

賽格斯清清喉嚨，不過從粗脖子裡發出的聲音，聽起來更像低吼。「上校，這不會影響工程吧，會嗎？」

「你是指哪方面？」皮歐拉問。

賽格斯抬起手肘，看看綁在肥腕上的手錶。「再七十五分鐘整，我們下一班員工就會到工地了，我只想確定不會有事妨礙他們正常工作。」講到「妨礙」二字時，他的語氣充滿不屑。

皮歐拉心想，憲警任何超過幾分鐘的調查，在賽格斯看來都算礙事。他客氣地說：「我想有必要請他們暫時先別動工。等我比較清楚狀況後，會讓你知道多快能復工。」

賽格斯惱怒地搖頭，說：「上校，我先解釋一下我們這裡的情形。本工程計畫包含在一百三十畝的土地上，蓋四百多棟建物，即使西區這邊才開始打地基，東區的建築結構就得陸續完成了。我的工人每停工一天，就要浪費五十萬美元的管理費和罰款——這點連義大利政府也受不了，他們是本計畫的共同出資人，最高層會固定收到最新報告。停工絕對不是一種選項。」

此人的語氣突然令皮歐拉十分不悅，但他盡量不表聲色。「我們會盡快。」

「盡快是他媽的什麼意思？一個小時？一個上午？還是一天？」賽格斯一邊逼問，一邊像拔刀子威脅似地掏出手機。

「現在說還太早，我希望你和所有手下在停工時淨空這片區域。無論誰把骨骸丟在挖斗裡，都有可能在地上留下證據，而我們卻在上頭踏來踏去。」

賽格斯撥打手機，踩著重重的步伐離去。皮歐拉轉向那位至今什麼都沒說的憲警，問：「你叫什麼名字，中尉？」

「帕尼庫奇，長官。」

「你知道如何設立調查範圍嗎，帕尼庫奇？」

「知道，長官。」

「那就麻煩你了，每個方向各拉一百公尺的封鎖線，只留一個出入口。前後都要派憲警守衛，每位獲准進出的訪客，出入都得登記，且一定得穿上防護衣。不管那些殘骸是否為近期的，反正不會自己爬進挖斗裡。現在……」他回頭看著鮑諾，「我想跟打電話報警的抗議人士談一談。」

✣ ✣ ✣

工地守衛室跟皮歐拉曾經去過的所有守衛室一樣熱，且飄著微波食物的味道。不過拘留抗議者的會客室，設備則相當齊全。有桌子和固定在地板上的椅子，窗戶加了結實的鐵條，還有一架加了保護欄的閉路攝影機。美國憲兵做事顯然非常到位。

皮歐拉指示：「把他的袋子，還有他帶來的所有物品拿給我。」

美國守衛猶豫了一下，才照皮歐拉的意思，留下皮歐拉和抗議者。

「是魯卡．馬契辛嗎？」坐在桌子對面，留著凌亂山羊鬍的年輕人點點頭。「我得看一下你的證件。」

皮歐拉把證件資料抄到筆記上，此人的年紀年小得可笑——只比他兒子大九歲。「跟我說發生什麼事，魯卡。」

魯卡聳聳肩，故作自信，皮歐拉覺得他被穿制服的老美監禁幾小時後，信心應已盪然無存。「我們五個人在凌晨兩點剛過時闖進工地。我們各有不同的任務。我的是衝到工地中心，留下到此一遊的記號。我動作得快，因為幾秒鐘後憲兵就會來抓我們了。我找到一架大型挖土機，便爬上梯子去噴車門，我就是在那時看到的。」

「看到什麼？」

「一副骨骸躺在怪手裡，於是我就打了一一二報警。」

「你沒觸碰骨骸或以任何方式去破壞它嗎？」

確立魯卡是否碰過骨骸非常重要，但男孩用力搖頭，說：「我從來沒靠近過那副骨頭，要不然你可以檢查我運動攝影機裡的影片。」

士兵拿著黑色手提袋和一個放著男孩物品的托盤回來：上面有一隻錶、手機和繫著彈性帶的錄影機，就像玩滑雪板的人戴的那種。皮歐拉拿起攝影機，機子全毀了，幾乎斷成兩半，裡面的零件都掉出來了。

「你的相機好像壞了。」皮歐拉淡淡地說。

魯卡虛應地笑說：「真的。」

皮歐拉拉開袋子拉鍊，裡面有四瓶噴霧罐，除此之外空無他物，且袋內十分乾淨，沒有哈帕迪所說的，骨骸一移動便會掉出來的碎土。

「你噴塗的『ADM』是什麼東西？」皮歐拉問，一邊把袋子內裡翻出來檢查。

「我們的新團體達莫林行動[1]。美國人只懂得直接的行動，所以我們就來個開門見山。」魯卡語帶挑釁地說。

「『直接的行動』？你是指入侵與破壞吧？用合法的抗議形式有何不好？」

魯卡不屑地哼道：「遊行抗議、陳情、示威，我們全做過了，把這片土地交給美國的決定，是貝魯斯柯尼（Silvio Berlusconi）和他的親信搞出來的黑箱作業，當我們自己的政府都不守法時，我們為何要尊重法律？」

皮歐拉思忖地看著這名年輕人，「你讓我很為難，魯卡。一方面，你說你沒做錯事，另一方面，你又告訴我，你闖進工地是故意想違法。」

「我跟你說過，去檢查影片。」

「而我也跟你說過，」皮歐拉指著壞掉的相機，「看起來不可能。」

魯卡的臉上蹦出一朵微笑，「把相機砸壞的人就是那麼想的，但這可不是傳統的攝影機，上校，這邊可以透過我手機上的個人熱點，直接連到網上。我一闖進工地，就把影片上傳到我們團隊的臉書頁面了。」

皮歐拉對這些技術細節有聽沒有懂，但他知道重點。「你能放給我看嗎？例如用你的手機？」

「當然可以。」魯卡輸入密碼，接著把手機擺到皮歐拉面前，側著頭，以便自己也能看見。「已經有九十個人看過了，還不錯。」

隱身在相機後的魯卡七手八腳攀過重重障礙時的影片，多半模糊，但在挖土機旁的片段還算清晰。男孩被突來的力道摔到地上的片段亦然，畫面上出現一個模糊的身影——皮歐拉不確定是誰，但看起來像是鮑諾中士——奮力拔掉魯卡頭上的相機摜到地上，抬腳用靴子重重踩踏，影像被踩得像坨糊粥，看來頗為滑稽。皮歐拉猜想，網路上會瘋傳的，大概就是類似這種事吧。

「好吧，你留在這裡，還有為了你自己好，別招惹任何人。」他說。

皮歐拉跑去找賽格斯和鮑諾。

---

1 達莫林行動：Azione Dal Molin，以下簡稱ADM。

「怎麼樣？那小鬼認了嗎？」賽格斯問。

皮歐拉說：「我得確定一些事。你能不能幫我查昨天怪手是誰開的？還有，幫我取得他的檔案以及他施工地點的平面圖。」

鮑諾頓了一下才說：「沒問題。」

「很好，二十分鐘後見。」

✣ ✣ ✣

和平基地約五分鐘走路距離，設在建築工地北邊的一片荒地上。三頂大帳篷邊環著六個舊貨櫃屋，帳篷上有彩虹旗及「不要達莫林」的橫幅標語。皮歐拉走進最大的帳篷，發現這裡有長期抗爭常備的東西：一個可臨時搭湊的舞台、海報、商業用大煮鍋——一名穿了鼻環的壯碩婦人正在煮食。帳篷裡打掃得十分整潔，有各種標示你能想像得到的回收垃圾桶，以及像是學校弄來的桌子或大學的筆電桌、印表機和纏繞的電線。雖然才一大早，卻有六個人圍聚在其中一部電腦旁了。

「早。」皮歐拉並未對特定的人打招呼，一群人戒慎地朝他轉過頭。「我想跟負責人談話。」

「這裡沒有負責人。」一名年約三十，綁著馬尾，腿上坐了一名女子的男人說。

「那我就跟你談吧。」皮歐拉問：「尊姓大名？」

男人搔搔耳朵，露出前臂上蒼淡的少女貝蒂刺青。「事情按序一件件來，在我說任何話之前，得先看你的證件，上校。先提醒你一聲，怕你忘記，你是為我們工作的，不是替美國人跑腿。」幾名旁觀者咧嘴笑了。

皮歐拉懷疑這名馬尾男繳過稅給憲警用，但他客氣地點了一下頭，拿出皮夾。「當然。」男人推開腿上的女孩，仔細將皮歐拉證件上的資料抄到登記簿裡，然後才出示自己的證件。證件上的名字叫埃托雷．馬贊堤，是名學生，三十二歲。

「這麼老了還在念書。」皮歐拉評道。

「我正在寫博士論文，關於警察對公民自由的侵蝕。」

皮歐拉選擇不予回應。「我猜你昨晚也參與了抗議？」

「是。」

「方便告訴我在抗議什麼嗎？」

馬贊堤伸手拿檔案夾。「你自己讀，上校，這是我們的任務宣言、時間表、目標清單，以及所有參與者的意向聲明。噢，還有我們每個人的照片，以示我們在闖進去前，每個人都沒傷沒病。」

皮歐拉接過檔案夾整個看過，果真與馬贊堤描述的一致，甚至還有一封律師事務所的信函，聲稱這起闖入事件應屬於在公用土地上進行民主式抗議的範疇。「我能留著嗎？」皮歐拉頗為佩服地問。如此詳細紀錄他們的行動，雖不能讓這些示威人士得以免被起訴，但萬一真的上了法庭，這資料必然會有幫助。皮歐拉不記得自己遇過像ADM如此組織嚴謹的抗議團體。

「上校！皮歐拉！」

皮歐拉回頭看見一名年約四十，頭髮灰捲的男人向他走來。皮歐拉不太認得他，雖然從此人的態度和直呼其名看來，他們一定見過。

「我是洛菲勒．法里西。」男人又說。

皮歐拉知道自己在哪裡見過他了，此人不是舊識，而是他在電視上見過。法里西是部落客出身的政客，一名在畢普・格里羅的五星運動[2]中崛起，為民喉舌的代表人物。法里西後來自立黨派，素以擅長煽動群眾、抨擊既得利益者與貪腐聞名，他也曾在許多場合批評憲警的無能。

「聽說你在調查這裡發生的醜聞。」法里西接著說。

「我只是在深入了解狀況。」皮歐拉持平地表示。

「你有足夠的資源嗎？當局可有嚴肅地正視本案？我們必須確保這位不幸的人，跟其他義大利人民一樣，能在死後得到應有的尊重。」法里西半轉過身，「老實說，沒有人會訝異，負責達莫林的人，會如此草率地處理人體遺骸。」他提高音量說：「自從維琴察居民挺身反對這項建設後，他們便對我們所有人愛理不理，無論是死是活。」

眾人紛紛點頭，還有人向空中揮拳。

「我能為你做什麼，法里西先生？」皮歐拉疲憊地問。沙發並不好睡，他早在瑟托打電話來之前，便已經沒睡好了。

「我只想確定一切會按程序來。」法里西強調說。

「當然。」

「我的意思是，」他當皮歐拉是空氣般繼續說：「整個工地須做全面調查，環境的、考古的，以及人類學的，跟當初動工時的要求一樣。之前開發商為了貪快而動工，置之不理的問題，現在都必須得到完整的回答。」

皮歐拉開始明白，為何本地的憲警不熱中涉入調查，以及瑟托為何要找個經驗豐富的人來處理本案了。因為不僅要對付來自美方的壓力，還要承擔查案造成的批評。美國在羅馬和米蘭的影響力或許很大，但本地人很少會投票挺他們，倒是反對團體值得拉攏。

「何種調查較為適合，現在說還嫌太早，法里西先生。」皮歐拉表示：「不過你可以放心，無論需要做什麼，我們都會辦到。」看到帕尼庫奇拿著手機朝他走來時，皮歐拉鬆了口氣。「什麼事？」

「是瑟托將軍打來的，長官。」

皮歐拉接過手機走到外頭。

「有進展嗎？」瑟托問。

「有一點。」皮歐拉答道，心想才過幾個小時，瑟托是想怎樣。「也就是說，示威人士似乎與此事無關。」

「很好，皮歐拉，我已經接到五通關心本案的電話了，到現在還沒空吃早飯。一通來自負責維琴察駐軍的基地指揮官，一通是咱們自己的少將，一通市長打來的，還有兩通來自羅馬的政府官員。而我根本搞不清楚這兩個位高權重的高官是誰。」

皮歐拉心中暗嘆。「你大概也發現，工程集團急著想讓他們的人復工了，但我得先弄清楚骨骸怎會在怪手的挖斗裡吧。老實說，他們一開始若乖乖合作，不去故意栽贓給打電話報警的男孩，速度反而會快很

2畢普．格里羅（Beppe Grillo）：義大利喜劇演員及著名部落格作家，亦為義大利左派政治組織五星運動（Five Star Movement）的領導人，其發言極具爭議及抨擊性。

多。」他猶豫了一下，說：「還有一件事你應該要知道，那個叫法里西的政客也在這裡大談環境調查、法律問題……」

「噢，那並不意外，哪裡有選票，禿鷹就往哪兒跑，我們總是被夾在中間。讓我知道最新狀況好嗎？最好能有些進度好跟羅馬那邊回報。」

瑟托掛斷電話後，皮歐拉發現，對瑟托而言，法里西的到來並非新聞。皮歐拉有種奇怪的感覺，像是參加話劇首次排演的演員，被人一句句告知台詞、安排站哪裡、何時移動，好讓以後每個人都能指著他說：「瞧，看到他幹了什麼事。」事情往往就是如此——高層的人更在乎的不是破案，而是確保沒有人能怪罪他們未按程序辦事。

皮歐拉坐上車子，在地毯上刮著鞋泥時，還發現：今早某個時間點，他不知又把那頂該死的憲警帽子放到哪裡了。

4

女人溜下床，小心不去吵醒睡在身側的人，然後走進浴室，熟練地掃視旅館的盥洗用品，拿起一罐沐浴乳，是寶格麗的（Bulgari’s The Vert）。她的床伴真捨得花旅館錢。

她還沒空穿衣服，先看手機。女人檢視螢幕，發現有四通未接來電和一則留言，均來自同一個人。她沒理會，逕自打開蓮蓬頭淋浴。

女人走出浴室時，裹了兩條大毛巾，床上的男子也醒了，他看著女人快速而有效率地著裝——不似昨夜，同樣的衣物緩緩逐一褪去時，不斷被親吻、甜言蜜語和一口口的汽泡酒所打斷。

「早安，親愛的。」女人坐到床上穿長襪時，男人終於說道。

女人把一隻細跟鞋套到腳上。「早安。」她平靜地說。

「我昨晚很愉快。」

「我也是。」她嘴上同意，語氣卻漫不經意。

男人伸手沿她的大腿輕撫。「我們會再見嗎？」

「不知道，也許會，但對我來說挺困難的。」她突然起身，不自覺地垂眼看著自己的左手，伸手從口袋拿出一枚婚戒戴回去。

「是了，當然，你丈夫。不過你若需要另一場小小的冒險……」

「我會透過網站聯繫。」

名叫雷凱多的男人說：「我會很期待的。我是說真的。昨晚真的很特別，像你跟我這種人……我們必須及時行樂。」

她點點頭，手已放到門把上。「再見，雷凱多。」

「再見，莉塔。」

女人穿過旅館大廳，無視值班的行李員「早安，小姐」的客氣招呼。女人來到大街，看看手錶，還有時間回家換衣服。於是她穿過飄滿濃霧的街道，摘下婚戒放回口袋，然後解除手機靜音。手機響時，她離自己家公寓僅一百公尺。女人瞄了螢幕一眼，看到是整夜不斷打來的同一個人。

荷莉・博蘭。

荷莉・博蘭顯然不打算放棄。「請說。」女人用最公事公辦的聲音說。

「凱蒂嗎？」

「是的，我是凱蒂・塔波。」女人假裝不知道打來的是誰。

「凱蒂，我是荷莉。」

「有什麼事嗎？」

電話的另一頭，美軍民事聯絡部的荷莉・博蘭少尉拉長了臉，她知道這通電話不好打，卻沒料到這麼難。「凱蒂，我打電話是有正事。我們在維琴察的某軍人家庭，他們的女兒失蹤了。雖然已向當地憲警報案，但……嗯，憲警似乎不怎麼重視，這家人問我們聯絡部能否想想辦法。」

「她失蹤多久了？」

「兩晚了，她本來週末跟同學去玩滑雪板——至少她爸媽那樣以為。結果遊覽車回來時才發現，她並未登記參加。」

「所以她對父母撒謊了。她多大？」

「十六歲，快滿十七了。」

「他們問過她男朋友沒？」

「她沒有男朋友。」即使隔著電話，荷莉還是聽到凱蒂不可置信地輕哼。「她應該不是那種會交男朋友的女孩。」荷莉補充說。

「當地警官應該知道怎麼進行。去各醫院查一下，打電話給她朋友，可能便會找到了。」

荷莉耐著性子解釋：「他們全試過了才來找我們。當地憲警只是到她房間翻了一輪，找毒品。」

「有找到任何毒品嗎?」

「沒有。問題是,艾斯頓少校和他妻子不會講義大利文,所以……」

「哦,人家是少校啊?」

「他剛好是位軍官,是的,不過他們不高興是可以理解的,他們真的需要人幫忙講解義大利的制度。」

凱蒂嘆口氣。「你是指,一個能在他們家寶貝女兒從別人的床爬下來之前,去安撫他們的人。」

「這樣會很過分嗎?你設身處地想一想……」

「我得問問我的上司們,」凱蒂打斷她。「我得告訴你,他們不太可能會同意,我現在有很多緊急案件要辦。」

「好吧。」荷莉無可奈何地說。她明白凱蒂在不爽什麼,也知道這位憲警軍官最近為何如此易怒,但這並不會讓事情變得比較好辦。「讓我知道他們怎麼說,好嗎?」

「當然,再見。」

凱蒂邊講手機邊進公寓,並開始換上制服。前不久她在重案組時,都穿便服。回頭改穿憲警制服——即使是范倫鐵諾設計的美麗裙子,和外套——感覺仍像是受到譴責;她知道這也是那些下令她調職的人,意圖給她的感受。她雖跟荷莉說自己很忙,但她目前處理的,只是些歸檔的工作罷了。被竊的相機、盜製的信用卡、在聖馬可廣場扒竊背包的扒手……等她寫完犯罪報告時,報案的觀光客早已離開了,根本不可能調查。

凱蒂把婚戒掛到臥室門後的外套掛鈎,準備下次出門用。這戒指要價一百歐元,是她做過最棒的投資之一。另外就是訂閱「婚外情留言板」,加上嘉年華網站的匿名帳戶,便能不帶感情瓜葛地管理自己的性生活了。

凱蒂心想，若能早點找到婚外情留言板就好了。這樣的話，她的事業也許就不會糟成這樣了。

✣ ✣ ✣

離開公寓後，凱蒂搭短途火車越過自由橋，當她邁步走出宏偉的聖塔路西亞車站時——威尼斯唯一法斯西時期的建築，雖然凱蒂挺喜歡，大多數人卻覺得醜陋——運氣很好地直接搭上二號水上巴士。這雖是快船，但沿大運河行駛的速度卻十分緩慢。威尼斯在嘉年華期間，比平時多出一百萬的遊客，簇擁的人群——雖是一大清早，有的已穿戴面具和戲服了——在每個停靠站擠上擠下。有幾個人偷偷拿起手機對她拍照，凱蒂早習以為常，因為憲警的女上尉頗為罕見，就連義大利人也會多瞧一眼。

憲警總部位於聖匝加利亞教堂，就在拉斯夫人堤岸碼頭區後方。這些迴廊曾屬於威尼斯最大的女修道院，凱蒂經過入口大廳時，不懷好意地想著，如今在此處工作的人，大概巴不得他們的女同事效法修女吧。這種比較雖令她稍稍平衡了些，但凱蒂知道並不盡貼切。聖匝加利亞修院的住民，素以行為不檢聞名，許多貴族人家因不想幫女兒支付嫁妝，便把女兒丟到修道院。年輕的女孩擺脫了家族豪宅中的嚴苛社交束縛後，很快發現修道院提供了她們首次結交戀人的機會。就像威尼斯的許多事物一樣，表面與實際有著微妙的差異。

可是女子更衣室裡，橫在她置物櫃上的塗字，卻寫得非常直白。

Va’a cagare, puttana.

滾蛋，婊子。

幾星期前，當這些羞辱性語言開始出現時，她會乖乖地用打火機油仔細地一個個擦淨。現在她打算留著不管，等積累三、四個之後再清理。

她最近很少用儲物櫃。自從打開櫃子，在裡頭看到狗屎後，已隔好一陣子了。不過有人不僅一次地想透過鑰匙孔朝裡頭撒尿。在你投訴遭局裡最受歡迎的男警官騷擾，而且對方還是上校後，就會發生這種事。

凱蒂到辦公桌登入電腦，對兩側的警官視若無睹，他們跟平日一樣，也沒理她，不知那些塗鴉是哪位寫的。

凱蒂看到收件匣，便知道又將是個無聊的上午。最無聊的是，有人從財稅警察那邊轉來一封信，要求調查聖馬可廣場附近小販賣的手提袋是否為贗品。廢話，當然是贗品啦，凱蒂在心裡大吼，那些無家可歸的奈及利亞人，在街角販賣的袋子一個才幾歐元，真的會有人以為 Louis Vuitton 和 Dolce e Gabbana 會選擇用這種方式出售他們的產品嗎？就算她逮到一個，結果只會換另一個遊民幫忙販售。而第一個被抓的，則由憲警提供床位與早餐，根本毫無意義可言。

凱蒂小心查看沒有人監視，才打開網站瀏覽器，鍵入她熟悉的網址。

一個視窗跳出來了，在一張全臉的包達（Bauta）面具下——面具雖然沒有嘴巴，卻似頑皮地咧笑著——有個登入欄。

登入嘉年華

凱蒂輸入自己的用戶名稱及密碼。

歡迎，哥倫比娜七七五九。你想去嘉年華的哪裡？

她打入「里爾托」（Rialto），然後便站在完美的3D模擬橋上了。她今天稍早才經過橋下，嘉年華裡的每個細節均正確無誤，連潮水高度都無二致，只有一點不同：嘉年華裡的每個路人都戴了面具。

凱蒂點了幾下滑鼠，讓自己的化身走過魚市場。她知道嘉年華裡的市場攤販賣的不僅是魚，但她現在要找的是別的東西。她朝少婦橋（Ponte delle Tette）走去，進入威尼斯以前的紅燈區。在真正的威尼斯及嘉年華裡，此處仍是威尼斯夜生活的中心，小小的酒吧裡擠滿人潮。她進入一間較小的酒吧，朝後方包廂走去。

嘉年華裡的運河與建築跟真正的威尼斯如出一轍，細節刻畫到幾可亂真；例如，據說若細數威尼斯任何窗上的玻璃窗格，就會發現嘉年華裡的同一扇窗子，也有完全相同的格數。但嘉年華建物裡的空間運轉則大不相同，她曾在某處讀過，是以物理學的弦論為基礎，這總令她想到以前在學校讀過的一句詩——一沙一世界，剎那即永恆。比如說，酒吧裡的每張桌子都能容下十二個不同的聊天室，每個聊天室也許能連結一千個網路儲物室、點對點傳輸及個人網頁，這些全是由熱切地想從這個絕妙的新世界裡，海撈一切的嘉年華用戶所創。

她現在所坐的包廂中，包括了一個她造訪多次的網站連結：婚外情留言板。凱蒂點選一道畫在木頭鑲板上的塗痕，網頁便在她眼前浮現了。

雷凱多並未浪費任何時間，已用他的嘉年華網站代號「贊尼二三一四三」登入，並評論兩人的相遇了。

他給凱蒂五顆星和一道評語：哇！這經驗太美妙了！

凱蒂自顧地笑著，也加上她對他的評價。Anche tu non eri per niente male。你也不賴，四顆星。

她發現自己給對方打的分數總是較低，評語也好壞參半。不過讚美他們沒什麼意義，畢竟她沒打算見任何人第二次。

威尼斯是個小城市，大家彼此認識，八卦橫流。諷刺的是，嘉年華的爆紅，更加劇這個問題，因為在這裡隨意散播朋友、同事或鄰居的謠言，也不會被追出始作俑者。凱蒂的聲名早已一敗塗地——嘉年華惡名昭彰的八卦條目，現已包含一百二十多條對她的匿名評語，且幾乎無人說她好話——她決定唯有上婚外情留言板，才能確保對方跟她一樣，有絕口不提兩人邂逅的理由。

而且其他方面也更容易處理。網上邂逅的男人不知道她的真實姓名、電郵或職業。凱蒂發現，一般而言，已婚男子不會狂寄簡訊、送花，或像單身男子那樣黏人，自以為是。這個網站很適合她專心處理工作，並偶爾抒解壓力。

至少她是這樣告訴自己的。凱蒂心底有個叨唸的聲音在表示反對，聽起來很像她老媽的聲音。但話說回來，凱蒂和她母親對這類事情，意見從來沒合拍過。

桌上的電話響了，凱蒂很快關掉網站。「我是塔波。」

「上尉，我是瑟托將軍。」

凱蒂很訝異如此高階的軍官竟會直接打電話來。「將軍，我能為您效勞嗎？」

「維琴察的美國民事聯絡部打電話來，談一名青少年失蹤的事。我知道他們已經私下跟你接觸過了，是吧？」

「是的，當然，我告訴他們得透過適當管道才……」

「沒關係，」瑟托打斷她。「你可以直接過去，按他們的需要給予協助。」

「真的嗎？」她知道那些高級軍官老愛拍美國人馬屁，卻沒想到連芝麻大的家庭私事都要管。

「還有另一件調查在進行，跟這件事無關，跟你也沒有直接關係，但我希望幫美軍一個忙，如果這個美軍家庭想要女軍官，我會很樂意協助。」

原來荷莉或她的上司是這樣安排的，凱蒂可以想像他們通過電話。「這種工作得找細心體貼的人來處理，也許找位女性，我們剛好知道有適合的軍官……」

她會讓他們瞧瞧自己可以細心到什麼程度。

她甜聲說：「沒問題，長官。很高興我能有效力之處。」

就算瑟托知道她私下有抱怨，也閉口不說。「很好，有任何問題直接來找我。」說完掛斷電話。

凱蒂拿起手機發訊給荷莉。跟我老闆談過，可以了。一小時內見你。

她遲疑著不知該不該再加點什麼，在見面前把誤會澄清一下。那件導致兩人鬧翻的事件——不僅讓兩人友誼戛然而止，也終結了荷莉在凱蒂公寓裡的寄住——那可不是說忘就能忘的。

但凱蒂說服自己，美方已說得很清楚了，這是純工作。沒有人比荷莉．博蘭更擅於克制自己的情緒了，她最好也一樣，別把以前的過節扯進來。

心意已決後，凱蒂按下「送出」。

5

「走了？」皮歐拉不可置信地說：「走去哪裡了？」

「沒人知道。」鮑諾中士答道，「他好像沒拿薪水就走了。」他指著一名牢騷滿腹，穿工作服的男子。「據這裡的工頭說，司機一聽到憲警要跟他談話，就要求回工寮拿東西，之後就再也沒人看到他了。」

鮑諾後方的賽格斯冷著一張臉。

皮歐拉嘆口氣，這證實了他一直以來的疑慮，他早就猜到達莫林的示威人士與骨骸無關了。任何建築工人若挖到骨骸，都會寧可擺脫證據，而不去報警，省得面對麻煩的官僚體系。老闆們甚至可能會委婉地鼓勵工人這麼做，因為他們絕不希望自己的工地會關閉數日甚至數週，讓考古學家來探挖。不過聽到挖土機司機是自己要走，而不是老闆讓他離開，還算是好的。

「你拿到他的資料了嗎？」皮歐拉問：「還有，他在哪個地點工作？」

鮑諾默默遞上文件，最上面一張是移民局核發給歐盟移民工人的工作證影本，名字是塔林・奎斯納奇。乍看寫得很工整，但仔細近看，皮歐拉發現有些字母異樣地粗厚。是偽造的，雖然偽造得很不錯。

許多義大利的外國工人都是非法入境，這已不是什麼新聞了。皮歐拉聽說最近甚至能透過輕鬆貸款，跟黑手黨買假證件，等拿到第一份薪水再還款即可——不過非法工人那時才會發現，除了借貸的本金，還得支付大筆利息，這筆精算過的錢，將讓他永無還清債務之日。

這種安排旨在讓犯罪集團掌握工人，並能以其他方式進行剝削，皮歐拉心想：例如逼他當害大家停工的代罪羔羊——因為他亂扔一副人體骨骸。「知道他的國籍嗎？」皮歐拉問。

工頭聳聳肩。「他說他是阿爾巴尼亞人，但他不太跟同胞聊天。不過他有合法文件，又是仲介推薦來的，所以……」

工頭說得理直氣壯，但皮歐拉發現他說完話後，不安地瞄了賽格斯一眼，彷彿想知道自己是否說對話。這裡頭有問題，但究竟是什麼，以及與他的調查有無關聯，皮歐拉懷疑他能查得出來。

皮歐拉感覺手機震動，便拿出來看，螢幕上跳出哈帕迪的名字。

「啊，法醫，終於能聽到一些事實了。」他從工頭身邊走開。

哈帕迪說：「話先別說太早。我還無法告訴你任何確切的結果。不過我初步看了咱們這位停屍間裡的朋友，跟我猜的一樣，他的左手腕確實是小兒麻痺造成的變形。意思就是說，他是在一九五〇年代，疫苗接種前出生的。加上他身上的卡其布，屍體可能得推回到戰時。」

「謝謝你，這點非常有用。」皮歐拉說。

「還有一件事，也許你會感興趣。我們在他的右盂肱骨關節——就是右肩關節——找到一顆子彈。子彈貫穿他的頭部，穿孔離下顎極近，所以我一開始才會沒看到。」

皮歐拉試著想像當時的情形。「所以他應該是跪著的嗎？」

「沒錯。他的頭被壓到一側，槍口把下巴壓到肩上。槍手應該就站在他左後方，我已將子彈送去做進一步分析了。」

皮歐拉再次謝過哈帕迪後，掛掉電話。他很清楚自己現在該怎麼做了——打電話告訴瑟托，說案子很有效率地結案了。他雖不知道骨頭是否被阿爾巴尼亞移工塔林．奎斯納奇找到，或是某人下令在怪手開工前扔到工地裡的，但現在都不重要了。重點是，他們已找到一名頂罪者，此人顯然還畏罪潛逃。骨骸既然要回溯到近七十年前的戰役，皮歐拉在回威尼斯的溫暖辦公室寫報告之前，實在沒有理由不許他們開工。

賽格斯問：「怎麼樣？我們現在能開工了嗎？上校？」

皮歐拉轉身面對鮑諾與賽格斯。「還不行，我得先跟考古學家談一談。」

✣　✣　✣

這是當天早上，皮歐拉二度攀上梯子，爬到挖斗裡了。裡面用膠帶貼成一格格的，每個方格裡都標了號碼。亞丹莎博士正蹲在廢土中，仔細地為每塊方格拍照。

「有進展嗎？博士？」

她抬起頭。「呃，我相信遺骸不是跟這批土一起被挖上來的。」

皮歐拉指指膠帶。「這真的有必要嗎？」

「也許之後能用來證明吧。我總是問自己，對方找來的考古學家，在法庭上可能會說些什麼？」

「那是一定要的。」皮歐拉說。詫異她竟會假設此事最終將鬧上法庭。也許那只是出於專業的謹慎。

他發現自己還挺喜歡她的；不僅因為她敢力抗賽格斯的恫嚇，更因為她事後淡然處之。「我正想去檢查怪手司機最後工作的區域，我想你可能比我更能看出其中的問題，願意陪我一起去嗎？」

「當然，不過若想仔細搜查，我大概會需要透地雷達。」

皮歐拉再度爬下梯子，等她加入。他無可避免地抬眼看她下梯，結果眼神便轉不開了。瞅見她包覆在防護衣中的美麗臀部，朝著他慢慢貼近，皮歐拉心中忍不住一蕩，但立即又懊惱自己的庸俗。他幹嘛老是非看不可？而且看了之後，又偏要那麼喜歡他所看到的？他相信亞丹莎博士若知道他心術不正，一定會嚇壞。至於他妻子……唉，他跟他老婆的問題已經夠多了。

懊惱不已的皮歐拉默不作聲，跟亞丹莎走到工地偏遠處。霧氣此時已漸消散；東方透著微光，稍後或許會有晴朗的一天。

「這邊過去是室內泳池和體育館。」亞丹莎博士指著說：「第兩百四十七號建物，旁邊是電影院。沒想到這年頭竟然還需要打仗。不過我想你很難期望那些老美跟著我們一起到熱鬧街區的戲院看電影。」

「看來你不太喜歡美國人？」他說。

亞丹莎以謹慎的語氣答道：「我可沒那麼說。我們找不到適當管道，當然會不高興，但我們是氣工程公司裡的義大利合夥人，而不是美國人本身。」

「哪些合夥人？」

「主要是康特諾公司和另外幾個處理專業工程的人。」

皮歐拉仔細一想，他見過康特諾工程的商標——飾著獅身鷲首獸頭的盾牌——每個入口大門上都有，由於太熟悉了，所以沒多留意。北義幾乎每項民間工程，跟他們多少都有關係。

「身為考古學家學會的一件事，就是所有帝國最終都會衰亡。」亞丹莎又說：「但願美國人能懂得欣賞這一點。」

兩人快步走了十五分鐘，才來到工地的遠端，雖然這邊大多已整成平地——等蓋好機場，這裡顯然就是跑道——但旁邊有一墩小丘，幾乎是完美的圓，皮歐拉覺得很像鐵器時代的墳塚。小丘已被怪手挖了一大塊，「根據我拿到的工程設計圖，怪手駕駛就是在這裡工作。」皮歐拉說。

亞丹莎博士像藝術史家推敲畫作細節般走近並凝視挖開的地方，她若有所思地說：「採石場的碎石。戰爭期間，他們也許在這裡堆放大量碎石，準備填補炸出來的坑洞。」她接下來指出：「我想，他們就是在那裡挖到骨骸。」

就在地面上，有個小小的坑洞，不會比威尼斯的老太太放貓的籃子大。有個棕色的東西掛在洞口，亞丹莎蹲下去詳細檢視。

「那是什麼？」皮歐拉問。

亞丹莎拿出原子筆，用筆尖撥開一部分泥土。

「很好，很好。」她嘆道，「你知道這是什麼吧？」

其實皮歐拉並不知道，即使他蹲到亞丹莎旁邊，她刮掉更多泥土給他看。那東西看似一塊摺起來的布，雖然已經褪色，但以前應是豔紅的。

亞丹莎博士說：「這是 fazzoletto rosso，紅色領巾。上校，我們的遺骸主人是游擊隊員，講明白點，是共產黨的游擊隊員。」

「那麼他最後落在美國空軍基地裡，豈不是有些諷刺。」

「也許要再複雜些。」亞丹莎兩眼放光地看著皮歐拉，「上校，我希望你能去找一個人談談，我想我們可能剛解開一道謎。」

6

她焦慮地在牢房中走動，一邊六步，另一邊走三步。這裡應該是畜棚——有著光裸的石牆與硬泥地，是農場的一部分。屋頂上有扇單窗透入破曉的灰光，但窗上裝了看來頗新的鐵條。

她一直豎耳聆聽，卻聽不到人聲，也沒有車聲、鏈鋸或教堂的鐘聲。她一度隱約聽到遠處的牛鈴聲，因此認為自己應該在高山之中。無論她與綁匪身在何處，此地必然非常偏僻。

牢房中有張露營用床墊、一條毯子、旅行車用的化學馬桶、古老的瓦斯暖爐和一包衛生棉。天氣極冷，但暖爐需要用到特殊工具，所以只有綁匪能將暖爐打開。角落裡有兩架小攝影機，將整個牢房盡收其中，但攝影機太高，她摸不到。

不知他們是不是想強暴她，一開始她相當確定，認為那就是她被綁的原因，一想到此，她就覺得快吐了，可是現在她已不再那麼肯定了。他們做的第一件事，就是叫她脫掉衣服，帶她到比這間更大的牢房，從各種角度幫她拍照。怪的是，感覺像有些事不關己，彷彿那只是某種她還不明瞭的一部分儀式。她不可能從他們的表情看出任何端倪——因為兩名綁匪一直戴著面具，至少在她面前如此。較矮胖的那名，戴的是經典素白包達面具，面具下巴加長，且沒有嘴巴。另一人戴的是Harlequin，紅藍色菱紋的小丑面具。這些嘉年華假面讓她想到被綁時的俱樂部，但她不知是否只出於巧合。

他們對她的一條腿尤為關注，靠近拍了好幾張特寫，直到她往下瞄，才明白原因：她的腿在被綁的過程中割傷了，她被下藥昏迷時，傷口上凝了血。他們還拍下她臂上的一處瘀傷。

綁匪發現她在發抖，其中一人拿來毯子，披肩似地蓋到她肩上，卻未能幫她止住顫抖。發顫不單是寒冷造成的，還有噁心及擔憂受到傷害。不過這個動作讓女孩覺得，他們也許不會強暴她。她想起以前讀過的，許多關於義大利綁案的故事。記得通常是黑手黨所為，他們為了保護自己的投資，至少一開始會先照顧肉票。

我沒把自己的行蹤告訴任何人，女孩突然想到。那是美國高中——所有軍人子弟所上的學校——教你要小心的事項之一，學校一再叮嚀學生，美國人是主要目標。務必確定有人知道你的去處。唯一知道她在俱樂部的人是約翰，但他連她的真名都不知道。

家人現在一定曉得我失蹤了，卻不知我失聯的原因、方式或在何處失蹤。他們根本無從找起，除非綁匪跟他們聯絡。想到家人，她只能強忍淚水。

而且現在還有另一種恐懼正在啃噬她：對未知的恐懼。小丑男幫她拿毯子後，在地板上放了個東西，然後示意要她踏上去。她低頭一看，發現他指的是磅秤。「犯人秤重。」他用破爛的英文說。

另一名戴包達面具的男子舉起可以接筆電USB插座的手提式錄影機，再度準備拍她。

恐懼立即又撲回來，揪緊她的胃了。在她讀過的所有黑手黨資料裡，從沒聽過他們會給人質秤體重，遑論拍攝影片。

7

年輕的教士從筆電上抬起頭聆聽。辦公室外傳來陣陣歡呼聲，在聖彼得廣場四周迴盪不已。他知道那代表什麼意思：群眾已看見教宗了，他正在前往今天第一場活動的路上。小辦公室沒有雙層玻璃——教士早已發現這邊的冬天很冷；夏季無疑也會很熱——但他並不討厭這種鬧聲，事實上，他非常喜歡。

當你的屋頂上飾著拉斐爾畫的聖經場景，空調又算什麼？當你的辦公室就在使徒宮（Apostolic Palace）裡，離底下教宗的私人公寓極近時，誰還會在乎有沒有暖氣？辦公室或許很小，他工作時所依賴的基本配備，如寬頻網路，簡直老舊到可笑。但事實上，他能坐在這裡，就是他在教廷內迅速竄紅，握有實權的證明了。

數月前，這位叫馬堤諾．桑迪尼的教士才剛滿三十八歲，他從原本米蘭大主教管區的新聞室主管，被調來擔任教宗祕書，而祕書一職，自動賦與他大主教的資格。多年來，他與其他改革者一直爭論不休，認為教會欲克服當前困境，唯一的辦法就是更加開放透明。新教宗最終同意——或至少看出應該正視過去的醜聞——指派一些改革的倡議者來擔任要職。桑迪尼就是因此才到教廷的新聞處任職。教宗陛下擺明了希望教廷能揚棄數百年來，密室作業的習慣。

桑迪尼的一些舉措剛開始時備受嘲笑，例如設立教宗的臉書和推特；更別提桑迪尼自己每日更新的部落格了。但正如桑迪尼所料，這些作法對信徒立即造成轟動；尤其是年紀較輕的信徒，他們是對抗世俗主義的重要基礎。

桑迪尼一邊查看自己的臉書，一邊站起來。重新整理網頁超花時間，他真的得盡速解決使徒宮缺少頻寬的問題。不過事情得一件一件來。現在，他要去跟教宗的機密檔案卷宗保管員蒙西諾．維爾帝開會。他可以猜到是關於何事，自從桑迪尼獲令把圖書館所有內容做成目錄放到網路上後——再次明確地向世人表示，從現在起，教廷不會有黑箱或隱匿的事了——負責此事的人員便找盡各種理由，推說這種做法不實際；而他當然也不甘示弱地表示他們非做不可。

桑迪尼沿著走廊來到樓梯間的小電梯。電梯的內裝現代得出人意表，這個密封的玻璃與金屬製箱子，在桑迪尼插入他的梵蒂岡安全卡後，將他像工廠生產線輸送零件般，平滑輕巧地迅速送下使徒宮迷宮般的地下層。

在聖彼得廣場地下四樓，電梯門打開後，看到一個一眼望不到盡頭、狹長而低矮的樓層。昏暗的燈光從藏在牆上的二極管滲出，完全不具傷害力的紫外線，感覺幾乎沒有顏色。空調嗡嗡低鳴，整層樓冷得有如太平間，腳下除溼設備造成的微顫，令桑迪尼有種在漂亮的水底船艙裡，平靜地穿過海洋深處，朝目標航行的感覺。

兩旁的玻璃圍欄裡，放著珍貴或脆弱到無法堆放的書籍與文件，裝訂師與修復師在其中一些圍欄中，藉強力放大鏡修復細微的裂痕。學者們悄然無聲地來回走動——每年他們會允許少數聲譽卓著，有傳統宗教見解的幸運學者到此做研究。但目前禁止查詢任何七十五年內的文件。這是桑迪尼決心革除的諸多詭異規定之一。

無論員工或訪客，每個人都戴了白棉手套，桑迪尼從真空盒裡抽出手套戴上，一邊等著第二扇門開啟。他每吸一口氣，肺裡的空氣便跟著變薄。這裡連氣壓都不一樣，不斷地淨化任何可能傷害舊文件的氣體或溼氣，桑迪尼心想，這項隱喻實在太適合這整個地方了：他們連呼吸的空氣，都跟其他人類不同。

桑迪尼大步走進玻璃會議室裡，時間雖早，但他發現其他與會者顯然已先到抵達一陣子了；八成是在商量如何扳倒他。除了維爾帝，還有兩名助理，兩名閃躲他眼神的緊張公務員，以及修道士托拿泰里。托拿泰里的年紀很難猜得準——鬆垮的白袍與道明會的黑披風[3]，遮去了他的佝僂，白眉下一對藍眼，銳利地盯緊住桑迪尼。桑迪尼從來無法探知，托拿泰里如何成為這些檔案的負責人，但從各方聽到的消息來看，這位低階修士，顯然是這個地下世界的龍頭。

「各位先生，」桑迪尼刻意以世俗的稱呼，強調這是一場講求實際的討論會。「聽說各位覺得有問題是嗎？」

「沒錯。」維爾帝對托拿泰里比了個手勢，彷彿他們已經約好由他代表大家發言，但修士只將一張薄紙推過桌面給桑迪尼。

桑迪尼側身讀著，一邊鉤住身上的教士袍，把一條腿翹到另一條腿上，暗示自己的不耐。那是一份以舊打字機跟複寫紙打出來的拷貝；字母泛著他童年記憶裡的藍色污痕，桑迪尼一時顧著回憶，未專心留意信的內容。接著一個名字跳入眼簾，桑迪尼困惑地頓住，回頭審視信件開頭的日期。

一九四四年十月五日

桑迪尼從頭讀信，這回看得較為仔細，他邊看邊感覺血液從臉上退去。他四下找水喝，但這裡當然不會供水，以免水潑灑到珍貴的紙頁上。

「還有誰知道這件事？」他勉強問道。

回答的是托拿泰里，修士的聲音不像桑迪尼那樣乾澀，他平靜地說：「我想其他涉入的團體是不會忘記的。」

桑迪尼的腦子裡轉著各種問題，但他知道此刻自己必須展現堅定的領導力，焦聚在那些有利他做出明確行動計畫的事實。

「理論上，我們在二〇一九年之前，都不必將此信公諸於世。」維爾帝又說：「不過若按你的指示，我們就得早些釋出這份檔案了……」

「我們絕不會提早釋出。我們根本不會釋出這封信。還有其他事，指向同樣的，同樣的……」桑迪尼拚命思索合適的字眼，醜聞、背叛、災難，全都不恰當。「……同樣的結論嗎？」他委婉地說。

托拿泰里聳聳肩。「祕密檔案的卷架長達八十五公里，而且戰爭那幾年的文件還沒算進去。我們幾乎可以確定，這封信只是冰山一角。」

「那麼你一定得把剩下的文件找出來。立刻。」

「如果你想現在毀掉文件，日後只會更讓人以為我們想隱瞞什麼。」修士淡淡表示。

但我們就是在隱瞞啊，桑迪尼心想。「你還有更好的建議嗎？敬愛的修士？」

托拿泰里平靜地看著他。「我認為你的開放政策是正確的。事實上，就長遠來看，我認為那是唯一的辦法，但我們必須知道，資訊透明化，未必會讓人做出對我們有利的結論。」

桑迪尼再次拿起信件細讀每一段落，彷彿能從字裡行間找到模糊或可重新詮釋的地方。現在根本不必考慮透明化了。「人們會說，假如當初發生過，將來說不定還會發生。」他驚懼地抬起頭，「這事沒發生

3 道明會：天主教托缽修會的主要派別之一，會士均披黑色斗篷，因此又被稱為「黑衣修士」，以區別方濟會的灰衣修士及聖衣會的白衣修士。

過吧？」

無人回答。

桑迪尼再次看著信底，寫信人打出的姓名與簽字。桑迪尼在成千上百的文件和教令上，見過這熟悉的筆跡，雖然平時看到時，是用不同的名字。

喬瓦尼·巴堤斯塔·蒙迪尼
特殊事務宗座總書記官
一九四四年十月五日

簽名的人後來成為教宗保祿六世，附在信上的文件若公諸於世，教宗英名將毀於一旦，永世不得翻身。

8

凱蒂以前來過維琴察的美軍基地，但不曾到過基地南部的眷區。她依照荷莉傳來的簡訊，開下環形道路，繞到「和平路」——不知是在美軍來之前，就叫這名字了；還是某都市規畫師在美軍到達後，諷刺地重新命名？——接著來到由美國憲兵站崗的安全柵欄。她明明開著全世界都知道的憲警車，但對方仍不肯升起柵欄，凱蒂還得出示證件，讓人拿鏡子檢查車底，才能通過。

基地幅員遼闊，她開車經過校舍似的軍營，然後是街街相連的公寓群，間雜著醫療診所、獸醫中心與兩所學校。之後才看見獨立的房舍。每棟屋子都有一小片草坪和漆白的圍欄，這些一定就是軍官住宅了。有些房子有車庫和花園——這在義大利，是前所未聞的奢華。美國國旗似乎四處飄揚。

荷莉的指示實在教人頭疼——六一一。意思是過第六個十字路口後的第十一棟房子——看到另一輛憲警車，停在一棟與鄰舍毫無二致的房子前時，凱蒂鬆了口氣。應門的是位年約四十五歲的男子，他的平頭相對他的面容而言，顯得有些年輕，但荷莉看得出此人制服下的身材，非常結實精瘦。

男子劈頭便說：「我是艾斯頓，請進。」

艾斯頓領路來到廚房。中島環著高腳椅，活像雞尾酒吧的吧台，這根本不像凱蒂見過的廚房。亮晶晶的大理石台面擺著許多器具——食物調理機、麵包機、果汁機和咖啡機之類的東西——感覺像個小工廠。廚房裡有部衣櫥大小的冰箱，還有製冰機，不過卻看不到任何食物。

坐在中島邊的嬌小女子應該就是艾斯頓太太了，她一臉憔悴、眼睛紅腫，一看就是被恐懼與絕望撕裂的母親。看到穿著憲警制服的凱蒂時，她臉上立即充滿希望，可是當她發現沒有任何消息時，旋即又被抽空了希望。女人身邊坐著一個熟悉的身影——一名二十出頭，纖瘦的金髮女郎，她也穿著迷彩服，軍服前的口袋上寫著「博蘭」二字，肩上則掛著少尉的單徽。她稜角分明的五官上未施脂粉，面色肅然。

凱蒂以英語說：「我是塔波上尉，是博蘭少尉的……」她遲疑著，被「朋友」二字卡住，「……在憲警的聯絡人，很遺憾聽到令嬡失蹤的事。」

「這位是內人妮可。你的同事們在樓上。」少校說。

凱蒂拉過一張凳子。「我待會兒再跟他們談，請先告訴我出了什麼事。」

少校代表夫妻倆發言，「我們以為她跟學校同學出遊了，可是她似乎……也許我們錯了，從週六後就沒人見過她了。」

「她有手機嗎？提款卡呢？」

「都有，我們當然打過很多次手機了，但關機了。」

凱蒂問：「她有帶任何衣物嗎？行李？背包？」

艾斯頓少校看了妻子一眼，女人不安地說：「好像沒有。光看洗衣籃很難確定……她是青少年，已相當獨立了……」她語音漸落。

「有想到她可能跟誰在一起嗎？我知道她目前並沒有男朋友。」

艾斯頓少校對這點倒很肯定。「沒有，而且不僅是『目前』。她還要兩週才滿十七，她……」想到女兒前途未卜，少校頓住了，臉頰肌肉抽動。

凱蒂覺得少校把未滿十七跟沒有男友連在一起，感覺很怪，但她暫時不想追問。「那其他男性朋友呢？最近有出現什麼可疑人物嗎？」

艾斯頓再次搖頭，「她有一位軍人朋友，圖曼專員，會護送她參加各種社交活動，我完全信任此人，她若結交損友，圖曼一定會告訴我。」

「她會不會只是迷路？」

「應該不是。我們到這裡已經三年了，她認得路。」

「家裡有任何問題嗎？吵架，叛逆什麼的？」

「我們不吵架的。」少校直白地說：「米雅知道無論是平民或軍人家庭，都須有家教。我們教她要尊重家規，包括不許頂撞父母。」

「我能跟米雅的老師們談談嗎？」

「如果你真的認為會有幫助的話。」他的臉部肌肉再次抽動。「你們到底打算怎麼做？」他突然抓狂，往大理石流理台上奮力一拍。「你們應該去找她，而不是在這裡問一大堆問題。」

凱蒂等待片刻。「米雅有兄弟姊妹嗎？」

少校嘆口氣。「對不起。請你諒解，我們真的很難受。她有個讀九年級的弟弟麥可。麥可在朋友家準備上學，我們覺得他最好盡可能保持正常作息，直到她……直到米雅回來。」

「有沒有她的近照可以給我？」

少校遞給凱蒂一副加框照片，上面是位笑意盈盈，穿戴畢業帽和袍子，拿著學校畢業證書的漂亮女孩。

凱蒂還來不及表示少校在維琴察街頭拍的照片是不是有用時，荷莉淡定地說：「我有這些。」她從標著「米雅．艾斯頓」的檔案夾裡，拿出同一名女孩在披薩店裡，被朋友們環繞的照片。女孩盛裝打扮，還畫了淡淡的眼線。凱蒂很訝異女孩比另一張照片看起來大很多。

「你能把照片發布出去嗎？」少校問。「我是指立即發給所有警察單位，並追蹤她的手機等等。」

凱蒂謹慎回答：「我會盡力。但比較困難的是，目前我們還看不到任何犯罪的證據。」

少校一臉困惑。「我們不知道她在哪裡，那樣還不夠嗎？」

「得滿七十二小時，才能正式列為失蹤。現在就去查她的手機紀錄，會觸犯資訊隱私法。」

「天啊，她是個孩子啊。她的隱私會比她的安全重要嗎？」少校問。

凱蒂又問了幾個問題，寫下幾位可以訪談的友人姓名。這件事確實奇怪，大部分青少年失蹤案的背後，都有個能立即解釋的問題——父母不認同孩子、被一群朋友帶壞。但此案似乎兩者皆非。

釘在炊鍋旁的一張表格，吸引了凱蒂的目光，表上寫著「家事分配表」，並列出各種家事——清掃、洗衣、倒垃圾。單子頂端是孩子們的名字，米雅與麥可。每個格子都有顆銀色或金色星星，表示完成何種工作。凱蒂發現，米雅的星星全是金色的。

艾斯頓少校循著她的眼神看過去，「她是個好孩子。」他簡單地說。

荷莉起身，說：「我帶你去看她的房間。」

兩名女子默默走上樓，彼此寒暄的時機已經錯過了。

「謝謝你來。」荷莉終於說道。用的是義大利文。她跟凱蒂獨處時，總是講義語。荷莉成長於比薩附近的陸軍基地，義大利文說得跟母語一樣流暢。

「沒問題，我的老闆們最後都同意了。事實上，為了我們的美國友人，幹什麼都行。」

「我原本希望我們能在不同的情況下見面……」

「可是我們沒有。」凱蒂唐突地打斷她。「這就是她的房間嗎？」

荷莉嘆口氣。「是的。」

凱蒂以為會看到典型的公主閨房，貼滿少女偶像的海報，但米雅的臥房完全不是那回事。整潔有序的書架上，擺了一排加框照，大部分是米雅從事各種運動的照片。房裡有兩張海報，但也都裱框掛在牆上。床上是房中唯一混亂的地方，兩抽屜的內衣褲被倒在上面，一名年輕憲警正坐在那裡一一檢查，另一名則站在窗邊背對房間，憤怒地比著手勢講話。

「你得先把汽化器弄乾淨，才能找哪裡漏了。不，你給我仔細聽好，這新濾網才三個月……」

床上的憲警七手八腳站起來行舉手禮，另一名憲警聽到了轉身收起手機，然後俐落地向凱蒂行禮。

「找到任何東西了嗎？」凱蒂笑笑地問。

兩人面面相覷，然後聳聳肩。

「你們到底在找什麼？」她問。

「線索吧？」第一個傢伙嘗試性地探問。

「例如什麼？」

兩人一臉傻狀，凱蒂心中一嘆，其實「毫無概念」會是更貼切的描述。「好吧，接下來就交給我了。」

兩人走後，凱蒂開始把內衣褲收回抽屜裡。「好吧，我明白你為什麼要打電話給我了。」她勉強承認。

荷莉點點頭。「這種事發生在自己國家就已經夠糟了，偏偏又發生在這種……」

「你是指在一群未開化的人之間嗎？」凱蒂說，語氣出乎意料地尖酸。荷莉很明智地沒回話。

凱蒂拿起一條內褲，這跟米雅．艾斯頓大部分物品一樣，也相當樸素，不是義大利少女會買的那種華麗蕾絲內衣。褲子前面寫著像是標語的東西，不是玩笑語，而是用捲花字體寫著「提摩太書4：12」。

「奇怪。」她放下內褲，拿起一副銀手鐲，讀出上面的刻字。「『真正的熱情是純潔，真正的信守是節制，真正的愛是禁欲。』那是什麼東東？」

「那表示她參加了禁欲運動。」荷莉看到凱蒂一頭霧水，又補充說：「婚前不能有性行為。」

凱蒂皺眉道：「幹嘛參加什麼運動？為何不跟別人一樣，時間到了再做決定？」

荷莉聳聳肩。「美國現在很流行這樣。你看。」

她將書架上找到的相簿拿給凱蒂看，裡面貼了一張邀請函。「第四屆埃德里貞潔舞會。請著正式禮服！」另一邊是米雅的照片，看起來比凱蒂手裡的那張年輕幾歲。米雅穿了件精心製作，類似婚紗的白禮服。她父親就站在旁邊，穿著全套正式制服。接下來一頁是兩人的誓詞；父親是「支持並保護你的純真」；女兒是「保有我的貞潔，將這份特殊的禮物獻給我的創造者，以榮耀我的父親，並對我將來所嫁的男子，表示隆重許諾」。

「太詭異了，如果她那麼乖巧守分，幹嘛還需要這個？」凱蒂拿起一張藏在CD盒裡的薄卡片。

「那是什麼？」

「一張學生證，米雅在上面的年紀是二十一。」凱蒂再次看著卡，這是張偽造得很爛的卡片。「即使她付再少的錢，都算被坑了。」

「美國小孩會在網路上買這種卡，通常是為了買酒。」

她們按部就班地搜索房間其餘部分。有一部筆電，但加了密碼，衣櫥裡掛了十件衣服，包括一件啦啦隊的褶邊裙和上衣。床頭掛了兩張仔細加框的海報，一幅是美國國旗和標語「這些顏色永遠不褪」；另一個的標題是「淑女守則」，凱蒂停下來細讀。

淑女不會回答：「耶」或「免」。

淑女會回答：「好的，拜託」或「不用了，謝謝你」。

淑女不會讓他人失望。

淑女會信守諾言。

荷莉拿起一張紙條，「你看一下這個。」

凱蒂接過去，那是威尼斯某面具店的收據，顯示米雅在兩星期前，曾以二十八歐元買過一副加羽毛的哥倫比亞面具。

「我只是在想，我們到處都沒看到面具，對吧？」荷莉點點頭。「也許她跑去參加嘉年華相關的活動了。」

「有道理。」凱蒂從書架上取下更多書，翻開書籍前後的空白頁做比較。「她把名字改了。」凱蒂說：「一直到去年，她都還用莫琳．艾斯頓的名字簽書，後來她開始自稱米雅，連簽名也改了，似乎想變得更像大人。」

「很多女生都會那樣，你自己就不再用凱蒂莉納這個名字了。」

「我差不多是在開始幹那些爸媽反對的事時改的。」凱蒂彎下身，撿起從書頁中掉出來的鋁箔小包。

「啊！」

「那是什麼？」

凱蒂檢視小包。「保險套，草莓風味，這跟禁欲手環完全不搭吧？」

「問題是，保險套並沒有用過，因此我們不能推斷她有性關係。」荷莉指出。

「Goldoni 這種牌子一包有三個套子，其他的跑哪兒去了？」

「如果是加味的套子，也許她只是在練習，等遇到實況時才能上手。」

「美國女生都那樣嗎？」凱蒂好笑地瞄荷莉一眼。

荷莉冷冷回說：「美國女生沒辦法一竿子打死，概括全論，因為有五千萬人。」

「噢，當然了，你們是超級強國，對吧？」

荷莉嘆口氣說：「所以咱們打算怎麼辦？你能幫忙嗎？還是米雅的爸媽得繼續等？」

「你不覺得這房間看起來很怪嗎？」凱蒂環視過於整潔的房間說。

「哪方面怪了？」

「太……整潔，太完美了。」她指著說：「她甚至還鋪了床，哪個青少年會幹那種事？」

「噢。」現在換荷莉覺得好笑了。「凱蒂，這可是軍人家庭。」她朝窗外一排排的房舍點點頭說：「他們全都像那樣，我自己的房間就……」她頓住，意識到自己又扯回禁忌區了，「那會成為一種作息。」

凱蒂咕噥一聲，也知道此時不宜深究荷莉的居家習慣。「嗯，我想，跟她的朋友們談一談也無妨。」

「她的手機呢？」

「我可以提出申請，不過得八週後才會收到回覆。」

「八個星期！」荷莉滿臉驚懼。

「這裡是義大利，我們也許不是什麼超級強國，但我們有一定的機制，我得申請許可令，也就是說，我得先有指派的檢察官，並向檢察官舉證有人犯罪，可能有機會定他的罪。」

「可是如果你沒獲准查案，又怎能說是誰犯了罪呢？」荷莉不是第一次懷疑，義大利的法律系統，是故意用來妨礙辦案，而非協助調查的。

很早便已做出同樣結論的凱蒂聳聳肩說：「反正規定就是那樣。」

荷莉猶疑道：「那丹尼爾．巴柏呢？我們可以請他幫忙嗎？」

「你是在開玩笑嗎？」

她們雖認識這位嘉年華的創立人，但他不是那種會隨便幫忙的人。非法截取別人的電話通聯紀錄，對他來說雖不成問題——丹尼爾有自己特殊的道德觀——但凱蒂懷疑他會想幫別人忙。這件事對他來說太陌生了。

荷莉說：「若不是我們，他早就坐牢了。我想，也許……當然了，是用非正式的方式。」

凱蒂考慮了一下，畢竟瑟托要她盡力設法幫忙，反正丹尼爾不可能答應，問一問也無妨。不過她覺得一向公事公辦的荷莉，竟會擔心到提出這種狗急跳牆的建議，可見事關重大。

「嗯，身為憲警軍官，我不能出面拜託丹尼爾，不過你倒沒有不去的理由——就我所知目前沒有。」

荷莉說：「我會寫個電郵給他。無論他正在做什麼，幾乎可以肯定他都在電腦前。」

兩人準備離開米雅的臥室時，凱蒂再次拿起假學生證。「你說美國青少年拿這種證件去買酒？」

「沒錯。怎麼了嗎？」

「艾斯頓少校說，他們在義大利三年了，米雅和她的朋友在這裡十六歲就能合法買酒了。她究竟還做了什麼事，需要她謊報年齡？」

9

她聽到門口傳來噹啷啷的鍊子聲，小丑男端著托盤走進來，他背後的包達男再次攝下一切。托盤上有瓶營養飲料。安素，她認得這個牌子。學校有些運動員拿它當補充食品。

「囚犯得吃東西。」小丑放下托盤淡淡說道。他往後退開，讓另一人能繼續拍攝女孩打開塑膠瓶的樣子。飲品是香蕉口味，十分甜膩，但她餓了，因此喝得精光。

他們如此興味盎然地看她喝東西，感覺好怪，安素到底有什麼特別？

除非裡頭下了藥。她心中掠過可怕的意念：她會被迷昏，然後他們會趁她失去知覺時，脫去她的衣衫，對她為所欲為，甚至玩自拍。也許一切就是為了拍一部凶殺色情紀錄片。說不定他們是人蛇集團，這是逼她賣春的第一步。

她一定是驚慌地瞪著瓶子，因為小丑靜靜地說：「裡頭沒有下藥。」

她看著小丑男，訝異他竟能猜中自己的心思。她發現無論此人是誰，他真的很聰明──實在太聰明了，不會只是個黑手黨的嘍囉。還有他的英文腔調雖重，但文法都很正確。

所以，他是位受過教育的人。米雅不確定自己是不是應該感到更害怕。

但至少他跟她說話了。米雅逮住機會表示：「我是美國公民，我要求知道你們是誰，還有為何將我拘留在這裡。」話一出口，米雅真希望自己說的是「我想請問」，而不是「我要求」。

小丑只是若有所思地望著她。「你之所以被囚禁，就是因為你是美國公民。」

「你是誰？你究竟想從我身上得到什麼？」

「我們的名稱是Azione Dal Molin，英文的意思是『達莫林行動』。」男子瞄著手錶。「至於我們想從你身上得到什麼，你很快就會知道了。」

10

丹尼爾．巴柏抬起雙手，張開手指，跟坐在桌子對面年輕女子的手剛好相對，他的左手掌對著她的右手，反之亦然，兩人肌膚間僅隔了幾公釐。

「開始。」丹尼爾背後的聲音說。並傳出碼錶的按響。

丹尼爾直視女子，兩人四眼交接時，丹尼爾縮了一下身體，不過自從第一次做這項練習後，丹尼爾已有長足的進步。現在他已能望著她，不會驚慌或難受了，雖然他覺得自己會呼吸加促。

很多秒鐘過去了，兩人幾乎四手相抵，他的掌心和手指似乎在發熱，彷彿他的脈搏延伸到她的身上。丹尼爾知道那只是幻覺，但感覺不是很舒服。

「很好。」背後的聲音說。

這項練習要求他瞪視對方眼睛整整六分鐘，如果他能辦到的話。丹尼爾漸漸放鬆下來，練習變得較容易了。丹尼爾覺得對方還挺迷人的；尤其是那對眼睛，瞳孔四周的淡灰色虹膜，散布著各種層色的斑紋，在角膜的弧度下放大。丹尼爾看出每道斑紋裡錯綜複雜的白線，就像慕拉諾4玻璃鎮紙裡的圖紋。女人的靠近，令丹尼爾不自覺地皮膚刺癢，胯下充血。

對面女子的明眸似乎微微瞠大，宛若她已知曉，或者，她也跟自己有類似情況。丹尼爾的手抽搐著準備退開，但兩人的手掌間隙依舊沒變。

當他們呼吸漸深漸合時，丹尼爾開始意識到女人平穩起伏的胸部了。不知怎地，他知道這會兒換她不自在了。他可以感覺到女人想垂下眼；也看得出她掙扎著叫自己別放棄。兩人似乎在進行一場最親密的交

4 慕拉諾（Murano）：威尼斯專事製造玻璃工藝品的外島。

談，卻未吐半個字。不知她是否也心有同感。丹尼爾身上每條神經都在告訴他，這種激烈的接觸是彼此相互的；但小小的理性又告訴他，對面的女人跟自己不同，她以前也許做過很多這種練習，而且是跟他以外的病患。

丹尼爾還知道他們所做的這項練習看似簡單，卻是大量研究的結果。心理學家詹姆斯．賴爾德（James Laird）一九八九年在美國克拉克大學（Clark University）所做的研究證實，只要相互注視兩分鐘，便能很快增進性同理心（sexual empathy），即使彼此是陌生人。雙手的微距相靠，也是基於史丹佛大學李昂．費斯汀格及羅伯．札央克（Leon Festinger and Robert Zajonc）的類似發現。

「莎賓娜，做個手勢。」丹尼爾背後的聲音說。

年輕女孩繼續盯著丹尼爾，將一手移到側邊，垂向桌子。丹尼爾立即模仿她，以保持兩人手部相對。莎賓娜用另一隻手做出同樣動作，然後左右轉動頭部，每次丹尼爾都跟著做，但兩人依然對望。

經過兩分鐘的鏡像動作模仿後——同樣以能促進親切感的研究做為基礎——他後方的聲音又說話了。

尤瑞厄神父說：「現在換『實話實說』。丹尼爾，你先來。」

丹尼爾心想，他想跟這名女子分享什麼祕密？按練習規定，她必須誠實回答任何問題，無論問題有多麼私密或尖銳。

「莎賓娜，你為何到這裡？」丹尼爾問。

年輕女子想了一會兒，字斟句酌地說：「尤瑞厄神父是我的博士指導教授，他在找志工幫忙診所的工作，我覺得聽起來很有趣。」

「你有文薪嗎？」

「我們參與的話可以拿到學分，就跟研究助理一樣，所以是的，你也可以說我有文薪。」

「你也跟他其他病人做練習嗎？」

女人皺皺眉，丹尼爾猜想，她若不是非得盯住他不可，一定會看向尤瑞厄神父，確定那樣沒有越矩。

「我不認為我可以談這件事。」

「我需要事實。」丹尼爾提醒。尤瑞厄神父仍維持緘默。

「是的，我跟別人做過這項練習。」

「感覺就像這樣嗎？」

她微微搖頭，眼睛仍盯著他，「不完全像，沒有。」

尤瑞厄神父發聲道：「莎賓娜，換你。」

此時她用不同的眼神看著丹尼爾，評估他。「今天我覺得你好像喜歡我，你有嗎？」

「有。」他老實回答，等候她下一個問題。

「那你又為什麼會在這裡？」莎賓娜問。他覺得她真心想知道；也意識到之前的回答若是不同，莎賓娜便不會這樣問了。

「你的意思是：我是討厭女人？戀童癖？或其他尤瑞厄神父會醫治的怪人嗎？」他緩緩地說：「答案為『非也』，不過由於種種因素，我從不覺得自己可能親近別人。」

「你有自閉症嗎？」

「有人那樣說過我，而且是一些名醫。但尤瑞厄神父相信我的狀況是後天的，而非先天。」不知她是否了解，談論此事對他來說比登天還難；丹尼爾甚至懷疑是神父教她問的。「我兒時遭人綁架，被囚禁了好幾個星期。」

「所以你才會失去雙耳和鼻子？」

他忍不住渾身僵緊。「是的，綁匪……為了對我父母施壓，所以才下手。」

「你為何不做整形手術？我是指在事發之後？」

丹尼爾深吸一口氣。「確實有人提議，但被我拒絕了。我告訴父母，說我還沒做好心理準備，但事實是，家父熱愛美麗的事物——藝術品、他在威尼斯的皇宮。我要他看到我時，明白他幹了什好事，要他記得他的富甲天下竟創造出醜陋的東西。」

女人平靜地點點頭。丹尼爾在分享從未對人吐露的祕密後，突然感覺與對方心靈相接，這感覺令他既興奮又害怕。

「是什麼原因促使你現在來尋求幫助？」她問。

「我發現除非我做治療，否則永遠沒辦法與人交往——無法去愛一個人。」

「你愛上某人了嗎？」

問太多了，六分鐘應該到了吧？他搖搖頭，「沒有。」

「可是你對某人有意思？」

沉默將時間拖過了，丹尼爾聽見背後的碼錶咔地一聲，他不再需要回答問題了。

「的確是有一個人，是的。」丹尼爾慢慢說：「或許沒有可能，但我想試試看。」

「謝謝你，丹尼爾。」尤瑞厄神父靜靜表示，「你也是，莎賓娜，今天就到此為止。」

莎賓娜站起來穿上開襟毛衣，對丹尼爾笑一下後便走了。他目送她離去，感覺諮詢室因為她的缺席，而突然空了些、乏味了些。丹尼爾心想：這就是一般人的感覺嗎？這就叫正常嗎？跟一個人產生短暫的連結，只為了體驗斬斷連繫時的傷痛？

萬一那連繫並不短促，分離會讓人錐心地痛呢？接下來呢？

尤瑞厄神父說：「你進步很多。我想，也許不久便能進展到下一個練習，甚至做一些實際的交往了。」

「你是指約會嗎？」

「如果你想要的話，我知道那會是一大步。」

丹尼爾指指門，「我會再看到她嗎？」

尤瑞厄神父考慮道：「通常我會輪換代理人，把病人對他們的依賴度減到最低。不過對你而言，依賴幾乎是不可能的。怎麼？你想再見她嗎？」

「不知道。我想見她，但我也想見別的代理人。」

尤瑞厄神父哈哈大笑，令丹尼爾十分困惑，他是不是說了什麼可笑的話？「我沒有那麼多研究助理，總之沒有像莎賓娜那麼漂亮的了，所以我想你可以再見到她。」他查看自己的電腦螢幕，「下週一同一時間好嗎？」

✣　✣　✣

丹尼爾離開諮詢室，輕輕打開他的手機，一名經過的修士好奇地瞄了他一眼。丹尼爾發現這些日子來，他是尤瑞厄神父的醫院中，唯一沒穿修士袍的人。

丹尼爾不相信上帝，當祂是一種更高階的數學原理。不過他很慶幸，目前煩擾教會的各種性醜聞，能為尤瑞厄神父這種默默行醫，把性異常當成反社會人格障礙來治療的醫生，帶來更多的資源。尤瑞厄神父認為，反過來治療或許也能成立。例如，他矯治戀童癖神父的行為技巧，亦能用來培養丹尼爾這種患者的同理心。神父的治療極富實驗性，可是丹尼爾在駭入幾份專業評論期刊的檔案，做深入檢視後，發現神父的方法具有紮實的科學基礎。

丹尼爾掃瞄自己的訊息，大多是嘉年華伺服器的自動警示，通知他流量突增或企圖破壞安全漏洞。其他訊息，丹尼爾連看都不看地逐一快速刪除。

寄件人：荷莉．博蘭

主旨：能幫忙嗎？

丹尼爾遲疑了一下，再標示稍後再讀。

他看到下面另一則訊息時，停下來了。信是寄到隱匿留言板上的，理論上，只有嘉年華的管理員才能看得到。幾天前，他連寄件人是誰都還不知道，主旨上寫著：

丹，以下是過程簡述

丹尼爾打開信。

囚犯抵達拘留室後，便受綁匪徹底的控制。囚犯受到嚴密、無聲且幾近臨床式的處置，以強調突然的環境巨大變化，囚犯對未來的疑慮與對被俘的恐懼。囚犯原本的衣物脫下後予以銷毀，綁匪在她全裸的狀況下，以照片紀錄她的身體狀況。

囚犯被銬住後單獨監禁，沒有衛廁用品、書籍刊物或宗教用品。不許與外界連絡，守衛通常戴上面具，僅做最少量的溝通，包括對第三人下令（如「把囚犯帶出牢房」等）。

囚犯的飲食受到控管，包括以乏味的量產流質食物，取代正常餐飲。卡路里的攝取量總是設在每日一千卡或略高。囚犯的體重受到監控，確保她不致減重超過百分之十。

重點是，這種做法算不算異常殘暴，會不會撼動現代人的良知。

這是丹尼爾在四十八小時內，收到的第三封類似電郵了。若不是寄到他的管理員帳戶，他一定當成是垃圾郵件。不過丹尼爾非常確定，嘉年華管理委員會的帳戶，絕不會被轉成垃圾郵件。

丹尼爾拿著手機站在那裡思索時，手機響了。來電顯示跳出荷莉．博蘭的名字，丹尼爾猶豫了一下，按下「接聽」。

「什麼事？」

荷莉知道寒暄會令丹尼爾煩亂困惑，因此連哈拉都省了。「丹尼爾，有位少女失蹤了，我們認為她的手機通聯紀錄能協助尋人。」

「所以呢？」

「此事緊迫，不能透過傳統管道。」對方靜默半晌，「丹尼爾？」荷莉追問，「你還在嗎？」

「我會幫你，但我要回報。」他慢慢地說。

「例如什麼？」

這回對方無語更久。「我要你陪我吃晚飯。」

「晚飯？」荷莉重述一遍，現在換她猶豫了。「那很好啊。」

凱蒂在一旁忍笑，上次見他們在一起，凱蒂便知道丹尼爾喜歡這位金髮情報官了，但也看出荷莉完全狀況外。凱蒂對這種情形有自己的解讀。

「我會把女孩的詳細資料用簡訊傳給你。」荷莉說。

「寄名字就夠了，還有她的手機電信公司，如果你有的話。」

「她米雅．艾斯頓，是……」

「我已經知道那名字了。」丹尼爾打斷她。「她在嘉年華有帳號，她的帳號被駭了。」

電話彼端的荷莉聽得一頭霧水。大家都知道嘉年華不可能被駭，對數百萬一般用戶而言，那正是整個網站的終極目標——或許丹尼爾不這麼想，他喜歡把自己的創作視為抽象的數學模型。在以軍事等級加密，保護用戶匿名的嘉年華網站裡，你可以購買任何東西，從同事的性生活祕密到新的身分；可以販售任何東西，從陌生人的信用卡資料到你自己的身體；可以做任何形式打賭，從你的薪水袋到你的性命；你可以無所不言，寄出會在幾分鐘後自行銷毀的匿名告白信；可以揭發、抨擊腐敗的政客或政府。有些人說這是邪惡的，有人則稱之為正面力量。然而大部分人會漸漸了解，嘉年華非惡亦非善，它像推特、谷歌或網路本身，只是資訊時代的一種新實況，唯有日後才能測度其真正的影響力。

當然了，那是假設嘉年華能存活下來，而非如許多曾經紅極一時的網站，最後消匿無蹤。嘉年華的成功，與其維安實力緊密相關，若安全有疏漏，對嘉年華的打擊會很大。

「被駭？」她重複說：「怎會被駭？」

「我不知道，有人從米雅・艾斯頓的帳戶發假信到管理員留言板，寄件者很懂設定工具——用 Python 把原始碼重新寫過，以確保我無法追蹤到他的 IP 位址，不過那算相對簡單了。進入嘉年華本身，就得學習特定領域語言……」

「丹尼爾，」荷莉打斷他。「我從 Python 之後就聽不懂了。」

「對不起。重點是，看似有人駭入網站，並不表示編碼已被破解，更不可能會是社交工程[5]——意即盜取某人的密碼。」他遲疑了一下，「我實在看不懂收到的這些訊息，但感覺上像是某種威脅。」

11

「你知道你在哪裡嗎？米雅？」

她搖搖頭。不知道。

「請大聲點，你知道自己在這裡可能會遇到什麼事嗎？」

5 社交工程（Social engineering）：以交談、欺騙或口語用字等方式，從合法用戶中套取其祕密的方法。

不知道。

有隻手用力拍著她前面的桌子，米雅嚇得跳起來。「不許對我撒謊，米雅，想好答案。你能想像在這裡可能遇到什麼事嗎？我相信你不願多想，但我相信你想得出來。對嗎？」

米雅在牢房待約一個小時後，被帶到較大的房間。屋牆盡頭掛旗子似地掛了條被單，被單上畫了符號，一個大黑圈裡面寫個A，類似無政府主義者的標誌，但A下面還加了較小的D和M。他們在被單前面擺了張桌子，桌子兩頭各有張椅子。

包達面具男站在陰影中，把一切拍下來。

「是的。」她小聲說。

「一件件說出來。」

「你們有可能……傷害我。」

「繼續。」

「殺掉我、打我。」她頓一下，「強暴我。」

「如果我們做其中任何事，你能怎麼樣嗎？」

不能。

她可有大聲說出來？或只是在心裡想？對面的小丑男重複了她的話，所以她一定是大聲說了。

「不能。沒錯，你什麼都不能做，但我要告訴你一個好消息，米雅，你想知道是什麼嗎？」

又是點頭，接著米雅想起男人的指示，開口說：「想。」

「這個好消息就是，如果你乖乖按我們的要求做，以上那些事就都不會發生，你明白了嗎？」

「明白了。」

「現在站起來，把衣服脫掉。」

米雅猶豫了一會兒，她脫去夜店穿的衣服後，男人拿剪刀將衣服一一剪碎，等她脫到只剩內衣褲時，男人在桌上放了件東西。米雅垂眼看到一件連身服和一卷灰色萬用膠帶。她鬆了口氣，伸手去拿連身服，卻被男子按住阻止。

「不行，米雅，在這裡你得爭取穿衣服的權利。」他拿起萬用膠帶，「那表示你得幫我們拍一小段影片。」

12

「我恐怕不能跟你討論米雅．艾斯頓的事，」學生輔導員傲慢地皺眉說。「我跟學生的對話是有特權的，他們必須確知可以與我談任何事，且談話內容不會傳到他們父母耳裡。」

「我們都了解。」荷莉說。

輔導員麥考納先生是美國學校高中部偵問對象名單的最後一位。迄今為止，她們尚無太多進展，每個人都說同樣的話：米雅很用功、愛運動又開朗。但凱蒂覺得有意思的是，米雅有幾個朋友也暗指她有時會不顧後果。一名女孩告訴她們：「你可以拿任何事挑戰她，她都會去做。她比這裡所有男生都勇敢，這點毫無疑問。」

凱蒂說：「其實，搞不清狀況的人是你，麥考納先生。『特權』是法律用語，在這個國家，只適用律師、醫師或擁有國家執照的心理學家。我想你應該不具備以上身分。」

「我是有資格認證……」

「就算你擁有再多認證，還是得依法行事。」凱蒂打斷他。「也就是說，你必須配合義大利法庭命令下的任何犯罪調查，若敢藐視法庭，便須承受惡果，最多坐八年牢。」她故意用較正式的語彙，希望他不會質問法庭真的會下這種命令。「請告訴我，輔導員，米雅．艾斯頓究竟跟你說過什麼？」

麥考納眨眨眼。「呃，其實也沒什麼特別的。」

「那就說些不特別的。」

「有時候……該怎麼說呢？」他尷尬地抬眼看著天花板。「這種不是沒聽說過，但也不算普通，她……挑逗我，我只能這麼描述。」

「怎麼挑逗？」

「學生知道我不能把他們的話傳出去，有時便會肆無忌憚——為了刺激好玩而故意嚇我。米雅的情形是，拐著彎說她偷偷喜歡哪些男老師。」麥考納做了個手勢。「噢，她表面上裝作沒法專心上課什麼的，你應該了解，但她講得有些太過詳細了，如果你明白我意思的話。後來我要她再坦白些，她便暗指喜歡上我。我一點都不信那是真的，她只是想看我有什麼反應罷了。」

「你的反應是什麼？」荷莉問。

「我告訴她必須去見其他輔導員。由於我是高中部唯一的輔導師，所以我指的是初中部的同事莫雷斯太太。之後米雅很快便不再鬧了。第二天她回來告訴我，她認為那只是一種心理轉移——八成是從網路上看來的，米雅知道所有的行話。」

「所以她挑逗了你一下。但那並不能解釋她為何失蹤。」凱蒂說。

「沒錯，上尉，你的用詞……我想她只是開始明白自己的魅力，在測試自己的極限而已。我很訝異的是，她似乎能遊走於兩個面向裡；一邊是乖巧的模範生，一邊是快速成長的女孩。米雅可以在瞬間翻轉。」

「她有交過男朋友嗎？」

麥考納搖搖頭。「就我所知沒有，不過我相信她想跟誰交往都不難。」

「艾斯頓少校提到有位士兵陪她參加派對。」

「噢，是的。凱文·圖曼專員，米雅說那是她父親的『看門狗』，她好像不太喜歡他。」

兩名女子互換眼色。凱蒂起身說：「我們會去找他談一談，謝謝你，輔導員。」

✣ ✣ ✣

「你說得對，米雅乖到不像真的。」兩人離開學校去基地時，荷莉表示。

凱蒂扮了個鬼臉。「逗弄那個色瞇瞇的傢伙並不會使米雅變成壞孩子，我敢打賭是他挑逗她居多！你看見他瞄我腿的色胚樣了嗎？我覺得米雅戳破他，所以才激怒他。」

「你覺得這位專員也許有類似感覺嗎？」

「有可能，當她父親欽點的保鑣兼假男友，一定很不容易，說不定他也受夠了。」

✣ ✣ ✣

圖曼專員在會客室裡等候她們，凱蒂沒想到他看起來如此年輕，結果他才十九歲，比米雅大兩歲。

圖曼不是一個放鬆的受訪者。每次回答都充滿軍事用語，且語氣單調不帶感情，彷彿凱蒂和荷莉是負責檢閱的士官長。是的，女士，他有時會陪米雅．艾斯頓參加烤肉會和看電影，那是他的榮幸，他個人從未在艾斯頓少校麾下服務過，但等資歷一達標，他便會申請做偵察訓練。少校的偵察紅隊，是達比基地一七三營最嚴格的單位之一。

「你跟米雅都談些什麼？」凱蒂問。

圖曼面無表情地說：「大多是軍隊的事。」

「你們在談戀愛嗎？」

男孩似乎很吃驚。「沒有，女士。」

「有性關係嗎？」

圖曼一幅快爆掉的樣子。「艾斯頓少校將他女兒的榮譽交付與我，艾斯頓少校是位傳奇人物。」

「可是你確實覺得她很迷人？」

士兵遲疑著。

「你是同性戀對不對，凱文？」凱蒂這麼說時，同時感覺身旁的荷莉一僵。圖曼只是一句話不說地瞪著她。

凱蒂接著說：「我知道軍隊裡通常不談這種事。可是你要了解，我必須知道你和米雅的關係，聽說米雅對這種事的洞悉力很強。」

片刻後，圖曼點點頭。「是的，女士，她相當擅長。」

「所以你們倆只是朋友？」

「算是。」他小心地說。

「意思是？」

圖曼有點猶豫。「米雅知道後……大部分時候她都沒事，但偶爾會對我發脾氣，你知道的，例如『我爸為什麼不能找個異性戀的男生帶我出去』。雖然像是在開玩笑，但其實不是，而且她會講些傻話。」

「例如？」

「例如要幫我吹蕭，看我是不是真的同性戀之類的。」他嘀咕著說。

「所以她眞的有性活動？」

圖曼不安地蠕動身子。「也許吧。我知道她跟她父親說她會守貞，但她一定有參與某種性活動，她會談她在網上看到的東西，像『噢，我看到一個同性戀帥哥的影片，你應該去看看』。」圖曼扮了個表情，「主要是為了嚇我，不過我不認為那是她瞎編的。她跟我提過一次嘉年華的留言板，說你可以在上面刊登自己的照片，別人就會幫你打分數。例如放半裸照，但不用露臉，這樣別人就不知道你是誰了。米雅大概覺得那樣很刺激。」

「毒品呢？」

「那我就完全不知道了。」他喃喃說。

「你一定知道，或者你要我跟你們排上弟兄講你的事？」凱蒂雖然沒聽到，但感覺荷莉忍不住倒抽了口氣。

圖曼咬著唇。「我知道她試過幾樣，我從未跟她談過。我痛恨毒品，她父親也是。少校告訴米雅，她只要敢碰毒，就毒打她一頓，但我不認為那樣就能阻止她。」

「如果你們那麼合不來，你為何還繼續帶她出去？」凱蒂好奇地問。

他聳聳肩。「大概是為了她父親吧。」

「上週末呢？她有把她的計畫告訴你嗎？」

「我知道她有活動。她說她得躲開她老爸，我說我沒法幫忙。她大笑說：『別擔心，你不會想去的。』」

「『想去』？口氣像是在談派對嗎？」

「是的……也許是舞會，我想她偷瞞著父母參加過幾次。」

✣ ✣ ✣

她們送圖曼回他單位後，凱蒂突然站起來。「走吧，該吃午餐了。」

她們默默走向大門時，荷莉開口說：「凱蒂……」

「是的，我知道。」凱蒂打斷她。「『不問，不說』[6]，還有威脅告訴他的同袍，大概也不在規定手冊裡。不過要我幫忙的人是你，這就是你得到的。」

她們的路線會穿過基地主要大街和購物城。四周來往的人們，提著兩側商家的袋子。凱蒂想起中世紀的要塞，士兵和眷屬一起住在同一個營區中。但這邊的人拿的不是軍旗，而是高舉 American Apparel、Gap、Old Navy 等現代零售商的旗幟，大步而行。

當她們經過三一冰淇淋時，凱蒂發現以前她最愛的威尼斯冰淇淋店裡的口味——血橙、榛果巧克力、朝鮮薊——在這裡被換上十幾種以餅乾為基底的口味了，許多還特意強調低脂。三一旁邊是漢堡王。

「我想你不會建議在基地裡用餐吧？」凱蒂故作天真地問，荷莉只是乾笑幾聲。

她們在幾分鐘路程外的斯堂佳（Stanga）找到一間家庭式的小酒館。酒館裡的桌子不會超過六張，黑板上的菜單僅有三項，其中一道是驢肉粗麵（bigoli al ragù d'asino）。「咱們吃麵吧。」凱蒂建議說。

「好。」荷莉知道凱蒂在測試她。「你覺得哪種酒更能搭配驢肉，是Amarone或Valpolicella[7]？」

「當然是Valpolicella，」凱蒂斜眼看了荷莉一眼，「如果你不覺得午餐喝酒算犯罪的話？」

荷莉選擇不理會。「所以……我們都認為麥考納及圖曼，與米雅的失蹤都無關，是嗎？」

凱蒂搖搖頭。「但我覺得她過兩面生活這點還是很重要——在父母面前一個樣，在真正了解她的人前又是另一個樣。」

「我覺得這種情形在軍人家庭挺常見的，我爸爸雖然沒有艾斯頓少校那麼嚴格，但你一直都知道，自己闖的任何禍事，都會變成父母的檔案，所以軍人子弟極度懂得保護自己的隱私。」

而且有時很難擺脫那種積習，凱蒂心想，但沒說出口。

她們的酒很快送來了，緊接著上麵條——醬汁深色如鴨肉，但帶著類似鹿肉的濃重野味。凱蒂沒想到荷莉每口都吃得津津有味，令她頗為不爽。驢肉與馬肉是威尼托的佳餚，雖然觀光客對這種菜色敬謝不敏，但酒館幾乎都會供應sfilacci[8]、驢肉麵，或spezzatino di cavallo[9]。凱蒂心想，也許這名少尉比她的

6 不問，不說（don't ask, don't tell）：美軍對同性戀的政策，長官不得詢問、調查軍隊成員的性取向。

7 Amarone或Valpolicella：紅酒名。維琴察美軍基地所在的威尼托省是義大利的紅酒盛產區。

8 Sfilacci：盛在石盤上的煙燻碎馬臀肉。

制服看起來更像義大利人，但這點並不能改變什麼，她們的友誼還是永去不回了。

「還不錯。」荷莉吃完後，深吸一口氣，說：「凱蒂……我想我們應該談談發生的事，我是指我住在你那邊的事。」

凱蒂想了想，「為什麼？」

「因為我想念你這個朋友。」荷莉簡單地說。

凱蒂沉默很久後說：「那咱們就當朋友。」

「太好了，可是我們應該討……」

「不用了，不需要。」凱蒂打斷她。「可不可以別那麼計較，咱們就是傻傻地為平底鍋吵了一架，就那樣而已，現在和好了，我們忘了吧，努力找米雅。」

荷莉沒說話。她們吵架不僅是為了鍋子，但凱蒂若選擇麼想，就隨她了。「你還是不認為她跟男生跑了，是嗎？」她靜靜地說。

凱蒂搖搖頭。事實上，自從她看到米雅過於整潔的房間後，益發確定這不僅是另一名青少年逃家的案子。而丹尼爾說米雅的嘉年華帳戶被駭之後，更加強她的信念。

「是的，我相信這件案子沒有那麼單純。」她說。

但凱蒂還不準備承認，她那種越來越篤定的反應，並不單是因為這位少女失蹤了——至少不完全是。她的反應部分來自所有在憲警總部匿名在她的儲物櫃上塗寫「婊子滾蛋」，或認為她只能去調查仿造手提包的男人。

憲警隊的凱蒂．塔波上尉，此刻心中燃起了漸增漸烈的鬥志。

米雅．艾斯頓，你很可能就是我苦苦等待的機會。

13

「是崔瓦撒諾教授嗎？」

幫皮歐拉開門的男子點點頭。「是的？」

「很抱歉打擾你，」皮歐拉說。「亞丹莎博士建議我來找你，談談今早在維琴察附近找到的遺骸。」

「當然，請進。」

崔瓦撒諾教授和藹可親，一頭黑髮捲曲蓬亂，他領著皮歐拉，進入他在威尼斯大學的研究室。牆上都是書，地上堆了更多的書與檔案，不過房中央有三張孤島般的扶手椅。皮歐拉坐進其中一張，並好笑地覺得好像應該寫份短文，解釋自己到此的原因。

「你剛說左手萎縮是嗎？」崔瓦撒諾打斷他的思緒，「而且穿著卡其布夾克和紅領巾？」

「是的。」

「是邁可斯．哲曼帝，他是馬羅斯蒂卡（Marostica）的加里波底步兵團（Garibaldi Brigade）指揮官。」

教授立即表示。

9 pezzatino di cavallo：馬鈴薯、馬肉與紅椒粉做成的豐盛燉菜。

「你確定？」

崔瓦撒諾點點頭。「亞丹莎博士應跟你說過，我專門研究二戰。當時的游擊隊缺乏制服，不過他們當然全都戴領巾了：紅色是共產黨，綠色是共和黨等等。能穿夾克的人，表示他是軍官；他扭曲的左手在好幾份報告裡都有出現，絕對是他。」

「你能解釋他怎會被埋在廢棄的達莫林機場嗎？」

「嗯，這點倒是有意思。」崔瓦撒諾說：「我沒辦法解釋。哲曼帝的死是二戰結束前幾個月最大的謎團之一。當時情況混亂：盟軍從南部入侵，德軍節節敗退，但義北的狀況尚稱平衡。哲曼帝和幾位軍官離開馬羅斯蒂卡的基地，去跟當時協調該區域反抗活動的美國戰略情報處開會。根據戰略情報處的軍官表示，他們一直都沒出現。」

皮歐拉在呈現證據上受過精密訓練，聽得出其中意有所指。「根據？」

崔瓦撒諾聳聳肩。「據說哲曼帝一行人在睡覺時受到包圍，他們反抗了一會兒後便投降了。據稱的事發地點教堂，牆上甚至還掛了牌子說明，此後再沒人聽到他們的消息了。據說他們被送回德國的死亡集中營，但各種質疑立即接踵而至。如果德軍真的逮到游擊隊指揮，絕不會僅是將他送走，必會刑求逼問情資。而他只要一死，屍體還會被掛到燈柱上，以示大眾。那樣無聲無息地失蹤……太異常了。」

「至於他們去參加的那場會議……你知道是關於什麼嗎？」

「據哲曼帝的人說，盟軍空投武器給他們時，常投錯地點，但他們又同時受命執行冒險任務，所以造成重大損傷。因此哲曼帝要求跟美國戰略情報處在義大利最資深的官員葛藍少校開會，討論美國戰略情報處偏袒其他游擊隊，故意排擠他們的事。」

「你認為他們的看法正確嗎？」

崔瓦撒諾慘然一笑。「當然是有可能……我們義大利人在經歷墨索里尼那段可恥的時期後，自然認為大家會團結一致對抗納粹。但游擊隊的政治生態在某些方面甚至比以前更混亂殘忍，我們有社會主義的、天主教的、共和黨的、無政府主義者的軍隊——還有最大的軍團，加里波底。」

「他們是共產黨。」

「沒錯，不同團體互有歧見，這種說法算相當客氣了，但共產黨還有另一項問題。早在戰爭結束前，美國已開始將注意力轉移到蘇聯帶來的新威脅。當然了，兩國名義上是盟國，但實際上雙方都企圖在敵對的態勢結束前，盡可能爭奪更多的土地與影響力。有些史學家甚至相信，美國最初之所以入侵義大利，並不單是為了驅逐德軍，也是為了防範共產黨徒。畢竟狄托[10]旗下的共產游擊隊已占領南斯拉夫了；如果他們也占據義大利，地中海的整個策略平衡，便會倒向蘇聯。美國若看到削弱共黨軍團的機會，可能會趁機出手。」

「有意思。」皮歐拉邊說邊站起來。「謝謝你撥空相談，教授。我再試著找到哲曼帝的後代，取得他們的DNA跟遺骸做比對。經過這麼久之後，他們一定很樂意能安葬他。」

崔瓦撒諾伸手阻攔他。「等一等，上校……我只想確定你明白剛才你那些話的意思。據你們的檢驗人員說，哲曼帝不可能死於戰火，那表示最初所說的死因並不正確。」

10狄托（Tito）：一八九二至一九八〇，南斯拉夫共黨政權創立者。

「那種說法有可能對，也有可能錯，教授。」皮歐拉穿起夾克，「但那是像您這種的史學家的事，不是憲警隊的事。」

「噢，」崔瓦撒諾輕聲地說：「這點你也許就錯了，上校。告訴我，你對海牙公約了解多少？」

✣　✣　✣

皮歐拉跟崔瓦撒諾談話耽誤了時間，回到憲警總部時已經遲到了。他跟政風處有會議要開。

「你來啦，上校，為了爭取時間，要不要立即開始？」萊帝瑞上校頭都不抬地說。皮歐拉邊坐下邊喃喃道歉。萊帝瑞對助手安迪茲揮揮手，助手拿起前面六個檔案中的一份，翻開貼著黃色便利貼的一頁，畢恭畢敬地呈到老闆面前。

皮歐拉知道遲到會令人覺得傲慢，但他傲慢地發現自己根本不在乎。萊帝瑞上校調查皮歐拉前屬下，凱蒂．塔波指控性騷擾一事，似乎沒完沒了。他無止境地兜繞提問及暗示：我建議你，上校……、你知道這種事看起來……、你真的主張……。萊帝瑞堅持知道所有細節，無論細節有多麼私密：皮歐拉和凱蒂多久睡一次、日期與時間、皮歐拉是否留下來過夜；萊帝瑞甚至拐彎抹角地問，原告是否「展現出性滿足的跡象」。皮歐拉聽到問題時，氣極敗壞地瞪著他，直到萊帝瑞厚著臉皮跳到下一個問題。

「今天我打算針對你跟塔波上尉的聲明中，出現歧異的地方發問。」萊帝瑞接著說：「上尉提及，有一次，在一月二十一月晚上，她決定分手，可是你對當晚上的回憶卻是……」說著他翻到另一頁，上面也貼了便利貼。「你去她的公寓，跟平時一樣有親密關係。」他瞄著紙頁，「塔波上尉還親自煮了鴨肉醬麵，真棒啊。」

「隨你怎麼說。」皮歐拉努力忍住嘆氣。

「我覺得奇怪的是，上校，你如何勸她改變心意，你到底給她什麼誘因或壓力。」

「都沒有，如果塔波上尉想結束我們的……」皮歐拉遲疑著，「我們的外遇，她隨時可以終止。你剛才說的那一夜，或任何其他場合中，她都不曾對我表達分手的意願，最後切斷關係的人是我，不是她。」

「是的……所以後來她並沒有告訴你，她爲什麼想分手？」

皮歐拉聳聳肩。他早就放棄搞懂萊帝瑞這些磨人的問題，究竟是依據何種邏輯了。「沒有。」

萊帝瑞兩眼放光，彷若取得重要勝利，他對安迪茲示意，助理在他面前放了一份新檔案，翻開另一個有便利貼的地方。看到檔案裡至少還冒出六、七張黃色紙籤，皮歐拉心中一沉。「你能告訴我，塔波上尉最初為何會擔任你的助手嗎？」

「是我要求的。」

萊帝瑞揚起眉。「你指名要的？」

不然咧？皮歐拉心煩意亂地想。「沒錯。」

「因為她曾吸引你的注意是嗎？」

「因為她是威尼斯人。我雖然在這裡住很久了，但不一樣，我覺得組裡找個本地人來會加分。」

「據我所知，這位本地人之前並沒有辦重案的經驗？」

「凡事總得有個開端。」

「也是。你應該知道她會很感激有這樣的機會。」

「當時我根本無意引誘她，如果你是指這個的話。」皮歐拉冷冷地說。這是實話，幾乎算是。他當然不會在第一天便期許兩人超過同事情誼，但他覺得自己幾乎從一開始，便對凱蒂鍾情——當凱蒂脫下鞋子，光腳涉過安康聖母殿前淹水的人行道，去檢查穿著神父法袍的被害女子遺體時。凱蒂毫無畏懼、毫不遲疑地涉入冰涼的海水時，皮歐拉瞥見她塗成豔紅的腳趾甲，心跳隨之頓了一下。

而真正的問題就出在這裡，愛情，這個字在這場了無意義的後續調查中，一次都未被提過。如果他們倆只是露水姻緣、後悔了、決定從未發生，一切就都沒事了。就是因為兩人這份強烈的情感，使得他們在外遇結束後，不可能繼續合作。兩人調查的犯罪對象，為了破壞調查工作，把他們的照片寄給皮歐拉的妻子。這招奏效了，家裡給他下最後通牒，皮歐拉被迫結束這場外遇，並要求凱蒂離開調查工作。這作法剝奪了凱蒂事業上重要的一步，但皮歐拉依舊相信那是最好的辦法。

「聽我說，這都不是她的錯，所以，你若要我說是我給她壓力，或濫用職權，那就寫吧，我簽名就是。」皮歐拉突然厭煩地表示。

萊帝瑞呆笑一下。「如果有那麼簡單就好了，上校。長官、部屬間之所以禁止談私情，就是因為會衍生出複雜的問題。例如，你以為你在性愛方面占她便宜，她卻認為自己利用你做晉階之途。你們絕對是違規了，但我的建議將取決於犯規背後的動機。」他狀甚愉快地伸手拿起另一張便利貼，「現在來看看你跟其他屬下的關係……」

門開了，萊帝瑞的查問被打斷了。「啊，皮歐拉，還有萊帝瑞上校，你們進行得如何？」瑟托將軍說。萊帝瑞正要回答，將軍卻無視他繼續往下說：「這事只怕你得再找其他時間完成了，我得跟你的當事人談一談，雖然我相信他感情生活的細節，夠我們忙上幾天，但憲警真的還有其他事得辦。」

「沒問題，長官。」萊帝瑞起立，叫助理安迪茲收拾檔案。「將軍，其實我的報告快完成了，結果會送到紀律委員會，我會做出非常明確的建議。這種事很常見，女生受到斥責；然後將排擠轉化成報復的念頭……您大可放心，皮歐拉上校很快便能回工作崗位了。」

皮歐拉頗吃驚，但沒說什麼，只能假設萊帝瑞一直等著看政治風向怎麼吹，再決定如何出手。瑟托的語氣，終於明顯指出他的上級們想聽什麼了，萊帝瑞立即迎合上去。

「很好。」瑟托打發他，然後轉向皮歐拉。「大家似乎都很喜歡你，阿爾多。美國人抱怨了一下，主要是形式上的小抱怨，沒別的意思；政客法里西的『自由聯盟』也一樣。所以你成功地讓雙方都不高興，但又覺得把事情鬧大也討不了便宜，分寸拿捏得非常巧妙高明，幾乎沒有破綻。既然那位考古學家是工程集團的人，建議你現在就把問題丟給她和她的老闆們，讓他們去協商她還要調查多久。我們的工作就算結束了。」

「也不盡然。」皮歐拉聽見自己說。

瑟托訝異地問：「哦？」

「我稍早跟一名史學家聊過，他專門研究戰時的歷史。問題是，受害者死時穿著卡其夾克。」

「那又如何？」

「因為受害者穿了制服，因此有權受海牙公約保護。公約沒有限制條例，不像義大利民法。受害者的死因是頭部遭近距離射擊，換言之，是以處死的形式受死的，顯示這是一宗戰爭犯罪。我已另外成案了。」

瑟托瞪著他。「你的嫌犯是誰？」

「雖是假設，但跡象顯示，嫌犯可能是美國戰略情報處的鮑伯．葛藍少校。」

「他還活著嗎？」

皮歐拉搖搖頭。「他在義大利長年為同一單位服務後，五年前去世了。或者說，是美國戰略情報處在戰後轉型的那個單位。」

「什麼單位？」

「美國中情局，CIA。鮑伯．葛藍是CIA義大利分部的主任。」

瑟托不可置信地放聲大笑：「上校，你會不會太優秀了，你想控訴一名死掉的CIA官員，在七十幾年前的戰爭中殺人嗎？那到底能有什麼好處？」

「我知道，」皮歐拉以半朵歉然的微笑回應將軍的笑顏。「但我已提出指控了，我們有支持這項論點的檢驗證據，所以……」

瑟托嘆口氣。「好吧，非做不可的話，就寫份報告給檢察官。此事最多辦到這裡，至少文書工作會很齊備，不過別花超過兩天的時間。」

「不會的。」

瑟托拍拍皮歐拉的背。「還有，辦這件案子時，別太接近任何穿裙子的，嗯？我們不必再傷害任何低階軍官的心了。」

14

丹尼爾．巴柏坐在電腦前準備駭入義大利電信（Telecom Italia Mobile）。此事相對容易：在駭客網站上搜尋幾分鐘，便能在義大利電信的系統找到緩衝區溢位11的弱點。用白話文講，就是用戶在義大利電信網站上，支付帳單時輸入姓名及郵件地址的欄位，也可以接受HTML編碼。當丹尼爾按下「下一步」時，編碼便會進入義大利電信的系統，就像直接將編碼寫入主機裡一樣，丹尼爾以這種手法取得管理權。電信公司如此粗疏，任自己所創的系統門戶大開，常令丹尼爾感到詫異，其實緩衝區溢位是網路上最常見的弱點。

等待自己寫的程式找出米雅的通話紀錄時，丹尼爾研究幾則號稱是米雅寄來的訊息。有些幾乎毫無意義，因此丹尼爾一開始未予理會，現在他知道自己錯了。如果真的有人入侵米雅的嘉年華帳號，那麼相較之下，自己現在所用的駭客手法，簡直就是兒戲了。那些訊息一定有某種意義；否則，缺乏意義本身，就是對方的目標之一。

丹尼爾把那些訊息一起放到螢幕上，第一則以英文寫道：

莫讓人藐視你的青春，而要為那些相信的人立下榜樣。

接下來幾封信是描述對付囚犯的程序，包括一篇主旨為「丹，以下是過程簡述」的信件。最近一封二十分鐘前寄來的郵件主旨是「最新狀況」：

11 緩衝區溢位（buffer overflow）：駭客最常使用的攻擊手法之一，利用程式設計上的錯誤，在過短的緩衝區空間中，輸入過量資料，使程式產生問題，藉此取得系統管理權或刪除受害者主機中的檔案。

綁匪以相對和善的環境及方式做初步審問，採取開放、不帶威脅性，但能造成引發恐懼想像的方法提問，例如：「你知道你在這裡會發生什麼事嗎？」並以提供衣物或其他誘因，換取囚犯的合作。綜合上述技巧，徹底打壓囚犯。建立這種底線至為重要，讓犯人明白她連基本的人類需求都無法控制。重點是，這種行為是否令人髮指到能震撼當代人的良知。

丹尼爾讀信時，同一個帳戶又收到另一則訊息了。他立即點開查看，上頭僅說：

丹尼爾，你的網站太可悲了，夜店貴賓室的維安絨繩都比你強。

丹尼爾把第一則訊息輸進谷歌，很快查出是引自聖經的一段話，尤其是這段〈提摩太書〉4：12的文字，乃美國學校所用的版本。而重複出現的「震撼良知」（shock the conscience）一詞，實為法律用語。據維基百科解釋：

「震撼良知」是美國與加拿大的法律標準用語。法官若認為某舉動明顯而絕對的不公義，便視之為「震撼良知」的行為，違反美國憲法第十四條修正案要求的正當程序。

郵件剩餘部分，似乎摘自一份外洩的美國政府文件，談到特別引渡，以及ＣＩＡ從一個國家綁架恐怖份子嫌犯後，如何以飛機載往另一國偵訊的過程——這種做法至少能迴避憲法第十四條修正案的法律效應。

為何有人要如此費事地駭入一個安全的電郵帳戶，引他注意，結果只寄來一份美國政府的引渡備忘錄？這顯然是設計來調侃、激怒他的障眼法。換言之，這可能是一道沒有答案的謎題，是對方蓄意製造的曖昧。

另一方面，丹尼爾心想，就算有人自認寫的是胡言亂語，但從其選擇的文句，還是能判斷出對方的許多特質。

電腦發出響聲，通知丹尼爾已成功駭入米雅的通話紀錄了。丹尼爾將注意力轉移到螢幕上一排排的條目，或許能從這裡找出合理的解釋吧。

15

皮歐拉開著車，穿越一道頂部加了刺網的鐵門，行過一排破敗的木屋。標示牌上寫著這裡是七十三號拘留所，底下以更小的字寫道：「一萬兩千名男女兒童曾經過大門，前往納粹集中營、處罰營與強制勞役工廠。」

崔瓦撒諾說，位於義大利中部卡爾皮舊拘留所的反抗博物館文獻中，也許會有一些邁可斯．哲曼帝的照片。嚴格來說，這對證據幾乎無法加分，但皮歐拉知道，在說服檢察官值得繼續追案時，這類影像頗具助益。

博物館或現在所謂的訪客教育中心，是棟閃閃發光的誇張建物，用狀似威尼斯甜點麻花糖條般的炫麗鋼桁撐著，與四周腐朽的木屋形成詭譎的反差。另一塊更大的牌子寫著，感謝康特諾工程公司慷慨贊助。皮歐拉感到奇怪，這名稱怎會突然從這麼多地方冒出來。但他再仔細一想，其實這名稱平時都在，只是他今天比平常留意那獅身鷲首的紋飾和字體罷了。習之中人甚矣哉，千萬小心。

教育中心有藝廊或私人銀行的靜謐氛圍。皮歐拉向櫃台後方衣著優雅的女子解釋來意，女子撥了電話後告訴他，檔案保管人員會幫他找尋。

皮歐拉等候時，四下逛著大廳裡的展示。展示主題是「戰時工業」。他很快發現，那只是對康特諾的贊助所做的回饋。展示品所費不貲，有放大到如廣告看板的黑白照片，從公司角度訴說戰爭時期的故事；尤其是公司創史人安博奇努・康特諾的經歷。有張粗粒子照，是戰爭爆發前，安博奇努所製造的拖拉機。接著是安博奇努本人，驕傲地站在一輛賽車原型旁的相片，標註上寫著：「年輕的安博奇努跟許多義大利工業家一樣，被迫幫助德國戰備，其工廠被遷至隆加雷山區（Longare）洞穴中，躲避盟軍的轟炸，為納粹製造飛機零件與武器。在目睹受迫的苦役承受的惡劣環境後，安博奇努開始暗中協助反抗軍。」

接下來的照片是安博奇努跟一群高聲歡呼的游擊隊，右邊是名高大弓背，著美國軍服的男子。「解放日，安博奇努與特倫提諾區游擊隊（Trentino），及美國戰略情報處的羅伯特，『鮑伯』・葛藍。」

皮歐拉停下步子，他懷疑的就是這個。皮歐拉望著美國人的臉，可惜相片過於模糊，看不出那人的特質。再往前走，皮歐拉找到了更多鮑伯・葛藍的照片。其中一是張葛藍站在身著長袍，彷若參加某種宗教儀式的人群裡，其中也包括安博奇努・康特諾。標註寫道：「一九四八年四月，安博奇努・康特諾與游擊隊同事攝於羅馬，麥基洗德修會入會時。該會以騎士精神與仁愛為宗旨，是一古老的天主教社團。」旁邊相連的櫃子裡，展示出安博奇努在照片中穿著的袍子，以及各種獎章與其他勳榮。皮歐拉發現，許多徽章都有同樣的符號：一個下端削成劍尖的十字架，並刻上「Fidei in Fortitudo」的座右銘。

麥基洗德修會……以前他跟塔波上尉一波三折地做調查時，也見過這個名稱。那次查案始於一名穿神父道袍的女性死者，最後追出北約與梵蒂岡，曾暗地煽動前南斯拉夫瓦解後的內戰。不過該修會並未涉及那些罪行；或至少未直接參與。皮歐拉此時會想起這些，全是因為凱蒂看到修會網站時說過的話；內容大概是義大利人一扯到慈善，就愛擺高姿態，搞繁文縟節。

「找到了。」皮歐拉轉過身，櫃台人員拿著一只信封朝他走來。

「謝謝你，有沒有可能也影印這些資料？」他指著前面的展示內容。

女人伸手從皮歐拉後方的一疊書冊上，拿起一份冊子遞給他。「資料全寫在裡面了，還附一張CD。」女子說完後，將注意力轉到一群從門口湧入的學童身上。

✣ ✣ ✣

皮歐拉邊走回車上邊打開信封，信封裡裝了三張照片。第一張是名年輕帥氣的游擊隊員，一手拿來福槍，另一手漫不經心地拎著一袋彈藥。皮歐拉仔細近看，袋子之所以如此懸晃，是因為繞在他手腕上。男子的左手向內彎折，等於是廢了。照片底下寫著註解：「馬羅斯蒂卡步兵團指揮官，馬西米洛．『邁可斯』哲曼帝。該軍團巔峰時期游擊軍超過兩千名，立功無數，包括破壞德軍使用的橋梁、道路及其他基礎建設。」

下一張照片哲曼帝和另外三名年輕人相互搭肩，一起對相機咧嘴而笑。一群人裸著胸膛，卻都仍戴著自己的紅領巾。「一九四四年夏天，『邁可斯』．哲曼帝與馬羅斯蒂卡軍團其他軍官，不久後他們受埋伏被逮，運往死亡營。」

皮歐拉疑惑地回頭查看櫃台人員給他的冊子，找到穿儀式袍子的群體照，其中一人，跟被哲曼帝用左手搭着肩的人，長得一模一樣。皮歐拉將兩張面孔並放比較，確認是同一人無誤。無論那人是誰，都證實了那次遭受突襲，至少有一名游擊隊員存活下來。

今天皮歐拉不只一次地懷疑自己是不是瘋了，才會想去調查哲曼帝的死。光在義大利，戰爭便犧牲了二十五萬名士兵和二十萬平民的性命，只有極少數像崔瓦撒諾這樣的學者，才可能對大屠殺中的細微小插曲感興趣。

皮歐拉的觀點挺老派，既然人皆有被安葬的權利，那麼每名暴力受害者也都有權獲得公義。法里西是怎麼說的？「我們必須確保這位不幸的人，跟任何其他市民一樣，在死時獲得相同的尊重。」這也許是政客唱的高調，但其言也真。這項罪行發生的年代久遠，當時全歐一片腥風血雨，因此皮歐拉的選擇顯得曲高和寡：若非為了原則，根本沒有調查的理由；而如果不查，便會違反皮歐拉的辦案原則。

皮歐拉知道，案子最終派給誰調查，得取決於檢察官，而不是他。誠如瑟托所言，沒有人會認為此案值得費心，皮歐拉得在案子落到別人手裡前．打鐵趁熱，盡快蒐集事證。

16

丹尼爾回電時，荷莉與凱蒂正在埃德里基地的居民間查探。「我查出[illegible]

「然後呢？」

「你應該知道這些東西是怎麼運作的吧？基本上，你一開手機，交換中心就會寄出數據包，查出離手機最近的基地台在哪裡。這項資料電話公司只保留二十四小時，除非你打電話或接收電話，他們才會把通話加到帳單紀錄上。米雅的電話在週六午夜前關機的，但在關機前幾分鐘她還收到一則簡訊。」

「表示她要跟某人會面？」

「我猜是的。總之，那表示我們可以鑒識出她當時所在的區域。」丹尼爾遲疑了一下，說：「你在哪裡，荷莉？」

「就在埃德里基地外。怎麼了嗎？」

「她的電話就是在你此刻位置的南邊被關掉的。」

荷莉想了一會兒。「不管米雅跑去哪裡了，我們覺得很可能跟嘉年華節的慶祝活動有關。你若在電腦前的話，能否查一下此地南邊可有任何活動？」

「也許他就是指那個。」丹尼爾緩緩說。

「誰？」

「『夜店貴賓室的維安絨繩都比你強』──那是駭客寄給我的簡訊之一。」荷莉聽見他在敲鍵盤。「你南邊不到一公里處有間夜店，叫自由俱樂部。」他再度敲擊鍵盤。「根據夜店網站上說，那是一個私人俱樂部，剛為嘉年華舉行過一場特別派對。」

✣　✣　✣

埃德里南邊的郊區平坦而毫無特色，是一大片工業建物與零售商店。自由俱樂部的入口開在小路旁，夾在摩托車行及賣泳池零件的大商店間。她們若是沒地址，恐怕就直接就略過了。

「這地方實在不怎麼樣。」荷莉評道。

「另一方面，這樣不會跟鄰居起糾紛。這地方入夜後一定沒什麼人。」凱蒂說。

她們用力敲門後，來了一名女清潔工。「我們需要跟負責人談一談。」凱蒂告訴女人。女人匆匆走開，幾分鐘後帶回一名三十多歲的男子。

男子表示：「我是老闆埃多爾．潘拿托。能幫什麼忙嗎？」

「我們在找一名失蹤青少年，她的手機最後一次使用，是在週六的這個地區，午夜剛過時。」凱蒂亮出米雅的照片。

潘拿托皺皺眉。「週六是我們這裡的大活動，不過我們入場規定要滿二十一歲。」

「她可能持假證件，我們不會指控你任何事。但你若有任何能協助我們的訊息，就該立即告訴我們。」

「我們是私人俱樂部，每位進來的客人都得簽名。你們需要的話，我們可以查一下名單。」

她們跟著老闆進入接待區，裡面有張長櫃台和設置一排排儲物櫃的側間。除了門上的監視器外，荷莉覺得看起來不像夜店，倒像是私人健身房。

「她叫什麼名字？」潘拿托打開簿子問。

「米雅．艾斯頓。」

片刻後老闆搖頭說：「這裡沒登記。」

「她也有可能用假名。」

潘拿托突然若有所思地抬起頭，並指指側間說：「有件事。我們會為客人提供儲物櫃，客人把鑰匙手環套在手上，離開時再歸還。客人偶爾會忘記，所以我們會派人守在門口檢查，確保大家離開時手上沒戴手環。通常那樣就可以了，可是週六晚的儲物櫃還有一個沒人打開，我原本以為客人發現後一定會回來，所以便一直沒去開它。」

「你有鑰匙嗎？」

潘拿托點點頭。

「咱們去開櫃子吧。」

潘拿托拿出鑰匙，領路走到儲物櫃，將鑰匙插入唯一鎖住的鎖孔。櫃門打開時，凱蒂與荷莉伸長脖子往裡看。

一件外套、一只小袋子、一個皮夾，還有裝在粉紅套子裡的手機。

凱蒂伸手拿皮夾，裡面有張米沃奇大學的學生證，上面是米雅的照片，名字是米雅．庫柏，生日則為一九九二年。

「她畢竟還是買了假證件。」荷莉低聲說。

凱蒂看著潘拿托。「我們得看看你們門口的監視錄影。」

「沒問題，我去教負責安檢的人來。」潘拿托掏出手機。

潘拿托打電話時，荷莉走回接待櫃台，看到一大碗原以為是糖果的東西。她小心翼翼地說：「凱蒂，這些東西是我想的那種東西嗎？」

凱蒂望過來。「沒錯，是保險套。」

「這是哪種俱樂部？」

「私人俱樂部。」看到荷莉一臉不解，凱蒂朝門邊一塊寫著「Solo Coppie」的隱密牌子點點頭，說：「限夫妻，這是換妻俱樂部，也就是說，米雅一定是跟著某人來的，希望監視器錄影能顯示出是誰。」

✣　✣　✣

眾人等候店內的安檢主管時，凱蒂與荷莉四處查看。荷莉覺得此處在許多方面與其他夜店幾無差異，她努力想把眼前所見，跟這裡實際發生的事做串聯。清潔工正在吸舞池地板，一名電工正在修理保險絲燒壞的製煙機，只有後邊那些較小的包廂——有些裡頭擺了大床、木架子，其中一間舖了軟墊地板——才看得出客人來此並不純粹是為了跳舞。

一名年近四十的女子在一個包廂裡拿出一疊疊剛洗好的白毛巾，女人上前自我介紹，說是潘拿托的妻子潔奇。

「唉呀，你是美國人。」她用英文對荷莉大聲說：「我也是。」

「你們俱樂部開多久了？」凱蒂問。

「四年了。不過我們倆認識後，開夜店就一直是我們的夢想。」她說得像在海邊開小咖啡館。「一個乾淨安全又漂亮的地方，讓每個人都感覺賓至如歸，希望你們能很快找到那個可憐的女孩。」她又不安地說：「想到她當時有可能在這裡，我就難過。」

潔奇離開後，荷莉轉頭問凱蒂：「這一帶有很多這種店嗎？」

荷莉骨子裡畢竟不是義大利人，凱蒂挖苦地想。「每個城市都會有一、兩間吧，就工作而言，我跟這類店家不太有接觸，他們的客人通常十分富裕有禮，且俱樂部在安全設施上會花大錢，因為不想惹麻煩。」

「就工作而言？你的意思該不會是你私底下曾來過這種地方吧？」荷莉掩不住驚愕的語氣。她們剛剛經過時，她瞥見後邊另一個包廂用隔板隔開了，板子及腰處開了許多小洞。她不敢多想那些洞是做什麼的，但牆上的紙巾架透露了暗示。

凱蒂哈哈笑說：「當然，但已經好一陣子了。當時我在羅馬，有個很愛玩換妻的男友，他年紀較大，換妻被他說得很好玩，所以我就好奇地跟他去了兩次。」

「然後呢？」

凱蒂聳聳肩。「就一大堆人和稀泥嘍，心理障礙一過，就沒什麼大不了的。不過也相當膚淺，大家碰面、打個招呼、做愛、說再見——跟吃速食一樣。我呢，我喜歡慢火燉煮的肉醬。」她瞄荷莉一眼，「更喜歡為了食譜，跟人起一點小爭執。」

「那一般義大利人呢？他們接受這種地方嗎？」

「荷莉，最近我們的總理公開自誇說他舉辦性愛趴，每次他這麼說，支持度就上升。如果義大利開始收斂性事，絕不會是為了這種俱樂部。」

她們發現櫃台有名男子正在跟潘拿托弄監視器。她們走近時，男子並未抬頭，凱蒂立即起了疑心。

潘拿托說：「機器好像出問題了。影片本來應該存在電腦裡的，但機器似乎故障了，我們正在修理。」

他問安全人員，「還要多久，吉佑？」

「大概要一小時吧。」男人喃喃說，依舊頭也不抬地迴避著兩名女子。「我把機器帶走，看能不能修……」

他一張嘴，凱蒂便知道自己認識他了。她大聲說：「你是憲警隊的！是本地人。」

「那又如何？」吉佑反駁道，「我總得糊口吧？」

「是啊，可是要兼差也該獲得你們少將同意。我敢打賭你們單位一定不知道你晚上在這裡當安全人員。事實上，我敢打賭，我若去看你的值勤簿，一定會發現你經常神奇地同時出現在兩個地方，所以咱們就別廢話了，告訴我你知道什麼。」

吉佑嘆口氣。「好吧，你就饒了我了行嗎？確實是出了點事。」

「繼續說。」

「我在這邊有名個手下，都是好人，總之，其中一人在週六跑來找我，說他覺得有人在賣藥。」

「那應該不算罕見吧？」

吉佑怒道：「藥頭都知道必須遠離這個地方。」

潘拿托進一步解釋：「那正是我聘雇他的原因。找位憲警在場，即使他不當班，別人還是會知道你是玩真的。我們這裡絕不容許毒品——安全人員會搜索任何可能夾帶違禁品的人。」

凱蒂覺得黑手黨若真的不得其門而入無法賣藥給俱樂部的客人，那麼俱樂部似乎不可能生存太久。但她只是點頭說：「繼續講。」

吉佑接著說：「總之，我去找那個人——他們告訴我是名年輕的白人，但留了雷鬼頭，不過那人已經離開了，我想應該是發現自己露餡了。停車場的迪諾說，他看到一輛車窗貼黑的廂型車快速駛離，似乎滿吻合的。」

「可是有些事並不吻合嗎？」

吉佑走到書桌打開抽屜。「我們在停車場找到這個。」他拿出一坨像纏繩的東西，抖一抖，原來是頂白色的雷鬼長假髮。「他若是藥頭，喬裝不是很怪嗎？」

凱蒂的手機響了，是丹尼爾打來的。「怎麼了？」她問。

丹尼爾的語氣似乎很緊張。「我又收到另一則簡訊了。」他頓一下，「是一段影片，凱蒂，你得看一看，米雅被綁架了。」

17

瑟托對滿屋的人說：「明天早上九點有一場記者會。這段期間除非經我同意，否則不許讓任何其他人看到。」他下令開始放播放帶子。

憲警隊火速召集，已有十八名軍官和六十名常備憲警被調派來處理本案了。綁架專家正開車趕過來，還有幾位職稱與姓名都令人費解的美國人，在一側的辦公室設起了保密通訊中心。凱蒂看到皮歐拉上校擠在一群軍官中，她轉開眼神，決心不去看他。

影片開頭是以基本的影片編輯軟體打出來的字幕，內容十分殘忍。

囚犯被捕後，手腳上銬，並以耳塞、眼罩與頭罩蒙蔽視聽。

影片切到一幅粒子粗大的人體影像，那人戴著頭罩，渾身綑綁地躺在廂型車內。片子似乎是以手機或其他簡陋攝影機所攝，影像晃動且有些失焦。接著片子立即切換到另一則字幕上。

接受的過程通常會造成巨大的恐慌。

攝影機穿過一間獸欄似的小石屋門口，犯人坐在地上，雙手上銬，頭罩已經取下了，但直到犯人抬眼時，才讓人清楚看出那是位少女。她看起來驚恐極了。

剝奪睡眠與操控飲食，乃標準的準備程序。

接著是一小段同一名女孩喝塑膠瓶裝安素的畫面，但也只播出短短幾秒。

同時開始做初步審問。

接下來的畫面是女孩臉部特寫，攝影機搖搖晃晃地後退，拍出坐在椅子上的女孩。簡報室裡傳出陣陣不安的竊語，因為大家看到女孩脫到僅剩內衣，四肢以萬用膠帶纏在椅子的扶手及椅腳上。

一隻看不見的手調整畫面後，背景也出現了。女孩後方有條像橫幅標語的東西，上面潦草地畫了一個加圈的大A，A下面緊挨著兩個較小的D與M。一名戴著丑角面具的男子漠然地站在一旁。

也許會以衣物、食物或其他誘因，換取囚犯的合作。

男人透著面具，用腔調濃重的英文說：「米雅，你有什麼要說的嗎？」

「有。」女孩直望著鏡頭，一開始因恐懼而說話過快，因此很難聽清她所有的字。「ADM要求立即舉行公民投票，讓威尼托人民自行決定以下事項。首先，是否應立即停止達莫林軍事基地所有工程。其次，是否應擬出計畫，毀去已完成的建物。」她頓了一下，吸口氣，讓自己緩下來。「第三，該基地在年底前，是否該收歸公有。第四，所有非法占領北義的美軍部隊，是否應於八日一日前撤離。」女孩的聲音顫抖著，「他們說我可以跟我爸媽講幾句話，爸，媽……」

影片突然切斷，又跳出另一份字幕。

待續。

螢幕暗去，簡報室裡所有憲警軍官齊聲喟嘆。

瑟托說：「她的名字叫米雅．艾斯頓，十六歲，是埃德里基地一位美國軍官的女兒。她昨晚失蹤了。至於這個ADM，我們也是到今早才聽說的。有幾名ADM的成員闖入達莫林工地，四處噴畫塗鴉，此刻看來，是為了預先在影片出現前，宣揚他們的組織。」他朝皮歐拉所站的地方點頭示意。「我們運氣不錯，美方要求我們調查闖入事件，皮歐拉上校已蒐羅到主事成員的姓名與地址了。我們凌晨四點殺去，攻其不意，亂其方寸，將他們帶回來問話——所有人都帶回來。每個住址四人一組過去，另外加派三人一組留守每個地點，搜索可能找出米雅被囚地點的線索。清楚了嗎？」

房中眾人紛紛點頭。

「柯西亞會帶一組人分析影片。佛拉米尼負責啟動官方程序，並與專家建議小組聯絡。霍斯特的小組負責追查那輛在綁架嫌疑地點溜掉的廂型車。其他人則各指派給一隊搜捕小組。桌上有完整名單及目前所知細項的概述。」

軍官們魚貫走出房間，彼此低聲交談。看過指派清單後，凱蒂留了下來。

「怎麼了，上尉？」瑟托注意到她了。

「名單上沒說我是哪一組的，長官。」

「因為你沒被派到任何一組，你可以回去忙自己的事了。」

凱蒂無法相信自己的耳朵。「我無意冒犯，長官，可是若不是我，我們便不會追查到俱樂部、廂型車或女孩手機的線索了。」她覺得最好別提她跟丹尼爾．巴柏接觸，或說服他把影片交給當局的事。「我自認已證實自己能派上用場了。」

「或許吧。但你忘了一件事。」瑟托朝門口比一比，「皮歐拉上校擔綱本案的調查，政風處有指示，在你對他的告訴未解決之前，你們倆不得合作。」

「太離譜了。一開始就是因為他不讓我辦一件案子，我才提出申訴。現在政風處竟然又拿同樣的事來擋我。」凱蒂憤憤地說。

「那你就去申訴他們。」瑟托說著，轉過身。「去申訴我，如果你申訴得夠多，你的事業便會回到常軌，上尉，不過我個人非常懷疑。」

凱蒂回到辦公桌時，仍憤恨難平，她瞄了一眼電郵，發現剛才不在時，那些該處理的雞鳴狗盜小罪，幾乎爆增兩倍。她點入最上面一件。

✣ ✣ ✣

CF56431A。觀光客在咖啡館遺失相機。

這不是她第一次後悔申訴皮歐拉了。原則上她當然沒錯，卻錯在不夠務實。現在回頭去看，她發現自己也許一直想仿效皮歐拉充滿理想的工作態度，這真是一場狠狠的教訓。如果你是男人，又是上校，便可以逍遙於理想的公義之外，你若是女性，而且只是上尉，就得按組織行事。

「去你媽的。」她大聲罵道，然後伸手拿手機，說：「我是凱蒂。你那邊情況如何？」

「瘋了。」荷莉答道。「大家從各地飛過來，艾斯頓家還處在震驚中。你呢？」

「他們想把我踢出這個案子，因為由皮歐拉上校經辦。你能跟艾斯頓少校談談嗎？你若能請他堅持，我想我老闆就得讓我留下來了。」

「如果你想要的話。」荷莉的語氣有點戒心。「不過，凱蒂，皮歐拉上校的問提怎麼解決？保持一點距離不是比較合理嗎？」

「他不會有事的，這是大案子，現在最重要的是找到米雅，我們之間的空間大得很。」

18

不到一個小時，皮歐拉已收到通知，米雅被綁當晚收到的手機簡訊已經查出來了，是從叫約翰．韋卡洛的人手機發出的，地址是維琴察某間公寓。

「誰會帶他過來？」

「當地的單位，他應該四十分鐘內會到。」

有人把簡訊及米雅的回覆內容印出來交給皮歐拉，第一則簡訊發於晚間十一點五十七分：

在札曼賀夫路的餐廳跟你會合，我穿夾克與藍色絲襯衫。約翰。

謝了！我穿紅T恤。M

十分鐘後，韋卡洛再度給米雅傳簡訊：

我在酒吧旁，要喝一杯嗎？

麻煩點可樂！五分鐘到。

除此之外，兩人僅在先前一週通過一次二分鐘的電話，在那之前，他們似乎從未與對方聯絡過；至少不是透過手機。

皮歐拉自己的手機響了，他認不出來電顯示。「我是皮歐拉。」

「哈囉，上校，你好嗎？我是亞丹莎博士。」考古學家的語氣十分友善。

「需要幫忙嗎，博士？」今晚有太多事要做了，皮歐拉的說話速度不自覺地加快，亞丹莎回應的語氣也變得較公事公辦。

「我認為你會想知道，我把透地雷達搬到挖掘點了，地下似乎還有兩樣東西，看起來像另外兩副遺骸。當然了，這次我會確保骨頭能妥善地挖出來。」

皮歐拉努力思索，說：「啊。要多久時間？」

「一個星期，或許更久。」

「也許你得讓四周的工程繼續進行。」皮歐拉知道對方以為他會屈從於上方的壓力，但現在絕不可能停工了，否則對憲警而言，豈不順了綁匪的意。

「但那樣一定會危及挖掘工作。」

「很抱歉，但我們不能再延遲了，我現在不方便解釋真正的原因。」對方一陣沉默，皮歐拉又說：「你知道威尼斯大學的崔瓦撒諾教授，對吧？」

「當然，崔瓦撒諾的名字就是我給你的。」

「你能幫我做件事嗎？崔瓦撒諾教授暫且認為，第一副遺骸是游擊隊指揮官邁可斯．哲曼帝，因此另外兩副遺骸應該是跟他一起失蹤的游擊隊員。不過當時跟他們在一起的，還有另一人活下來了——此人戰後與一名美國情治官員拍過照，我若把照片寄給你，你能把照片拿給教授看嗎？如果他能指認出倖存者的名字，等我回頭調查此案時，會有莫大幫助。」

「當然。」亞丹莎嘆道，皮歐拉聽得出對方以為自己在打發她，「到時我們再看能怎麼做。」

皮歐拉有些懊悔地掛掉電話，但戰時的遺骸不會跑，綁架案卻得搶在受害者被綁後的黃金時日內破案，這類案子拖下去，雙方的挫敗感會積累而導致悲劇發生。

✣　✣　✣

約翰·韋卡洛被帶進來時，帕尼庫奇中尉也到了，他神速地整理出一張此人的背景資料，令皮歐拉十分訝異。韋卡洛是瑞士人，二十八歲，自己經營酒品出口生意，公司似乎營運得相當不錯，因為他住在一個月房租約四千歐元的大樓公寓。護照檢查顯示，韋卡洛固定在歐洲四處跑，搭商務艙或高鐵。他沒有犯罪紀錄，居留證也沒過期，其實是位勤奮的典型年輕創業家。

皮歐拉拿著資料走進訪談室，坐在桌邊的年輕人比護照上的掃描好看多了。他穿著名牌織衣，曬黑的面龐和俐落的髮型，顯示此人冬季都在滑雪。他沒有要求請律師，也不特別緊張，只是因好端端的夜晚突然受到干擾，感到不悅。

「你知道你為什麼會來這裡嗎？」皮歐拉坐下問。

「不知道。某種無聊的官僚形式吧。」韋卡洛說。

「跟一名年輕女子有關，你能猜到我指的是誰嗎？」

韋卡洛深思道：「該不會是米雅·庫柏吧？」

皮歐拉把米雅的照片放到桌上。「你說的是這個人嗎？」

韋卡洛點點頭。「是的，就是她，米雅·庫柏。」

皮歐拉選擇不予糾正。「你是如何認識她的？」

「呃，其實我並不認識她。」韋卡洛第一次顯出尷尬。「我們是在約會網站結識的。我們約會過一次，但過程不怎麼順利，後來就再也沒聯絡了。」

「在哪兒約會？」

「維琴察的一家夜店。」

皮歐拉已看出韋卡洛是那種聰明、受過良好教育的男子，他會斟酌自己的回答，表現出最好的一面，也可能在過程中略過重要的細節。皮歐拉決定火速點出真相。「你帶她去換妻俱樂部，你知道她多大嗎？」

韋卡洛眨眨眼，「二十一，我們簽名進去時，我看到她的證件了。」

「她十六歲。」

韋卡洛這下開始擔心了。「天啊！但那並不犯法，對吧？我又沒幹任何壞事。」

「那得看你究竟做了什麼。」

「你知道嗎？想去夜店的人是她呀，整件事就這樣而已。」韋卡洛飛快地說，急著想讓皮歐拉了解。

「那是為嘉年華舉辦的特別派對，但店家只讓夫妻入場，她需要有人陪她。」

「為什麼是你？」

韋卡洛聳聳肩。「大概是她喜歡我簡介上的照片吧，而且她信任我。」

「哪方面？」

「信任我不會對她怎樣，我們約好的。」他仍說得急切，但看著皮歐拉的眼神卻十分篤定。「我得答應不碰她。」

「你是說……」皮歐拉試著釐清此事，「她叫你陪他去性愛俱樂部，卻逼你答應不跟她做？」

韋卡洛點點頭。「我也覺得挺奇怪。事實上，我以為她只是先打安全牌，以免見面後，不喜歡我的長相。我以為等我們到了俱樂部，她就會改變心意，即使她維持初衷也沒關係，男人在那種地方的樂子還會少嗎？」

「結果就是那樣嗎？」皮歐拉緩緩地問：「你跟別人……做愛？」

「是的。別誤會我，她是個漂亮女生，我也問過她，但被拒絕了，所以我就想：好吧，你玩你的，我玩自己的。由於大家都戴著面具我們便失聯了。俱樂部裡非常熱鬧忙亂。當晚快結束時我找過她，但她不在，我以為她不喜歡那裡。」

皮歐拉說：「她的名字叫米雅・艾斯頓，那天晚上她被綁架了。她的外套和手機留在俱樂部的儲物櫃裡，我想你當時很氣她引誘你，所以便跟蹤她到外頭，也許你從一開始就計畫那樣。」

韋卡洛老實地呆著臉。「我為什麼要離開一個到處是想跟我做愛的女人的俱樂部，去追一個不想跟我搞的女生？」

也是，皮歐拉心想。「你聽過一個叫ADM的組織嗎？」

「不記得聽過。」

「所以你從未簽署他們關閉美軍基地的陳情，或看過他們的網站？你知道我們會去查證的。」

「我對政治抗爭沒興趣。」韋卡洛說。皮歐拉並不懷疑。

「週六之後你去過哪裡？」

「我週六一早就去西西里拜訪一位新的供應商了，一名製酒商，今天才回來。」

「可以證明嗎？」

「當然可以。我有加油的收據、高速公路的通行費、旅館房間、跟酒商晚餐的……」韋卡洛打開皮夾，邊說邊抽出收據。

皮歐拉又將他的說法問過一遍，但他已確信韋卡洛說的都是實話了。

「只剩一件事了。」對方說完後，皮歐拉又問：「你為什麼認為我們想跟你談的是米雅？」

「噢。」韋卡洛想了想。「我想是因為網站的關係。通常我不會上網找女生，一般是到酒吧、夜店或四處亂晃。但我最近工作忙，大量出差，所以才加入幾個約會網站。不過就算是那樣，也得寄信給女生，等她們回覆，花時間聊天……那種網站的女生想找的是愛情，或至少是男友，當然會小心選擇了。我呢，只是想找點樂子罷了，所以就上嘉年華。你知道這個網站嗎？除非你自己願意，否則在嘉年華裡不必道出自己的身分，每個人都能找到屬於自己的領域：單身的、已婚的、同性戀、雜交的；依自己喜好。我去換妻聊天室，看到有個女生要找人陪她去自由俱樂部的面具嘉年華舞會。我寄了張照片給她，就那樣開始了。」

「然後呢？」皮歐拉問。

「隔兩天後，我回到同一個聊天室，想說也許能多接觸幾個女生，安排跟她們見面——當然不是同時間，而是陸續在接下來的兩個星期裡約見。我說過我很忙，透過網站似乎能輕鬆地安排更多約會。可是我回網站後發現訊息不見了，於是我查了一下，結果也沒找出來。接著我回到嘉年華首頁試著重新登入，結果就更奇怪了，因為我收到錯誤訊息通知，說我根本沒有註冊。」

19

給艾斯頓少校夫婦看他們女兒的影片，是凱蒂這輩子幹過最艱難的事。可是即使在這種時候，她還是感受得到，成功達成多數人所不可能辦到的事時，帶來的成就感。

我是怪獸嗎？我是不是也該陪著他們哭？或者在這種時刻，像我這樣冷靜專注才是好的？

她回想稍早與瑟托的對話。瑟托來電告訴她，艾斯頓一家希望她能繼續查案。「我倒奇怪，他們怎會知道你要離開此案，你真是難搞，塔波。」但瑟托的語氣未帶敵意，只是有種不情願的佩服。「既然他們那麼喜歡你，告知他們實情這件難事，就交給你辦吧。」

「沒問題，長官，我很樂意效命。」

「樂意」或許有些誇張，為他們播放影片亦然。凱蒂必須解釋他們的愛女在換妻俱樂部被人擄走。女孩的父親勉強撐著看完影片，沒有崩潰——不像他妻子，她困獸般的哭號響徹屋中——但他悍然拒絕接受米雅會自己跑去那種地方。

「一定是弄錯了，她若不是被誘拐去的，就是不明白俱樂部的性質。拜託，她還未成年，是個孩子。」他暴怒地說。

凱蒂說：「事實上，在義大利，性行為的同意年齡是十三歲。如果對方年長幾歲，則同意年齡是十四歲。若對方為神職人員或教師，則為十六歲。十八歲始可嫖妓。自由俱樂部的入場規定是二十一歲，但那是他們自己的規定。我們聽到的所有證據皆顯示，米雅去俱樂部是出於自願。」

少校僅是握緊雙拳，極力抑制不去敲擊什麼。

荷莉小心翼翼地說：「長官，我自己也是軍官的女兒，在類似埃德里基地這樣的地方長大。有時你會發現自己夾在兩個不同的文化裡——既想嘗試新事物，又必須成為……軍方想塑造的你，因此只能偷偷去體驗。我相信米雅去俱樂部的動機跟其他客人不同，我猜米雅發現家門外，就有像那樣奇異而充滿刺激的地方，一時被好奇蒙了心。這證明了米雅是位勇敢、聰明、好奇的年輕女生，而不是不尊重你。」

少校不可置信地搖著頭。

凱蒂說：「我還必須告訴你另一件事。綁匪的動機似乎出於政治，而非為了錢財，但我們還是啟動綁架協議了。」

「『綁架協議』？那是什麼？」

「綁匪若要求贖金，支付算違法。」

上校瞪著她。「那太離譜了，我們願意付任何費用，做任何事去……」

凱蒂搖頭道：「那樣你便會被起訴，為了防止這點，你的銀行帳戶已被凍結了。」

「可是……我們要如何購買日用品？食物？」少校錯愕地問：「我們要怎樣過活？」

「國家會給你一些零用金。我必須警告你，別鑽漏洞，這樣對大家都好，罔顧協議的話會受到嚴懲。」自綁架協議開始後，義大利的綁票案件確實大幅下降，但凱蒂認為最好別提，罪犯以為對方會狗急跳牆設法鑽漏洞後，所造成的悲劇。

「民事聯絡部會保證你們拿到所有需要的物品。」荷莉靜靜表示。

「還有，我得帶走米雅的筆電。我們的專家會搜查裡頭是否有相關線索。」凱蒂補上一句。

艾斯頓少校搖頭說：「裡面什麼都沒有，只有學校作業與朋友寄來的信。」

「你怎能確定？」

他猶豫道：「我一直……有留心。」

「怎樣留心？」她困惑地問。

少校定定看著她。「我安裝了某種監視她上網情形的軟體。」

「你是指過濾軟體嗎？」

「比過濾軟體還要厲害，會積極掃瞄有問題的活動，並每天向我呈報，若發生任何麻煩，也會同時警告我。必要時，我可以看到她看見的一切，監視她上的網站，讀到她的訊息內容……」

凱蒂訝異到不知如何回應。荷莉說：「米雅知道你在監視她嗎？」

「她知道我擔心她不正常使用網路，知道我是個負責積極的父親，但我從未讓她知道我監控她上網。」他看到凱蒂的表情。「外面的人很危險哪，上尉，所謂的朋友其實並非友人。各種色情、賭博、離經叛道的網站，還有安全的顧慮。你可以想像，一名青少年若在網路上提到她父親的單位被派到某個國家，這項情報對美國的敵人便可能很有用。」

「你大可跟她討論這些危險，跟她解釋如何維護安全。」凱蒂說。

「我都做了，監視軟體只是候補用的，按米雅的上網狀況，這軟體算畫蛇添足了，她的上網活動從不曾引我擔心。」

凱蒂堅定地說：「無論如何，我們還是需要筆電。還有你的，如果你曾登入她上過的網站。」

✣　✣　✣

兩人在樓上將米雅的電腦裝袋時，荷莉說：「你覺得他保護過度，是嗎？」

凱蒂點點頭。「是的。但不僅是那樣，我覺得他根本錯了。還記得圖曼的話嗎？米雅拿她在網路上看到的色情內容逗他，而且她還有嘉年華帳戶。我敢打賭，她跟丹尼爾一樣，也是在網路上找到自由俱樂部的。如果她父親使用監視軟體，為何這些事情他都沒掌握到？」凱蒂指指電腦，「這電腦裡面一定有些問題。」

20

拍完綁匪要求的影片後，他們送她回牢房，床墊上擺著她的酬勞：擺在盤子上的麵包和一片起司。小丑看著她吃東西，然後收走盤子。「休息了。」他命令道。

米雅試著休息，但腦中雜緒紛陳，現在她明白自己為何被擄了：是為了新的達莫林基地。她知道某些地方人士對此有異議。埃德里基地四周的圍牆覆滿了抗議的塗鴉，較大型的示威與集會也會占據基地報紙《展望》的一、兩段篇幅，但她以為那只是小眾人士，她遇到的大部分義大利人，似乎都很友善。

不過這項發現仍帶給她希望，她知道綁匪若要求贖金，事態也許會更加艱難，因為五角大廈不會付錢，以免鼓勵他人，況且她的父母也不富裕。綁匪似乎只想要某種地方公民投票，那應該沒什麼大不了——沒有人能反對民主投票，對吧？

雖是這麼想，米雅也知道政府當局會因此不高興。她對義大利政治所知有限，但被一群類似恐怖組織的人逼著實施民主，對任何政府來說都是奇恥大辱。萬一多數人表決要美國人滾蛋，勢必會對雙方國家造成麻煩。美國勢必得忽視地主國人民的願望，結果反而煽動接下來數年的抗議。

也許更簡單的辦法，就是直接把她丟在這裡不管。

不知綁匪是否對那種結果做好準備了。感覺上，他們似乎已準備接受大部分狀況。

✣ ✣ ✣

牢房門上的鍊子噹噹響起，是小丑在叫她。「過來。」

她按指示走進大房間，看見垂在屋頂粗梁上的繩子時，頓了一下。地上還有一綑稍早並不在房中的橡膠軟管。包達男站到一旁看著。

「走啊。」小丑邊說邊推著她，逼她走到繩子旁邊。等米雅就位後，小丑說：「把衣服脫掉，全部脫掉。」

女孩嚇著了，未能立即反應，於是他狂怒地吼道：「囚犯把衣服脫掉。」

她遵照命令辦理，努力不去看他們倆。等脫完衣服後，男子拿出之前使用的銬具。「手腕。」

女孩順從地抬起手腕讓他銬住，心臟狂跳不已。

小丑把繩索綁到連接手銬的短鍊上，然後伸手去拉另一端繩子，將她的手吊起來，直至高過頭頂，接著再把繩子繫到牆上的螺釘。

小丑在剛才她動作稍慢時所展露的暴怒，此時已了無影跡。他似乎很平靜——女孩覺得他刻意在壓抑自己。

小丑冷冷地說：「抱歉非這麼做不可。」

他轉身對包達男示意開始錄影。

第二天

21

凌晨四點整，所有抗議團體ADM榜上有名的成員，全從床上被趕起來。他們的電腦、手機被扣，父母、家人被斥令離開，好讓搜查小組進屋徹底搜索。

嫌犯被帶回憲警總部，由於人數太多，直到早上九點瑟托現身記者會時，偵訊仍在進行。

瑟托朗讀簡短的聲明稿時，檢察官與米雅的父母站在他的身邊。「一名少女遭人擄走，她是維琴察美軍基地美國軍官的女兒。自稱ADM的團體已宣稱該綁架案乃其所為，他們最近因另一起案件而受憲警調查及注意。該團體所有目前已知成員此時已被扣押偵訊。」

瑟托掃視房中，自信每個人都明白他話中的含意：憲警隊行動迅捷而果決。「當然了，狀況的變數很多，我們要對付的敵人，並不忌諱對無辜的受害者施用恐怖策略，不過憲警隊有信心能盡早逮捕綁匪，讓米雅安全歸來。」

荷莉坐在艾斯頓少校和他妻子後面，為他們翻譯將軍的話。他們似乎被攝影師槍林彈雨般的閃光燈催眠了。

瑟托停頓了片刻。「雖然影片中看不出米雅受到傷害，但我必須警告大家，這段影片看了會讓人十分難過。」他轉向背後的螢幕，對技術人員點點頭，示意開始播放影片。

艾斯頓夫婦背對螢幕，荷莉也是，因此直到她看見瑟托震驚的表情時，才發現出了差錯。她四下注意動靜。

他們昨天看到的影片開頭是米雅被綁住，罩上頭罩，待在廂型車裡。但此時螢幕上播放的卻是不同的畫面。米雅站著，銬住的手被從屋頂上垂下的繩子吊高過頭，米雅被迫墊起腳尖站立，全身光裸。

畫面跳出殘酷的字幕：

以裸露製造心理不安，尤其因文化或其他因素，而對裸體格外羞怯的犯人。

畫面繼續播出米雅不安地以雙腿輪番撐住體重，接著出現另一段文字：

將手腕銬在鐵條上或吊在頭頂的天花板，持續兩、三天，並間歇性地重複上述過程達二至三個月。

畫面跳回米雅。一名戴小丑面具的人拿著正在噴水的水管從左邊走入畫面，男子拿水管噴米雅，米雅驚嚇地發出尖叫。

噴水的最低許可水溫為攝氏五度，雖然你們已告知實際上水溫通常不會低於十度，因為一般都使用自來水，而非冰水。

荷莉轉向還未回過頭觀看的艾斯頓夫婦急切地說：「艾斯頓先生，麻煩你們跟我來，現在就走。」

少校看了她一眼，接著摟住妻子，將她整個人拉起來。「跟博蘭走。」

荷莉盡速帶他們從最近的門口出去，不理會螢幕上播放的內容與追著他們的相機。

等他們來到外頭後，艾斯頓少校重重吸了口氣。「謝謝你，少尉，我猜內人不會想看到影片內容，是嗎？」

「是的，長官。」

「到底是什麼？」

「說真的，長官，我也不清楚。」她遲疑著說：「綁匪好像拿水噴她。」

但荷莉並未告訴艾斯頓，自己在記者會場地的門即將關上時看到什麼；她看到記者群上方的螢幕掠過另一段字幕。

你們猜出來了沒？

22

「看來原本的影片根本不是影片，而是某種嵌入式的連結。換句話說，綁匪在伺服器上更新影片時，原本的影片就會被新的取代掉。」荷莉說。

「那影片要放在哪裡的主機？」

「嘉年華——是設在威尼斯本地的一個社交網站。網站主人丹尼爾·巴柏目前正在受偵訊。」

「義大利憲警認為他與此案有關？」

「未必，但憲警想檢查他的伺服器，看能否從原始碼找到跟綁匪位置相關的線索。就我所知，巴柏迄今仍嚴守不與政府當局合作的原則。」

荷莉被召來向艾斯頓少校的上司卡弗上校報告最新狀況。卡弗坐在長桌中央，左右是神情肅然的軍官和一些穿黑西裝的男子，荷莉覺得應該是綁架專家。荷莉未被人引介，但她看得出這是場高階重要會議。

卡弗怒氣沖沖地搖著頭：「我花了那麼多時間金錢，試圖控制反達莫林的活動，結果他們竟把全世界的焦點都轉移到我們身上，同時還危及一名美國年輕人的性命。義大利媒體都在大肆報導此事嗎？」

「是的，長官。」荷莉從檔案夾裡抽出幾張資料放到他面前，卡弗拿起最上面一張，那是從參選人洛菲勒．法里西的部落格印出來的文章。他的文章通常包含對各種施政缺失的激烈批判，然而今天，或許是顧及自己在反達莫林活動的公眾角色，通篇都在譴責ADM的做法——「我將據此斷然與之劃清界線，那些不計後果，心態有如恐怖份子的人士，只會破壞義大利人民反達莫林運動的正當性，不負責地劫持了這份寶貴的理想。他們以這種天理不容的行為，把達莫林運動的道德制高點，拱手讓給了華盛頓。」

「還挺擲地有聲的。」卡弗把紙張傳出去。

許多報紙已將消息刊登到他們網站的突發新聞上了，並配上從網路搜到的米雅照片。由於許多照片都攝於多年前，使得米雅看來比實際更年少。《小日報》的頭條便相當典型：「INNOCENZA RUBATA（被竊的純真）」，斗大的標題橫在天真爛漫的面容上方。作者查出米雅曾簽署守貞運動，並接著寫道，米雅是結合美義兩國宗教價值的具體展現。

「有幾家報紙要求我們講幾句話，您要我擬份草稿嗎？」荷莉說。

卡弗定睛看著荷莉。「告訴他們，美國會追出敵人並毀滅他們。」

「明白了，長官。」荷莉遲疑了一下，「不過就技術上而言，追出綁匪的人是憲警，因為這裡是義大利領土。」

卡弗對凱蒂的異議揮揮手。「那麼你最好寫些聯絡處的人會寫的軟性言論，只要別對敵人太過示弱就好，可以吧，少尉？因為我們每個示弱的跡象，都會讓那些穆斯林更加膽大妄為，破壞我們的部隊。」

「理查和妮可呢？他們還好嗎？」有位軍官語氣平靜地問道。

荷莉坦白說：「艾斯頓太太的狀況很糟，醫生給她大量鎮靜劑——他們認為目前這個階段，這樣對她最好。少校雖然壓力重重，仍非常堅強。」

「艾斯頓少校是本部隊最強悍的戰士之一，是位不折不扣的英雄，屬下的表率，他無論遇到什麼壓力，都不會退縮。」卡弗說。

荷莉沒說什麼，米雅是她父親的掌上明珠，她覺得任何男人知道自己的女兒遭到這種對待，都無法承受。

「不過一旦他承受不住，你就私下來找我。」卡弗又說：「我要每天的最新狀況，尤其要知道義大利沒有對外公開的調查細節。」

一名穿西裝的男子說：「就憲警的紀錄，他們在這類案件成功救出人質的比例約百分之六十。」

在場其餘人士默默消化這項訊息。有人問：「另外百分之四十呢？被綁匪撕票了嗎？」

綁架專家搖搖頭。「大部分死於救援過程。」

靜默持續更久。

卡弗終於開口：「我們將提供所謂的『培訓與支持』，從現在立即生效。也就是說，等他們一找到米雅，我們就跳進去做必要的接手。這段期間內，我們會派自己的人跟憲警同步做調查，希望能搶在他們之前找到米雅。」

「是的，長官。我想，您並不想讓憲警知道我們在做什麼吧？」

「沒錯，少尉。當一位無辜的美國人命在垂危時，外交上的小節，就先擺到一旁吧。米雅的安全，是我們目前唯一當急之務。」

荷莉行舉手禮。「明白了，長官。」卡弗點點頭，示意荷莉退下。

✣　✣　✣

離開作戰室後，荷莉朝埃德里基地遠端的教學區走去。理論上，這裡有三間不同的美國大學提供課程，協助軍士取得資格，在退役後能順利就業。但實際上，真正使用這些設施的大多是軍人的妻子與退伍軍人；以及許多這邊的教師。

她找到一間標著「CH12——羅馬文明」的小教室，並敲敲門。

「請進。」熟悉的聲音說。

荷莉對窗邊的白髮男子微笑招呼。她經常向伊安．吉瑞請教與自己工作相關的事務。吉瑞退休前，主管CIA威尼斯分部，資歷十分老到，但荷莉今天安排這次會面，卻是針對一件事。吉瑞在義大利動盪的「鉛年代」時期，曾經手處理過丹尼爾．巴柏的綁架案。丹尼爾的母親是美國人，丹尼爾雖被綁匪毀了容，但荷莉知道情報圈許多人都認為，若非吉瑞在幕後協商，結果可能益發不可收拾。丹尼爾的父親後來同意指派吉瑞擔任其藝術基金會的董事，他一直擔任至今。不過丹尼爾對此事持不同見解，因為基金會控制了他們家族所有財產，吉瑞現在是丹尼爾財務方面的監護人，這點令丹尼爾非常不滿。

她像跟卡弗報告一樣，把憲警調查的最新狀況告訴吉瑞，不同的是，這一次她加入了卡弗上校的談話概要。

「這情形很有意思。」荷莉說完後，吉瑞語重心長地表示。

「怎麼說，長官？」

「綁匪選擇丹尼爾這位被綁架過的人，做為他們的管道，似乎很奇怪，有種詭異的……對稱，不是嗎？」他凝想片刻，問：「有任何新聞報導提到嘉年華嗎？」

「大部分都提了，不過談論最多的是法里西的部落格。」

荷莉遞上資料，吉瑞掏出老花眼鏡，朗聲讀道：「我們竟容許一個以傳播色情、匿名誹謗、煽動逃稅和犯罪、違反我國所有律法，並以散布惡毒影射與謠言為唯一目標的組織存在，實在太匪夷所思了。這種組織能如此無恥地安居在國內，而非設在某處別無選擇的避稅天堂，這比目前難看的犯罪統計，更能反應出我國素來的腐化與政治冷漠。嘉年華網站的潛在犯罪罄竹難書，就連現在，在網站陰暗的角落裡，可能有上千個像米雅綁架案這樣的計畫和繼之而來的獸行正在籌備中。我向來支持網路自由，但自由越大，責任亦越重。要求政府當局拿出魄力，控制這個網路毒瘤，難道會太過分嗎？」吉瑞揚起眉頭，「火氣好大。」

「是啊。」

「怎麼了，荷莉。」吉瑞注意到荷莉欲言又止。

「丹尼爾發現他收到的簡訊，有些是從ＣＩＡ文件中一字不差抄下來的，因此我想，影片裡的字幕可能也是。」她指指吉瑞手裡的資料。「假設綁匪還有更多可以引述的內容，且媒體將大肆渲染，會帶來什麼政治效應嗎？」

「噢，荷莉，你又看出那些野心勃勃的同事看不到的大方向了。希望你知道，你決定從軍，對CIA來說真是一大損失。」吉瑞想了一會兒，「要回答你的問題，大概得看綁匪手上還有什麼，以及他們如何選擇運用。」

「你覺得我該多做些調查？看看能探到別的什麼嗎？」

「當然，荷莉，那是你最擅長的。咱們趁那幫魯莽的傢伙還沒放狗咬人之前，先努力想想，此事對米雅會有何發展。」

23

米雅被噴溼後，便光著溼淋淋的身子被丟在牢房裡。因溼冷加上伸長的臂膀劇疼不已，不久後她開始忍不住地顫抖起來。

他們似乎就是在等這個。小丑一聲令下，包達舉起攝影機拍了約一分鐘，接著小丑又下達另一道命令。

「Quanto basta. 夠了。」

是出於想像，還是包達似乎不太願意遵從？無論原因為何，小丑只得二度下令，包達才停下來。

筆電裡傳出聲響，是 Skype 熟悉的四音鈴聲。米雅想起父親每次從海外駐點打電話回家的情形，一時還以為是爸爸打來的。她心中產生希望，即使不是她父親，也有可能是某個人打電話來談判，那麼她的惡夢就不會持續太久了。

「E'lui.」小丑說著拿起筆電離開房間。

E'lui 的意思是「是他」。所以綁匪一直在等這通電話，對方不是打來談判的。

等待小丑回來的期間，米雅聽見包達鼻中發出粗喘。不知為何，米雅感到十分不安，她突然強烈地意識到自己的一絲不掛。

包達朝她移近，令米雅身體一僵。他在她身邊走繞，但這次並未拿相機，他近到可以觸碰到她了。當他繞到她背後看不見的地方時，米雅全身疙瘩四起。

包達男再度現身在米雅面前，他的臉湊得如此之近，米雅能看見他面具下的眼睛。他故意盯住米雅的酥胸，然後伸手探搔自己的胯下，隔著褲子握住老二朝她擺弄。

她以前也見過那種動作。義大利，尤其是在鄉下地方，有些猥褻的怪人，會用這種動作跟女生招呼。不過她從不曾在如此無助的情況下體驗這種遭遇。米雅倒抽口冷氣，扯緊繩索，盡可能遠離。

男人看到她的反應後咯咯發笑，伸手搭住她肩膀捏著。那隻長滿老繭的手十分粗厚，是勞工的手。

「Carinissima. 好可愛。」他吹著氣說。

米雅想將男人踹開，但腳上沒鞋，只能踢個花拳繡腿，男人又被逗笑了。她再度試圖踹他時，男人直接抓住她的腳踝一扯，逼得米雅用單腳跳向他。

「Bella sgualdrina. 漂亮的蕩婦。」男人喘著，伸手沿她的小腿往上摸。

門開了，小丑一眼看盡，當即怒斥，連珠炮似的義大利文快到米雅無法聽懂。

包達悶悶地聳聳肩，喃喃回話，但他終於放開手往後退一步，離開她了。

小丑走過來鬆開米雅的手腕。「我們不會做那種事。」他說。憤怒害得他口音變得更重了。「只做必要的事。」

他走向房間角落的袋子，拿出一件連身服放到桌上。「從現在起，你就穿這個。」他遲疑了一下，說：「除非我命令你脫下，而不是聽他的，明白嗎？他如果再幹那種事，你就告訴我。」

米雅拿起連身衣，衣服整個攤開後，她才發現一件自己之前不曾留意的事。這豔橘色的厚棉衣，就像關塔那摩灣[12]囚犯穿的囚衣。

24

第二部影片播出後，指揮中心的氣氛沸騰起來。瑟托立即被召去開高層會議——凱蒂猜是被叫去臭罵一頓。老闆不在家，上校們盡可能地分派任務。

「塔波少尉，你被分到任務了嗎？」

她轉過頭，是政風處的萊帝瑞上校，她知道他們把所有能用的人都調來查案了，因此看到他並不意外，凱蒂勉力掩住對他的厭惡。

「還沒，長官。為什麼這樣問？」

「我需要找人彙整那晚自由俱樂部所有人的名單，並一一聯絡，說不定他們看到了什麼。當然了，既

12關塔那摩灣（Guantanamo Bay）：美軍於二〇〇二年，在古巴關塔那摩灣海軍基地設置的軍事監獄。

然是亂搞男女關係，有些人也許忌憚跟憲警談話，所以我們應該派個與他們較合的人去……我覺得你可以勝任這項工作，對吧？」

有人在上校背後竊笑。

凱蒂冷冷地說：「沒問題，長官。但自由俱樂部當晚客滿，追查所有客人得需好幾週的時間。」

萊帝瑞不為所動。「那剛好可以暫時讓你不再興風作亂，不是嗎，上尉？」

✣ ✣ ✣

她心情惡劣地開車回自由俱樂部。她不是氣萊帝瑞的尖酸，那不會比她最近受到的冷言冷語更糟，而是氣他的指示。她已知道自由俱樂部會要求客人簽名進場，因此除非客人使用假名，否則應該能輕易找到。然而獨力尋找這麼龐大的人數，她就又被排擠在主要調查工作外了。她很可能什麼線索都查不到。萊帝瑞明知綁案當晚，所有客人都戴了面具，因此從他們身上找到有用線索的機會，簡直微乎其微。

凱蒂從照後鏡中看到藍色閃燈，便把車停到一旁讓消防車通過，車子後又緊跟了兩部消防車。凱蒂快接近目的地時，才發現它們全駛往跟她相同的地方。黑煙從自由俱樂部玻璃門的洞口翻騰而出，另一輛消防車的管子朝通往停車場的門內灌泡沫。

潘拿托和潔奇鐵灰著臉站在一旁觀看。凱蒂走過去問：「怎麼回事？」

潘拿托指了指，「好像是汽油彈造成的。我們一小時前接到電話。」

「以前發生過這種事嗎？」

他搖搖頭。「從來沒有。」

「你們跟犯罪組織有過節嗎？有人要你們付保護費，而你們沒付嗎？」

凱蒂心想，如果真是這樣，他們一定不會告訴憲警。但潘拿托斷然搖頭說：「我們從沒出過問題，吉佑會確保做到這件事。」

✣　✣　✣

凱蒂在該區的憲警分部找到吉佑。「你應該聽說了吧？」

他挑釁地聳聳肩。「不是我的錯，有人覺得換妻俱樂部擾鄰吧，很多事我沒法管。」

「也許吧，但火是從櫃台燒起來的，我覺得他們應該是想燒毀簽名簿和那部有監視器畫面的電腦。」

「有可能。」吉佑勉強表示。

「你帶走修理的那部電腦現在在哪裡？」凱蒂提醒他。

「在我的儲物櫃裡。」他咕噥著說。

「可以看看嗎？」

吉佑打開電腦時，凱蒂表示：「我給你個假設，吉佑，這部筆電沒問題，而且一直都沒壞，你只是不想讓我看到畫面罷了。」

「是我修好的。」他抗議說。

「鬼才相信。你在這裡有個不錯的兼職，而且不希望俱樂部的客人受憲警的調查干擾。」

「那又怎樣？」他嗆道，「有頭有臉的人會來俱樂部，除非萬不得已，何必拖他們下水？」

「例如誰？」

他聳聳肩。「維瓦多．摩瑞堤那晚就在。」

凱蒂哈哈大笑。「那個政客嗎？他都快七十了吧。」

「他雖是個老混球，小費卻給得大方。他左擁右抱地帶了兩、三個女孩進來，要求一張離舞池遠點的桌子，一個可以看到全場，但又隱匿的地方。」

「你說的女孩，應該是指妓女吧？」

吉佑聳聳肩。「妓女、援交妹、公關妹……這年頭都只是一線之隔，不是嗎？本來我以為只是一名學生失蹤而已，沒必要讓摩瑞堤的名字曝光，但昨晚聽到是綁架後，才知道我得告訴你了。」

或知道沒必要替摩瑞堤隱瞞了，她嘲諷地想。

俱樂部的監視器就架在櫃台上方，因此吉佑的螢幕是客人從街上進來的畫面，正如所料，大部分人進俱樂部前都戴了面具，根本認不出誰是誰。

吉佑按下暫停鍵，說：「那裡，我講的就是那個人，留雷鬼頭的傢伙。」

凱蒂望著螢幕，影像畫質相當好，但男子的五官被假髮和面具全遮去了。

「他跟誰在一起？」凱蒂大聲問，男子背後的女人也戴了面具——一張飾著華麗威尼斯鍍金的全臉白色瓦爾托面具（Volto），外加一頂特大的船形帽，相機拍不到女人的頭髮。凱蒂心想，不管這些人是誰，若非一路運氣亨通，就是計畫縝密。

吉佑放著帶子，攝影機果然又拍到這對男女離開櫃台的影像，雷鬼頭幾乎沒被拍到，但女人則被拍到側面。

「那是什麼？」凱蒂指說。

女人臂上有個刺青，因袖子捲起而露出一部分。凱蒂看出底部是顆兩側展著翅翼的頭骨，底下寫了字——類似座右銘的三個字。「可以把這個印出來嗎？」

「當然。」吉佑點滑鼠操作。

稍後米雅和她的約會對象也出現在畫面裡了，凱蒂覺得俱樂部不疑有他地接受她的證件，一點也不奇怪。大部分客人都三十多歲——凱蒂回想自己去換妻俱樂部的短暫經驗，顧客主要是厭倦一成不變的居家生活的已婚男女——但也有很多年紀較輕的客人。戴羽毛面具的米雅，一點都不顯得突兀。

凱蒂再度覺得此事計畫甚為周詳。米雅抵達時，雷鬼頭和刺青女已在裡頭了，意即外面可能有另一組人跟蹤他們進來。

「那是誰？」凱蒂發現畫面中有個沒戴面具的年輕男子。

「那是羅伯特，台上的舞者。」

「你有他的住址嗎？」

「當然有。他就住在醫院後面，我可以載你過去，十分鐘不到。」

「謝了，我會跟他談談，說不定他有看到別人沒看見的事。」

✣ ✣ ✣

羅伯特的長相極為俊美，但舉止也有些無腦，他空洞的傻笑減損了那張帥臉該有的魅力，若是穩重些反倒好看。

羅伯特解釋，他跳舞是為了支應自己通過私人健身教練的考試，不過在夜店跳舞是個不錯的工作，反正他就算沒拿薪水，也會跑出去跳舞。他大聲說：「這樣的話，我就能免費進俱樂部了！而且大部分舞廳入場費要四十歐元耶！」

「你平時會去自由俱樂部這種地方嗎？」凱蒂問。

羅伯特搖頭。「我有固定的女友，只要不去後面的包廂，那裡跟其他地方其實沒太大差別。事實上，自由俱樂部在某些方面要好很多，俱樂部裡不會有人拚命搭訕找人上床，你若表示沒興趣，別人也不會糾纏。」

凱蒂拿出米雅的照片問：「週六晚上你有看到這個女孩嗎？她很可能戴了這個。」她又添上一張從網路上印下來的哥倫比亞羽毛面具。

羅伯特仔細看著皺眉說：「也許有……對了，我在值首輪的班時，記得見過她，因為她有點挑逗地學我跳舞。」

有意思，凱蒂心想，米雅竟會去挑逗整間俱樂部裡唯一不會跟她怎麼樣的男人。這似乎證實了荷莉理論：米雅只是去那裡探險而已。「然後呢？」

「我看到她跟一個留金色雷鬼頭的男子從防火門走出去了。」

「他是藥頭嗎？」

羅伯特搖頭說：「平時的藥頭星期六不會來。」

凱蒂耳朵一豎。「什麼意思？」

「俱樂部固定會有兩個藥頭在。他們不會惹麻煩，但會確保滿足客人的需求，你懂吧？星期六，我沒……」他頓了一下。

凱蒂安慰他說：「別擔心，我不在乎你是否偶爾會想嗨一下，但我必須知道，你是否確定，平時的藥頭沒來？」

他點點頭。

「謝謝你，羅伯特，你幫了很大的忙。」她說。

✣ ✣ ✣

凱蒂回到車上對吉佑說：「你怎沒告訴我，你跟本地黑手黨有掛勾。」

「我不懂你在說什麼。」吉佑急急地扭開引擎。

「少裝蒜。你說過藥頭知道有你在，所以不敢到俱樂部，當時我就覺得你在胡扯。藥頭其實是你放進來的，所以你才會如此徹底地搜查客人，對不對？並非像埃多爾所想的是為了杜絕毒品，而是為了讓你的朋友能做獨門生意。」

吉佑凶狠地說：「我總得討生活吧。我再不到兩年就退休了，憲警的退休俸根本不夠養家。」

凱蒂說：「糾正一下。你再不到兩天就要走了，剛好夠你寫辭職信。憲警兼差是一回事，兼黑手黨的差又是另一回事。」

「大家不都這麼幹！你將來有一天也會。」吉佑罵道。

「不，我不會。」

「要聽點建議嗎？」吉佑突然把車子駛入車陣裡。

「不想。」

「這案子別窮追猛打，你不知道最後會怎樣。」

「什麼意思？」

「如果本地藥頭沒能出現在自由俱樂部年度最大的盛會，一定是有原因。有人放話，也有人乖乖聽話。」他瞥了凱蒂一眼，「那表示，有人也懂得如何教你這種愛管閒事的臭婊子閉嘴。」

25

皮歐拉把一疊口供再看過一遍。總共裝了八個檔案箱，接近四百頁的證詞，以破紀錄的時間蒐集完成。沒有任何可用的線索。

所有ADM成員都說不知道有綁架計畫。有人悍然表示，他們絕對不會使用這種手段。有些成員確實曾打算以違法方式抗議美軍的存在，但那跟美軍所用的手法，相差十萬八千里。

皮歐拉並不期待能從這些偵訊中找到突破點；至少不會是立即的。ADM組織嚴謹，不會輕易露出破綻，從他們快捷有效地闖入工地，以接近軍事水準的精準進行綁架，便可看出。ADM若跟皮歐拉遇過的動保團體一樣，遵循相同模式，那麼憲警要找的，應該是一、兩名曾參加過廣義反達莫林運動，但後來因成員齟齬，脫隊另組激進小團體的人士。表面上雖無聯繫，實際上會有一、兩名個別行事的成員，把訊息帶給綁架小組裡的激進份子。

也就是說，除非憲警能迅速找出更多線索，否則便得面對簽署陳情反對達莫林的一萬五千多名嫌犯了。

皮歐拉拿起路卡．邁哲辛的口供——跟其他人的非常相似。不會的，他想都沒想過要幹那種事，他是和平主義者，若有人真的想綁架，他一定會把他交給警察……

「帕尼庫奇？」皮歐拉喊道。

「長官，什麼事？」

「隨我來，我們去找路卡．邁哲辛談一談，我想查件事。」

✣ ✣ ✣

路卡跟父母住在帕多瓦，離大學不遠。他母親開門看到兩名憲警軍官時，臉色一沉。

「我知道他已經跟我同事談過了。」皮歐拉表示：「但我想跟他談一下，我們能進來嗎？」

「沒關係的。」路卡來到門口告訴母親：「他就是我跟你提過，把我從拘留室放出來的警官。」婦人有些不情願地放他們進去。

皮歐拉說：「路卡，有個年紀跟你相仿的女孩，現在很怕自己會被綁匪殺掉。而那些拘禁她的人——很可能是出於善意，但用錯方法——則很可能在救援行動中被殺掉。整件悲劇就等著發生了。」

「我知道，但我已經跟之前偵訊我的憲警說過了，我們從來沒打算綁架。」

「我相信你。但我想知道的是，有沒有人提過綁架的點子？即使只是建議，但當場就被否絕了？」路卡略顯遲疑。

「是你，對不對？」皮歐拉問。「你在口供裡說，你從未考慮真正動手綁架，那表示確實有人提過綁架的點子。」

路卡緩緩說：「所以感覺才會那麼離譜啊。因為根本就沒什麼，連八字都沒一撇，只是一句被置之不理的話罷了。」

「例如什麼樣的話？」

「我們在舉行一場……你們稱之為腦力激盪的會議，試圖激發出一些能產生影響的抗議活動。大部分都是我在談話——我很擅長社交媒體等事務。我有幾個很感興趣的點子，例如在維琴察車站搞一場快閃，教大家穿美軍制服，戴花花公子兔耳。」

皮歐拉皺起眉，「那樣會有效嗎？」

路卡信心十足地點頭說：「一定有效。反正我還有另一個點子，我們全穿上橘色連身服和怪客面具，裝扮成美國囚犯。有人說那招已經用過了，於是我說，那咱們乾脆抓個犯人引渡算了。我把點子寫到板子上，但之後就再也沒人提了。那只是許多瘋狂念頭裡的一個。」

「可是有人把它實現了？」

他難過地聳聳肩。「我猜是吧，或只是巧合。我很不希望他們從我這裡得到靈感。」

「出席這場會議的還有誰？」

「整個團隊的人，那時我們才剛開始運作。」

「好吧，路卡，謝謝你對我如此誠實。」

「我會惹上麻煩嗎？」

皮歐拉搖頭說：「想歸想，不會讓你成為罪犯，要做了才算數。」

✣ ✣ ✣

皮歐拉心事重重地回威尼斯。他雖告訴路卡不會有事，但最近的立法已模糊了想法與行動之間的界線：如今構思謀劃恐怖行動也算是犯罪了。但誰知道怎樣才叫構思？也許那種步驟是必要的，因為現在的犯罪不必發生於真實世界了。對皮歐拉而言，這個可用快閃、汽油彈，或兩者皆備的形式來表達抗議的世界，是個全新的陌生之境。

「你會上臉書這類網站嗎？」他問帕尼庫奇。

這問題似乎令帕尼庫奇有些訝異。「會上一些，長官。我不是重度使用者，只用臉書和推特，還有Instagram 跟 Flickr。噢，還有 Storify，Tumblr。也許還有其他幾種。」

「嘉年華呢？」

帕尼庫奇猶疑道：「還有嘉年華，是的。但那不一樣，大家不會去談自己的嘉年華帳號，卻人人都有一個，就像一種罪惡的快感。」

皮歐拉心想，這種罪惡的快感可能會被罪犯利用。在一個人人都無姓名或臉孔的城市裡，警察能幹什麼？你如何破解那種跨越實體與數位界線的犯罪？

皮歐拉回到辦公桌邊，拿起那疊檔案，打算再看一遍。這時他靈思一閃。

軍事水準的精準——太諷刺了，這句話稍早竟會出現在他腦裡，雖然綁匪表面上所為，完全違反美軍的精神。

表面上。

皮歐拉受的專業訓練就是去懷疑，他開始從各個角度檢視這項最令人質疑的想法。皮歐拉翻來覆去地思索，最後決定目前沒理由繼續多推敲了。

雖然他未必會就此忘卻。

26

荷莉坐到自己的電腦前，拿通行卡刷讀卡機，軟體立即把她當天在基地的動向，跟她獲令執行的任務做比較，確定是本人後——一位派駐於義大利埃德里基地的初級情報官——才讓她進入美國國防部的內部網站，SIPRNet。

荷莉點開安全搜尋引擎 Intelliseek，開始輸入米雅影片裡的每句話。她以為得花很長時間，沒想到一般新聞網站便立即查出一堆結果，都跟美國公民自由聯盟（American Civil Liberties Union）提出《資訊自由法》後，CIA在二〇〇九年釋出的許多備忘錄有關。其中一份是某CIA人士傳給司法部，法律顧問局局長丹．李文的傳真。封面上僅寫「丹，以下是過程簡述」。

荷莉嘆口氣。丹尼爾．巴柏原以為「丹」指的是他，實際上發信人指的是另一位。

她約略記得當時某些報紙刊登過與「刑求備忘錄」相關的文章，但她從未讀過原文。此時她在《赫芬頓郵報》的網站上，找到一篇與「刑求備忘錄」相關的文章了。他們用平淡溫和的官腔，詳述一連串三十多種「強力審問」過程的技巧。

該網站指出，紅十字會調查過這些技巧後，認為是刑求。歐巴馬競選期間，似乎採取相似的立場，他說：

為建立一個更美好自由的世界，我們須率先以行動展現出美國人的正直與胸懷。不再趁夜深人靜時，將囚犯運到遠方國家刑求，不再未經起訴或審判，拘留成千上萬的人，不再以祕密監獄囚禁法律所無法保護的人。

大部分人對這份聲明的解讀是，歐巴馬治下將終止這類行動。但其他更憤世嫉俗的評論家則說，歐巴馬使用一連串子句，有效地為自己保留轉圜空間；因此「不再趁夜深人靜時，將囚犯運到遠方國家刑求」，若改成在白天運送囚犯，或不運送到遠方國家，美國就可以照樣亂搞了。

事實上，《赫芬頓郵報》的這篇報導指出，歐巴馬政府最近悄悄決定，舊體系的「特別引渡」——也就是綁架一名外國人，將之送到另一個像敘利亞或利比亞之類的國家審問——或許已無可抵賴，但「正常」引渡則應持續下去。換言之，只要由美國、而非外國政府出面審問，則仍可以在沒有受審或法律保護的情況下逮捕外國人士。歐巴馬說，應以《陸軍野戰手冊》（Army Field Manual）做為未來審訊的基準，但他並未真正宣布CIA的任何舊技巧違法。該篇文章列舉幾名聲稱在歐巴馬執政期間，遭受與CIA律師在「刑求備忘錄」中描述的，相同審問程序的人士。

打巴掌時手指要微張。你們的解釋是，這樣比合指擊打不痛。巴掌要打在臉部肉多之處，才能進一步減少受傷的風險……

現在她明白綁匪在做什麼，而這種做法又有多麼奸巧了。他們打算把美國對付非法拘留犯人的那一套，一一施用在他們的囚徒身上。人們固然感到驚駭，但也會認為美國無權喊冤，而公民投票的訴求更賦予綁匪一種假道德高度，同時也提醒他們的觀眾，所有最初不希望美國駐軍義大利的理由。這是一場為網路時代精心設計的綁架案；綁匪要的不是現金，而是網評與公眾意見的流通。

荷莉從未如此費神細思美國的引渡程序是否合乎倫理。身為士兵，你所遵循的是榮譽法則。諷刺的是，你會把這類判斷留給他人去做。即使在初入部隊時，荷莉已浸淫在一種只重行為，不重良心；只講英勇，不求同情的文化裡了，但她知道許多將軍私下頗蔑視以酷刑取得的情報，有些甚至質疑，美軍用刑求手段，是否背叛了美國堅守的原則。

荷莉在夏威夷受訓時，有一次與另外三名軍官學校的女學生，獲令協助「一件情報事務」。她們被卡車載到八十公里外的軍事基地，荷莉看著幾位志願來的同事，發現她們是當年受訓生中最美的幾個。大夥還開玩笑說，這項任務搞不好會變成跟某些性飢渴的情報官員吃晚餐喝啤酒。

結果她們被帶到不同的小屋裡「觀察」。荷莉在她去的那間小屋中發現一名跟米雅一樣，雙手被從天花板垂吊下來的繩子綁住，身上一絲不掛的男子，他旁邊地上擺著極不協調的昂貴音響和一部 iPod。

男人疲累地抬起眼。荷莉後來才知道，每次男子快睡著時，審問他的人便以最高音量播放芝麻街的曲子。男子的頭臉粗略地刮理過，留下一片片的黑髮與乾掉的血痂。

一名站在囚犯旁，穿美軍制服的男人看見荷莉進來，便轉過身，去彈受害者的老二。

「你覺得怎樣，博蘭同學？你會上這種小屌男嗎？」他問。

「不會，長官。」她盡職地回答。

「沒錯，你會上正常大小的北佬屌，不是這種皺巴巴的穆斯林屌。」他對囚犯說：「難怪你們這些人會去欺負小男生，難怪穆斯林女人不肯上你，難怪你老婆跪求我兄弟上她。」

囚徒抬起頭，與荷莉眼神相接，原本木然的神情起了些變化。後來荷莉覺得，那不是因為受到性與宗教的羞辱，甚至是提到他的老婆所致，而只是因為他看到了荷莉臉上的駭然表情——那一瞬間，他透過荷莉的眼睛看到了自己。一滴淚流過男人臉上刮得亂七八糟的鬍渣。

「幹得好！」審問者歡呼著轉向荷莉，跟她擊掌。「第一滴血啊，博蘭同學！」

可是眼淚不是血，荷莉心想。這名男子所受的對待，無關美軍捍衛國土，似乎更像被羞辱或霸凌。

事後所有四名女生對所見之事只輕輕帶過，就算心中不舒服，也沒人承認——對這種事太過敏感或大驚小怪，等於承認自己是婦人之仁，不適合從軍。直到很後來，無可避免地陪審訊者吃完飯喝完啤酒後，荷莉才開始懷疑她去那間小屋，到底是對誰有益了：是潰敗而疲累的敵人，或是與她擊掌的亢奮軍官？這也是她慢慢轉往情報工作的原因之一，荷莉相信自己更擅長分析，而非殘暴的戰場。

當然了，那位高聲呼叫的審訊者也是情報官。那晚荷莉離開前，他告訴她，囚犯被逮時，開著一輛滿載爆炸物的車子。

關於未經正當程序使用暴力的辯論，是一項永無定論的爭議。重要的是，她得將發現的資料帶回給伊安·吉瑞。如果她猜得沒錯，米雅將成為ＣＩＡ引渡手法施用的對象翻版，而類似《赫芬頓郵報》那些網頁的觀點，很快會成為熱議。

27

凱蒂回到威尼斯，她並未直接回憲警總部，而是去了多爾索杜羅（Dorsoduro）的巴爾比宮（Palazzo Balbi）。

這棟俯瞰大運河，占地甚廣的古建築，是威尼托省議會所在地。她找到維瓦多．摩瑞堤的辦公室，並請身材凹凸有致的祕書帶話進去。

電視台採訪小組終於從辦公室走出來了，一群人吱吱喳喳地聊著。不久，摩瑞堤本人拿著文件出現，接著又消失了。他一定是用電郵跟祕書溝通的，因為一會兒後祕書說：「你現在可以進去了。」

摩瑞堤的辦公室小而舒適，兩張漂亮的沙發之間的矮几上擺了鮮花。摩瑞堤起身陪凱蒂走到其中一張沙發，凱蒂想起他曾在新聞訪談中提過，跟他大部分同事相反，他喜歡在沙發上工作，在辦公桌上做愛。這雙關語加強了他無可救藥的色鬼形象，但也墊高他長袖善舞，手段高明，不會只空打太極的聲譽。

摩瑞堤看起來比電視上矮，顯然拉過皮，他眼周緊緻的皮膚，更強化了他興味盎然的表情，而那些橫在他頭皮上的一根根植髮，則令她想到整齊的葡萄園，加上他的蒜頭鼻和突出的下巴，摩瑞堤並不英俊，但凱蒂仍能感受到他光芒四射的魅力。

摩瑞堤說：「好吧，我想我已經知道你來訪的目的了，上尉。」

「吉佑打電話給你了。」

摩瑞堤聳聳肩，好像是說，吉佑這種人自然會很忠誠。「我比較不確定的是，你怎會認為我能幫得上忙。」

「吉佑說，你在自由俱樂部喜歡坐在舞池邊的固定位置，以便將一切活動盡收眼底。我想，你坐在那裡，可能會看到一些有用的線索。」

「啊，那倒也是。是的，我上週六的確在俱樂部裡，可惜的是，」他誇張地嘆道：「我沒有太多時間好好坐著觀賞。其實我把年紀，來點美酒和有趣的八卦便足矣，但上週六我的同伴十分活潑，不久就拖我下去玩了，我除了見到幾名享樂的年輕人外，只怕什麼都沒見著。」

「你有沒有遇見這兩位？」凱蒂把雷鬼頭和刺青女的照片拿給摩瑞堤看。

摩瑞堤拿出眼鏡仔細檢視，然後搖頭說：「可惜沒有。」

「你多常去俱樂部？」

他想了想。「一年去幾次，就這樣。」

「你不擔心會上報嗎？」

「那當然有風險。」他聳聳肩，一派輕鬆地微笑著。「可是沒有風險的生活，還叫人生嗎？我想不出有什麼比為了安撫輿論，而躲避所有享樂更慘的事。你是來勒索我的嗎？如果是的話，我得警告你，只怕要讓你失望了。」

他的問題令凱蒂嚇了一跳。「當然不是。你是想要求我，別說出你去俱樂部的事嗎？」

摩瑞堤的表情一樣驚奇。「當然不是。但我會希望，除非調查的必要，否則先別張揚。」

「我看不出有公開的必要。」

「太好了，上尉，既然我們覺得彼此都這麼討人喜歡，不知能否持續這場談話。你願意與我共進晚餐嗎？」

凱蒂放聲大笑，摩瑞提故作受傷狀。「我是不是講了什麼好笑的話？我想也許去梅拓波飯店（Hotel Metropole），他們最近才拿到米其林二星，但不是到他們餐廳——那邊的人太友善了，會到我們桌邊聊政治，但我只想認識你。飯店二樓有間很棒的套房，可看到聖喬治島（San Giorgio）的美景，而且從憲警總部繞過街角就到了。」

凱蒂搖搖頭。「我沒打算跟你上床，摩瑞提先生。」

「請叫我維瓦多。雖然你的回答令我難過，但我能理解。也許我們可以找機會喝個酒，我廣結奇人異士，上尉，我覺得你讓我非常感興趣。」

凱蒂差點衝口叫他滾蛋。「也許改天吧。」她說。既然摩瑞提對她的拒絕不以為意，你也很難對他生氣。凱蒂心想，或許那就是他對女人那麼有一手的原因：客氣多禮、打死不退、充滿驚喜。「回到那些監視畫面上……自由俱樂部有一點令我費解，為什麼有人要用汽油彈炸它，一開始我以為是像你這樣的客人聽說警方調查後想湮滅自己的行跡。但跟你談過後，我相信你不會幹這種事。」

摩瑞提頷首道：「謝謝。」

「那麼會是誰呢？」

摩瑞提想了想。「你知道嗎？其實犯罪跟政治差別不大，兩者的決策，有時看的不是後果，而是所傳達的訊息。」

「什麼意思？」

「也許有人想把綁案的焦點引到俱樂部上。或許他們的計畫，就是要把這樁案子變成義大利的謎案之一。」

凱蒂默默思索他的話。

「我剛才的那場訪談……」他指指門口，說：「記者想知道我是否同意關閉嘉年華網站，顯然輿情認為，若不給綁匪平台，米雅就會被釋放。」

「你沒同意？」

「我認為那種回答失之簡單。但這個案子本來就關乎輿論，這種時候，人們要的是具體行動，不是紙上談兵。」

「嘉年華網站並沒做任何犯法之事。」

摩瑞堤聳聳肩。「他們總會找到辦法的，一向如此。大選在即，必然會出現更多的蜚短流長。」他站起身，「再見了，塔波上尉，希望我們的友誼能持續開花。」

「我也希望如此。」凱蒂很訝異自己竟然發乎真心。

「後會有期了。」他對凱蒂伸出手，凱蒂握住對方時，摩瑞堤抬起她的手，親吻手指。

凱蒂發誓她在離開摩瑞堤的辦公室時，那位前凸後翹的祕書對她擠眉弄眼。

28

米雅穿著橘色連身衣，坐在薄薄的床墊上抱膝痛哭。時間一小時一小時地過了，她只能藉著自己的思緒來轉移心情，沉痛的絕望掩去了原有的恐懼。

我完蛋了。

現在她明白綁匪不打算再拖延了，他們會逐漸加重對她的折磨，並拍下過程，美國得趁事情演變到不可收拾之前，找出解決辦法。

她知道屆時她的父母恐怕不會有發言權。父親是軍人，會服從命令，就像他要求屬下服從他的命令一樣。

想到爸媽，米雅又更絕望了。現在他們應該知道自己是在何處被綁架的了，他們會怎麼看待她？

米雅跪起來試著禱告。他們在家每週都會祈禱；這是父親堅持要做的事情之一。她不確定自己信不信，但她從不敢告訴爸爸。但此時禱告卻帶給她寬慰，彷彿她說話的對象不是上帝，而是她家人。

門鍊響動，米雅知道綁匪又來找她了。她雙手合十更加緊握，並緊閉雙眼，對著自己的指尖無聲低語。

她聽到門開了，卻未聽見命令。

米雅繼續祈禱，周遭還是沒有動靜。一分鐘過去了，等她終於抬眼時，看見小丑站在門框邊，等她結束祈禱。

「起來。我們得幹活了。」他說。

✣ ✣ ✣

她的手腕又被綁起來了，雙臂幾乎撐住全身重量，手銬上的金屬吃進她的肉裡。

小丑突然毫無預警地抓住她的連身服翻領，粗暴地將她拉向自己，然後以同樣力道將她往後推。米雅被繩子扯動時，小丑張開手，重重甩她耳光。

米雅尖聲大叫。不單是因為痛；更是因為突如其來的駭人暴力。自從小丑給她連身服後，米雅還以為小丑不會故意傷害她了。米雅嗚咽著扯緊繩子，盡可能遠離他。

包達男則冷漠地拍下一切。

小丑粗聲喘著氣，讓她在繩子上打轉，然後用力將她扯向前，兩手抓住她的頭，往自己頭部貼靠，讓米雅直視他的眼睛。小丑鬆開米雅，再次抽她耳光。

「Aspetta. Voglio fare un primo piano.」說話的人是包達，他似乎叫小丑再做一遍，好讓他拍得更近一些。

小丑轉身一個俐落的動作，拍掉包達手裡的相機。這動作似乎嚇到所有人了，連小丑自己也吃了一驚。

他喃喃咒罵，看包達七手八腳地撿拾相機。

米雅心想，萬一相機壞了，不知他們會不會放她走。

包達告訴小丑，相機沒壞。

米雅第一次了解，小丑的憤怒有多麼難測。

她靈思一動，發現是她的祈禱引發小丑的暴怒。他宗教信仰很深？這問題得暫將擱下，此時無空細想。

他們將她鬆綁，米雅渾身痛楚地癱下來，但攙扶她的綁匪並未將她拖回牢房，而是把她放到椅子上。

他們今天的活顯然還沒做完。

29

丹尼爾氣呼呼地離開憲警總部，嘉年華節的人群令他心情更加惡劣。威尼斯的六百萬觀光客，總是對這城市的絕美感到驚豔，而以蝸牛般的速度四處走晃，到處遊賞，就是不去注意窄小的人行道。趕路的威尼斯人老早學會一邊躲閃，一邊低聲罵「小心！」了。原本的客氣有禮，被迫磨光殆盡。

今天丹尼爾．巴柏甚至也低聲開罵了。

負責調查綁架案的瑟托將軍詢問他時，直截了當地告訴他，若能盡量提供情報，會對他有利。

丹尼爾試著解釋。「嘉年華若能維持獨立，對嘉年華最有利。我對用戶有責任，必須拒絕查詢資料的要求，以維護他們的隱私。就嘉年華而言，個人隱私即一切。」

「那米雅．艾斯頓呢？」瑟托問。

「我對米雅的責任，跟對其他任何人一樣。也就是說，我不能讓政府進入她的帳戶。」

瑟托聽了，用手揉著臉，他已經熬一整夜了，沒心情讓一名瘦巴巴的電腦怪胎防礙他查案。「那麼就把嘉年華關了。」他命令。

「什麼？」

「你親手關閉嘉年華。有何不可？如此綁匪便得不到他們渴望的宣傳平台，你也不必讓步，跟政府分享那些寶貴的資料了。」

丹尼爾閉上眼睛。「我不能那麼做。」

「當然，那樣豈不是太無私了。」瑟托瞪著丹尼爾，「為什麼是你？」

「什麼意思？」

「綁匪為什麼偏偏挑上你，警告你米雅被綁架了？」

這問題也一直困擾著丹尼爾，但他不打算讓瑟托知道。「我怎會知道，既然你是憲警，何不查明了告訴我？」

瑟托從桌面上挨過來。「我就告訴你吧。我覺得這東西根本不是從米雅的帳戶傳出來的，我認為是你自己放上去的。」

「太可笑了。」

「可笑嗎？據我所知，你是被判了罪的電腦駭客。」

「沒錯，但那是很久以前我在學生時期犯的小罪。」

瑟托拿起一張簡報，大聲讀道：「一九九四年康卡斯特[13]駭客案，是最早的案例之一，後來這類案件被稱為駭客攻擊。康卡斯特的名譽損失估計達數百萬元。」

「將軍，你的研究員不該相信維基百科上的一切。」

瑟托不理他。「我可以想像那種萬眾矚目的光環很難戒除，你會想念過去的輝煌嗎？攻擊、駭入美國各個公司？將美國軍方玩弄於股掌間，是不是更過癮？你藉著駭進自己的網站，撇清與此案的關係。」

13 康卡斯特（Comcast）：美國有線電視、寬頻網路及IP電話服務供應商。

「全是無中生有。」丹尼爾搖頭說。

「我知道你小時候被綁架過。」瑟托對筆記點點頭，「我的研究員研究得非常詳細。據他們的研究指出，你就是那時開始沉迷網路。」他的眼神飄向丹尼爾傷殘的臉，「這是某種變態的復仇嗎？」

「我懶得回答。」

「好，我了解了。你拒絕否認這項指控。」

「我可以走了嗎？」丹尼爾冷冷地說。

「可以，暫時可以。不過我會把你的病史交給警方的精神科醫師評估，若醫師同意你有籌謀綁架米雅的能力，我們便會據此申請拘捕令。屆時無論如何，巴柏先生，你都得幫我們了。」

✣　✣　✣

丹尼爾回到巴柏府，來到樓上的舊音樂室，他鬆了口氣，登入嘉年華。這是他每次一回家，想都不想就會做的事，就如同本能地關掉前門，開心地隔開一個世界，再潛入另一個世界裡。

聽說一般用戶頭幾回進入嘉年華時，都會不知所措到難以招架，他們既興奮能以匿名方式與他人互動，亦害怕別人也能同樣百無禁忌。但對丹尼爾而言，這個世界唯一的規則，就是合情合理的數學，他衷心希望真實世界也能如此直截了當。

丹尼爾檢查自己的訊息，大部分都是管理員發過來，跟網站管理相關的事務。過去二十四小時，試圖駭入嘉年華的次數比平時高，但沒什麼特別可擔心的。流量也比平日大，有關米雅影片的言論大量流通。有些攻擊手法就像勇敢的學步兒逗大人微笑一樣，遜到令丹尼爾發噱。

就在他打算離開時，另一個訊息寄達。

寄件者：米雅．艾斯頓
主旨：救命

丹尼爾打開訊息。

丹尼爾，你不來找我嗎？我不像卡薩諾瓦[14]，我沒法逃。

丹尼爾瞪著螢幕，心中一凜，他知道米雅在哪裡了。

✣ ✣ ✣

離開巴柏府後，丹尼爾走學院橋（Accademia），越過大運河，木造的橋面在他腳底下微微顫動。丹尼爾垂眼一看，發現目前是退潮，剛好能看到運河旁的總督宮側邊，淡淡的綠色草地。丹尼爾繼續往聖馬可廣場走，一場小雨使鋪了石磚的路面有些打滑。

14 卡薩諾瓦（Casanova）：義大利冒險家及風流浪子。

身。

路上與他稍早反向而行時一樣繁忙，但這樣走較易鑽過人群，尤其他現在隱形，而周邊的人全都是化

嘉年華版的聖馬可廣場全是戴面具、罩帽兜的人，許多人熱切地交談；有些人則只是經過。他們的後方是雄偉的拜占庭建築總督宮，丹尼爾太熟悉這裡了——他自己親身監造，把真實的空間逐一丈量過，然後癡狂地一條條鍵入嘉年華的複製網格線。

他走向「鉛屋」——鉛製屋頂下的空間，在威尼斯的共和政體時期曾為牢房。真正的總督宮乃由威尼斯造船匠所蓋，屋頂被打造得有如翻覆的船體，底下是能拘留囚犯的大量空間，但並不舒適。總督的審理官也在這裡進行刑求，為了讓犯人在受刑前軟化反抗之心，窄小擁擠的牢窗望向刑求室，而非看向外邊的潟湖。情聖卡薩諾瓦便因從其中一間牢房逃走，而聲名大噪。

刑求室中間站著一名戴哥倫比亞面具的女性化身，她被困住了，上著銬具的手腕由天花板垂下的繩索吊在頭頂上。丹尼爾朝她走向一步，牆上便出現烈焰般的文字：

據美國人說，這不算刑求。

影片開始在彷若大片螢幕的總督宮牆上播放。

畫面先是米雅被人粗暴地用雙手抓翻領，接著字幕出現了。

吸引注意：審問者以雙手抓緊對方，兩手迅捷堅定地各抓住一邊領口，再一口氣將囚犯拉向審問者。

接下來的畫面是綁匪捉住米雅的頭，以雙掌摀緊她的耳朵，將她推來搖去。

摀臉：張開手掌，鉗緊囚徒兩邊的臉，使其頭部無法動彈，以脅嚇對方。

接著是突如其來，像打壁球似地粗暴摑掌，米雅被那力道打得團團繞。

摑臉或「羞辱」：審問者以手指微張的技法，痛甩囚犯面部，以羞辱式的摑掌，讓囚犯不再存有不會遭受毆打的幻想。

但影片還沒結束。當他們把米雅拖到椅子上，拿萬用膠帶綑綁她的手腿時，米雅驚恐地抬眼看著他們抬往自己的東西。一會兒後，小丑在鏡頭裡拿出一把像電剪的東西。

丹尼爾噁心到再也無法多看，猛然伸手關掉電腦。

接下來，他在空白的螢幕前呆坐良久，低垂著頭，像是在潛心祈禱。

30

荷莉開車到威尼托鄉間，巴伯家富麗堂皇的帕拉第奧別墅。伊安・吉瑞就住在那裡，他的租金與所有開支均由馬堤歐．巴柏基金會支應。荷莉步上通往入口的巨大台階時，覺得建築師這種刻意的作法實在多此一舉——彷彿三公尺高的雙邊門隨時會突然打開，後方出現法相莊嚴，穿法袍的大祭司，但其實住在這裡的，只是位和善而不算健壯的前情報員。

飯廳裡，四名穿黑西裝的男子見她進來，當即起身。他們不是為了禮貌，而是帶著他們的衛星設備離開她的視線。荷莉等四人離去後才轉向吉瑞，問：「是我們的友人吧？」

吉瑞點點頭。「是的。還有幾位老手記得我，我試圖發揮一些約束力。」

「只怕會越來越難。」荷莉指著吉瑞後邊的電視說。電視上是某新聞頻道，聲音關小了，但畫面上的跑馬燈打出了新聞。「廣播電台剛播出消息，綁匪釋出另一段影片，從聲音聽起來，刑求越來越嚴重了。」

吉瑞低聲咒罵，拿起遙控器調大音量。影片播出一連串米雅被凌虐痛毆的畫面，間夾著更多字幕。

吉瑞不動聲色地觀看米雅的遭遇。荷莉猜想，吉瑞在漫長的情報生涯裡，必然看過比這更慘的事。事實上，也許親歷過多次。

「他們現在又要幹嘛？」米雅被帶往椅子時，吉瑞喃喃自問。一會兒後，畫面出現一隻手，手上拿了一把電剪。

幫囚犯剃頭。

「噢，我的天。」吉瑞說。棕色的頭髮成片地落在橘色連身服的腿部，綁匪持續剃髮，不到一分鐘的時間，米雅的頭髮已完全被理光了。

準備階段結束。

影片結尾是大家已相當熟悉的ＡＤＭ標記，接著電視台將畫面切回攝影棚內的「綁架專家」訪談。吉瑞關掉電視，問：「荷莉，你查到什麼？」

她把準備好的刑求備忘錄卷宗交給吉瑞。「可是輿情的壓力似乎壓在嘉年華網站上，而不是美國。」她下結論：「除了法里西外，有幾個部落客也呼籲關閉嘉年華，義大利新聞頻道似乎也往相同路線集結。或許關閉嘉年華，綁匪就無法釋出更多影片了。」

「嗯。」吉瑞重重坐到椅子上翻閱卷宗。

吉瑞翻讀時，荷莉在一旁檢視房間，悄聲地來回走動，以免打擾他。牆壁被大理石柱區隔成一塊塊畫著精緻的牧神及仙女的面板，這些人物在神話般的花園裡歡騰跳躍，荷莉發現，畫裡的花園竟巧妙地接續外頭的實景公園。

接著她注意到另一件事，原來大理石柱並非大理石，而是塗了漆的木頭與灰泥，那是幻覺中的幻覺。

「帕拉第奧天才橫溢，他發現威尼斯一切講究門面——即使是在室內。」吉瑞的聲音在她背後響起，「你知道多爾夫別墅（the Villa of Dwarves）的故事嗎？」

荷莉搖搖頭。

「那是一個典型的威尼斯軼事。離本地不遠處，有位貴族生了個侏儒女兒，為避免女兒了解自己與他人的差異，造成痛苦，貴族依照她嬌小的身形，為她打造一棟房子，甚至雇用侏儒侍從來服侍她。這方法很有用，女孩及至長大成人，全然不知父親對自己的欺瞞。直到有一天，女孩在林子裡看見一名野餐的英俊年輕貴族。女孩在接近他後，才發現真相。她生平首次感覺到父親對自己的厭惡與恐懼。」

「後來呢？」

「女孩爬到別墅頂端，跳樓自盡了。」

荷莉知道伊安・吉瑞一直從事反情報工作：強權間無止境的爾虞我詐——間諜與反間諜、雙重及三重間諜。但他剛才說的故事，亦點出了欺瞞的罔效，不知是否因此，他才會講到這個故事。

「嘉年華網站很有意思，你對地下網路（underweb）了解多少？」吉瑞說，荷莉聽出他的語氣不再是閒聊。

「『地下網路』？」荷莉重述一遍，「我從沒聽過這個詞。」

「許多人都沒聽過，但我們認為的『寬廣的網路世界』，只是網路中極小的一部分。網路就像大海，船隻僅行過表面，網海其實極深，大部分人無法探觸得到，網路深處潛藏著不受監視的奇異怪物，有些人稱之為黑暗網路，有些說是隱形網路，還有人稱之為地下網路。」

吉瑞起身踱步，斑斑點點的雙手像學究似地緊握在背後。「付費牆、躲在貪瀆政權經營的無IP位址伺服器、藏在虛擬代理伺服器裡的虛擬電腦——只要存心躲，網路上有太多躲藏的方式了。可是有越來越多的地下網路使用者，也想存取網路裡的廣大資源與使用者，所以他們會小心翼翼地尋找兩者間的交集處。」

這不是荷莉第一次懷疑伊安・吉瑞到底有沒有退休了，以他這種年紀，吉瑞也太清楚這些不為人知的事物了吧。

他接著說：「所以我們才會想到嘉年華。丹尼爾．巴柏以程式打造了一座城市——程式二字適用新舊兩種意義，他的加密運算，複雜到無人能夠攻破。嘉年華就像二戰時的里斯本，或冷戰時期的柏林，剛好夾在兩國的前線之間。這種地方對特定族群極具吸引力。此外，在嘉年華的城市裡，身懷祕密和希望獲取祕密的人，能平等地相遇。」吉瑞看著荷莉，想知道她是否明白自己的話。

「美國在嘉年華裡有間諜！原來如此！」她恍然大悟地說。

吉瑞點點頭，目前派到嘉年華的分析員及泛稱的外勤諜報員，比派到任何實際國家的人數都多，只有中國例外。

「如果嘉年華關閉，他們也就被踢出去了。」

「那樣我們便會失去一個通往地下網路的重要入口，義大利政府若能找到其他解救米雅的辦法，對美國才有利。」

荷莉輕聲問：「那就是你看顧丹尼爾的原因嗎？因為他就是嘉年華。」

吉瑞點點頭。「當然，當年我答應他父親要照顧他時，絕未料到有天他會創造嘉年華。馬堤歐認定丹尼爾無法在正常世界裡生活。」他聳聳肩。「他在許多方面還是沒辦法，丹尼爾很偏執、頑固、避世、鑽牛角尖……然而這些做為人格特質的缺點，轉換成程式後，卻成就了嘉年華這項奇蹟。」

「我倒覺得他很不錯。」荷莉說。

「那很好。」吉瑞瞄著她說。荷莉知道他絕不敢對這種事直接建言，但荷莉聽得出話中有祝她進一步發展，追求合理結果的味道。「我想，最好的結果就是丹尼爾能自動私下釋出綁匪的資料，但對外公開時，仍保持拒絕與憲警合作的態度，那樣的話，綁匪與間諜便會繼續相信嘉年華的獨立性，而我們也能在他的世界裡，鞏固一片有用的小天地了。」

「我覺得……」荷莉遲疑著，「我覺得，從我們過去接觸的經驗來看，我跟丹尼爾的關係還算不錯，就像每個人會有的那樣。」

「真的嗎？」

荷莉臉一紅。「他開口約過我，但因為接二連三的事件，我本打算取消，或許我能趁機看看他能不能幫我們。」

「很好。」吉瑞再度表示，他的「好」字拉得老長，像在講個長句。「不過還是跟以前一樣，千萬別提我的名字。丹尼爾為了某些原因，從不信任我，萬一他知道我們一直有聯絡，也許會起疑心。」

31

她在牢房裡踱步，一邊走兩大步，另一邊三步，但這不是今早那種滿心煩惱，絞著手走步的狀態。米雅正在思索。

她邊走邊抬手撫摸自己的頭皮，剛理過的柔軟短毛，感覺冰涼而陌生，令她想到親吻父親臉頰時，他粗短的鬍渣。

小丑帶她回牢房時，她瞄到筆電螢幕，上面是她茫然的面容特寫定格。少了熟悉的棕色長髮，她的頭看起來好小，眼睛顯得異常巨大，但那也令她想起了某件事。

年輕新兵抵達埃德里基地時，他們理的軍人頭，並不會比她的好到哪裡去。

她心中掠過幾個字，一些行為準則。但不是她父親兩年前規定她要當淑女之類的廢話，她把那些準則掛在臥房裡，只是為了哄老爸開心。不是的，米雅此時想到的是軍人信條中的話。

我是美國軍人。

我是戰士，是團隊裡的一員。

我是受過訓的精兵，身心皆強。

我絕不接受失敗。

父親通常不提自己的工作，但她弟弟還小時，不管提出多蠢多嗜血的問題，爸爸都會試著回答，因為他跟大部分軍官一樣，希望兒子能子承父業，從軍報國。麥可有次曾問，軍人萬一被捕，他的職責是什麼？是設法逃脫，以占用敵人的資源？還是接受命運，讓同袍不必為了救他，而冒險喪命？

她父親毫無遲疑地說：「我的手下一旦被捕，他的職責就是設法活下來，沒得商量。因為他知道無論要花多久時間，風險有多高，我們最後一定會去救他。因此他唯一的工作就是堅持住，等候我們抵達。」

那一刻的回憶喚回了米雅的勇氣，從隱匿的蓄水池中注入她的血管裡。米雅知道那份勇氣一直都在，等候著對付類似這樣的狀況。她從很小便意識到自己比麥可勇敢許多，不管是從高處的跳板跳下來，或對抗霸凌，從不猶豫的人一向是她。但像他們那樣的軍人家庭，只會鼓勵兒子喊父親「長官」、到基地的軍人理髮店中理髮、參加軍隊每年夏天舉辦的滑索訓練與跳傘。

他們最後一定會來救我。

我唯一的工作就是堅持住，等他們來。

她聽到門鎖解開，鎖鍊噹啷響著，但這一次她沒有退縮，反是站起來轉向那聲音，準備面對綁匪。

我是戰士，是團隊裡的一員，我絕不接受失敗。

32

凱蒂走到二樓的閣樓，憲警資安組組長，馬禮的辦公室就在這裡。辦公室與平時一樣，桌上每處空間都擺著亂七八糟，拆解過的電腦和雜纏的導線。不過在一片雜亂中，已清出一塊空間，擺放米雅的筆電。

「我讓你看樣東西。」馬禮腳底熟練地一撥，把椅子從桌邊推往另一張桌子。「這不是米雅原本的硬碟。我弄了個完全一樣的備份，免得裡面鍵入自毀的編碼，結果你瞧。」

他在自己的電腦上點了一下，米雅的筆電桌面便出現了，還有標示著「作業」、「音樂」和「酷玩意」的檔案夾。

「看起來都很正常嘛。」凱蒂不確定馬禮要她看什麼。

「沒錯，表面上看起來就是一般的微軟作業系統筆電，可是現在你再看看電腦的作業系統。」他手指飛快打著鍵盤，螢幕上滿是閃動的符號。「你大概知道，作業系統的不同版本其實只是表相而已——是介於你和真正發揮功用的 MS-DOS 作業系統間的漂亮界面。」閃動停了，「注意到任何奇怪的事了嗎？」

凱蒂仔細一看，「那是俄文嗎？」

馬禮點點頭，「那是一種叫 DEMOS 的作業系統，俄羅斯無法進入 MS-DOS 系統，因此便發展出自己另一套系統。」

「可是米雅．艾斯頓為何會有俄羅斯電腦？」

「她沒有，她的機子跑到一個程度時，MS-DOS 便會被洗掉，代之以 DEMOS，但表面上卻像什麼都沒改變。」

「那樣做有何意義？」

「我這只是猜測而已，不過最近俄羅斯培養出一些很惡毒的駭客，美國電腦怪胎把 MS-DOS 使得越來越強，俄羅斯駭客的 DEMOS 也是愈磨愈精。」

凱蒂腦中劃過一念，「米雅父親的電腦呢？」

「一樣。為什麼這麼問？」

「艾斯頓說，他在米雅的筆電裡灌了家長監視軟體，會固定報告女兒在網路上看些什麼，不過奇怪的是，他拿到的報告似乎並未反映真實情況。」

馬禮若有所思地說：「如果是某種釣魚行動……」他看到凱蒂不解的表情，「也就是說，假若駭客寄了電郵給艾斯頓少校——佯裝是善意的電腦雜誌寄來的信，再加上一些偽造的五星評鑑和推薦的產品連結——警告他讓子女上未經監督的網站有多危險，那麼當艾斯頓把軟體下載到自己的電腦，並安裝到米雅的筆電時，父女便雙雙中毒了。」

「那樣很容易嗎？」

「噢，是的，但最屌的是利用父親做媒介。這年頭大部分青少年都知道不能下載來路不明的軟體，家長反而更易上鈎。他是個保護欲很強的父親嗎？」

「他非常保護米雅。」

「那表示整件案子是針對他們來的，那是一場布局縝密的行動，那些影片也是。這種嵌入連結的手段，可不是普通電腦玩家會搞的把戲。」

一場布局縝密的行動。凱蒂想起自己對米雅在俱樂部被擄一事，也有類似的看法，現在這裡又有進一步證據，證明綁匪的狡詐。但那代表什麼？這種曖昧而重要的線索，正是以前她最愛與阿爾多．皮歐拉討論的話題。

✣　✣　✣

凱蒂使用自己的電腦，搜尋自由俱樂部監視器錄影畫面中看見的，刺在女人臂上的骷髏頭與翅膀。她發現這個標記在史上曾使用多次，從哈雷機車到十七世紀墓碑上，象徵物質與精神世界轉換的標記。同理，該標誌也常為共濟會15和其他祕密組織所使用。

查看標誌中奇異而深奧的意涵，總是非常引人，但凱蒂覺得女人的刺青不是那回事，她臂上的刺圖相當粗糙——不像做為歸屬某社群所用的標示。

接著凱蒂看到另一則參考內容。

一九四三年，四九〇轟炸中隊駕著有「骷髏頭與翅膀」徽章的B25米契爾轟炸機，展開第一次作戰任務，該徽章改自中隊指揮官的個人勛章，因此有時被稱為「空中死神」。

空中死神……這名稱似乎有點熟悉，也許她在基地看過？凱蒂試著回想埃德里基地大街上的商城，卻怎麼也想不起來。

時間已過晚上九點，她已累到不行。指揮中心的人早就走光了，她該回家睡點覺了。

凱蒂伸手正想關掉電腦時，看到瀏覽器上跑出最新新聞。

米雅：第四支影片

媽的。凱蒂點進某個新聞網站。

穿橘色連身服的米雅再次站在影片裡，綁住的雙臂伸在剛理過的頭上，一雙眼睛望著觀眾。眼神雖因痛楚與倦怠而黯然，卻也透著一股凱蒂先前未見的氣勢，摻雜了抗逆與傲然。

凱蒂認得那種眼神。她在受過太多氣，而不打算再忍氣吞聲時，便是那副表情。那神情要說的是，你可以對我爲所欲爲，但無法奪走我的自尊。

畫面切到字幕。

囚徒被綑住吊直，開始睡眠剝奪。

15 共濟會（Freemasons）：成立於十八世紀英國，是一種帶有烏托邦性質及宗教色彩的兄弟會組織。

綁在米雅手腕上的繩索緊吊起她的雙臂，她被拉得幾乎僅能以趾尖站立。

CIA批准的睡眠剝奪，最長時間為一百八十個小時，之後囚徒須獲准睡至少八個鐘頭。

第三個字幕慢慢出現：

晚安！

凱蒂的倦意瞬間全消。米雅若無法睡覺，她也不打算睡了。她得吃點東西，然後回來繼續撈拾細微的線索，直到找出端倪。

33

凱蒂離開憲警總部時，心中頗為猶豫。她這輩子擊敗過武裝男子，也被痛罵過。她要固定清理置物櫃上的性攻擊言語，不時還要處理更糟的事。她可以大方地接近看得順眼的男子，跟對方表示想跟他上床，或叫糾纏不休的男人滾回自己老娘家。但凱蒂發現自己很不想去做大部分義大利男人自然會做的事：獨自一人到餐廳吃飯。義大利女人就是不會幹這種事。

去他的，老娘餓了。

聖匝加利亞教堂周邊約一百公尺內，有十幾家餐館，大部分憲警都會去聖坎布街上最近的尼諾餐廳，因此凱蒂特意多走些路，到聖勞倫佐的亞拉貝餐廳。她帶了一份文件夾，吃東西時可以閱讀。

凱蒂走進餐廳時，看見阿爾多·皮歐拉就在最近的桌邊，手裡拿著叉子，眼前攤著類似的檔案。皮歐拉抬起頭，也看見凱蒂。

凱蒂火速轉身想走，卻又轉了回來。

「為什麼你在這裡，我就得去別的地方。」她告訴皮歐拉。「如果我們坐不同桌，看起來會很奇怪。何況我想找你談一談，所以我還是坐下來好了。如果你不喜歡，就起身走吧。不過你的菜都送來了，離開也很怪。那是軟殼蟹嗎？我不知軟殼蟹的季節已經開始了。」

皮歐拉沒告訴凱蒂，她講太多話了，也沒說他們不該在一起吃飯。皮歐拉只是聳聳肩，指指對面那張凱蒂還沒有勇氣拉出來的椅子。

凱蒂坐下，說：「我真的沒別的意思。就像他們說的，我們得繼續過日子。」

由於兩人的婚外情已重創原本的生活，這也許不是最得體的說法，但皮歐拉也沒點破，只是把裝著軟殼蟹的碗推給她。

「吃一點吧。」

凱蒂叉起一份，嘗試地咬了一口。酥脆的炸衣——灑上鹽巴並擠了酸檸檬——在她口中爆開，濃郁甘甜的蟹汁灌入她喉中。凱蒂良久未發一語，專心品嘗最能代表冬末的美味。

凱蒂的外婆蕊妮塔每年會有兩度，從不缺席地在短短的季節轉換期跑去市場買一簍活蜘蛛蟹。這些小小的甲殼類動物為了快快長大，在這期間脫殼。外婆跟大部分威尼斯人一樣，上這道佳餚時總要補一句：

「內餡是螃蟹做的，不是廚子塞進去的。」因為螃蟹在倒入油鍋前，會先放到麵糊碗裡餵食幾個小時。這蟹表面看起來或許又冰冷又硬黑，但本年度第一批軟殼蟹，跟春季的前兆、即將到來的四旬齋節，或時節的改變一樣，毫無失準。再過不久，市場裡便將擺滿香脆的 castrauri —— 為了讓果實成長，在疏苗時摘下的迷你朝鮮薊。還會有啤酒花的第一批新芽 bruscandoli，以及鮮嫩的白蘆筍 sparasini，最後還有產於聖埃拉西摩（Sant' Erasmo）鹽漬土上的新鮮豌豆，這是威尼斯人夏季燉飯中不可或缺的食材。

皮歐拉又起另一隻蟹，餐廳老闆逕自跑來幫凱蒂倒酒，Vespaiolo 酒又嗆又酸；剛好中和重鹹油膩的螃蟹。

在米雅受難之際如此大吃大喝，似乎很不恰當，但也突顯出食物的重要：提醒人，什麼才是真正重要的。

凱蒂說：「問題是，我不知道自己在幹什麼。我想在瑟托將軍面前求表現，卻沒人能告訴我什麼最重要的，應該先做什麼。我覺得越來越挫折，也變得更漫無方向。」她直視皮歐拉，「我要你當我的上司，就像我們還沒把事情搞砸之前那樣。」

凱蒂覺得他會叫她離開，但皮歐拉僅說：「如果要我當你上司，你最好開始喊我『長官』。」

「就這麼說定了，長官。」

他為自己斟了更多酒。「我從沒遇過如此恐怖棘手，或布局巧妙到讓我們只能原地打轉的案子。何不把你知道的線索告訴我，我也如實相告？」

凱蒂知無不言，僅是將一切化成言語。看著他入神、凝思或困惑的表情；看見他點頭讚許自己所做的各種決定，或皺眉表示不同意，便已令凱蒂釐清了事件的輕重。她在述說時，皮歐拉的手機鈴響數回，但他都沒理會。

凱蒂最後說：「但我一直在想，這整件案子會不會太過老練？駭客、影片、面具……一群業餘人士能搞出這麼複雜的案子，連一次失誤都沒有，也太不可思議了。是我想太多，還是其中別有蹊蹺？」

皮歐拉看著她，平靜地說：「我也一直自問同樣的事。例如ADM和綁匪間的關係。若不是我被派去調查遺骸的事，大概永遠不會質疑，可是我越想越覺得奇怪，他們闖入工地，真的只是米雅被擄前的宣傳噱頭嗎？或是一種誤導我們的煙霧彈，讓我們自以為知道誰是幕後主使，但真相其實更複雜？」

「但若不是抗議人士幹的，又會是誰？」

皮歐拉聳聳肩。「恐怖份子嗎？應該不是。他們不會躲在地方抗議團體背後，會自己跳出來宣告。是黑手黨嗎？不太可能。他們要的是贖金，不是公民投票。可是還會有誰？」

凱蒂緩緩表示：「美國人自己嗎？」

皮歐拉看她一眼，「你是說真的？」

「我不知道，」凱蒂坦承。「不過俱樂部裡，有個可能是綁匪之一的女人，臂上可能刺了是美軍圖紋的刺青，而且我覺得跟蹤米雅的，一定不只一組人馬。」

「軍事專業的精準。還有誰能做得比軍人好？」他近似喃喃自語地說。

「但如果真是美軍，我不懂他們為何要綁架同袍的孩子，更甭說讓她受到非人的待遇了。」她看著皮歐拉。「我們該不該把這個疑問告訴瑟托？問他能否進一步調查？」

皮歐拉做了決定，說：「不用了。瑟托是政治動物。調查遺骸時，我發現他很忌憚觸怒美方，我們現在若去找他，他會直接命令我們終止調查。」

凱蒂點點頭，想起瑟托為了幫美軍，立即派她去民事聯絡部服務，以及如何屈從艾斯頓少校的要求，讓她復職。

「我們最好私下追查這些線索，等查實了再去找瑟托。」皮歐拉又說：「如果我們能查出實證的話。目前他們透露的線索實在很少。」

凱蒂猶豫地問：「那荷莉・博蘭呢？」

「你的美國朋友嗎？她能幫什麼忙？」

「我也不知道。」凱蒂老實說：「她雖然不是特別叛逆，但她跟我們一樣希望此案能水落石出。」

兩人討論案情至深夜，酒瓶喝罄，換上了格拉巴酒——而在他們收工前，也幾乎喝完了。

34

她以前絕無法相信，靜靜站著竟能如此痛苦。

最初四十分鐘尚堪忍受，接著肌肉便開始抽筋了。為了減緩腿上的壓力，米雅在繩索容許範圍內垂軟身體，雙臂卻因此承受更多壓力，不過短短幾秒鐘，她的肩膀已痛得有如刀割。於是她用腳趾尖抬起身體減痛，結果造成雙腿再度抽筋。

她試圖找出一套伸筋活血的程序，先踢一條腿，再踢另一條，然後盡可能地做原地跳躍。這辦法只管用了二十分鐘，痛感就又回來了，而且比之前更糟。

此刻房中除了一盞手提式弧光燈的光暈外，一片漆黑。有時米雅瞥見包達男躲在陰影裡拍她，相機的紅燈在黑暗中小小一點。

兩個小時後，米雅已筋疲力竭。她只想睡覺，但她若放鬆下來，即使只是稍微一點，體重便會拉扯手臂，痛楚便再次竄上肩膀與脖子，將她吵醒。

米雅聽到聲音，張開雙眼，小丑站在那兒看著她，戴著面具的臉藏在陰影裡。

「放我走。」米雅求他。

他未語片刻，然後以安靜到米雅幾乎聽不見的聲音說：「你的國家認為，用這種方式剝奪別人七天睡眠，是可以接受的事。」

她哭道：「可是幹那種事的人又不是我。我又不是美國，為什麼要這樣對我。」

「你不是美國，」他表示同意。「但你是美國人，是貴國所謂的『間接傷害』[16]，而其他人則是『無辜百姓』。據聯合國說，光在阿富汗，便有超過兩萬名像你這樣被你同胞殺害的人——兩萬人！」他向前踏一步，米雅看到他激動的眼神。「有些人被義大利美軍基地派出去的無人飛機炸死，如果你受的苦，能夠解救十幾條這樣的人命，不是很值得嗎？若是能救一千人，上萬人呢？」

「我才十六歲，那應該不同吧？」

「噢，是的，十六歲。在美國，十六歲幾乎算小孩子，是吧？太小不能喝酒、投票，但並沒有小到不能關。在這場所謂的反恐戰爭裡，兩千多名年紀比你還小的孩子，未經審判便受到拘禁。你知道關塔那摩

16間接傷害（collateral damage）：描述戰爭中，因軍事行動造成目標以外，包括建築、設施或人物的意外損害。

監獄關了小孩子嗎？ＣＩＡ甚至抓了兩個小男孩，用他們來制衡他們的父親。孩名字叫約瑟夫和艾比，分別為九歲與七歲。或者你以為自己是女的，就會不同？你一定沒讀過前美國將軍，安東尼奧・塔古巴（Antonio Taguba）的報告，他說美國守衛在阿布賈里布監獄（Abu Ghraib）拍下他們強暴女犯人的影片。那是在他們拍下女犯的胸部，拿她們的屁股當彩彈活靶後的事。」他頓了一下，「你該覺得自己運氣很好了，我們只按規矩行事，那規矩是你們總統授權的處理方式。」

米雅努力保持平穩的聲音說：「我看得出你是個正直的人，但你們已經在影片中申張你們的觀點了，若能放我走，豈不更好？你們可以證實你們跟美國不一樣；你們更仁慈，更有人性。」

小丑高聲大笑，像不可置信的吠叫。「然後呢？你以為你們的總統就會說：『噢，他們放她走了，我最好關閉一、兩個空軍基地。』仁慈是無法改變任何事的。」

他的強烈語氣嚇著了米雅，但她繼續說：「無論如何，我都不會待在這裡，美國不會與恐怖份子協商，這點大家都知道。」

「是嗎？那美國為何要撤出阿富汗？他們會聽的，他們非聽不可，更重要的是，別人也會聽。你們美國會跑到我們國家，是因為我們歷任政府都太懦弱腐敗，不敢教老美滾蛋，但義大利人民可沒那麼軟弱。」

「或許義大利人民會以你們的做法為恥，而適得其反。」她說。

小丑瞬間暴怒。「羞恥？別跟我提羞恥！該感到羞恥的是美國！他們一定會的！」

她害怕地問：「你是什麼意思？以什麼為恥？你們打算對我做什麼？」

他伸手從腳邊的包裹裡取出一件東西。等他拿起時，米雅發現是張尿片，大到可供成人使用。

「從現在起，你就穿著這個，對守衛來說方便多了，懂吧？不必在夜裡幫囚犯解手銬，囚犯若因此感到受辱，那絕非我們的本意。噢，不是的，只是巧合罷了。」他對她比畫著。「有時他們任尿布包很多天，讓犯人泡在自己的屎尿裡，直至皮破潰痛發炎。」

米雅重重吸口氣。「等一下，你們只在乎影片裡呈現什麼狀態，對嗎？現在先放我回牢裡，早上再把我綁回來吧，影片上看起來就像我在這裡綁了一整晚。」

「我為什麼要那麼做？」他問。

「因為你不是壞人。」米雅低聲說。

小丑又往前站一步，她不確定小丑是要打她還是要放開她。

很長一段時間，小丑毫無動靜，米雅看到他藏在面具後的深邃黑眼與長長的睫毛。

小丑抬手解開繩索。

「謝謝你。」米雅揉著手腕結結巴巴地說：「我跟你保證，你一定不會後悔。」

「別說話。」他粗聲命令：「回你牢房，你若再說一個字，我就把你綁回去。」

35

荷莉．博蘭從衣櫥裡拿出一件很少穿的史帝文麗洋裝。貼身灰色羊絨材質，配上維琴察精品內衣 La Perla 的胸罩，讓這件頗具彈性的羊毛衣，在她精實的身上襯托出了曲線。

她已連穿好幾週的迷彩裝；數個月沒化裝或摘去髮夾，垂下一頭的金髮了。穿過大軍靴後，同樣從衣櫥裡挖出來的細跟鞋，感覺竟縹緲如紗。奇怪的是，這細紗般的玩意兒竟痛得要命，而她的軍靴則舒適熟悉得彷如拖鞋。

荷莉把高跟鞋換成平跟船鞋，然後告訴自己，這叫非傳統。

她在八點左右來到巴柏府，拉四下門鈴，等了幾分鐘，丹尼爾才穿著平時的運動衫和運動鞋出現。她從沒看過穿得像他那麼休閒的義大利男人；但話說回來，丹尼爾並不像大部分男人，更甭說是大部分的義大利人了。

他一副不太認得出荷莉的樣子，害荷莉覺得必須提醒對方自己是誰。「丹尼爾？是我呀，荷莉。」

「當然，請進。」他不像多數威尼斯人那樣親吻她的雙頰，不知是否因傷殘所致。丹尼爾被綁後，被削去了雙耳與鼻尖，所以習慣與人保持距離。

他領路來到一樓。巴柏府不大。事實上，也許不比紐約的褐石公寓[17]寬，卻非常優美。巨大的橡木椽支撐繪著圖的天花板，地板是幾合圖紋的瓷磚，讓她想到埃舍爾[18]。府中四處擺著各種傑出的藝術品，大部分來自二十世紀。丹尼爾的父親在遺贈所有收藏品前，賣掉家族裡的古典名畫，拿去投資現代藝術，並將巴柏府賣給現在以他為名的藝術基金會。丹尼爾自己則是賣掉家具——那是巴柏府中，唯一屬於他的財物——做為創建嘉年華的資金，並在府中擺滿便宜而具功能性的宜家家居的家具，古今組合，看起來相當詭異。

丹尼爾帶荷莉進入舊音樂室，這裡比巴柏府其他地方溫暖，但不是藉單一爐子或電暖爐來增溫，而是被沿牆而設的四個 NovaScale 高端伺服器給烘暖的。伺服器的燈光錯綜複雜地閃著，窗戶旋紋式的大理石柱間，掛著廉價的捲簾。一瓶汽泡酒和兩只玻璃杯，是唯一看得出這是為約會準備的東西。

「我給你買了份禮物。」荷莉遞給丹尼爾一份Ａ４大小的相框，裡面是一道公式：

K: = { (i, x)

他點頭說：「圖靈的悖論（The Turing Paradox），太棒了，謝謝你。」

「我在網上查的，圖靈發明了電腦，是嗎？這便是讓電腦成為可行的公式之一。」

荷莉是少數自過去合作中，知道丹尼爾．巴柏有一點可與他父親那些無價的藝術收藏品相提並論——他會用最愛的數學公式，裝點巴柏府的牆壁。對丹尼爾而言，數學公式與任何畫作一樣美麗深邃。

「我剛收到另一則訊息。」他習慣性地突然改變話題，「過去一小時，已經收到兩封了。」

「我能看看嗎？」

丹尼爾指著其中一個螢幕，荷莉走過去看打開的訊息。

寄件人：米雅．艾斯頓

主旨：酷刑？

任何固定姿勢超過一段長時間後，都會造成極大痛楚。歷經十八到二十四小時的持續站立，雙腿的組

17 褐石公寓（brownstone）：以赤褐色砂石為主要材料的建築物，多為聯排式住宅，建於十九世紀到二十世紀初，是美國紐約的特色建築。

18 埃舍爾（Escher）：一八九八至一九七二，荷蘭版畫藝術家。

纖會累積液體，這種水腫是因血管滲出的液體所造成。囚犯的腳踝及腳掌會比平時腫大兩倍。水腫也許會蔓延至大腿中間，皮膚繃緊，極為疼痛，並慢慢長出大水泡，水泡破裂後滲出體液……

積聚在雙腿的體液導致循環受損，心跳加速，並可能造成昏厥，最後腎臟衰竭，停止排尿。犯人陷入昏迷，伴隨迷惑不清、恐懼、妄想及幻覺。隨著尿素及其他代謝物在血液中累積，犯人會感到無比口渴。

「天啊。」荷莉看完後說。

「我查過了，是從國防部研究報告裡摘錄出來的，寫於冷戰時期。」他說：「諷刺的是，這些技巧似乎多半是共產黨發展出來的。史達林在整頓陰謀反動人士時，堅持共產主義必須尊重勞工，因此不許刑求。他的祕密警察只得設法用不像酷刑的方式刑求犯人……ＣＩＡ研究他們的做法，把結果轉換成訓練，訓練自己人如何對抗那些技巧。」

荷莉說：「SERE. Search-Evade-Resist-Escap. 搜索—迴避—抵抗—逃脫。我自己也受過 SERE 的基礎訓練，所有官校生都得學。」

丹尼爾點點頭。「九一一後，布希總統要求嚴加偵訊，他找的就是 SERE 的心理學家，於是恐共時期發展出來的各種刑求技巧，如今在害怕恐怖主義的期間裡，徹底發揮作用了。」

「另一則訊息呢？」

丹尼爾在螢幕上點一下。

寄件人：米雅．埃德里

主旨：酷刑？

丹尼爾，我猜你已找到我那小小的復活節彩蛋了，現在你得做出決定了，不是嗎？關閉嘉年華，終止影片播出，或像個窺淫狂坐著觀賞。結果會如何？我想我知道你會選擇哪樣。問題是，大眾不會喜歡，對吧？也許嘉年華的命運將由大家來決定，而不再由你了。或許嘉年華就要說再見了。

「他說『復活節彩蛋』是什麼意思？」荷莉問。

「那是遊戲用語——只有技巧厲害的玩家才能解鎖的隱藏式驚喜。」他指指螢幕。「他指的是米雅的最後一部影片，我是不小心解開的。」

他看起來好痛苦，荷莉忍不住問：「你還好嗎？」

丹尼爾沉聲說：「我覺得好像刑求她的人是我，好像我在幫綁匪似的。」他直直看著荷莉，問：「我該怎麼辦？」

「你是指該不該關閉嘉年華嗎？你真的會那樣做嗎？」

他說：「我相信網路自由。但不該指做這種事的自由。或許我應該承認，人們一定會濫用自由來行惡，而非行善了。」

「等一等，我們先把這件事想清楚。這些簡訊似乎有兩種不同的聲音，不是嗎？有綁匪自己的目的，他們希望嘉年華能保持開放，因為那是他們達成目標的唯一管道。但還有另一股聲音似乎在嘲諷你，彷彿希望你能關閉嘉年華，對他而言，主要目標不在米雅，而是想把嘉年華跟你個人扯入這樁案子裡。」

「沒錯，簡訊的語氣不一樣。」丹尼爾猶豫地說。宛若那是他最近才有的概念。接著他點點頭，「沒錯，他們一定是雇用駭客了。」

「雇用駭客？有可能嗎？」

「噢，有的。現在你能在嘉年華裡，輕易地雇用駭客，就像我的老祖宗以前到刺客街上找殺手一樣。不過你得非常小心，駭客可能自認比你聰明。事實上，他真的比你聰明，他一定會毫不猶豫地利用你聘他施用的手法，來達成自己的目的。」

「什麼目的……？」

「就本案而言，也許是證明他比丹尼爾．巴柏還要厲害。」他瞄著伺服器說：「反對嘉年華獨立性的人不僅有政府，還有很多駭客也想讓嘉年華倒。」

「為什麼？」

「為了獎賞。在駭客的世界裡，若能成為駭入嘉年華這種網站的第一人，必能獲取盛名。這名駭客很厲害，非常厲害，他已經察覺到連我都不知道的弱點了。」

「他是誰？有沒有辦法把他揪出來？」

丹尼爾走到長桌邊拉出椅子，接著開始打字。

「你在做什麼？」荷莉問。

「上網找大家幫忙解決你的問題。」

荷莉傾身靠向丹尼爾的肩上。螢幕上是熟悉的嘉年華首頁——一張微笑面具和「進入嘉年華」的字樣，不過現在還加上別的文字。

嘉年華的朋友們：

一位住在義大利的嘉年華用戶被人綁架了——從她家人身邊擄走，以抗議美軍基地的建造。綁匪似乎在嘉年華徵用了一名同謀，各位也許有人知道對方是誰，若是知道，請告知我。

丹尼爾・巴柏

她指著說：「你應該在你寄給他的訊息上加連結，也許這邊？順便提一下影片和網路播放的事。」

丹尼爾又打了一會兒。「好了，弄完了。」

荷莉靠近他肩上閱讀編輯過的內容時，感覺丹尼爾渾身僵緊。她垂下眼，看見自己一綹頭髮拂在他頸上，就在被截去的耳垂下方。

丹尼爾抬眼瞄著荷莉，然後立即轉開眼神。他很少與人目光交接太久，無論是何種情況。但荷莉已從瞬間變換的氛圍中，感覺到這次的不同了。

她挺直身體，剛才的一瞬稍縱即逝。

丹尼爾轉回螢幕，低聲說：「我以前從不干預的，感覺像在踩紅線。」

「說不定有折衷的辦法。」

「什麼意思？」

荷莉緩緩說道：「假如有辦法滿足政府的需求，透露一些跟綁匪相關的資料，但又不讓一般人知道。這不僅是為了救米雅，政府可能也幫你解決掉這名駭客。」

丹尼爾搖頭說：「如果只因情況改變，便準備棄守原則，那就不叫原則了。那些在乎網路自由的人會看到我的訊息，並幫忙解圍。」

房中有藍燈大量閃動。

「那是什麼？」荷莉突然害怕地問，她走向窗邊，看到三輛「國警」的汽艇噗噗噗地快速朝巴柏府的碼頭駛來。「丹尼爾，警察的汽艇往這邊來了，你打算怎麼辦？」

「不知道。可以的話，我會盡量拖延他們。」他轉回電腦又打了些字。

樓下傳來木頭的裂片聲，只怕丹尼爾無法拖延太久。不到片刻，房間裡便站滿全副武裝的男人，不過揮著紙張踏向前的，卻是一名穿便衣的女子。

「我是國家電腦犯罪中心的佩帝尼莉探長。」她說。丹尼爾揚起眉，荷莉知道對駭客來說，國家電腦犯罪中心是個笑話。「本人奉命讓嘉年華下線。」她看著NovaScales，「我想，那些就是伺服器吧？」

「探長，你若不懂那些機器是什麼，我絕不會幫你。」丹尼爾淡定地說。

「或許我沒有你的程式專才，但我懂得如何拔插頭。」她跟丹尼爾保證道。女人繞到伺服器後方尋找電源。

荷莉的心都跳到嘴裡了，*她只是關掉一部電腦而已*，荷莉告訴自己；但心中又覺事態比那嚴重。數百萬用戶的化身將消失於無形。詭異的是，感覺起來竟像一場屠殺。

佩帝尼莉探長撥動一個開關，丹尼爾面前螢幕上的咧嘴面具便消失了。

但幾秒鐘後，面具又漸漸浮現了。

荷莉跟房裡所有人一樣，轉頭望向NovaScales，伺服器還是沒有電力。

似乎只有丹尼爾和佩帝尼莉明白發生了什麼事。「你有一處鏡像網站[19]。」她說。

「是網站群，不只一個。」丹尼爾糾正她。

「但不是很多，我看過你的銀行交易，你供不起那麼多主機。」她細細打量丹尼爾。「而且我不認為你會隨便把嘉年華的鏡像網站，設到遠處某個阿貓阿狗的國家，你會希望它們在近處安全的地方。」

丹尼爾沒回答。

「無論那些網站在哪裡，我都會揪出來一一關閉。」

「我們法庭上見，探長。」丹尼爾說。

佩帝尼莉搖搖頭。「你會常看到我，但不會是在法庭上。根據反恐法，我有權對你做預防性拘留。你沒被捕，也不會被起訴，但會受到監禁，直到我們覺得你的自由不再威脅本國的安全。丹尼爾・巴柏，你得跟我走。」

36

阿爾多・皮歐拉到特隆契多的立體停車場取車，準備開回內陸。這是漫長的一日，皮歐拉知道未來還會有許多更漫長的日子，但此刻他的心思不在綁架案上，而是回家後必須跟老婆說什麼。

他答應過吉兒黛，永不再單獨與凱蒂・塔波工作，也就是說，不再與她合作，更別說是跟她一起吃飯

19鏡像網站（mirror site）：異地備援的一種手法。

了。皮歐拉悲慘地想，你無法假裝談工作跟談感情不同，當初正是因爲他和凱蒂在調查大案時都全力以赴，才會有了外遇。如果工作能更像平凡無奇的婚姻生活與養育子女——跟日常的洗衣購物功課，與教孩子別在餐桌上看手機一樣——那麼也許永遠就不會發生外遇了。

但凱蒂是他合作過最傑出的年輕軍官，皮歐拉跟凱蒂一樣，需要與人激盪想法。在如此龐雜的案子裡，個人最後也許會鑽陷在瑣碎的證據裡，永遠看不清全局。

為了米雅，他需要與凱蒂合作。為了他的婚姻，他必須對妻子誠實。

吉兒黛必須明白，這純粹是工作上的決定，等案子結束，他就會申請調職，也許被調往米蘭或羅馬。孩子應該會很難過吧，不過他們很快便會結交新的朋友，對吉兒黛和他也會是新的開始。他甚至可以設法調到岳父母居住的吉諾亞，他會跟妻子提出這項條件，但說法會有些不同：現在他會與凱蒂再次合作，但這是最後一次了。

皮歐拉不自覺地嘆口氣。他雖非威尼斯人，卻漸漸愛上這個怪異而飄散臭味的城市了。雖然威尼斯夏季觀光客擠爆，冬日淹水，但這些飄著霧氣的運河自有一股風韻。從幽黑潟湖飄浮而出的夢幻拜占庭宮殿，像由美人魚打造而成，這些建築道出了他靈魂中的詩意。威尼斯可能造就英雄，但米蘭或吉諾雅的生活，只怕要平淡多了。

皮歐拉的手機震動著，他掏出機子，發現只是簡訊提醒。稍早他在餐廳時，打電話的人留了語音訊息。

皮歐拉在留言中聽到一名女子的聲音。「上校，我是亞丹莎，我想告訴你，我照你的建議跟崔瓦撒諾教授聯絡了，我們找到一些很有意思的資料，你能回我電嗎？」

這回換他留言了。皮歐拉留話說他明天會再打電話，然後發動引擎，穿越自由橋上的潟湖溼霧，朝吉兒黛駛去。

37

凱蒂在家中公寓裡登入嘉年華，讀著丹尼爾的訴求。

我在寫這段話時，警方就在樓下。我相信他們一定會關閉嘉年華。我已採取防範的步驟了，但沒有網站能抵抗一心想搞垮你的政府。萬一今天他們為了這個案子而成功地關閉嘉年華，明天就會有另一起這樣的事例，然後以此類推。嘉年華的未來岌岌可危。

凱蒂查詢反恐法，發現政府可以將丹尼爾監禁到他們甘心為止，而不起訴他。此法推出時，被形容成萬不得已之計，不過由於缺乏合法的前例，所以沒人說得準那是什麼意思。

凱蒂懷疑，高層真會有人在乎關閉嘉年華能否幫助或妨礙尋找米雅。媒體要求政府採取行動，而放任嘉年華不管，像是無作為，那麼關閉它似乎就是較好的選擇了。

但話又說回來，凱蒂的看法與丹尼爾相左。對她而言，該不該關閉嘉年華，是個實際的問題。言論自由通常是好事，言論審查則不佳——但審查內容若包括兒童色情、毒品交易與竊取的信用卡資料，那又何妨？她的工作必須觀看婦女受性侵的噁心影片——你很難想像，任何看這類影片能感受到性興奮的人，還能繼續觀看。她知道丹尼爾會說，沒有人有權利做這樣複雜的道德評斷，但凱蒂並不特別想住在丹尼爾的道德世界裡。

凱蒂習慣性地檢查自己的訊息，因為她現在已登入嘉年華了，訊息包括任何寄到哥倫比亞七七五帳號的訊息。有些通知她認識的人已有新八卦登到網站上了——因為嘉年華能從你的電腦得知你的工作對象和臉書朋友，所以也會通知你，他們身邊有何謠傳。有些訊息是在婚外情留言板上讀到她簡介的陌生人寄來的，不過有三封訊息來自她上次的一夜情對象，雷凱多。凱蒂瞄了一下標題：

要再碰面嗎？

真的很想見你。

有張我們的合照，很可愛。

凱蒂困惑地點開最後一道訊息。

由於一直沒收到你回音，我想寄點能提醒你那一夜的東西……

附件是張照片，或者說，是影片裡的一格畫面；寬螢幕格式的畫面道盡一切祕密。一間燈光柔和的旅館房間、一張床、裸身的凱蒂躺在同樣一絲不掛的雷凱多身上。

幹，凱蒂恍然大悟，那該死的爛人把過程拍下來了。

回頭想想，凱蒂想起看到他的手機擺在桌上，隨意地靠在酒瓶上。她當時為何沒想到檢查一下？但那麼做便表示不信任他，而當時她只想相信那晚自己編織的故事——這不是一場悲慘、鬼祟、了無意義，與已婚男子的邂逅，而是某種刺激浪漫的冒險。

你這愚蠢的腦殘。

等最初的憤怒與厭惡感消失後，凱蒂當下的反應是回信安排跟他見面，然後逮捕他，或至少把她的憲警證亮給他看，讓他嚇到噴淚。

但她現在沒空管這檔事了，何況這的確給她一堂寶貴的教訓。

在嘉年華上，沒有人是他們所呈現的模樣。

凱蒂發現，其實她只跟雷凱多這樣的男人會面，是因為她無聊到快瘋了。網站是種出口、冒險與危險——對米雅而言亦如是，去換妻俱樂部看看裡面在做什麼，對她的軍人家庭，似乎是種挺酷的反叛。米雅運氣不好被擄；凱蒂則相對無傷地避開了。

凱蒂真正的刺激感，得自這份她所熱愛的工作，那比任何露水姻緣，更令她酣快而欲罷不能。

從事熱愛的工作——與你深愛的男人，這句話在她腦中迴盪。凱蒂知道那是錯的，她與阿爾多．皮歐拉現在沒有瓜葛，將來也絕不會有。

她把手放到鍵盤上快速敲了幾下，關閉她在婚外情留言板的帳號。

38

米雅被觸在她肩上的手弄醒了，小丑正蹲在她床墊旁。

「醒醒，米雅，我們得工作了。」

她心頭一涼，他把他們對她做的事，美其名曰「工作」。

小丑似乎看穿她的心思。「我希望你知道，這不是我選擇，但你們的政府跟我的政府，逼得我們沒選擇。」

小丑給她一張紙，她得讀出匆匆寫在紙上的字句。攝影機的紅燈亮了，米雅面對鏡頭，讀出紙上的字。

「這是ADM對義大利政府關閉嘉年華網站所做的回應。他們希望你們能知道，綁架我的人與義大利人民之間的溝通管道若未能維持開放，會發生什麼事。」

燈光切掉，米雅等著。

一會兒之後，她聽到隔壁房間傳出重擊，感覺像毆打聲，有人撞在牆上。他們在打架，她焦急地想。但在吵什麼？是否要放了她？強暴她？還是殺掉她？米雅無從知曉。

一定有事發生了——某件他們沒準備面對的事。無論她聽到什麼，應該都是他們的反應。

鍊子響了，門被打開，米雅全身一緊，看到是小丑，她又放鬆下來。

小丑走進來默默示意要她起立。

「你想做什麼？」米雅問。

他用一根指頭抵住嘴唇，要她安靜，然後指著橘色連身服的拉鍊，比劃著要她拉開。

米雅緊張地照做了。當她脫到剩內衣時，小丑緩緩在她身邊走繞打量，米雅強忍住害怕。她發現自己下意識地模仿從小看到大的鬥士姿態：身體挺立，雙肩後挺。

小丑咯咯笑著，用手搭住她的肩膀，稍稍幫她調整姿勢，像閱兵場上的士官長一樣。

米雅突然發現，這並不是同一名男子。面具或許相同，但戴面具的人比她認識的小丑矮，且身形更結實。原本放鬆的心情頓時消散。

男子重新檢視米雅，輕聲吹著口哨，並一度握起她的手腕仔細檢查。

他在看手銬有沒有留下傷痕。「你是醫生嗎？」她緊張地問。

男子的手臂隨意一彈，以手肘貼近身體，前臂向米雅揮去，用手背擊打米雅的腹部。米雅痛到彎身，痛到連聲音都發不出來。當她張口喘氣時，男子又將手指按到自己唇上，別說話。

接著他伸手探向米雅的頭部，用一雙鐵手箝住，彷彿想扭斷她的脖子。米雅想尖叫，但男子並沒有傷害她，只是把她的頭扭來轉去罷了。

以前她從滑雪板上摔下來，被醫師做過一次身體檢查，當時醫生也做過類似動作，檢查她的椎骨。

男子終於滿意地往後站開，默默揮手要她穿起連身服了。男子離開幾分鐘後，又跟包達男一起回來，兩人扛著一大片夾板和長木料。

這時米雅才明白，她之前聽到的聲音不是打架，而是在練習。無論那木頭用途為何，剛才吹哨男在指示其他人要如何使用。

第三天

39

翌日早晨，凱蒂快抵達聖匝加利亞教堂時，看到了皮歐拉。他拿著一只沉重的袋子，臉上鬍子未刮。他被老婆趕出門了，凱蒂希望不是因為他們一起吃晚餐的緣故，畢竟那是純粹為了工作，但她擔心就是那樣。

以前她一定會去問皮歐拉，但現在狀況太複雜了。因此她只說：「早安，長官。」

「早安，上尉。」他也淡定地回答。

到了指揮中心，凱蒂直奔自己的電腦，沒想到好像登出了。凱蒂重新輸入密碼時，發現身邊其他人也在做同樣的事。

「大概資料出了問題。」鄰坐一位同事聳聳肩對她說，這是數月以來，這位仁兄第一次跟她說話。

凱蒂還沒輸完登入的帳號、密碼，螢幕便突然黑掉了。咧笑的嘉年華面具出現了，接著立即切換到影片上，畫面中米雅拿著一張紙。

「這是ＡＤＭ對……」

凱蒂四周的每部電腦都播放同樣的話。她驚駭地看著影片畫面切到穿著內衣，站在同樣房間裡的米雅。米雅蒙著頭罩，戴上手銬，站在一片木牆前。一道字幕出現了：

囚犯站在這片牆前，蒙住頭罩，保持裸身。

戴小丑面具的男子走入鏡頭裡，並在米雅的脖子上纏了一條毛巾，打成環結，以免鬆脫。後來有人說，相較於即將發生的事，這個動作詭異地像溫柔的保護——宛如父母在寒冷的早晨，為孩子戴圍巾。

撞牆是最有效的技法，因為會讓囚犯筋疲力盡，並在犯人知道自己即將又要被摔牆時恐懼萬分。

男人突然極其粗暴地，一手一邊的抓住米雅的頭，將她摜到牆上。米雅的肩膀全力撞擊在牆上，力道之大，指揮中心裡所有憲警軍官莫不倒抽一口氣。

米雅倒向前時，小丑男扶住她，讓她站穩，然後再度將她摔回牆上。這一次米雅彈回來時，小丑男一掌甩在她臉上。

適當的話，會接著羞辱地甩囚犯耳光。

米雅幾乎停都沒停，像破布娃娃似地又被摔回牆上。影像切換到另一道字幕：

囚犯一次可能連續不斷，被摔到牆上二至三十次。

影片恢復時，米雅已癱在地上。

第一段與第二段摔牆的間隔，可能僅短短一小時。上述過程，包括遷換地點，也許會持續三十天。

大家的螢幕黑掉了，一會兒後，才恢復桌上型電腦的正常螢幕保護程式。

「他媽的發什麼事了？怎麼可能那樣？」凱蒂右邊的男子問。

✣　✣　✣

瑟托將軍面色凝重，召集眾人。

「看來，馬禮把米雅的硬碟接到他的電腦時，病毒入侵我們的系統，讓綁匪暫時能進入我們的網路。病毒已找出並移除了。我不必交待，此事一個字都不能從這棟大樓走漏出去。」他頓了一下，「同一段影片也寄到了《晚郵報》、《共和報》及其他各處，因此我們不必特別說明怎會看得到影片。」

有人問：「我們要如何回應？放走巴柏嗎？」

「決定已交給最高層去做決定了。美國或義大利政府都不會與恐怖份子談判，因此不會對這些威脅做回應，丹尼爾．巴柏還是繼續監禁，國家電腦犯罪中心將持續找出嘉年華網站的伺服器，並予關閉。」

「米雅怎麼辦？這項決定對她來說意味什麼？」凱蒂驚愕地問。

瑟托坦率地說：「救出米雅跟逮捕綁匪已是我們的首要任務了，因此什麼都沒改變。」他停頓一下。

「我跟各位一樣，對影片內容深惡痛絕，但這些對話難度很高，尤其我們又欠缺像樣的線索，我們得把網

上一個故事沒寫的是——與死亡擦身而過的女孩，是如何度過此生？
當她踏上自己的天堂旅程，才明白每個錯誤背後都有著更大的目的。

在天堂遇見的下一個人

THE NEXT PERSON YOU MEET IN HEAVEN

《最後14堂星期二的課》作者

MITCH ALBOM

米奇・艾爾邦——著　吳品儒——譯

焦尾本 註東坡先生詩 精選集

八百年來歷經諸多劫難，輾轉遷徙，戲劇性的浴火重生，寫下傳奇
彩色精印，菊八大開本，特殊設計裝幀吸引現代讀者細品古籍之美

王汎森（中央研究院院士）、**方序中**（究方社負責人）、**何佳興**（設計師）、**韋力**（藏書家、作家）、**張炳煌**（淡江大學中文系教授、國際蘭亭筆會會長）、**陳義芝**（臺灣師範大學國文學系教授、詩人）、**曾淑賢**（國家圖書館館長）、**黃心健**（新媒體藝術家）、**葉俊麟**（justfont 共同創辦人）、**蔣勳**（畫家、作家）、**韓湘寧**（當代藝術家）共同推薦

《註東坡先生詩》刊刻於宋嘉定六年（1213年），當時因爲資金充裕，聘請了善書歐體字的書法家傅　手寫上版，書法蘊意秀美，刻工精雅明淨，被譽爲宋版書中之極品。焦尾本是火燒餘燼損傷之書的雅稱，八百年來歷經諸多劫難，輾轉遷徙，戲劇性的浴火重生，寫下許多傳奇。它的珍貴之處在於：從明代至今經過十三個主人的遞藏和品鑑，出盡鋒頭，卻又遭受蟲、霉、水、火等劫數，書中的題詠、畫作網羅了清代士林名流，各卷前後遍鈐印記，幾無隙地。宋版書不論在字型和篆刻上都堪稱是藝術品，打開書卷，題記、題跋、印章和畫作都是藝術。書中名家留下的「印記」，朱色依舊鮮明，不僅勾勒出這部書輾轉流徙的軌跡，也可欣賞宋版字型、治印篆刻、書畫作品等細節，這些時間的刻痕，都是我們穿越時空認識與閱讀經典的一種方式。

2012年10月，大塊文化與國圖合作出版《註東坡先生詩》，將國寶文物復刻景印，堪稱出版界、文化界的盛事。但因整套書不分售、定價高，一般民衆以及喜愛蘇詩的讀者較難親近。出版精選集，一方面希望古籍之美得以普及，讓讀者了解宋版書的珍貴價値和焦尾本歷經歲月侵蝕種種劫難的傳奇，更希望將紙本出版藝術化的特點做充分的發揮與展現。

作者 蘇軾 等作

蘇軾（東坡居士），是著名的文學家，也是唐宋八大家之一，他更是一位全才型作家，兼擅各種文體，流傳至今的詩、詞、書、畫作品，數量之巨、質量之優，皆爲宋代文學最高成就的代表。

合註 施元之、顧禧、施宿

《註東坡先生詩》是南宋施元之、施宿父子以及詩人顧禧合力之作。由當代人註當代詩，在註釋中保留了相當多的宋代史料，書中的題下註精闢翔實，題左註爲施宿補注人物小傳及當代時事，因距離東坡時代不遠，是歷代學者頗爲重視的第一手資料。

定價800元

騙局》、《黑天鵝效應》、《黑天鵝語錄》、《反脆弱》，最新一部作品是《不對稱陷阱》。

塔雷伯無疑已是世上最炙手可熱的思想家。雖然大部分時間遺世獨居，埋首書堆，或者像漫遊者那樣沉思於咖啡館，卻是紐約大學工學院的風險工程傑出教授。他的研究主題是「不透明之下的決策」——也就是畫一張地圖和寫一張計畫書，說明我們應該如何活在無法全盤了解的世界中。

塔雷伯著有超過五十篇學術論文，以增補「不確定系列」的論述，從國際事務和風險管理，到統計物理學都有。人們稱他爲「融合了勇氣和博學於一體的少見奇才」，普遍公認爲機率與不確定性方面的頂尖思想家。塔雷伯大多時候住在紐約。

定價400元　「不確定」五部曲套書定價2000元

「不確定」五部曲一次收藏
《隨機騙局》
《黑天鵝效應》
《黑天鵝語錄》
《反脆弱》
《不對稱陷阱》

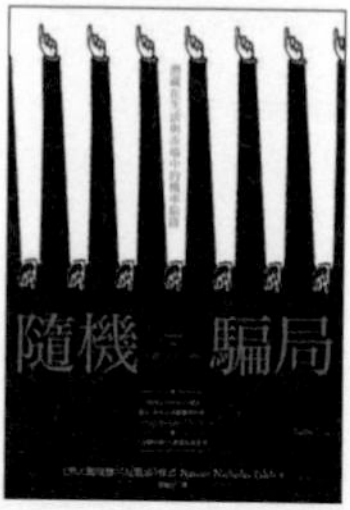

堂遇見的下一個人

從《在天堂遇見的五個人》之後說起……
生命之間不但彼此相連，每一次結束也是另一個開始

本書的故事發展自《在天堂遇見的五個人》。在這本神奇而迷人的續集裡，艾迪在天堂見到他當年拯救的小女孩安妮。他們重逢的故事將讓你深深記住，生命與得失是如何互相交錯。

十五年前，《在天堂遇見的五個人》風靡全球，書中主角艾迪是年邁的越戰老兵，在主題樂園裡當維修技工，爲了拯救小女孩安妮而犧牲了自己。他死後的天堂之旅，讓他明白原來每一條生命都有其必要性。十五年後，米奇．艾爾邦在續集《在天堂遇見的下一個人》揭露了安妮的身世。

意外事故帶走了艾迪，也在安妮身上留下難以磨滅的疤痕──她的左手斷掉，經過手術重新接回。她的傷疤，想不起事發經過，人生從此變色。她母親過度自責，甚至她熟悉的環境。安妮被同儕霸凌，被遺忘的回憶糾纏，在成長過程自己的處境。直到成年後與青梅竹馬保羅重逢，她才相信自己終於

安妮與保羅才剛結婚，新婚夜卻以驚魂意外收場。安妮踏上屬旅程，旅途中自然也會見到艾迪──他和另外四個人會讓安妮瞭以她意想不到的方式發揮了影響力。

的下一個人》是一則觸動人心的美麗故事，情節曲折起伏。闔上發現原來生命不但相連，而且每一次結束也是另一個開始，只需雙眼，就能瞥見不一樣的風景。

爾邦（Mitch Albom）

作家，連續六本書籍榮獲紐時暢銷排行榜第一名，包含聲勢不墜的回堂星期二的課》。艾爾邦亦曾創作獲獎的電視影集、舞台劇及電影劇長期撰寫全國性報紙專欄。他的虛構及非虛構出版作品，全球累積銷萬冊，翻譯成四十五種語言。他成立並監督S.A.Y. Detroit這個傘形組慈善機構。此外，也設立一家非營利點心鋪及食物生產線，提供底計畫。他在海地太子港長年開設一間孤兒院。現與妻子潔寧住在密

不對稱陷阱

繼《黑天鵝效應》《反脆弱》，塔雷伯最大膽、顛覆之作
當別人的風險變成你的風險，如何解決隱藏在生活中的不對等困境

王伯達（財經自媒體《王伯達觀點》）、杜紫宸（文化大學競爭力研究中心主任）、沈雲驄（早安財經文化發行人）、南方朔（作家／評論家）、胡忠信（歷史學者）、楊照（作家／評論家）、楊應超（異康集團及青興資本首席顧問）、詹偉雄（《數位時代》雜誌創辦人）、謝金河（財信傳媒集團董事長）各界一致盛讚推薦

「切膚之痛」（Skin in the Game）說的是，別管人們說什麼，只看他們做什麼，冒多大風險。

塔雷伯在這本迄今最挑釁、最務實的著作中，用詞尖刻、犀利、直言不諱，拆穿沒有切膚之痛的人──例如：政客、政府官僚、銀行家、分析師、企業高管、學究等的把戲，這些人從來不必爲所採取的行動造成的後果，付出代價。風險承擔的不對稱，會導致失衡，將可能引發系統性崩壞。更重要的是，不該以犧牲他人來取得反脆弱。

塔雷伯的文筆一向平易近人又不彈老調，精彩剖析生活裡隱藏的種種不對稱，在本書中直擊那些帶頭鼓吹軍事干預、從事金融投資，以及宣揚宗教信仰的人；挑戰長久以來占據主導地位的價值觀，以及我們對於世界的既定理解，還有風險與報酬、政治與宗教、財務與個人責任的根本信念：

談到社會公義時，重點放在對稱和風險分攤上；倫理規則不是放諸四海皆準；提防（某個人支領薪酬去尋找的）複雜解決方案；你有多相信某件事情，只表現在你願意爲它冒什麼風險上；這個世界不是靠共識運轉，而是由頑固的少數，將他們的品味和倫理道德強加在別人身上。

每個人都該具備的風險意識：任何事情，要玩真的，不能沒有切膚之痛。
避免別人轉嫁風險，玩你的命，如果對方沒有切膚之痛，欠缺利益攸關，不擔風險，就別讓他做決定、掌握權力與影響力。

作者 納西姆．尼可拉斯．塔雷伯（Nassim Nicholas Taleb）

他在商場中打滾，當了承擔風險的計量交易員21年，之後致力於研究哲學、數學與（主要是）機率的實務問題，在2006年成爲全職哲學隨筆作家和學術研究工作者。擁有華頓商學院的企管碩士及巴黎大學的博士學位。

他所寫「不確定（Incerto）系列」的幾本書，已經以三十六種語言出版，包括《隨機

先跳了再說——我的履歷書

《來自北國》、《風之花園》、《溫柔時光》、《敬啓．父親大人》……
日本國寶劇作家倉本聰自傳首度繁體出版

吳念真（編劇、導演、作家）、**柯一正**（導演、編劇、環保人士）、**鄭秉泓**（影評人）、**王喵**（熱門戲劇粉專「不看戲會死」版主）
感動推薦

他的戲劇總是富含人文關照，對人性、歲月、生命、生活的理解，發人深省；富良野塾、富良野自然塾，他的所言所行，只爲貼近大地，向人類文明發出警鐘。

倉本聰，一個對世界、社會、人類充滿使命感的創作者，他的戲劇（《來自北國》挽救了北海道富良野的觀光，振興了地方經濟；他開設了「富良野塾」， 抛開心智的過度自信與傲慢，藉由類似第一次產業勞動回歸人類原點，透過視智慧重於知識的態度，以培育日本接地氣的劇作家、電視從業人員， 拯救日本的電視生態；他創辦「富良野自然塾」，因爲人類明明可以靠著大自然恩賜的「利息」過日子，偏偏卻加以破壞動用大自然動的「本金」，希望經由環境體驗，關注大自然，喚醒人類走向地球之道；他主張「同地面平行」的創作視野；他認爲思考必須 從零海拔起」，就好比攀登富士山，從半山腰爬上山頂，根本不能算是登山，即便是由登山口出發也不行，必須是在零海拔的駿河灣開始，一步一腳印朝山頂攻堅才是眞正爬富士山……

這位從業五十多年、日本國寶級劇作家，作品包含電視、電影、舞台劇等劇本，在台灣一樣粉絲衆多，他們在倉本聰看似清淡的故事細節裡，讀出他對生命的禮讚、對土地的歌詠、對人與人之間的情義無比珍視，感動不已。本書正是現年（2018）八十三歲的倉本聰，娓娓道來他的人生觀、創作觀的源頭，重返原點，他始終不忘初衷。

作者 倉本聰

1935年東京出生。東京大學文學系畢業。曾任職日本放送4年，退職之後，從事電視劇本創作至今。代表作品：《來自北國》、《敬啓，父親大人》、《溫柔時光》、等。作品深具人文關懷、對文明的省思，以及對生命的禮讚，諸多文字著作也多以此命題，批評日本各種現代弊病，甚至曾自掏腰包，創建「富良野塾」，實踐「匍匐土地」的演藝人員及編劇等養成與訓練，隨後並進一步投身地球環保，成立「富良野自然塾」。歷年得獎無數，如每日藝術獎、藝術部長獎、山本雄三紀念路傍之石文學獎、小學館文學獎、菊池寬獎、向田邦子獎等，2000年獲日本天皇頒發紫綬勳章。

定價300元

未來的電影

電影大師柯波拉發表他對最新電影科技的嘗試成果，大
柯波拉電影心法的濃縮精華版，從最新科技反思電影

柯波拉，最偉大的電影大師之
創見的電影製作新形式的可能

柯波拉敏銳地察覺到過去二
展已實際對電影每一方面帶
信電影的構思和導演方式也
轉變之大就像從默片轉移到

在不久的未來，導演或電影
際網路創作「現場電影」
以衛星傳送到世界各地供
產生的影響，和受到艾森
等大師所影響的作者電影
拉認爲目前的挑戰在於如
技術，融合前代電影巨匠創造出來的藝術標準，
本書裡，柯波拉討論了新技術與品質融合的可能
廣博知識，以及他有如自傳般的參與電影的經驗
及他各種參與電影經歷上有意思的插曲。

本書裡的概念與探索，不僅僅是與電影從業者
達和網路普及的當代，這會是許多人都想知道
製作影片等等，柯波拉的概念、嘗試和實驗成
的表現可能。

作者 法蘭西斯．福特．柯波拉（Francis Ford

法蘭西斯．福特．柯波拉最廣爲人知的是一位曾六
品包括《教父》三部曲和《現代啓示錄》等。1939
長大。他童年時罹患小兒痲痺症致癱，因獲贈一台
發，開始寫作故事並培養出對電影的興趣。他在
修讀戲劇和電影時就是勇於創作的學生，作品包
說是一位作家），在電影生涯中致力寫作和執導
和索諾瑪谷的酒莊產製葡萄酒逾三十五年。他涉
廷和義大利的豪華度假村，以及曾獲獎的短篇小
熱心投入他稱之爲「現場電影」的嶄新藝術形式
正在撰寫的一系列劇本就希望能以這種新媒體

定價350元

大

在天

故事要
生命與

帶著手術後的
將安妮帶離
中難以接受
找到了幸福。

故事一開始，
於自己的天堂
解，她的人生
《在天堂遇見
書之後，你會
要睜開心靈的

作者 米奇．艾

國際知名的暢銷
憶錄《最後十四
本、音樂劇，並
量超過三千六百
織，統合管理九
特律急難市民救
西根。

定價300元

撒得更廣，也就是說，找出並偵問每一名自反達莫林運動開始，便支持這項運動的人。」

他用手摀著臉，凱蒂這才想到，瑟托必然承受極大的壓力。「各位要知道，自昨晚之後，本案現已正式成為憲警、國警及軍事情報單位的聯合行動了。但私下大家都還是在問：憲警為什麼還沒找到米雅？說不定再過一、兩天，案子就得換人辦了，因此懇請各位務必盡最大力量找到她，而且要快。」

40

皮歐拉搭乘水上巴士，來到朱代卡島（La Giudecca），住進斯塔基希爾頓飯店（Molino Stucky Hilton）。威尼斯雖有較便宜的旅館，但他想待在寬敞且沒有人認識他的地方，況且他喜歡從高樓回看威尼斯的景致。

皮歐拉上次來朱代卡島是兩年前了，他記得當時他認為，把巨大的斯塔基磨坊改裝成飯店，簡直堪稱鬼斧神工。朱代卡島過去曾是威尼斯重工業區，式微後該區荒棄無人，原本的纜纜廠和船廠，成了毒鬼與犯罪的天堂。希爾頓集團挾帶著美國資金與自信，協助轉化整個區域，在當時沒有任何一家義大利公司願意出手的情況下，帶來經濟重建。

櫃台人員告訴他，自從綁架案消息傳出來後，飯店預約掉了三成。已在本地度假的美國家庭二話不說打包走人，雖然沒有特定理由認為抗議人士會擄走另一名青少年，但沒有人願意承擔任何風險。

可想而知，今早的報紙清一色地彈著老調，說米雅純真如蘋果派。其中一份報紙甚至刊出蘋果派的作法，據稱出自艾斯頓太太的食譜。貝魯斯柯尼旗下的報紙——跟刊出英國未來皇妃凱特．密道頓（Kate

Middleton）的上空照，而引發國際撻伐的報紙，屬同一個集團——將米雅稱為 la Vergine Rapita，「被偷的處女」。頭版是從第一部綁架影片截取出來的照片，米雅裸露的酥胸清晰可見；或許非出於刻意，但影像令人想起米開朗基羅的《聖母與聖嬰》。

不過有份報紙則什麼都刊了。「米雅疑似關係淫亂？」《加澤蒂諾報》首頁上醒目地寫道，斗大的問號表示報社自己也不敢相信他們會如此走運，更不敢相信故事本身。大標下的副標字體幾乎小不到哪兒去，「少女被擄，性愛俱樂部火災」。

皮歐拉快速瀏覽報導。果如所料，「據不具名可靠消息來源」獨家揭露米雅被擄地點。報導上說，憲警目前正在調查「米雅的私生活是否與被綁有關」，並配上從自由俱樂部網站取得的聳動照片。

皮歐拉想起義大利媒體在柯契爾命案後，如何火速將二十歲的納克絲20塑造成「蛇蠍女」。他相信同樣的事情也會重演。記者最好腥羶色，米雅究竟是聖人或罪人的議題，若不鬧上幾個星期，起碼也會占去他們好幾天的時間。

他點進法里西的部落格，這名政客顯然也收到米雅撞牆的影片了：他的網站上已設了影片連結。

監禁丹尼爾．巴柏的決定，是憲警病急亂投醫的典型做法，他們意圖以快速而毫無意義的政治動作來因應輿情，而未能腳踏實地發揮警力。他們何時才能明白世上沒有簡便的捷徑？米雅只能透過真正的情報來尋獲。也就是說，在這種時代，要全面動用各種電子監視方法。我們只能希望，美國人自己不會如此怠惰。

皮歐拉困惑地點開存檔——他記得法里西前一天說的話幾乎完全相反吧？但那天的內容已遭刪除了，皮歐拉點開再往前一天的存檔。

達莫林基地的狀況相當棘手，需以靈活手腕處理，此事很可能被政府當局搞砸，這也是我為何一直表示，願挺身做為中間人，讓抗議人士與當局能透過我來協商——擔任一名讓雙方都能信任的誠實仲介，我本人對美國在此是好是壞，不做任何政治預設，我只希望在事況極易擦槍走火之際，民主能和平獲勝。

皮歐拉輕哼一聲。他聽過法里西在和平基地的偏激演說，實在懷疑這是同一時期的發言。

部落格的邊欄是與其他網站及影片的連結——所有米雅的片子都在，還有路卡．邁哲辛闖進基地時拍的影片。皮歐拉點進去，再次觀看粗粒子的夜視影片，隨著衝向怪手的路卡，在顛簸的路面上搖晃擺動。他被鮑諾中士瞬間撂倒的那段畫面，跟皮歐拉記憶中的一樣有電影氛圍。路卡也說過，他對這種事很在行。

皮歐拉想到一句話，一句路卡首次受偵訊時說的話：「我動作得快——因爲幾秒鐘後憲兵就會來抓我們了。」

那是當然的。可是為什麼那句話此時突然變得如此重要了？皮歐拉再次細想，憶起鮑諾在剛抵達出事

20納克絲（Amanda Knox）：二〇〇七年，義大利的美國交換學生納克絲涉嫌殺死英國室友柯契爾（Meredith Kercher），消息喧鬧一時，最後獲判無罪。

地點時，也講過類似的話。鮑諾究竟說了什麼？皮歐拉試圖還原現場——他在鮑諾的吉普車上，一路顛過泥地，破曉前的晨霧在車燈中漸漸散去，上校的帽子在他膝……

有了，鮑諾是這麼說的：「門上裝了警報器，我們的攝影機也有夜視功能，所以我們對他們有萬全準備……」

皮歐拉打電話給凱蒂。「你說得對，案情沒那麼單純。美國人在ADM裡有臥底，有人向他們通報消息。」

「誰？」

「我不確定，不過我大概知道是誰。」

他給凱蒂一連串指示，並叫她二十分鐘後到聖匝加利亞教堂與他會合。

✣ ✣ ✣

他們把人叫到會客室，然後一起走進去。

「埃托雷・馬贊提。」皮歐拉跟綁馬尾的年輕人打招呼，然後看看自己的筆記。「三十二歲，學生，正在寫治政議題的博士論文。對了，你上回見論文指導教授是什麼時候的事？」

馬贊提一臉戒慎。「我偶爾會跟他談一談，怎麼了嗎？」

「上次我們談話時，你沒說你註冊的學校是羅馬的美國學院。」

他聳聳肩。「你又沒問。這很重要嗎？」

「達莫林的美國憲兵為什麼會對闖入者事先做好準備，馬贊提？」

馬贊提忍住呵欠。「我不明白你的意思。」

蓄髮穿著寬鬆大學運動衫的馬贊提，一看就是標準的老學生，但皮歐拉注意到他精瘦的身材到處是肌肉，像是練過，而且他的衣袖下還露出貝蒂娃娃的刺青。對反美抗議人士而言，有這種刺青很怪。

「你會說英文嗎？」皮歐拉用英語問。

馬贊提也用英文回答：「一點點，怎麼了？」

「你的英文有美國腔。」

「呃，我在美國住過一段時間。」

「而且還加入美國陸軍。什麼時候加入的？」皮歐拉客氣地問。

一陣沉默。馬贊提才說：「事實上是空軍。五年前離開，你為何這麼感興趣？」

「所以技術上而言，你還是預備役軍人？」

馬贊提靠回椅子上，雙臂在胸前交疊。「如果他們想徵召我，那就祝他們好運。我早就受夠了，人是會變的，上校。」

「有時人們會轉向更有趣的事物，例如臥底工作。」

馬贊提沒回答。

「所以，你究竟是做什麼的？國防情報？ＣＩＡ？美國陸軍情報與安全司令部？因為有件事我可以打包票，你絕不是單純的示威學生。」

「簡直是胡扯，你想太多了。」馬贊提不可置信地搖頭說：「哇哩咧，我不知道你抽的是什麼東西，上校，不過我也想抽一點。」

皮歐拉直盯住對方眼睛。「別鬧了，馬贊堤。」他低聲催道：「有個美國少女被擄走了，是你們同袍的女兒。為行動保密固然好，但此時最重要的是協助我們找到她。」

「我若能幫得上忙，我會幫，可惜我沒辦法，抱歉。」

凱蒂說：「有個女的，對吧，馬贊堤？」

「什麼意思？」

「你在ADM有個女友。」她指指皮歐拉，「我上司記得他去ADM的和平基地時，看到她坐在你腿上，那樣臥底就更徹底了，對吧？不過我可以明白，你很難不交女友，畢竟沒有伴的話，到某個程度後便會啟人疑竇了。」

馬贊堤咧嘴笑說：「我聽不懂你在說什麼，璐西雅跟這件事有啥關連？」

「因為你若不肯把我們要的資料告訴我們，她就會是我們下一位偵訊對象。不知她可曾留意你有可疑之處？也許當時你跑去找你的指導者談話，而她無法解釋你的缺席？或是你被迫撒的小謊？」凱蒂說著，身體往前挨近。「當然了，我們會跟她解釋，臥底探員往往都結過婚，他們為了臥底方便，會在示威者中找個女友。萬一她哭個不停，沒辦法幫上忙，我們就再去找別人，問他們是否留意過你有任何奇怪的地方。由於本案極受矚目，明天你的照片若沒登上報紙頭版，我一定會很訝異。那對你的工作應該很有幫助吧。」

對方沉默許久。

馬贊堤無法置信地說：「媽的。你太賤了。」

「我們要如何稱呼你？」皮歐拉靜靜問道。

「你們可以叫我馬贊提。」他猶豫了一下，才加上：「長官。」

「謝謝你。」皮歐拉說。默認兩人皆是軍隊中的「長官」，改變了一切。「假設你的工作是滲透達莫林的示威份子，但你的角色不僅只是名觀察者——我親眼看見，你是位領袖；甚至是煽動者，因此闖入的行動才會如此有組織。現在我面臨的綁架案同樣組織嚴密，我不免要自問，這中間有什麼關連？」

馬贊提再度猶疑後，說道：「我只是給他們一個出口罷了。」

「給誰出口？」皮歐拉追問。

「抗議份子，我剛加入ADM時，大夥七嘴八舌地討論要把事情鬧大，用快閃、靜坐示威……各種不著邊際的瘋狂念頭，但其中有些可能還滿有效果。我想，若由我出面籌劃一場小型的闖入行動，應該會讓他們很有成就感。」

「但你事先警告你的指導者，說他們會闖進去。」

「當然。」馬贊提淡淡一笑，「我不能讓他們造成嚴重破壞，因為人家還得照時程施工。」

「而且反正有個美國小孩被綁架了。」

他露出困惑的語氣，說：「是的，但……我發誓，我們的抗議份子沒那麼聰明，更沒那個膽去綁架擄人。有些人嘴上雖然會說，但都只是空想而已。」

「例如路卡．邁哲辛嗎？」

馬贊提點點頭。「我知道他絕不會真的動手，當時他只是半開玩笑，比較像是『如果我們引渡一名他們的小孩，算他們活該。』」

「但你把他的話寫進報告裡了？」

「沒錯。並沒有寫得好像真的會發生，只提到是眾人討論過的點子，好讓他們了解民眾對達莫林的感受有多強烈。」

「誰是『他們』？你的報告呈遞給誰？你在羅馬的指導者嗎？」

馬贊提搖搖頭。「這事不是羅馬方面主導的。我在這裡是短期借調，建立我的掩護身分。我的報告直接交給卡弗上校和基地改造主任瑟吉歐．賽格斯。」

41

皮歐拉與凱蒂在斯塔基飯店屋頂酒吧，一處安靜的角落與荷莉會合，藉口想知道她昨晚與丹尼爾談話的情形。當荷莉告訴他們，丹尼爾相信綁匪雇用了一名駭客時，皮歐拉和凱蒂互看一眼，這點可能支持他們原有的想法：綁匪的組織過於嚴謹，不若抗議團體散漫。

皮歐拉平靜地說：「其實我們找你來這裡，還有另外一個理由。綁匪本身很可能與美國陸軍有關。」

荷莉瞪著他。「你說什麼？」

凱蒂表示：「ADM抗議份子中有一名臥底探員，他會跟卡弗上校和另一個管理工程的財團傢伙瑟吉歐．賽格斯回報。其中一份報告中提到，有個年輕團員隨口提要綁架一名美國小孩。」

荷莉搖頭表示：「那太離譜了，根本匪夷所思，我們絕不可能參與這種事，絕不會綁架自己人。」

「即便如此，這條線索還是得查一查。」皮歐拉停頓片刻，才說：「多少得查一下，我們可以找賽格斯談，但卡弗的話……」

荷莉瞪著他。「別鬧了，你該不會是想要……」

「我們沒有上面的授權，連基地都進不去，我們需要你幫忙。」凱蒂說。

「要我幫忙！我才不……」荷莉突然打住。「沒有上面授權？所以這根本不是正式調查？」

「還不是。」皮歐拉說：「但那樣更好，不是嗎？現在就我們彼此知道……那樣萬一真的沒查出什麼，也永遠不會見報。像這麼大的案子，若正式調查，幾分鐘內就傳遍媒體了。」他指指桌上的報紙，「可惜這些記者跟我的某些同事關係特好。」

荷莉沒作聲，她知道對媒體隱匿消息，好處確實不少。「你們認為上校和另外這傢伙做了什麼事？」她終於問。

「不知道，搞不好什麼都沒做。」凱蒂解釋憲兵如何預先知道示威人士要來，因為馬贊提先提了報告。「重點是，知道ADM存在的人很少，這樣一來，卡弗和賽格斯便成為其中兩名了。」

「當時我也在場。上校曾說，他們花了大量時間金錢，試圖限縮反達莫林基地的抗議活動，那時我沒多想，但我猜，那跟他派馬贊提臥底這一點是相符的。可是上校為何要涉入綁架案？賽格斯又為了什麼？他們應該都不希望給示威者造勢的藉口吧。」

皮歐拉淡淡說道：「除非能整體打擊示威運動的威信。幾個月前，地方上原本要對達莫林舉行公投，結果舉行前幾天，法院取消公投了。」

「我記得那件事，那又如何？」

「本地議員選舉的某些候選人站在反達莫林的立場——或至少以前立場如此。如果他們民調高，示威者在地區議會裡便能有影響力。若民調不錯的候選人夠多，甚至大多數人準備投票，反對老美待在本地……反達莫林運動便能有效地達到民主訴求，到時候事情就會變得很棘手，不是嗎？三千大軍及軍眷從德國搬來這裡，結果地主國卻投票反對他們？」

凱蒂補充說：「我查過了。美軍離開德國，是因為當地有類似的反美草根運動。美國在歐洲突然不受歡迎，流浪各國間尋找能安置基地的地方。美國比以往更需要設立基地：所有美國從非洲到中東的戰略目標，必須仰賴他們所說的戰力投射；意即部署在地中海附近，隨時待命的部隊與飛機。」

荷莉無法挑剔凱蒂的分析，但仍有太多不合理處。她反駁說：「但就是因為……據稱美國刑求恐攻嫌犯，才讓我們不受歡迎。我們何苦冒險讓自己更討人厭？」

「我們也不清楚。」凱蒂表示：「也許他們早已計畫好，事情發展到最後，會讓輿情站在美國這一方，或者他們只是誤判輿情。」

「你這話影射美國干涉盟國的內政，但我們早就不幹那種事了。」

皮歐拉兩手一攤。「你有可能是對的，但那畢竟還是條線索，目前我們的線索少得可憐，我們只是請你幫忙調查而已。」

荷莉默默尋思。「你們不是不該在一起工作嗎？」

凱蒂和皮歐拉面面相覷。「沒錯。」皮歐拉終於說。

「你們又一起睡了？」荷莉劈頭問。

「沒有。」皮歐拉答道：「將來也不會，這點我可以跟你保證。」

荷莉點點頭。「好吧，我會幫你們問問看，但那是因為我認為其中沒有鬼，而且我想幫你們撇除這條線索，改追其他更實際、能夠真正協助我們找到米雅的線索。」

「所以現在他們認為，卡弗可能與此案有關？」

荷莉搖搖頭。「這種說法太嚴重了。他們是專家，覺得可能只是巧合而已。不過，他們請我查明，除了賽格斯之外，卡弗還跟誰分享馬贊提的報告。」

「呃。」吉瑞手一推，從倚靠的桌邊站起來，雙手插入口袋，在教室裡走繞。「這意味著綁案的幕後主使，並不是反美的恐怖團體，可能是我們對付自己人搞出來的齷齪陰謀。」

荷莉還跟吉瑞報告她跟丹尼爾的失敗約會，但吉瑞最感興趣的，似乎還是皮歐拉和凱蒂的新線索。

「你覺得有可能嗎？」荷莉低聲問。

「我看不出原因。」吉瑞看著她說：「但那不表示我們不該查。希望就像你說的，我們只是盡本分地調查一下，不會節外生枝。」

荷莉嘆口氣。「但我不知道如何著手調查這件事。我總不能直接跑去找卡弗上校，要求偵查他吧。」

「那當然不行。不過皮歐拉他們的假設有兩個部分：一是卡弗自己就是環節之一，另一個是，米雅並非隨機被擄。或許你可以從後者切入，告訴卡弗，你想釐清綁匪為何如此大費周章地鎖定她為目標。」

「我想想看該怎麼做。」

吉瑞接著說：「還有，再來的問題是，萬一你查到了什麼，又該怎麼辦？」

「長官，您的意思是？」

「即便你找到他們的罪證，把訊息回傳給義大利憲警，也未必對美國有利。例如，你找到令美國名譽掃地的事證，甚至進而危及部隊的生死……」他頓了一下，才說：「我看最好讓憲警覺得，這項調查與案情不特別相關或有用，至少目前先這樣。」

荷莉明白吉瑞的意思，便沒作聲。

吉瑞點點頭。「換言之，荷莉，你應該讓你的朋友覺得，馬贊提給他們的線索——美國空軍可能涉入綁架——是說不通的。當然了，你得同時盡力循線追查。這點你能辦到嗎？」

「應該可以。如果我能找到任何線索回報給你的話。」她遲疑地說。

「當然，有什麼都告訴我，這段時間我們得小心，別隨便跟其他人說。」

荷莉轉身要走時，吉瑞又說了：「還有一件事……憲警一開始為何要出動所有上校級軍官，來調查達莫林的闖入事件？」

「噢……」荷莉馬上跟他解釋遺骸的事。「那似乎是整個活動中，唯一意料之外的事。馬贊提派示威份子闖入工地時，絕沒想到他們會碰上那種東西。」

「是啊。」吉瑞若有所思地揉著下巴，「我若是皮歐拉上校，一定會很仔細地調查那一點。」

「為什麼？」

「為什麼？」荷莉的問題似乎令他詫異。「姑且不論本案的主使者是誰，這些人顯然喜歡，也預期事況能完全按照他們的計畫走。」

43

撞完牆後，他們讓米雅睡幾個小時。米雅醒時，雙肩仍在發痠，臂膀被小丑抓過的地方，全是瘀青。

她拉開連身服的拉鍊，試探地用指尖觸摸背部，骨頭好像都沒斷。這跟她迄今所受的刑求技巧一樣，都經過仔細的拿捏，以免造成任何持續性傷害

就是他們這種精打細算的行事方式，讓人覺得事情更加不妙。

門鍊響了。小丑幫她送來食物。今天是真正的食物，或者說，在這裡算是了：一份糕餅和一罐汽水。她猜這是她忍受昨晚撞牆之刑的酬勞。

「你好狠毒。」小丑將盤子放下時，她嘶聲說。米雅已經不在乎是否會激怒他了。

「你才撞不到六下。真正的囚犯一口氣就被摔個百來下，而且力道要粗暴多了。」他平靜地說。

「真正的囚犯會招供，然後刑求便結束了。」

「如果他們有罪的話。」

「美國不會對無罪的人幹這種事。」

「拜託好不好，米雅。」他嘲弄道：「你是聰明女孩，我可以理解你今天不高興，但你若仔細想想，便會知道你剛才的話有多蠢。目前光是在關塔那摩灣，就有一百六十四名囚犯被偵訊、被刑求了十幾年。這麼長的時間裡，美軍一直無法提供美國政府任何能讓犯人上法庭受審的證據。究竟是犯人無辜？還是偵訊的方法無效？一定有一個是對的。」

「總統已說過了，他會關閉關塔那摩。」

「噢，是啦。」米雅感覺得出小丑在面具後苦笑。「二〇〇九年的行政命令。你知道嗎，歐巴馬剛執政時，我們對他期望好高。他說關塔那摩會在二〇一〇年一月二十二日前關閉，日期說得如此斬釘截鐵！讓人以為他們若晚幾小時關閉，就會有麻煩了，可是關塔那摩至今猶在。你知道為什麼嗎？」

米雅搖搖頭。

「因為歐巴馬並非真心想讓關塔那摩的囚犯受審，更別說釋放他們。他只打算把他們轉到其他美國海外監獄，但不賦予他們法律權利。就連你們的國會也在阻止這檔事，所以他們只好繼續不明不白地留在關塔那摩。」他向米雅挨近，繼續說：「十年哪，米雅，想想看。那座監獄裡，有人進去時年紀比你還輕，他們已在那裡度過近三分之一的人生了，你可以想像他們有多麼絕望嗎？」

她平靜地強調：「可以。我可以想像。」

小丑一聽頓住了。

「美國有權捍衛自己。」她又說。

他回過神。「我們也有。」

「可是你若可以接受這點原則……」她才開口。

小丑便站起來。「太好笑了，米雅，我們需要說服的人不是你，而且我還有事情要辦。我們開始工作前，你有一個小時的時間。」

小丑拿起盤子離開，米雅發現他再次瞬間動怒，不是因為她咒罵他，而是因為她挑戰他。

他喜歡自己的聲音，米雅心想，他喜歡說教，不愛辯論。有意思。

44

荷莉去找卡弗上校，說需要跟他報告艾斯頓少校的近況。

那只是一部分的託辭。據說少校看到女兒遭受撞牆的酷刑後，心痛如絞，加上聽說各大報登出女兒到自由俱樂部的消息後，更是一蹶不振。荷莉從未見他崩潰過——軍人的儀態已深入他的性格，因此看到少校崩潰痛哭時，荷莉真的嚇壞了。

荷莉對卡弗報告：「後來他抓住我的臂膀，不斷地說：『我什麼都可以給他們，不管他們要什麼，我都願意做。』」

卡弗凝思道：「嗯。義大利方面呢？他們快找到米雅了嗎？」

荷莉搖搖頭。「沒有，長官，調查規模每天擴大，但綁匪自始至今未露半分破綻。」她遲疑地說：「憲警唯一確定的是，其中一名叫馬贊堤的示威份子，其實是為我們工作的。」

卡弗似乎頗為自若。「我想過這件事最後可能會被查出來。如果憲警今天知道了，明天一定會上義大利媒體。」

荷莉沒接話。

「別人發現我們以行動來保護自己，應該不會很驚訝吧。我們滲透的這個團體，也是這次綁架的幕後主使，更證明了他們有多危險。就算要究責，也只能怪我們沒在ADM裡安插更多人。」

「如果ADM確為綁架案主謀的話，長官。」

卡弗瞪她一眼。

「憲警內部有人開始懷疑ＡＤＭ只是煙霧彈了。」荷莉解釋說。

「誰在懷疑？還有到底為什麼？」

「長官，我想他們還不是很清楚。不過他們還懷疑馬贊提的報告流向，當然是除了你之外的流向。」

卡弗盯住她，說：「馬贊提的報告我只給少數人知道而已，少尉，有基地改造計畫的賽格斯，工地安全部的邁可‧鮑諾，以及這邊一、兩位直接跟我報告的人員，就這樣而已。」

荷莉背下卡弗的回答，準備將來仔細檢查。「那麼可能是其他不同的因素。艾斯頓少校的單位可曾涉及任何具爭議性的行動，任何可能使他或米雅成為特定目標的事件？」

「就我所知並沒有，偵察紅隊是達比基地一七三營的 RSTA[21]。」

把軍事用語譯成白話，卡弗的意思是：艾斯頓麾下約八十名傘兵，特殊職務是到敵後搜索、偵察及目標探測。「艾斯頓是位很強的戰士，非常厲害。」卡弗畫蛇添足地說。

荷莉知道他的意思是說，她只是個聯絡官，還是個女的，所以連邊都沾不上。「我也是那樣告訴他們的。」

「告訴誰？」

「長官，您也知道這些義大利人是什麼樣子。他們只愛搞官僚，憲警想訪問艾斯頓少校所有的手下，看能否查到米雅被綁的特殊原因。我擔心的是，我們若任由他們朝那個方向追查，會分散掉主力調查的資源，而且我們也不希望看起來像我們在指揮他們辦案。」

「我絕不會讓我的手下被當成罪犯偵訊。」卡弗說：「何況偵察紅隊正在阿夏戈受訓，如果我只是為了滿足某些戴漂亮帽子、制服有美麗紅紋的憲警，就把下令部隊移防，不久整個軍隊就沒辦法運作了。」

「這件事或許我可以處理，長官。只要迅速問幾項細節，歸到正式檔案裡，應該就能擺脫憲警的糾纏了。」

「很好，不過別干擾部隊的行程。」

「明白了，長官，我可以開車到阿夏戈，不會有問題的。」

「還有，繼續跟我回報艾斯頓少校和夫人的狀況。」卡弗點點頭，示意她退下。

荷莉離開之後，卡弗靜思片刻，接著拿起桌上的電話。

「我們也許有麻煩了。」卡弗向對方說。

45

凱蒂把米雅撞牆的最新影片看過一遍，覺得如果大家看完影片的反應，是威脅要關閉嘉年華，那麼綁匪也許犯了在其他行動中，不曾有過的瑕疵或錯誤。

皮歐拉走過來站到凱蒂身旁。「有看出什麼嗎？」

她挫折地搖搖頭。「不過字幕跟影片有些出入，」凱蒂把影片倒回最早的字幕。「看到這裡沒？字幕

---

21 RSTA：敵後搜索（Reconnaissance）、偵察（Scouting）、目標探測（Target Acquisition）的簡寫。

上寫說『囚犯依然一絲不掛』，但接著我們看到的是穿了連身服的米雅，並沒有光著身子。」

「哪一個才是正確的？」

「字幕完全引自CIA的備忘錄。他們為何給她衣服穿？綁架的目標似乎是想宣傳CIA的手法，造成轟動，綁匪不趁機把熱度再炒高一些，豈不是很奇怪。」

「也許米雅做了什麼，贏得豁免，或者他們只是不想再羞辱她了。」

她凝思道：「這點就大有意思了。那表示他們並不像他們的模仿對象CIA那麼殘忍。」凱蒂抬眼看著皮歐拉，問：「你跟賽格斯談了嗎？」

「談了。」他聽起來跟她一樣沮喪。「碰了個大釘子。」

這位基地改造主任的態度，跟上次他們在示威者闖入的早晨會面時同樣不合作。在康特諾工程公司律師群的維護下，賽格斯聲稱只瞄了一眼馬贊堤的報告，工地安全的運作決定，完全取決於軍方。

律師們更在乎的是，確保憲警不會有聽從綁匪的念頭，他們強調說，只要憲警展現任何屈從的意圖，工程公司便會立即宣稱他們損失數百萬歐元。他們已經徵詢並得到政府最高層的保證，義大利一定會嚴格遵守既有政策，絕不對綁匪做讓步。

皮歐拉直視賽格斯說：「我想弄清楚一點，如果最後必須在舉行公民投票跟放任米雅去死中間做選擇，你寧可讓她死，是嗎？」

「但這不是簡單的選擇，對吧，上校？」賽格斯無動於衷地回答：「還有第三個選項，就是憲警盡責地找到米雅。至於你的問題，我的回答是，無論綁匪的要求看起來有多麼無害，只要你讓步了，第二天便會出現更多的綁架案。」

皮歐拉不想多費唇舌，起身欲走，卻被賽格斯攔住。

「對了，上校，我想我應該把這個交給你。」

他拿著一份小小的紅色文件，封面上有個冠飾和一排字「Penyóruka Cpóuja: Ilcaow」。

「怪手司機逃走時掉的。我的手下找到時，我不確定該怎麼處理，所以一直放在我的保險箱裡。」賽格斯說。

皮歐拉接過來。那是一本塞爾維亞護照，名字是塔林．奎斯納奇，與偽造的工作文件相符。阿爾巴尼亞為了讓人民合法在義大利工作，在加入歐盟的程序上已大有進境，但塞爾維亞卻沒有。不過司機會把如此重要的文件落掉，似乎頗不尋常。

此時皮歐拉想起了護照，便從口袋掏出來交給凱蒂。「幫這傢伙設個失蹤人口檔案好嗎？我很懷疑能找得到他，但也很難講。」

忙亂的指揮中心裡有人大喊：「又有另一部影片了。」

所有在場的憲警圍聚到最大的螢幕邊，有人按下「播放」，房間立即安靜下來。

影片開頭是大家已經熟悉的字幕：

據美國的說法，艱難的站姿並不算酷刑。

鏡頭接到坐在椅子上的米雅，她的手腕被銬住，身上穿著橘色連身服，但看不出受到凌虐。接著更多字幕在影像上淡進淡出。

自己做評斷。

懦弱的義大利政府企圖箝制我們曝光的管道，因此我們直接懇請義大利人民，支持我們爭取自由公平的公民投票。

因此，從現在起，我們不再以國有及受美國影響的媒體為媒介，而是直接對人民發言。

今晚九點鐘，米雅．艾斯頓將不會受到刑求。

請於嘉年華網站觀看現場直播。

螢幕出現嘉年華的網址，接著便黑掉了。就這樣。

「那是什麼意思？」有人問。

「意思是他們改變戰略了，就像電影預告片，先爭取收視率。」另一名軍官答道。

「綁匪似乎又有新花樣了。」凱蒂低聲對皮歐拉說。

他點點頭。「荷莉那邊有消息嗎？」

「她發了一通簡訊給我。」

「有什麼消息嗎？」

「她跟卡弗談過了，沒有進一步線索，不過她會跟我們保持聯繫，但語氣好像沒抱太大希望。」凱蒂說話時，逐漸意識到別人在瞄他們，兩人再度交談的消息，顯然已在幾分鐘內傳遍大樓了。「你要不要到別的地方談？」

皮歐拉把她的建議拋到一旁。「我沒什麼好躲藏的，接下來呢？」
「嗯，有個地方我們還沒真正調查過。」
「什麼地方？」
「嘉年華內部。」
皮歐拉揚起眉。「那不是國家電腦犯罪中心的業務嗎？」
「就技術上而言是的，但我覺得任何跟嘉年華有關的事，都需要丹尼爾．巴柏的合作。我不認為他一直被拘禁而不起訴，會有心情幫助國家電腦犯罪中心。」
「你認為他會跟你談嗎？」
「我認為值得一試。」

✣ ✣ ✣

皮歐拉回到辦公桌後，他的電話響了。「喂？」
打電話來的人說：「我是帕多瓦警局的邁里諾探長。請問是皮歐拉上校嗎？」
皮歐拉表示自己就是。
「上校，這問題也許有些奇怪，不過請問你跟亞丹莎女士有任何關係嗎？」
「是博士，她自稱博士。還有，是的，她有參與我調查的案子，怎麼了嗎？」皮歐拉本能地糾正對方。
邁里諾探長語氣戒備地問：「那崔瓦撒諾教授呢？」
「他也是。」皮歐拉開始覺得不妙。「你為什麼要問，探長？」

邁里諾直言道：「他們兩位都死了。崔瓦撒諾好像先射死她，然後自盡了。我打電話來，是因為你在她的手機裡留了訊息，我還以為她是『需留意的對象』什麼的。」

「她是法醫考古學家。」皮歐拉凝重地說。突然想起亞丹莎下梯時，婀娜多姿的背影，當時他抬眼欣賞，之後又懊悔不已。亞丹莎是位聰慧、熱情而活潑的女子，如今卻死了。皮歐拉坐下來，突然覺得想吐。「她幫我們移走達莫林空軍基地一副骸骨，而崔瓦撒諾，我跟他請教過骸骨的身分。」

「你知道他們是戀人嗎？」

皮歐拉回想，沒錯，就是亞丹莎博士跟他推薦教授的，但他完全看不出他們有任何情愫。「你確定嗎？」

「很確定。他們是在教授公寓的床上被發現的。當然了，因為有槍，所以不排除強暴的可能，但機會甚微。因為床邊有一瓶酒，還有一碗吃過的橄欖，及放在一旁的橄欖核。我的推測是，兩人做愛後，她告訴他要分手，但教授無法接受。」邁里諾的聲音忽大忽小，還有些氣喘。皮歐拉猜他邊說邊快速走路，也許到酒吧吃午餐吧。「總之，我覺得既然是同行，應該給你打個電話，算是禮數。」

「謝謝你。我必須告訴你，探長，我懷疑事情真的如你所說那樣。他們都不是那種喜怒無常的人。」

「誰能說得準呢。」邁里諾平心靜氣地說：「遇到感情的事，我們都會失常。」

「但你們會蒐集更多證據，尋找他們是被謀殺的線索嗎？」

對方頓了一下。「你為什麼會那樣問？是你的調查危及到他們嗎？」

「表面上看起來並沒有。」皮歐拉坦承。他記得曾請他們幫忙辨識，那名沒跟邁可斯・哲曼帝和其他人一起被射死的失蹤游擊隊員的身分。亞丹莎博士在她留下的訊息裡說，他們找到一些很有意思的事，但她的語氣很輕鬆，似乎不覺得自己會有危難。「不過我還是認為你們應該做進一步調查。」

邁里諾的語氣變得更加冷淡了。「我不知道你們憲警是怎樣辦事的，上校，不過在國警局裡，我們會檢視所有能找到的證據，然後做出專業判斷，以免將納稅人的錢白花在不必要的調查上。我再補充一點，檢查教授公寓的人員，能力絕對沒有話說。」

「當然當然，我沒別的意思。」

「為了專心調查美國少女被擄的案子，我們把其他案子都擱下了。」邁里諾故意頓一下，「這原本是憲警的案子，對吧。」

「沒錯，我們都非常感激國警能夠大力協助。我能去看一下嗎？」皮歐拉謊稱。

「看什麼？」

「教授的公寓。」

「那是犯罪現場，上校，我們不能讓你破壞現場，對吧？我會寄照片給你。」

邁里諾說完掛掉電話。皮歐拉尚來不及指出，首先，他不可能破壞現場，因為國警不會再多做調查了。其次，邁里諾仍稱之為犯罪現場實在詭異，因為他剛才還極力強調，他們不會再理會這件案子了。

46

丹尼爾被拘禁在朱代卡島的男子監獄。這裡與許多威尼斯公共建物一樣，原本是女修院，建物美麗但破舊的外觀，與今日的功能極不相搭。凱蒂聽說附近甚至有座圍牆花園，以前修女在裡頭栽種自己食用的蔬果，今日則由女囚犯，為每週舉行的市集種菜。

凱蒂被帶到會客室時，被丹尼爾的模樣嚇了一跳。雖然時間很短，但丹尼爾已兩眼凹陷，一副飽受折磨的樣子，而且還在椅中來回搖動。凱蒂坐下時，看到他襯衫底下的手臂上寫滿了字。

「你還好嗎？」她問。

「你得設法把我弄出去。」

凱蒂無奈地攤開手。「這事不是我能決定的，連憲警都決定不了。」

「我得去做幾件事，幾件能幫米雅的事。」

「你只好讓我替你做了。」

「你！」

「有何不可？我有嘉年華的帳戶，對嘉年華的運作方式也挺熟悉。」

丹尼爾似乎下了決心。「把你的手機給我。」

凱蒂猶豫著。丹尼爾的要求八成違反監獄規定，但僅只一下子。丹尼爾點入網路搜尋，接著直搗嘉年華，快速掠過凱蒂所不熟悉的指令和捷徑。

「你是怎麼弄……」凱蒂才開口，便被丹尼爾打斷。

「待會兒再說，現在我得專心。」

有好幾分鐘時間，凱蒂看著他迅捷無比地跳過簡訊，答覆其中一些，刪除其他，然後交還手機。「我用管理者密碼讓手機留在登入狀態，你可以跟巫師們直接溝通。」

凱蒂一時間，以為丹尼爾在牢中崩潰發瘋了。「什麼巫師？」

丹尼爾不耐煩地說：「我不是親自管理嘉年華的。巫師們是就管理員，有艾利克、愛涅卡、卓拉和麥克斯，你可以信任他們。」

「信任他們什麼？」

丹尼爾吸口氣，讓自己緩一緩。「群眾外包[22]的事。有位嘉年華用戶報告說，有人跟他兜售米雅的影片，最重要的是，這些影片的拍攝日期是在綁架案發生之前。至少有一部片子，是米雅在自己臥房裡拍的。」

凱蒂皺眉問：「怎麼可能？」

「有RAT。」

「丹尼爾，麻煩你解釋一下。」

「Remote administration Tool，遠端管理程式，這是一種相對簡單的程式，可以占據另一個人的電腦。你可以打開他們的郵件、看他們的檔案、蒐集他們輸入的密碼……或打開他們的網路攝影機，在他們不知情的狀況下拍攝他們。這正好也可以解釋綁匪為何知道米雅會去俱樂部，因為他們對她做電子產品及實際上的跟蹤。」

「他們就是那樣進入米雅的嘉年華帳戶的嗎？蒐集她的密碼？」

「也許吧，但這無法解釋他們所做的一切。」

22群眾外包（crowdsourcing）：透過特定平台，將需要仰賴人力完成的工作，外包給網路上的自願者。

「有沒有任何方法能找出這名駭客是誰？」

「不容易。不過倒是可以設陷阱逮他。」

「怎麼做？」

「他至少有項弱點。他很自負。他給我的簡訊裡便顯現了這項特質，試圖販售米雅的影片亦然。他那麼做不是為了錢，而是在向其他駭客炫耀。我們若誘之以豐厚的獎賞，也許他會願意冒險。」

「什麼樣的獎賞？」

丹尼爾指著凱蒂，「你。」

「我！」

「是的，把他找出來，拍他馬屁，告訴他，你需要他的服務，而且打算付費。他八成會在你的電腦裡放RAT，查看你的資料。但他不會料到，巫師們可以用他的RAT當管道，駭入他自己的電腦裡。不過你得很小心，我會建議你把自己的電腦做完整備份，然後洗掉，創造一個全新的你。刪除任何能讓他辨識你真實身分或住處的資料，但要留下足夠的資料，讓他覺得你真有其人。」

「我找到他時，怎會知道就是他？」

「那你就不用擔心了，他會自吹自擂。」丹尼爾拿起凱蒂的手機，打開一則訊息拿給她看。「這是我發出請求後，收到的一則回覆。」

你希望你的朋友找到我是嗎？應該會很好玩！

47

荷莉駕著她的小飛雅特五〇〇往北開，朝宛若巨牆般，聳立在威尼托北部平原的山脈駛去，山牆的城垛上還覆著白雪。她開了近兩個小時，但幾乎未留意時間。荷莉一心想著此行的任務——基本上，就是探查她自己的指揮官。

不疑軍令，是表現軍人忠魂的不成文規定，當然也包括不能質疑下令者。指揮系統永遠是對的，萬一結果證實為錯，你也會認為上面雖然做了壞決定，還是勝過不下決定。軍人一定是在基本的信任瓦解後，才會做出正式或私下的抱怨。質疑一名上校的作法，等於嚴重違反江湖規矩。別人若得知荷莉打算做什麼，她搞不好會被送上軍事法庭。

然而事關米雅。荷莉沒有告訴任何人，每次她在那些可怕的片子裡看到米雅，便彷彿看見自己。她知道在基地裡長大是什麼情況，米雅是軍方世界的一部分，卻非軍人。荷莉最後雖然選擇從軍，但曾經有段時間，很可能也跟米雅一樣走偏。

荷莉也能了解，別人對女性的期許所造成的窒息感。

她甚至了解被刑求是什麼樣子。她跟丹尼爾說過，她受的訓練包括基本的SERE：搜索—迴避—抵抗—逃脫。「抵抗」訓練旨在讓你知道，被敵人擄獲的話要有何心理準備。第一次伊拉克戰爭後，軍方為女軍官添加性羞辱的訓練，由年級最高的官校生扮演拷問者。課程結束後，每個參與訓練的人都佯裝自己只是努力扮演角色而已，但荷莉很清楚，實際上並非如此。沒有任何演員，能如此逼真地演出逮捕者的興奮眼神，更別說是年輕的陸軍軍官了。對她而言，發現她所景仰、當作朋友的人，心底對她的真正想法是最糟糕的部分。她知道某些學生戲稱女軍校生為「花瓶」，因為她們只能擺著看而已。荷莉沒想到，竟然有人會用如此惡毒，或以如此巨大的聲量臭罵她；或聽到跟她同期受訓的學生，拿著水管用冰冷的水對著被鍊子吊起來、半裸的她沖水，並說要幫她暖一暖凍壞的蕾絲B。

荷莉此刻盤算的是，即使只有一絲機會能幫到米雅，她還是會去做。

荷莉在阿夏戈下高速公路，不久來到山腰上的小路，車子右輪離摔下山谷一直只差一點點。上方的陡坡覆著厚雪，松樹的枝枒都壓彎了。她好愛這片山區——荷莉的父親每年冬天都會帶全家來滑雪——但山路彎窄，每遇上遊覽車或卡車，荷莉總不免要感謝義大利人對靈活小車的偏好。

偵察紅隊就在雪線上方高處的林谷內受訓，她在一片隔離的空地上找到部隊基地，除了兩名正在削洋芋皮的廚子外，半個人都不在，但荷莉並不訝異。其中一名廚子告訴她，約六十人的部隊要到午餐時才會回來。

「如果他們沒砸鍋的話。」廚子又說：「你先在附近等著，待會兒應該會看到氣球。」

「氣球？」

他點點頭。「天鉤。他們在做撤逃訓練，第一關是二十分鐘前。」

荷莉望著雪林，很想看看。天鉤，正確名稱是地對空回收系統（Fulton Surface-to-Air Recovery System），近來除了偵搜部隊外，已經很少使用了。他們可能必須從直升機無法到達的敵區偷偷撤離，飛機會給每位士兵空投一份包裹，內含一顆氣象氣球、繩具與氣瓶。每位士兵為自己的氣球灌氣，氣球便迅速帶著士兵升空。飛機上的人以軛形裝置鉤起繩索，將士兵帶到安全處。這方法十分粗簡，時間得拿捏到分毫不差——太早灌氣，便會早早飄空，看不見飛機，也沒有東西保護你免於凍死；灌得太遲，不是被看見空拋包裹的敵軍鎖定位置，就是錯失飛機。

荷莉問：「演練是怎麼配置人力的？一組人做緊急撤離，剩下的人員扮演壞人嗎？」

廚子點點頭。「為了激勵大家的鬥志，『壞人』得成功抓到人才有飯吃，我的錢都賭在他們身上了。其實我還挺同情『好人』的，他們要是被逮著，壞人會對他們使點壞的。」

荷莉抑住冷顫，偵搜部隊這種單位被抓的可能性很大，而且會遭受最嚴酷的C級的SERE。廚子所說的「使點壞」，絕對比她經驗過的訓練都慘。

「聽起來像要開始了。」廚子說著抬眼張望天空。

荷莉聽到飛機的聲音、在覆雪的林子裡迴盪，讓人分不清飛機從哪個方向過來。說時遲那時快，碰地一聲，一顆紅色氣球——荷莉判斷直徑約有一公尺——從遠處林子升起，越竄越快，升了約十公尺高後，氣球一顫，然後繼續慢慢升空。荷莉發現剛才的顫動，應是拉起一個人的重量所致。果然，一名穿了迷彩服的人形出現在林子上方，被飄高的氣球帶往天際。荷莉可以想像被氣球帶離地面時的拉力，或升往天空的刺激。

廚子邊看邊說：「他們說超爽的。不過這是他們安全返回地面後才說的話。」

另一顆氣球出現了，離第一顆約三十秒。飛機此時已出現在上空，快速低飛過林端，機身上的軛型裝置瞄準第一顆汽球下方的繩索，將士兵撈起，然後一個急轉彎，飛向第二顆氣球。每名士兵升空的時間間距都精確量準，以配合飛機轉向。另一顆氣球已出現在林子上了。

四顆氣球升空，四顆都被飛機救起。廚子咧嘴笑說：「看來我的錢保住啦，這是六人小組。」

三十分鐘後，第一輛載滿士兵的卡車回來了，荷莉在大夥吃飯時，對負責的中尉表示想跟大家談談艾斯頓少校的事，她暫先不提卡弗的名字。

中尉當即表示：「沒問題。只要能幫忙少校的孩子，找誰談都行。」

荷莉趁機向他打探偵察紅隊近期的戰事。

「六年中去了五次阿富汗，大多在瓦爾達克省（Wardak），那地方非常辛苦。」他指指四周，「每個人都以為阿富汗很熱，其實山區一年有四個月看起來就像這裡。」

她有點遲疑地問：「偵察紅隊有沒有涉及過任何……任何具爭議性的事？」

「例如什麼，少尉？」

「我也不確定，但必須是任何可能讓艾斯頓少校成為特定報復對象的事，包括偵訊，或諸如平民死亡之類的事。」

他搔著頭。「據我所知並沒有，最後一次出任務，我們幫情報人員抓了幾個人做偵訊。他們會把名字、照片與地點給我們，然後我們就殺入塔利班的領地去抓人。不過我們只是抓了人交出去，像豪華的計程車服務，但是多了子彈。」

荷莉跟部隊其他人談話時，大家也都確認了中尉的說法。艾斯頓少校顯然極受眾人尊崇，有名隊員告訴荷莉，少校如何冒著生命危險，救出一名困在塔利班和自己部隊戰火間的農家男孩。「少校揹著他穿越無人的膠著地帶，而且是後退著走，用自己的肉身護住孩子。」男子補一句：「我親眼看見的。」

提到卡弗的名字，大家則面無表情地聳聳肩，一副不太看得起的樣子。他們駐守塔利班領土的前進基地時，卡弗只跟著指揮單位待在位於阿富汗東部的巴格拉姆空軍基地（Bagram），或來來回回地往五角大廈跑。

另一名士兵告訴荷莉，艾斯頓如何照顧傷兵。「喬伊腿部中彈，他的軍旅生涯算是毀了。少校與他保持聯絡，幫他申請索賠，喬伊有陣子吸毒，少校還輔導他戒毒。少校每隔幾個月都會去看他。喬伊沒有家人，所以留在義大利。我想他大概不想搬離部隊太遠。」

荷莉可以理解，她父親也曾打算退休後住到托斯卡尼山區的小村子，每週以退伍軍人的身分，到達比基地買免稅商品和汽油。但父親在首次中風後，軍職生涯便提早結束了。「你有喬伊的住址嗎？我想跟他談談。」

「當然有，在我手機裡。」他拿給荷莉看，「就在柯摩湖附近。喬伊喜歡山林，我自己受夠這些可怕的山區了，不打算在山裡待一輩子，沙盒倒是隨時歡迎。」他以軍中稱沙漠的黑話說。

48

凱蒂帶著自己的筆電回斯塔基飯店，準備登入嘉年華。丹尼爾把管理員登入的連結給了她，但凱蒂看到這個連結與一般連結唯一的差異，就是會跳出一個欄位問：

你希望：

A被看見？

B隱形？

她點選「被看見」，接著便來到巴柏府的台階底處了。凱蒂拾級而上，走在一群戴著面具的化身中。她敲響音樂室的門，這地區平時禁止進入，門永遠關著，但今天門卻為她而開。

房中有兩個人正在等候，一人戴了有眼鏡的誇張長鼻面具，她知道那就是麥克斯。另一人戴著黑色全臉，有華麗鍍金的瓦爾托面具，丹尼爾跟她說過，這就是卓拉。

謝謝你們相助，凱蒂打道。

沒問題，我們已經稍微打聽過了，我們可以跟市集裡的一個人談談看。麥克斯回答。

我們會待在你身邊，沒有別人會看見我們，但我們會陪著。卓拉保證。

凱蒂跟著兩位管理員走在嘉年華運河邊的窄小人行道上，有種說不出的刺激。她還是無法把他們當成「巫師」——他們像兩位守護天使般走在她兩側。雖然丹尼爾跟她說，卓拉這輩子僅來過真正的威尼斯兩次，麥克斯則從未來過，但他們對威尼斯卻與她同樣熟悉，自動在錯綜的小巷中，挑出往里爾托橋最好的路徑來。

到了市集，卓拉與麥克斯帶她走向一處好像只賣檸檬的攤販。然而凱蒂仔細一瞧時，盤子便移動壓縮成一系列的票券，每張上都寫了字：「開膛手傑克」，「p0fSYN+ACK」，「北海巨妖奎肯」、「BlueCoat Proxy SG9000」。凱蒂知道自己看到的，是駭客用來侵入電腦的程式。

需要幫忙嗎？

攤販老闆靠過來，他們的對話加了密。

我在找一樣東西。凱蒂輸入道。

例如什麼？我並沒有把所有東西攤出來。

一種強大到足以掩飾行跡的遠端管理程式，也許還能做些編修。

對方沉默良久，彷彿私下在跟別人溝通，接著說：到酒吧找 Pulcinella379。

凱蒂四下環顧，看到後邊市場酒吧的入口，她走進去，一名戴普琴納拉面具的化身坐在櫃台邊操作筆電，凱蒂有點不自在地朝那人走過去。

打擾一下。她打道。

那人頭也不抬地回說：你想要啥？

她重申自己的請求。

我有個用 GH0stnet 原始碼訂製的 NetBios 遠端管理程式，他回答說。

卓拉在凱蒂背後私下輸入：（凱蒂，Gh0stnet 是中國駭客創造的遠端管理程式——也許是至今最複雜精密的，與中國政府的網路間諜相連，這傢伙若眞的有原始碼，那就可以解釋很多事了。）

凱蒂對普琴納拉男寫道，多少錢？

20 BTC。

（凱蒂，BTC是比特幣，一種電子錢幣。目前交易價爲八百二十美元，等於他一份程式拷貝喊價一萬六千美元。）

凱蒂想了想，對男子說，我可以要一份預覽版嗎？證明那眞的就是你說的東西？

沒問題。

兩人之間的空中出現一個文字框。

Pulcinella379寄給你一份附件，要接受嗎？

（凱蒂，一旦點入那份附件，你的電腦也許便任由他宰割了。）

（我了解。）

她點擊「接受」。

一時半會兒，什麼事都沒發生。接著嘉年華的視窗突然變小，一個新頁面打開了，是一個凱蒂從未在自己電腦上用過的筆記軟體，上面快速出現打字：

你就是範例。

螢幕上布滿她驚駭的面容，這是以她的網路攝影機拍下的。影像上面，無數個視窗開了又關，對方正在檢查她筆電裡所有的安裝程式——她最愛的網站、瀏覽史、最近的文件、電郵，甚至是她的照片。凱蒂已按丹尼爾的指示，刪去所有能正確辨識她身分的資料，但即便如此，還是令人相當難安。

當她的螢幕上布滿視窗時，對方打道：

告訴我，你爲什麼想要這份遠端管理程式？

凱蒂早有準備。

有個人渣把我跟他在一起過程拍下來了，我想報復他。

哦。

更多視窗開了又關，對方同時輸入：

我只是在炫技而已，你明白吧。通常這部分是完全隱藏的，因爲沒有理由讓奴隸知道他們被灌了遠端管理程式。

接著：

我正在找那部影片，影片爲何不在這裡？

凱蒂打道：是一張定格照，被我刪掉了。

可惜，我很期待能看到的說，就一名熟女來說，你長得挺可愛。

去死啦，醜面具。

叫我空靈，我「眞的」需要看那張照片。

爲什麼？

因爲我想要一些能證實你身分的東西，現在大家都不太放心別人，影片上的定格也行。

或許她能從她的嘉年華簡訊匣裡弄一份拷貝，但凱蒂全身每條神經都在告訴自己，千萬別跟這位自稱空靈的男子分享那張照片。

凱蒂輸入：我才不要，你到底要不要錢？

對方沒回答，各種匣子開了又關，其中一個黑匣子含有指令符C:，凱蒂看他打入一串指令，最後結尾是 >unkill [Recycled]。

螢幕上出現一則視窗訊息，你確定想恢復刪除的檔案嗎？: [Recycled]? Y/N

Y在閃動，片刻後，所有她整理電腦時刪除的檔名，快速地往螢幕下跑。

慘了。丹尼爾教她把筆電清掉，因此她刪除所有東西，連回收桶都清空了。根據她筆電上的警告訊息，應該會永久刪除所有內容。凱蒂並不知道這種指令可以破解，她按著鍵盤，想關掉網路連結，隔離空靈，但空靈早已搶在她之前，凱蒂才打開wi-fi控制面板，面板便被關掉了。她點入「開始」框，想從那邊按「關閉」，但還來不及做任何動作，框格又關閉了。

凱蒂不知道旅館的網路線在哪裡，除了跑到街上，擺脫無線訊號外，她別無切斷空靈的辦法，但凱蒂知道，在她切斷訊號之前，空靈早就辦完事了。他正在瀏覽刪除的檔案，快迅打開他最感興趣的幾個。凱蒂駭然地看到螢幕上滿是自己的電郵、照片，甚至搜尋紀錄。

空靈在標題為「你與我的可愛照片」的檔案上停住。一會兒後，螢幕上便出現她和雷凱多同床的照片了。

好吧，空靈終於打道，你引起我注意了，凱蒂，或者我該叫你莉塔？

49

荷莉先在埃德里基地停留一下子，然後才繼續往北走。因傷殘而離開偵察紅隊的士兵喬伊．尼可斯，就住在瑞士邊境山區。那裡沒有東西橫向的路，因此她得先開往內陸，再千里迢迢地入山。

她沿著萊科湖（Lecco）開，道路蜿蜒而上，在山岩開鑿出來的隧道中鑽進鑽出。她很快地又開到雪線上方了，路標此時已變成三種語言，指引她朝瑞士度假小鎮聖莫里茨（St Moritz）及聖貝納迪諾（San Bernardino）繼續前進。到了基亞文納（Chiavenna），她轉往一條更小的道路，開往史普洛佳山口（Passo dello Spluga）。

喬伊住在皮那洛可可（Bocchetta del Pinerocolo）隘口底下。覆雪的巨大黑岩隘口，聳立在底下的小村上方，就像大貨輪俯瞰小船似的。理論上，這裡仍屬義大利境內，但荷莉發現，連村子酒吧外的黑板，都用瑞士法郎和歐元標示今晚的特餐。

她事先打過電話，先給他一點警示，但又不致嚇著他。當她按響與世隔絕的小屋門鈴時，喬伊很快開門，點頭跟她招呼，問：「你是博蘭，對吧？」接著帶她穿過擺了滑雪板和雪鞋的架子，來到一間有山景的漂亮廚房。外頭雖然有雪，喬伊卻只穿了T恤和運動褲，似乎剛在健身。他仍保持職業軍人肌肉結實的體格，只是走路有些跛。

荷莉解釋自己到此的原因，喬伊在爐子上用摩卡壺幫她煮咖啡。

「我一直在追米雅的新聞。」待荷莉說完後，喬伊表示：「我聽到消息時，發了簡訊給少校打氣，他一定很難過。」

荷莉點點頭。「是的。」

「你認為他家人是因為某些原因，而被挑中？」

「那樣說或許有點誇張，我只知道我們應該考慮這種可能性。」她坦承。

喬伊淡淡地說：「艾斯頓少校救過我兩次。一次在作戰時，他把我的股動脈纏到他的手指上幫我止血。一年後，又幫我戒毒救我一次。我願意為他兩肋插刀，但我實在想不出任何與本案相關的事。很抱歉，只怕要讓你白跑了。」

她探問卡弗的事。喬伊聳聳肩，說：「我們的偵搜行動，大部分時間都在戰場上，卡弗的人駐紮在巴格拉姆，不過跟他工作過的人說，他是個還可以的長官，不會讓繁文縟節影響任務，不像其他有些口袋上有銀鷹徽章的傢伙。」

「既然我都來了，可以告訴我毒品的事嗎？」

「就很一般的故事。我剛開始用毒是為了止痛，加上離開部隊後，無聊到瘋了，可一旦對海洛因上癮，就戒不掉了。少校聽到消息後過來找我，把我痛罵一頓，說我是偵察紅隊之恥。我的確也是。若我有足夠的意志力，他願送我去戒毒。被他那麼一罵，我領悟到自己得振作起來。」

「所以你不是在軍中就開始吸毒的？」

他搖搖頭。「我是回來後才開始出問題──義大利充斥著毒品。」他頓了一下，「我不知道這有沒有關係，不過……」

「什麼事？」荷莉鼓勵他。

「上次我和少校談話是兩個月前，他剛外派結束，回來後，到這裡來看我過得如何，你也看得出答案是『挺不錯』啦。我問是什麼風把他吹來的，他說他只是想提醒自己，這一切是為了什麼，感覺好像很氣憤某些事。」

「部隊裡的事嗎？」

「他沒說。不過有可能。」

「我會去找他談，問他指的是什麼。」荷莉表示。

喬伊點點頭。「一定要去問。」他指著山，說：「嗯，如果你不介意的話，我的越野訓練已經遲到了。」

「你每天都做訓練嗎？真了不起。」

他聳聳肩。「這也是我住在山上的原因之一，滑雪時沒有人會跛腳，對吧？」

「是啊，祝你愉快。」荷莉只能這麼說了。她睨了一眼手錶，她在喬伊．尼可斯家待不到半小時。「總之，謝謝你。」

「不客氣，很抱歉沒幫上忙。」

50

朱代卡島的男子監獄裡，丹尼爾靜靜聽凱蒂解釋空靈如何取得她刪除掉的檔案。「筆電帶來了嗎？」凱蒂說完後，丹尼爾問。

她指著說：「在我的袋子裡。」

「關掉了還是待機中？」

「徹底關了。」卓拉跟她說，若只讓電腦處於休眠模式，空靈還是隨時能開啟它。

「很好，我們先假設他還不知道你是憲警。如果我們想逆轉形勢，就得趁他發現之前動手。」

「要怎麼做？」

「我會在你的硬碟裡放個檔案，看起來像是你企圖隱藏的檔。他打開後，檔案便會直接在他的電腦裡下載木馬病毒。」他頓了一下，「我得趕緊弄。他有可能設了警告，只要你一打開筆電，就會通知他。準備好了嗎？」

「好了。」凱蒂雖這麼說，卻不太懂自己準備好什麼了。

丹尼爾拿張紙卡遮住網路攝影機的鏡頭，接著打開筆電立即上網。他好像下載並修改了一些檔案，可是動作太快，凱蒂根本跟不上。

「我在建檔案，快弄好了。」丹尼爾說。

螢幕上出現一個框格。

你爲什要躲我，凱蒂？

「完成了。」丹尼爾說著離開筆電，拿掉遮卡。

午安，凱蒂。

凱蒂的臉出現在螢幕上後，她伸手關掉筆電。

「你為何那樣做？」丹尼爾問。

「我稍後再打開，相信我，他不會走掉的。」

✣　✣　✣

網路直播的時間越來越近了，綁匪再度展現他們深諳如何藉網路散播的能力，到了八點鐘，宣布即將現場直播刑求米雅的預告片，已經傳遍全世界了。

近九點時，馬禮在指揮中心設好電腦與螢幕，供憲警觀看。嘉年華網站裡，聖馬可廣場的一頭似乎架起了一片像巨幅電影銀幕的東西，到了晚間九點整，銀幕便開始播放影片了。

銀幕中的米雅站在小箱子上，身上披了類似毯子的東西，頭部開了個口子。罩著頭罩的米雅攤開雙臂，手上纏了像電線的東西。

凱蒂立即認出，這就是阿布賈里布監獄（Abu Ghraib）虐囚醜聞，最經典的畫面翻版。

費力的站姿是為造成肌肉暫時性疲累，引發輕微不適，讓犯人掉入禁區，遭到刑求。

攝影機緊跟著米雅，她在單薄的箱子上怪異地挪著腳，移動重心。有人在凱蒂背後問：「那些是電線嗎？」

另一個人低聲說：「他們在伊拉克用過這一招。他們會告訴犯人，若掉到箱子外，就會遭到電擊。」

相較於前些天的影片，這部片子拍得相當慢，甚至很無聊。片子的衝擊性，來自觀眾發現這是一刀未剪的直播畫面——米雅此時正在承受凌虐，網路直播予人親臨現場的驚悚與偷窺感。

畫面黑掉了。

刑求？

非刑求？

你來決定。

指揮中心裡的人七嘴八舌地討論起來，馬禮拿起遙控器，轉到義大利廣播電視公司24小時新聞網，新聞已在報導影片的事了，底下的跑馬燈顯示，影片直播時，嘉年華上網人數爆衝到六百萬，該影片也是推特上最夯的話題。

新聞女主播解釋伊拉克的阿布賈里布監獄，因美國守衛虐囚而聞名，這時她頓了一下，以手指按住耳機，一張新照片在她背後的銀幕上閃動：那是《新聞報》（La Stampa）的報頭，下面是米雅的照片及標題：「懸賞：一百萬歐元」。

「音量開大點。」有人對馬禮說。

「……明天由《新聞報》獨家報導，賞金由馬可・康特諾，代表康特諾工程公司提供，任何能使米雅安全歸來的情報……」

指揮室裡所有憲警齊聲發出哀號。

皮歐拉沉重地說：「Brutto bastardo figlio di puttana. 這下咱們真的慘了。」

第四天

51

網路現場直播及康特諾公司的百萬歐元賞金，使得原已占據各大頭條的新聞，更加沸騰。義大利總理縮短海外訪問時間，以召開國家災難會議。美國國務卿在登機梯上受訪，表明尋找米雅是義大利政府的事，但美國「必要時隨時準備出手協助」。

不會有人比我更認為他們的方法令人髮指了。

法里西在部落格裡寫道：

但他們的抗議引發了一項一直被忽略的嚴肅問題。昨晚有一百萬人在推特上同意他們看到的是刑求。我們就大方地說出來吧：如果美國在義大利的基地可能使用這些「強化技巧」，我們難道無權對那些美軍基地是否該設在義大利說點話嗎？美國選擇在阿布賈里布和關塔那摩灣等境外地點實施刑求，是因為他們相信能藉此保護審訊者，避免違憲。為什麼在美國本土是一套規定，在義大利又是另一套規定？

《小日報》也不遑多讓地登出雙頁的米雅照，標上「失蹤」的斗大標題，並要求讀者將報紙遍貼全國。

由於案子在義大利幾乎無人不知，皮歐拉懷疑這種做法主要是為了宣傳報紙右下角的醒目報徽。

綁匪又釋出另一段影片，片子很短——僅有七秒鐘，很容易在 Vine 和 Instagram 之類的社交網站上分享。畫面中米雅坐在牢房裡的床墊上等待，字幕寫道：

貼牆而立不是刑求。

今晚九點鐘，她不會受到刑求。

請至嘉年華觀看現場直播。

✣ ✣ ✣

憲警小組必須派一位資深警官出面，請馬可．康特諾重新考慮。沒有人敢期望他們的要求能夠成功，因此當皮歐拉表示願意出馬，而瑟托將軍也一口答應時，他一點都不訝異。

康特諾工程公司的總部設在特雷維索，那裡比威尼斯小而僻靜，且微靠近內陸，觀光客遠比威尼斯少。皮歐拉輕鬆地找到康特諾的辦公室：倫佐．皮亞諾[23]設計的豪華方形建物，像停在公園裡的太空船般，聳立在郊區中。皮歐拉按下鋼筋與玻璃製成的電梯，迅速升到頂樓，走出電梯，踏在柔軟無聲，如羽絨被般的地毯上。前方的玻璃框出一片面向遠處威尼斯潟湖的思樂河（Sile）景色。助理告訴他，康特諾先生幾分鐘後便可以見他了。

23 倫佐．皮亞諾（Renzo Piano）：義大利當代知名建築師。

皮歐拉等候時，細看該公司創建人安博奇努·康特諾的另一套展示照片。照片裡的創辦人，看起來比拘留所博物館裡的相片年老，他雖然頭髮花白，仍非常帥氣威猛，散發著魅力與成功人士的氣勢。皮歐拉不解這些大公司為何老愛搞個人崇拜，好像越把創建人神格化，就越能維持他們過去的領袖魅力。他想起吉亞尼·阿涅利[24]的足球俱樂部，尤文圖斯（Juventus），其支持者在比賽時老愛頌念：「阿涅利是飛雅特，飛雅特是都靈[25]，都靈就是義大利。」康特諾的核心依然是安博奇努，這點無庸置疑。

其中一個櫃子裡，有條肩帶上繡著他認得的圖紋——一個下端變成劍刃的粗短十字架，以及那句跟博物館裡一樣的座右銘「Fidei in Fortitudo」。皮歐拉的拉丁文挺差。這句話該譯成「我信仰彌堅」？還是「信仰即力量」？

「早安，上校。」背後有股細細的聲音說。

皮歐拉轉過身，他雖早知安博奇努的孫子馬可年僅三十九歲，但皮歐拉對他的初步印象是，此人看起來也太不起眼了。他身上的西裝十分昂貴——皮歐拉豔羨地想，不是Brioni，就是Zegnai，而且八成是訂製的。他的眼鏡看起來不但比皮歐拉的車子貴，而且做工更精緻。不過眼鏡後的一雙眼眸卻緊張地眨著，塞在這些華麗衣飾底下的男子，感覺更像溫和的中階經理，而非義大利龍頭企業的老闆。

他們各自坐到一望無際的窗景兩側的扶手椅上，皮歐拉婉拒了咖啡，只接受白開水。一名祕書或公關人員幫他們倒了加冰塊的聖沛黎洛氣泡水（San Pellegrino），再悄悄坐到他們視線外，敲著自己的黑莓機。

「你是來討論賞金的事，對吧。」兩人寒暄後，馬可·康特諾率先表示。

皮歐拉說：「沒錯。特別是想請你取消這件事。」

康特諾眨眨眼。「我還以為憲警會很高興，這很可能為案情帶來轉機。」

皮歐拉心想，他若真的那樣以為，他或他的顧問群，為什麼沒事先跟憲警商量一下，就把消息發給各大報。「這只會讓找尋米雅的任務變得更艱難，甚至是不可能。」皮歐拉淡淡表示。

「我不懂。」

「這等於是走後門，送贖金給綁匪。」皮歐拉耐著性子解釋：「讓人以為米雅因贖金被釋，不是因歹徒被定了罪，這樣會破壞防杜罪犯從綁架獲利的法規，綁匪甚至會試圖調升贖金，用更可怕的方法對待肉票。不過對憲警來說，最迫切的問題是，義大利所有的騙子和瘋子都會打電話來，想分一杯羹，到時就不可能篩出有用的線索了。」

「純粹從成本效益來看，線索過多，絕對比太少好吧。」康特諾反駁道。

皮歐拉發現對方受到挑戰時，便會進入商業學校術語模式。他緊盯住康特諾，「這樣會妨礙我們調查。也許那正是你的用意？」

「你這話太侮辱人了。」康特諾憤然道。

「那麼就撤銷贖金的事，至少等米雅被找到後再說。你可以宣稱是憲警的建議。」

康特諾猶豫了一會兒，然後搖頭說：「我們一定得突破僵局，憲警已有過機會了，貴組織無力找到米雅，已讓我們信譽掃地。如果這份賞金能為義大利扳回顏面，便花得很值得了。」

24 吉亞尼·阿涅利（Gianni Agnelli）：義大利實業家及飛雅特大股東。

25 都靈（Turin）：飛雅特汽車的發跡地。

他講得斬釘截鐵，但皮歐拉覺得這話似乎出自別人，彷彿有人演說過，他只是照念一遍。

皮歐拉客氣地起身說：「雖然我們意見不合，但我看得出你的誠意。既然你不打算改變心意，我們只好希望你說得對，米雅能安然返回，就像令祖父說的『Fidei in fortitudo』。」

沒想到這句話帶來驚奇的效果，自兩人談話以來，馬可的臉首次泛出喜色。皮歐拉覺得那表情幾近單純的喜悅。「你也是弟兄嗎？你應該說……」

「弟兄？」

康特諾神情一斂。「我還以為你是會員，我知道許多資深憲警都是。」

「你是指麥基洗德修會團嗎？」皮歐拉搖搖頭，努力掩飾心中的好笑。「唉，可惜我沒那份榮幸。」

「你不該放棄的，被推薦加入初級會員並不會很難，你只需要四位推薦人。當然還得展現出自己的價值與仁厚之心。」

「我想你在會中必然相當受到尊崇吧？」皮歐拉試著跟康特諾一樣咬文嚼字。

「我有幸同家父與家祖一樣，忝為威尼斯分會的會長。」對方心虛地笑了笑。「他們在世時，位階都要更高，但願我也能夠效尤。」

「是啊。事實上，我最近看到幾位您的祖父可能認識的會員名字，例如鮑伯．葛藍。」皮歐拉說。

「有可能。爺爺認識所有人，如果你真感興趣，可以去檔案室查。」

「檔案室？」

「在修會總部，萊尼爾宮（Palazzo Lighnier），你一定得找時間去看看。你若去羅馬，那是個很棒的住宿地點，去梵蒂岡極為方便。」

「我一定會的，我可以說是您引薦我去的嗎？」

康特諾猶疑著才說：「可以吧，我想應該可以獲准。」

「獲准。」皮歐拉心想，他的語氣像個害怕犯規的學生。「你是否跟修會的弟兄討論過賞金的事？」

康特諾眨著眼說：「會裡的弟兄有許多傑出人士，當然了，我不能隨便提他們的名字，不過我們的座談會是最佳的諮詢機會……我若不善加利用，豈非愚蠢。我必須跟你說，上校，那些行事果斷的弟兄們，幾乎一面倒地支持這項計畫。」

皮歐拉在心中翻譯：有人把懸賞的點子塞到你腦袋裡，強迫你隨之起舞。皮歐拉沒想到自己竟會替馬可．康特諾感到難過。

52

「同樣幾個名字一再地出現。」皮歐拉思忖道：「達莫林、美軍，現在又來了個康特諾。」

「可是康特諾的公司從跟美軍的合約裡賺了不少錢，他想幫美軍一把，也是人之常情。」凱蒂反駁說。

皮歐拉在斯塔基飯店的房間，已成為臨時指揮中心了。果如所料，這會兒憲警隊已被民眾打來的電話淹沒了，打電話的人聲稱一小時前在村子裡看見米雅；米雅出現在他們夢裡；或現在有個長得很像米雅的女孩正坐在咖啡館裡讀旅遊指南……最好還是先避開聖匝加利亞教堂吧。

「奇怪的是，馬可．康特諾看起來一點權威感都沒有。好像他只是掛名的。」皮歐拉說。

「我想這些大公司傳到第三代，實際上都由董事會來管理了，繼承人只是名義上的罷了。」凱蒂把筆電拉過來，在搜尋引擎中鍵入幾個字。「有意思。」

「什麼東西？」

「荷莉那位退休的CIA朋友伊安．吉瑞，現任職於康特諾董事會。」她又打了幾個字。「他的前輩鮑伯．葛藍也在他之前擔任過。」

「所以世代相傳的不僅是康特諾的姓，還有與美國情治單位的關係。」

「或許馬可只是行事謹慎罷了，如今康特諾是國際公司，他很難拒絕前情報首長給的地緣政治學上的建議。」

「話雖沒錯，但我懷疑還有內情。葛藍和安博奇努．康特諾兩人都是麥基洗德修會的會員。談到修會時，是馬可．康特諾唯一有活力的時候。他顯然非常以威尼斯會長之類的頭銜為榮。」

「我們從沒找到任何理由，可以懷疑該修會的合法性。」凱蒂提醒他。

「但我好像記得你也曾懷疑過？」

凱蒂點點頭。「尤瑞厄神父的精神病院就是透過他們贊助的。我總覺得那可能是一種賄賂方式，要他閉口不提威廉貝克行動的事。那個行動到底是誰下的命令？行動的資金最初從哪裡來？」

凱蒂拿起桌上一張相片。「還有這個？這是怎麼回事？」照片中一對男女躺在床上，但後面牆上染著血痕。

皮歐拉說：「那是考古學家亞丹莎博士和崔瓦撒諾教授。我雖然無憑無據，但我確信他們是被滅口的。」

「原因是……？」

「不知道。」皮歐拉站起來開始踱步，「但感覺似乎過於巧合。米雅被綁架與基地有關係；遺骸也是。米雅被綁架與康特諾有關係；遺骸也是。現在兩位無害的學者，因調查遺骸的死因，也被殺了。」他握拳揮著，狀似要扔出想像中的骰子。皮歐拉只有在絞盡腦汁思索時才會出現這樣的動作。「總加這一切，讓我覺得若能解開遺骸為何出現在基地裡的謎團，也許便能找到米雅綁架案的新線索。我去見崔瓦撒諾教授時，他跟我說，可以去羅馬找一位專門研究過游擊隊的研究員。」皮歐拉看著凱蒂說：「也許得在那邊過一夜，你想去嗎？」

凱蒂很掙扎，對她而言，辦案時的心靈相通，與來來回回的腦力激盪，是最過癮的地方，但她還得揪出嘉年華的駭客，而且還有諸多她不想跟皮歐拉說的理由——特別是她希望能獨自找出突破點，向瑟托將軍證實，他與他的同僚都錯看她了。

皮歐拉將凱蒂的沉默解讀成別的意思。

「我老婆要我離開一陣子。她認為我必須決定……想清楚自己最在乎什麼，是我的家庭或……或工作。問題是，我已不再確定了，我本以為自己想清楚了，其實並沒有。」他低聲說。

凱蒂心想，不知皮歐拉的妻子曉不曉得他揮手的小動作，還有看見那個動作時，會不會跟她一樣開心。凱蒂想起他們自然而然地在工作與性愛之間交替，兩人靈肉同樣契合的美妙時光。現在要擦槍走火實在太容易了，甚至可藉此解決問題——一次重溫舊夢的狂歡後，兩人說不定更能看清事實，做出決定。決定他的婚姻、釐清他們這種混沌不明的狀態、決定他們的未來。

凱蒂搖頭說：「我在威尼斯有夠多事情要忙了。」

雙方都知道皮歐拉想問的不是這個，也都假裝就是。不過兩人之間只有一個人明白，凱蒂的答覆至少有一半是謊言。

53

小丑送熱食給她，是麵條加簡單的鯷魚洋蔥醬。香味在她的牢房裡飄散了整整十五分鐘，害她口水直流。

但她的期待中摻雜了恐懼。熱食表示小丑是因為稍後要對她做的事情，感到抱歉。

米雅吃完後，攝影機架到新的位置上，米雅依令側站在噴了ADM字樣的床單旁，匪徒花了五分鐘調整攝影機的角度，讓小丑能站到她身邊，不會擋到包達男的視線。

相機終於在三角架上擺定，包達男離開他們了。

小丑指著橘色連身服說：「脫掉。」

米雅拉開拉鍊，脫去衣服，穿內衣站著。小丑說：「手臂往牆壁盡量撐著。」

她離小丑所指的牆壁約一公尺，如果盡力撐著，剛好可用雙手承受自己的體重。

「別動。」

她聽到小丑離房而去，約莫三分鐘後，小丑回來時，她的手臂已因保持姿勢不動，而開始發抖了。

小丑走過來站到她身旁，米雅知道他在深呼吸，彷彿想鎮定心緒。

至於是什麼原因，米雅不願多想。

她的手臂再也無法承受她的體重了，米雅身子一軟，跌在地上。

小丑遲疑著，然後發出奇怪的叫聲，扭過身子。

米雅困惑地四下張望，屋裡空無他人。

五分鐘過去了，她聽到隔壁房間有人高聲說：「È troppo tardi per questo! Fai quello che sei venuto a fare!」

她知道有人叫小丑要貫徹執行，接著她聽見小丑粗聲回應：「Io non posso farlo. Non voglio.」

我辦不到，我不要。

腳步聲逼向門口，米雅立即恢復抵牆的動作，她知道進來的人不是小丑——此人低聲吹哨，跟她之前聽過的哨音相同。

男子站到她身邊，米雅看到他的雙膝一屈，接著無預警地用手背奮力揮向她的肚皮。

米雅哀號著摔在地上，並看到男子點頭俯視自己，彷彿在說，*這樣做才對。*

54

到了羅馬，皮歐拉的第一站是到精品街 Via Condotti 買東西。他告訴自己，那是因為吉兒黛把他轟出家門前，他只有時間匆匆收拾幾樣衣物而已。但事實是，皮歐拉在面對婚姻的壓力時，習慣去買好衣服。他在亞曼尼的店裡玩賞一條灰色絲質領帶，直至看到標價，才不情願地擺回去。不過他到 Antonella e Fabrizio 買了幾件襯衫和絲質襪子。

皮歐拉從投票紀錄上查到安娜，曼菲林的地址，她就是崔瓦撒諾教授所說的研究員，但沒有人來應門。

皮歐拉從樓下信箱裡的郵件看出她昨晚並不在家。接著有片簾子動了一下，皮歐拉看到一隻貓咪好奇地在窗口窺望，皮歐拉心想，這貓一定有人餵。

他對一位鄰居出示證件，鄰居說她看見安娜回來過兩次，但應該沒有留宿。

「你知道她在哪裡工作嗎？」

「噢，知道。她經常提起她有梵蒂岡圖書館的研究員通行證。」

皮歐拉搭計程車到圖書館，問守衛當天是否見到安娜．曼菲林。

「不只見到，如果她在這裡，我還能告訴你，她在哪張書桌工作，新的電子系統會將每個人登入登出。沒錯，她就在那裡，12C桌。」守衛把電腦螢幕轉過來給皮歐拉看。

「你知道她會在這裡待多久嗎？」

「待到四點鐘，我們趕人為止。」

皮歐拉看看錶，還有兩個小時要消磨。他想起馬可．康特諾提過，麥基洗德修會總部萊尼爾宮離梵蒂岡很近，便問了一下路。

確實是很近，不到五分鐘，在維亞法科路（Via Falco）上。這裡跟許多羅馬宮殿一樣，外觀簡練無奇；只有扇大木門，門後是座漂亮的小院子。噴泉飛濺在爬滿長春藤的雕像上，讓人看不出宮內的裝飾有多富麗。皮歐拉晃進去，看到低調標示修會名稱的黃銅牌子。這裡沒有醒目的接待櫃台，唯一開著的門通向一間小房，裡面有位精心打扮的優雅女士坐在桌邊打字。

皮歐拉出示證件，詢問能否與負責修會檔案的人員談話。

「請問是關於什麼事情？」女人問。

「我想辨識一九四〇年代到五〇年代的幾位會員身分。」

女人微笑說：「恐怕沒辦法唷，若無會員本人允許，我們不能洩露修會會員的身分。」

皮歐拉客氣地回道：「如果是這樣的話，您大可放心，小姐，這些會員全都去世了，所以不可能請他們答應。」

對方停頓片刻，考慮一下，才表示同意。「是的，是不可能了。」女人回去看她的螢幕，接著繼續打字。

皮歐拉發現對方顯然不打算為他做任何事，便說：「當然了，我們也可以來硬的，我可以去弄張搜索令。」

「你弄不到的。萊尼爾宮自一九六四年後便享有治外法權了。」她說。

皮歐拉揚起眉毛，「治外法權」表示這棟建物與梵蒂岡或馬爾他宮的馬爾他騎士團[26]總部一樣，不受義大利法律管轄。「至少讓我跟檔案保管員談一談吧？」

「你可以要求約時間，但只能以書面申請。」

皮歐拉嘆口氣。「那樣的話，能借我紙筆嗎，小姐？」

女人依舊堆笑地取來紙筆，皮歐拉拔開筆蓋。「我該跟誰申請？」

26馬爾他騎士團（Order of Malta）：前身為第一次十字軍東征後的軍事組織，最初目的為保護本篤會在耶路撒冷的醫護設施。

「對不起，檔案保管員的名字……」

「……是機密。」他幫她把話說完，但還是寫了申請書，強調自己是受馬可・康特諾邀請而來。「你有任何修會的資料能讓我帶走嗎？」

「資料全在我們的網站上了。」女人說著把他的申請書收入抽屜裡。

「事實上，貴會的網站說，網站目前正在架設中。」他溫和地回應，並指道：「我剛才在那個抽屜裡看到簡介的小冊子。」

女人默默打開抽屜，拿出一本薄冊子交給他。皮歐拉客氣地頷首說：「非常感謝你，小姐。」

✣ ✣ ✣

他跑到酒吧坐下來讀冊子，只有十二頁，裡頭多是萊尼爾宮的照片，加上幾段內容乏善可陳的文字。

麥基洗德修會起源於一三九三年，是天主教騎士慈善團體，與條頓騎士團（Teutonic Knights）、聖墓騎士（the Order of the Holy Sepulchre）、醫院騎士團（the Knights Hospitallers）及聖母民士兵團（the Militia of the Virgin Mary）同為「五大」古老騎士團。麥基洗德修會的會員或稱弟兄騎士（Brethren Knights），或稱同袍（Worthy Companions），主要工作是強化教士的基督教精神標準。

欲入會者，須體現天主教徒的美德，由會員屬地的主教推薦，獲得修會團數名會員的支持，同時捐出大筆捐款做為「通行費」（呼應古時十字軍到聖地時所付的通行費）。會員分十二等級，候選者須先完成每一位階後，方能升等。貴族出身者自動升為第三級的榮譽騎士（Knight Emeritus）。

有張照片，一群男子穿著正式長袍，歡迎前教宗來到萊尼爾宮，另一張是一名著長袍的男子，驕傲地舉起一個華麗的金甕，甕子開口可看到裡頭有塊黑物。

修會團最珍貴的聖物之一，是施洗者聖約翰的不朽之舌。一四七七年由教宗思道四世贈與弟兄騎士。每當天主教會受到異端或不公的危害時，這條宣布基督降臨預言的舌頭，便會發出警訊。

皮歐拉挖苦地想，若是如此，它最近一定巴拉巴拉地說個不停。他翻頁續讀。

萊尼爾宮提供兄弟們在羅馬時，最高品質的住宿與服務，修會兩週一次的晚餐「座談會」，成員總是踴躍出席。

皮歐拉嘲諷地想，這個慈善團體聽起來比較像紳士俱樂部，跟櫃台人員交手的事，令他十分不悅。但這裡完全看不出有任何不法之事，修會感覺相當平和。

皮歐拉走回圖書館，請守衛在安娜·曼菲林出來時通知他。四點剛過不久，守衛朝一名近四十歲，垂首匆匆經過的女子點點頭。「就是她。」

女子走得異常快速。皮歐拉追上去，她回眸看了一下，然後加緊速度。

「請問是安娜·曼菲林嗎？」皮歐拉喊道，但對方似乎沒聽見，逕自繞過連接一處小廣場的轉角。皮歐拉趕到時，女子已消失了。

皮歐拉退到一處門口等待，廣場另一頭是公車站。約莫五分鐘後，一輛巴士開過來，門咿咿呀呀地開了，安娜．曼菲林果然現身，往公車疾奔而去。她一定是躲到公車抵達為止。

皮歐拉從公車後門衝上去，朝她所坐的地方走去，女子抬頭時嚇了一跳。皮歐拉掏出證件，說：「不要緊的，安娜，我是憲警，皮歐拉上校。」

✣　✣　✣

他們在快要抵達諾瓦那廣場（Piazza Navona）時下車去咖啡店，皮歐拉注意到她先檢查店內後，才在後邊挑了一張可以清楚看到門口的桌子。

「你在擔心什麼嗎？」等咖啡送來時，皮歐拉問。他原本點了經典的威尼斯開胃酒 spritz —— 一種混合 prosecco 葡萄氣泡酒、San Pellegrino 氣泡礦泉水，和 Aperol 香甜酒的飲料 —— 但女侍卻有聽沒有懂。

安娜．曼菲林的黑眸中透著煩憂。「假若你真的是皮歐拉上校，應該已經知道答案了。」

皮歐拉覺得自己或許知道，卻等她繼續說。

她解釋道：「我在擔心克里斯汀．崔瓦撒諾和艾沙．亞丹莎的事。你也認為是他殺了她，然後再自殺的嗎？」

「你不那麼認為？」

她輕蔑地「哼！」了一聲，充分表現對國警的無法苟同。

「他們兩位生前可有跟你提過我的調查？」皮歐拉問。

她點點頭。「艾沙把你想指認的男子照片傳給我，覺得也許我曾在別的文章裡看過他。」

「你有嗎？」

她未直接回答皮歐拉的問題，只是拿起萊尼爾宮的冊子。「你想成為他們的會員嗎？上校？」

「麥基洗德修會的會員嗎？天啊，才沒有。他們不見得會要我，感覺上他們相當排外。」

她戒慎地看著皮歐拉。「有些憲警就是他們的會員。如果他們夠資深，仕途又順利的話。」

皮歐拉想起康特諾說過類似的話。「修會團的名字剛巧出現在調查中，就這樣而已，安博奇努．康特諾和那名身分未明的游擊隊員，在戰後不久成了麥基洗德修會的會員。你怎會知道這個修會團？他們給我的印象是非常低調的。」

「他們是黑暗貴族，至少以前是。」

皮歐拉搖頭皺眉問：「黑暗貴族？」

「The nobiltá nera，羅馬的舊貴族。王子與伯爵，大部分都依附於教廷，他們在二十世紀初曾悄悄策謀顛覆義大利統一，恢復教皇國。有些人成為教宗的貴族護衛，但那職缺在一九六四年便被正式廢除了，僅留下麥基洗德修會和十幾個奇怪的小兄弟會。」

皮歐拉記得一九六四年，正是萊尼爾宮獲得治外法權的年份。「我覺得那裡主要是富商的聊天室吧。」

「他們是生意人沒錯……但也是樞機主教、報紙編輯、將軍、右翼政客，這些人因想與貴族打交道而入會，修會團甚至偶爾吸收身分是『橄欖油商』的會員。」

「你是指黑手黨嗎？」

她點點頭。「上校，你剛才說『聊天室』，但你再仔細想想那份名單，會想到什麼？」

皮歐拉想了一會兒，「P2嗎？」

「沒錯。」

P2醜聞早在皮歐拉出生之前便揭露了，但醜聞持續占據整個一九八〇年代的報紙版面。P2的全名為「布道坊」（Propaganda Due），是共濟會的旅館，由一位魅力超凡，名叫李西歐．傑利（Licio Gelli）的大法官經營。P2會員包括三大情治單位首腦；由黑手黨支持，意圖政變的幾位領袖；以及未來的總理，貝魯斯柯尼。P2曾涉及幾十樁醜聞，從梵蒂岡銀行家羅伯托．卡爾維（Roberto Calvi）橫死倫敦，到大規模組織性賄賂……這些醜聞的揭發，使天主教民主黨（Christian Democrats）元氣大傷。

「可是麥基洗德修會早在P2前幾百年就有了。」他反駁。

她說：「那是你以為，或至少冊子上是這麼說的。但修會就算在二戰前已存在，也是形同虛設，會員差不多就只是教宗授與的頭銜而已。一九四五年後，麥基洗德突然又變成一個積極活躍的組織了——幾乎可說是一個網絡。」

「那跟我的調查有何關連？」

她猛然站起來。「我很想繼續跟你談話，上校，不過我得去打幾通電話，我們今晚可以一起吃飯再聊嗎？」

「當然可以，我想你沒打算住自己的公寓吧？」

她點點頭。「艾沙和克里斯汀發生那樣的事後，最好小心點，先避上一週左右。你在何處下榻？」

「我還沒去找，有推薦的地方嗎？」

她想了一會兒，「那就到托拉斯特區，我住的同一間飯店吧。我們可以去飯店附近一家餐廳，那邊的菜色很好，也頗為幽靜，應該不會有人看見我們。」

55

凱蒂再次帶著被駭的筆電，到皮歐拉的旅館房間開機。片刻之內，或感覺僅只片刻，空靈便從 wi-fi 殺出來掌控一切，像隻惡鬼般地打開她的網路攝影機、點開她的電子郵件、翻看她的文件存檔和瀏覽紀錄。

你的公寓挺不賴嘛，他寫道，一邊調整攝影機焦聚。

謝了。

不過根據你的 IP 地址，你其實在旅館裡，威尼斯的斯塔基，我看到的是希爾頓的浴袍嗎？

凱蒂飛快轉著腦筋。我在出差，沒必要跟你解釋吧。

你是幹什麼的？

旅行社。

嗯。螢幕一角，她所有儲存的相片被打開了。

OK，莉塔，凱蒂，我們要不要給你前男友來個遠端控制程式？

聽起來不錯，她寫道。

要不要把那件浴袍穿起來？這事也許得花點時間，你不妨讓自己舒服些。

你想得美！她寫道。

我的確這麼想，而我的希望就是你的命令，記得吧？何況現在才裝害羞已經太慢了。

嘉年華的首頁突然跳入螢幕裡，我需要你幫我登入。

原來他無法駭進嘉年華，凱蒂心想，並將此事牢記心裡，做為將來參考用。她痛恨幫他輸入自己的用戶名稱及密碼，但裡面沒什麼好看的，而且等這件事情過去之後，她再重設一個全新的帳號即可。

你在追米雅的案子，空靈看著她的新聞瀏覽說。

是啊，每個人都在追不是嗎？如果他真的像丹尼爾說的那樣自負，此時可能要開始吹噓了。那些綁匪把全世界媒體耍得團團轉，眞是太厲害了。

他們全是白癡，沒人幫忙的話根本無法辦到。

誰的幫助？你嗎？

他沒有直接回答。這是什麼東西？

她螢幕上的滑鼠箭頭點開了一個她以前沒見過，標示著「私人」的檔案。裡面有個標題為Rita.mpg的影片。

應該是丹尼爾創造的檔案吧。凱蒂很快打道：我不想讓你找到那個檔案，別動它行嗎？

也許不會，也許會。

她看著滑鼠箭頭在影片上點兩下，一個視窗出現了。

下載影片。

如果你肯穿那件浴袍，也許我就不必看這部影片了。

爲什麼我無法相信你的話？

下載進度往100%推進，不知空靈何時會發現這比真正的影片下載時間長很多。一則新聞更新了。

米雅影片線上直播。

空靈立即點進去。

影片承續先前的模式，一開始便是字幕：

抵牆站立：犯人裸身站在離牆約一到一點五公尺處，雙腳分開與肩同寬，手臂前伸，以手指支撐體重，且不許移動或重新調整手腳位置。

此時出現姿勢完全一樣的米雅，鏡頭繼續維持了六、七秒鐘。

抵牆站立通常無法持久，因為肌肉疲乏，致使犯人在經過一段時間後，便無法維持姿勢。

影片未經切斷或剪輯，令人看了非常不忍。米雅顯然已經快忍受不住了，她身邊站了一個人——看起來像戴小丑面具的傢伙，但攝影機並未照出他的臉或腳。

米雅跌倒時，男子用手背痛擊她的腹部。

審訊者十指緊閉，全力伸直，手掌朝向自己的身體，以手肘為固定支點，拍擊囚犯腹部。此舉目的不在造成劇痛，而在於驚嚇及警告犯人。

所謂拍擊不會痛的說法，立即被米雅的表情推翻了。男子將她拉站起來時，米雅的臉部痛到扭曲。接著整個動作再重複一遍，然後影像才終於切斷。

明天待續。

屌，空靈寫道。他跳到另一個報告網路資料的網站，旁邊有個選項寫著「目前最夯的十個網站」，嘉年華排名第三，僅次於谷歌與臉書。

凱蒂盯著下載欄，丹尼爾的檔案現已完全載入空靈的電腦裡了，她探向自己的筆電，很高興能將它關掉，但就在她關機時，凱蒂僵住了。

空靈將快速瀏覽的照片停格在一張她父母幫她拍的照片上，凱蒂那天榮任上尉，照片裡的她穿著憲警的制服。

那衣服看起來不像禮服，你這個賤貨。

56

皮歐拉安排在旅館大廳跟安娜見面，他們在一間皮歐拉覺得有點時髦過頭的酒吧裡喝開胃酒，然後步行到餐廳。餐廳就在台伯河中央一座小島上，須從橋邊的一排階梯走下去。餐廳可看見北邊一座年代久遠的古橋，城市的中央是平靜綠洲。

菜單上許多菜色皮歐拉都不熟——羅馬烹飪的地域性比威尼斯更強——皮歐拉請安娜給建議。她帶皮歐拉看開胃菜，有炸朝鮮薊，這是羅馬猶太區的特色菜，以及新鮮蠶豆混羊起司屑，接著是第一道菜，必須是肉，尤其是下水。羅馬菜一向以下水為變化基礎，安娜告訴他，據說是因為當時城中有太多紅衣主教、貴族和朝臣，輪到老百姓時，只剩下第五肢，也就是內臟可以吃了。皮歐拉興味盎然地看著菜單上的菜，如燉脾臟、腦、炸心、肺及食道，甚至是牛乳房。所有菜色這年頭別的地方都找不到了，但羅馬人仍吃得津津有味。

在安娜的建議下——事實上是命令——皮歐拉點了管麵加水煮粉腸，由於時值春季，所以又點了羔羊加鯷魚。他試著在點酒時發揮一些影響力，因為皮歐拉覺得拉齊奧區（Lazio）的酒遠遜於威尼托，但安娜直接請侍者幫他們送紅酒來。這一餐菜色就這樣了。

這酒其實挺不錯，皮歐拉邊吃朝鮮薊邊想。這朝鮮薊是先貼平成玫瑰狀後，才下去炸的。葡萄酒有些嗆，且有種淡淡的清草味，不過搭配這些味道濃烈的當地菜非常適合，羅馬人幾千年都這麼吃。

他們東拉西扯地聊著，等吃到第二道菜時，才拉回調查的話題。

皮歐拉說：「我們之前談到P2，你是否認為P2是犯罪組織在經營的？」

她想了一會兒。「呃，P2確實很有組織，也犯了罪，但即使P2有黑手黨撐腰，我也不認為黑手黨有那種本事跟資源去策劃如此複雜的案子。所以，讓我用另一種方式提問吧，黑手黨的背後是誰？」

皮歐拉覺得這個問題說不通。「沒有人，他們就是罪犯。」

「上校，身為史學家，我要找的是模式。例如，從一九〇〇年至一九四五年，義大利的黑手黨全部銷聲匿跡了，你知道是誰把黑手黨帶回來的嗎？」

皮歐拉搖搖頭。

「是美國人在戰時帶回來的。當時美國打算入侵義大利南部，他們跑去找一位獄中黑幫老大維多‧吉諾維斯（Vito Genovese），要他協助。條件是黑手黨幫美國趕走法西斯黨，便由他們管理被解放的城鎮村莊，這跟五十年後，CIA給塔利班武器，去對抗阿富汗的俄軍的手法差不多。」

皮歐拉皺皺眉。「就算是真的，我還是不懂這跟麥基洗德修會有何關係。」

「暫先說是一種有趣的關連吧，美國人……」她拿起一只玻璃杯，「會跟黑手黨談話。」她把杯子放到酒瓶旁邊，接著說：「還有另一個問題，美國人最初爲什麼選擇入侵義大利，而不是法國或希臘？」

皮歐拉回想跟崔瓦撒諾教授談話時，議及此事的答案。「部分原因是為了抵抗俄羅斯，確保鐵幕不會超過南斯拉夫，同時也為了避免教宗淪陷在共產國家裡。」

她歪著頭說：「所以現在我們有另一種可能的關連——美國人與教會之間的關係。」她拿起胡椒罐，放到玻璃杯與酒瓶旁。「下一個會是什麼？噢，軍隊。」她拿起一把刀，「早在戰爭結束之前，盟軍總司令便對我們的武裝部隊下達命令了，後來盟軍變成北大西洋公約組織，但關係猶在。」她把刀子放到其他幾樣物件旁，然後拿起叉子。「可是政客就不會那麼直接了，對吧？尤其是義大利北方成千上萬的小鎮村莊，都把共黨游擊隊當成英雄……戰爭結束後，尤其是一九四八年的選舉，義大利看似就要投票變成共產黨治國了。」

「結果呢？」

「結果美國人無法接受，萬一義大利被共黨執政，便會破壞美國對戰後歐洲的全盤布局。更糟的是，會對所有地方的選舉造成骨牌效應。」她定定看著皮歐拉，「這裡有件有趣的事實，上校，美國新成立的國家安全會議（National Security Council），最早給ＣＩＡ的四項方針，都與義大利相關。例如，四項方針指示ＣＩＡ以任何可能的手段，阻撓義大利共產黨選舉成功。換言之，要不擇手段，不計是否合法地破壞一個主權國家的民主程序。」

皮歐拉看著她，安娜輕描淡寫地跟他訴說這些驚濤駭浪之事，彷彿它們是已被接受的事實。「那ＣＩＡ怎麼做？」

「他們使出各種方法，但最有效的手法之一，就是在共產黨之外，創造一個中間偏左派的新團體，與社會主義人士及教會結盟。」她重新安排胡椒罐，把罐子放到叉子旁。「天主教民主黨。」

「天主教民主黨是ＣＩＡ創造出來的？」他愕然道。

安娜平靜地點點頭。「美方花了好幾百萬元的資金，我想，他們的其他友人，就是這樣被拉進來的。」她指指酒瓶與刀子。

「有證據嗎？」皮歐拉突然起疑地問。

「CIA一向把這件事當成祕密行動來辦，證據是有，但無法完全展現出我國在那些年裡的腐敗程度，我一直在努力蒐集更多證據。」

如果她研究的是這類事務，皮歐拉現在能理解安娜．曼菲林為何對自身的安全如此小心翼翼了。「那麼崔瓦撒諾教授呢？他打算把這一切放進他的著作裡嗎？」

安娜點點頭。「有一群學者和研究員，組成一個非正式團體，一起合作蒐集，我們半開玩笑地自稱是『反抗軍』。」

「你原本要告訴我，麥基洗德修會在這裡的角色。」

她將身子靠向桌前，「你若去查一下修會的資產所有人，例如修會漂亮的宮殿，便會發現一九四七年之前，有些財產屬於另一個完全不同的組織，組織名稱叫美義文化交流協會。」

「另一種障眼法嗎？」

「不是的話我頭給你。」

「換句話說，」皮歐拉試著把事情理清，「你認為P2不是CIA在義大利唯一資助的組織，還有其他的團體，而麥基洗德修會即為其一。」

「是的，那就是我的立論點，不過我們談到CIA時，應該更謹慎些。我可以想像總部的高層們從不清楚明確的細節，既然把指示丟給底下的人了，剩下的便交給他們去辦了。」

「那麼麥基洗德修會的古老聖骨匣呢？所謂的施洗者約翰之舌？你也認為是假的？」

安娜聳聳肩。「請定義何謂『假的』，上校。施洗者約翰的頭，至少有四顆散置在義大利各處，我可以想像修會的那塊寶舌，八成來自某間破舊的梵蒂岡老店，以增添其真實性。噢，還有他們可以藉此擁有一間非常牢固的房間，那些資金總得找個地方藏吧。」

「我跟馬可·康特諾談過，他對修會團的熱情似乎極為真誠。」

「這我相信。人們就是喜愛這種削尖頭才能進去的社團，不是嗎？那種神祕性、位階與層級、矯飾、與教會高層的來往。奇怪的是，我注意到有些人權力越大，就越受權力更高的專屬俱樂部吸引。」

皮歐拉說：「好吧，假設你說得對，但這跟我那名失蹤的游擊隊員有何關係？」

安娜喝了一大口酒後才回答，皮歐拉發現他們已經快喝光一瓶酒了。

「我說過，我現在的研究重點是CIA如何暗中破壞義大利戰後的選舉，這類證據向來難尋，尤其是梵蒂岡官方要七十五年後，才會釋出檔案文件，不過最近他們開了越來越多的例外。新來的教宗祕書桑迪尼接掌梵蒂岡新聞處後，放消息說打算開始提前釋出卷宗，看來我們第一次有機會拿到某些原始資料了。」

「我怎麼覺得還有個『但是』沒說。」

「事情在過去幾週出現了逆轉——幾乎可算是恐慌性逆轉。原本的七十五年規定更加嚴格執行，擁有祕密檔案通行證的研究員，證件都遭到取消，還設置了新的安全程序。不止如此，他們如火如荼地把僧侶召來整理未分類的文件，將一箱箱的卷宗帶到會議室裡由桑迪尼親自檢查。」她遲疑道：「昨天我看到一名守衛拿著文件碎紙機的包裝袋。」

皮歐拉感到困惑。「你知道為什麼會這樣嗎？」

「不知道。無論原因是什麼，總之他們在按年代順序做分類，所以一定包含我研究的時期。」

皮歐拉心事重重地點著頭。「但此事也有可能跟我們剛才討論的完全無關。」

「當然，反正很可惜，我原本希望能透過卷宗，查出失蹤的游擊隊員。」

「你想找人，得有個名字吧。」

「我知道他的名字。」安娜靜靜地說道：「克里斯汀一把照片寄給我，我就認出他了。是山多．拉瑟洛。」

名字聽起來很熟，但皮歐拉無法立即想起。

安娜又說：「他是天主教民主黨最早的成員之一。威尼托的代理人，當年兼了許多政府職銜。」

皮歐拉想起來了，是一名老老的，看來不甚起眼的政客，總是在朱利奧．安德洛帝總理之流的重要人物旁邊，扮演次要角色；後來被判長期與黑手黨掛勾。喬瓦尼．哥利亞（Giovanni Goria）則因被訴貪污辭職下台，終結了天主教民主黨近四十年，連續統治義大利的領袖鏈。他很難將童年記憶中的那名胖禿子，跟照片裡這位咧嘴而笑的輕瘦男子聯想在一起。

皮歐拉靠坐著思索。「所以拉瑟洛原本是共黨游擊隊，但戰後傾向政治核心靠攏？且可能撈到那些CIA計畫資金的油水？」

「有可能。但他的情況也許相反，說不定他若對邁可斯．哲曼帝同志的死保持緘默，便能擔任高官，成為麥基洗德的一員。」

皮歐拉考慮了一下。「好像有道理，但你要如何證明？」

「像任何史學家一樣，從歷史遺留給我們的所有資料裡去蒐證。」她突然面露淒色，「因此梵蒂岡可能把文件絞成碎紙，才會令人如此生氣。對史學家而言，那些少數存留的原始資料，就像日益縮小的雨林或瀕臨滅絕的物種，即使僅毀掉一件，都是歷史的罪人。」

「他們也許還沒做到那個地步。」

「也許吧，無論究竟是為了什麼，反正已嚴重到必須除去艾沙和克里斯汀了。」

皮歐拉好奇地問：「我跟你一樣，也懷疑你的朋友遭人下毒手。告訴我，你有任何理由，可以懷疑官方的說法——他是因一時激動殺了她，而後舉槍自盡的嗎？」

安娜聳聳肩。「他們倆根本不是那種關係，他們是老友——我們在大學是同一個社團。朋友偶爾會同枕而眠，但都是出於感情與友誼，而非激情，很文明式的好聚好散。他會因為她要分手而殺害她，這種想法太可笑了。」

皮歐拉點點頭，侍者自發地為他們送上兩小杯格拉巴酒。

「謝謝你今晚賞光，夫人。今晚很愉快，也學到很多。」他說。

「拜託，我寧可你喊我安娜。」她頓了一下，「還有，事實上是『小姐』。」她揮手要他別道歉。「沒關係，人一到三十，別人自然會那樣以為，無所謂。」

「那我就叫你安娜吧，還有拜託，請叫我阿爾多。」

她拿起自己的杯子，若有所思地轉著這無色的酒飲，然後對著酒杯說：「我們會一起睡嗎，阿爾多？」

他沒想到會這樣，也就是說，他覺得安娜很迷人，但兩人的談話十分嚴肅，不帶調情成分，而且他不認為自己有表露太多情緒，因此絕未想到兩人互有好感。

「老實說，我很高興能有你作伴。」

「文明式的好聚好散嗎？」

「沒錯。」

他遲疑了一下，安娜都看在眼底。

「算了，當我沒問。」她很快地說，試著玩笑帶過，「皮歐拉太太真是好福氣。」

「她並不那麼認為。」皮歐拉表示。

他的眼神必是洩露出心中的痛了，因為安娜說：「很遺憾，我無意介入。」

她站起來，皮歐拉跟著起身，他渾身每條神經都在懊悔沒當場接受她的提議，但他知道若是接受了，只會更後悔。

57

空靈一發現她真實的身分，凱蒂便即刻關掉筆電。為了保險起見，她還蓋上蓋子，把機子倒過來，摘出電池。接著她誠惶誠恐地繞著擺在床上的筆電走一圈，彷彿裡頭有個關著壞精靈的魔術盒。

她的手機在震動，荷莉寄來簡訊。凱蒂，發生什麼事了？

她回信，什麼意思？

你最好去看一下臉書。

凱蒂驚駭地用手機登入臉書，她的動態時報上顯示她剛舉辦一場活動。

凱蒂・塔波邀請一百九十八人，今日到斯塔基希爾頓飯店六九六房參加換伴派對。

頁面上有張粗粒子的小照片——是她和雷凱多的照片。媽的。她按下「回收」，然後「刪除」。

凱蒂・塔波剛取消活動。

她的電話響了，來電號碼並不認識。一個客氣的聲音緩緩表示：「晚安，我是卡納雷吉歐區的帕瓦內羅葬儀社，謹致上我最深的哀思……」

「哀什麼思？」她打斷對方問。

「您的雙胞姊妹莉塔・塔波不幸去世了，是嗎？有人請我們為您做安排。」

「那是個愚蠢的惡作劇。」她按「掛斷」，重上臉書，結果竟被轉到別處。

願凱蒂・塔波之靈安眠……

空靈把她的個人臉書變成一篇悼文了。

失去婚外情留言板最活躍的會員，真無法以言語盡述我們的悲慟。凱蒂是憲警隊上尉，於公於私都熱愛派對。請點此處，共享你對凱蒂的回憶。

第一段是空靈寫的評論。

咱們開罵吧，凱蒂上尉可不是最厲害的，事實上，就算在憲警裡，她也是響噹噹得蠢。她同事還記得有次看到她盯著柳橙汁的盒子，你問她怎麼回事，她竟答：「上面寫說要『專心』27。」

下屬對她反應，檔案庫中已沒有空間了，她便允許下屬丟掉所有舊文件，不過要先拷貝。

「這下可好。」凱蒂嘀咕噥著，她在閱讀這些無聊笑話時，空靈並未閒著，她的手機震動，銀行傳簡訊來了：由於疑似有詐騙行為，您的帳戶已暫停使用。

她心情一沉，檢查自己的電郵，果然也被駭了。空靈不僅挖出她在婚外情留言板的帳號，還把所有內容設成「公開」，有六男兩女已經寄信給她，要跟她約會了。

收件匣裡最後一封信是從 noreply@ethereal.com 寄來的。

玩得開心嗎？

凱蒂心想，她實在無須再擔心筆電的事了——反正空靈已經取得所有他想要的東西了。凱蒂把電池裝回去，開機後直接進嘉年華。她只花了幾分鐘，便找到市集附近的酒吧，雖然她發現平日十分順暢的嘉年華介面，似乎有些閃動慢速。

進入酒吧後，她大步走向戴了普琴納拉面具的化身。

搞屁啊？

抱歉，普琴納拉三七九正在睡覺，馬上回來。

我不信。

哈！普琴納拉醒來四下環視，噢，原來是你，有什麼問題嗎？

別來煩我。她憤怒地打著字，她剛才說什麼來著了？噢，對了——如果用大寫，就表示在咆哮。別來煩我，大變態。

不然咧？那化身問，你想拿手銬銬我嗎？

你現在的行爲是犯罪，涉及竊資、濫用資料、騷擾……凱蒂打到一半便停住了，她只是在空打。

相信我，上尉，我還有更刺激的事要做，螢幕恢復正常後他答說，不過好啦，我會停止。

你會嗎？

是的，如果你能跟我網路約會。這邊後面房間有個不錯的視訊聊天功能，穿不穿衣服隨你。

你是在開玩笑吧。

我一向都在開玩笑，不過有件事我非常在乎，你想騙我，眞的很不明智。

空靈旁邊突然出現另一個聲音：（凱蒂，他說是騙他，而不是說駭他，這倒有意思，那表示他還不知道丹尼爾在他的機子裡放了惡意程式。）

（你是誰？）

27 concentrate，也有「濃縮」之意。

（卓拉，你不是用管理者的身分登入的，所以看不到我，他當然也看不見了。重點是，我覺得他可能因爲忙著整你，沒注意到丹尼爾的木馬程式，你在無意中創造了最佳的後門。）

如何？空靈逼問道，咱們說好了嗎？準備來點網路派對了嗎，凱蒂．塔波？

她的筆電發出咻咻的鬧聲，凱蒂垂眼一看，CD匣彈出又縮回，象徵意味甚濃。

（繼續跟他聊，我要從這端進木馬程式，看我們是否已連結到他的硬碟，也許要花幾分鐘——我從不知道嘉年華會這麼慢。）

也許吧，凱蒂打道，把注意力調回空靈的威脅上。如果你開始有點紳士風度的話。

嗯，我不確定我明白那是啥意思。

不讓我看你的臉很沒禮貌，這是其一，因爲你可以看到我的。

筆電螢幕上開了兩個視窗，其中一個是網路攝影機裡，凱蒂自己的臉，另一個是十七歲左右的清瘦少年，此人皮膚蒼白，留紅色短髮，戴著厚重的眼鏡，T恤上用古斯拉夫語寫著一句標語。

這樣好一點了嗎？他問。

好多了。凱蒂騙他。

（凱蒂，還要再幾分鐘，）卓拉寫道，（我已經連結上去了，現在得傳輸他的資料檔。）

所以要怎麼約會法，空靈？老實講，我對網路約會很陌生。

首先，你先讓自己更自在點。

你是指找個墊子之類的嗎？

哈哈哈，非也，我是指把衣服脫掉。

她繼續努力擠笑，你先請。

螢幕上的空靈脫掉T恤，露出瘦薄無毛的胸膛。換你了。

凱蒂盡可能緩慢地解開上衣釦子，她的上衣底下穿了從 Superboom 買來的黑胸罩。

（三十秒。）卓拉插進來說。

還有剩下的衣服，空靈急躁地打著。

才不要，現在換你了，記得吧？

螢幕上只見空靈站起來，剝掉自己的牛仔褲。

嘿，你眞的很會把馬子耶，空靈。

換你了，還是要我來抓你？

我的螢幕老是跑不動，連線好像有點問題。

是這個爛網站的關係，據說嘉年華兩小時前又被關掉一個鏡站了。別擔心，那掃不了我們的興。

那你先閉上眼睛，等數到十再張開。

（完成了。）卓拉說。

（謝天謝地，你有辦法讓咱們兩人離開這裡嗎？）

（當然。）

再見，變態。

片刻之後，凱蒂回到虛擬的巴柏宮裡，卓拉已現身在她旁邊了。

除。

不到一小時，在卓拉協助下，凱蒂已關閉她的臉書、Gmail帳號，並發簡訊給所有朋友，解釋她被駭了。凱蒂按卓拉的建議，說明駭客散布了一些修過圖的照片，宣稱就是她，請收到圖片的人立即將照片刪除。

✣ ✣ ✣

她知道這只會讓尚未看過照片的人好奇心大增，但至少能給她一點否認的機會。

這期間卓拉一直在過濾從駭客筆電下載的資料。

跟我們預料的一樣，卓拉說，他是俄羅斯人，事實上，他的技巧不算差——是個腳本小子，不算駭客，他對不懂的技巧，會花功夫去解析，而不是去買OTS檔案。

我完全不懂你在說什麼，凱蒂老實講。

基本上就是，他並不是他自稱的駭客大師，只是個聰明小鬼，喜歡用別人的程式過過癮罷了，我在想……

卓拉停了好久，等終於回來時，她打道，有意思，看起來綁匪並未直接聯繫空靈，還有個中間人，是另一名駭客。這名字你大概不知道，但我們很熟悉，叫莫賽伯。

他是誰？

丹尼爾以前的同事。我不知道他們有沒有見過面，不過嘉年華還未創立前，他們曾聯手駭過數次。後來丹尼爾玩膩了，開始打造嘉年華，莫賽伯便是最初少數幾位參與編碼的人。後來他們鬧翻了。莫賽伯和其他駭客希望嘉年華能成爲駭客祕密集會地，但丹尼爾只把它打造好，看看會如何。

我猜莫賽伯把替綁匪工作，當成扳倒嘉年華的機會，他對嘉年華程式有一定了解，可以弄得像能駭入整個網站。

如果是爲了打亂嘉年華，他做得還挺成功的，凱蒂寫道。她跟卓拉對話時，螢幕停格的時間越來越頻繁了。

空靈說得沒錯，我們只剩下最後一個伺服器了，萬一也被國家電腦犯罪中心找到，我們就得下線了、不過也許不必等到那時，如果觀眾人數再增加，我們就會被網路流量擠垮了。

所以現在我們得跟佩帝尼莉探長賽跑了，凱蒂半開玩笑地說。

是的，祝好運。

凱蒂心想，一場不可能的賽跑。加上嘉年華速度又受到延宕，佩帝尼莉探長雖可能被誤導，但她很清楚目標在哪裡；而凱蒂和憲警隊其他人，則仍在死命掙扎地亂抓稻草，希望有所突破。

58

夜晚非常漫長，非常寒冷。雖然綁匪給她毯子了，米雅還是止不住發顫。

她試著請小丑給她多些毯子。「想要的話，去拿古爾·拉曼的。」他答說。

「太好了，謝謝你。誰是古爾·拉曼？」

「一名阿富汗囚犯，關在叫『鹽坑』的CIA監獄裡，CIA官員下令脫光他的衣服，把他鍊到水泥地上，丟他在那兒過夜後，他就凍死了。」

「所以答案就是『不行』了。」她喃喃說。

米雅無法把小丑趕出去。即使她確定那真的是他，而不是口哨男，但小丑對待她的方式相當陰晴不定。

她一直在猜他是不是同性戀。一開始，這似乎很能解釋他為何不像包達男那樣想觸摸她。米雅知道自己擅於洞悉別人的性取向。例如，她猜中凱文．圖曼是同性戀，即使他成功地瞞過部隊的耳目。可是小丑感覺上更複雜，讓她摸不透。小丑叫她脫衣時，即使還留著內衣，他都不太敢看她，彷彿怕看了會有什麼後果。

小丑若是年紀輕些，她還會猜他是不是處子，但他那種年紀了，問題應該不在那裡。

米雅嘆口氣。她記得讀過斯德哥爾摩症候群，人質會逐漸認同他們的加害者。米雅心想，自己千萬得小心，別把自己的情緒投射到小丑那張面具上，他實在不值得她浪費這麼多心神。

直到很後來，米雅終於快睡著時，腦中才具體地蹦出一個念頭，讓她突然坐了起來。

她讀到斯德哥爾摩症候群時，還念到相對的症狀：利馬症候群[28]，綁匪對受害者產生強烈的情感。此症得名於某次圍攻後，劫持人質的歹徒因同情人質，而安然釋放他們的事件。

釋放他們……

她努力回想更多細節，利馬症候群，始於形單影隻的歹徒，發現人質與他有共通的世界觀。

她還記得讀過，個人在選擇嘉年華面具時，雖能遮掩其身分，卻也揭示出更重要的事：個人的性格。小丑男選擇哭泣的小丑面具，表達了什麼？有時米雅會從他身上感到一絲憂鬱，有時他似乎又充滿恨意，鐵石心腸。如果他的內心有裂痕，會是什麼原因造成的？

利馬症候群，米雅在心中反覆思索這幾個字，感覺越來越亢奮。

終究還是能找到脱逃的辦法吧？

59

荷莉坐在埃德里旅館酒吧裡喝開胃酒。她很少獨自喝酒，但那天晚上，她從山區回來後去看了艾斯頓夫婦。這對父母顯然飽受壓力的折磨，少校身形委頓，面色憔悴，往杯子裡注水時，手還不住地發顫。

聽完荷莉報告的最新狀況後，他問：「我能做什麼？我如何才能說服他們，不要對她做那些事？」

荷莉柔聲說：「長官，你無能為力。但我們還是很有信心，憲警一定會找到她。」

「祢努力做正確的事，卻沒人肯聽。」他抬眼望著天花板，「祢不聽，沒有任何人要聽。」荷莉過了一會兒才明白艾斯頓是在跟上帝說話，而不是跟她。

荷莉說：「長官，我今天去看喬伊．尼可斯了。」

他眼神一轉，看著她。「尼可斯是個軍人，是好人。」

「他說上次你去看他，似乎在生什麼氣。」

「我有嗎？」他搖搖頭，彷彿想拋開回憶。

「你能告訴我是什麼事嗎？」

28 利馬症候群（Lima Syndrome）：一九九六年，祕魯的利馬日本大使館數百人遭劫持後幾小時，歹徒因心生同情，釋放大部分人質。

他注視荷莉良久，荷莉覺得他似乎完全置身於另一個時空。接著艾斯頓的眼神重新聚焦，回神對她說：「噢，是削減預算的事，官僚得很，以前我很在乎，現在卻覺得好無聊。」

「有沒有什麼……」荷莉小心翼翼地追問：「也就是說，有沒有想到任何米雅會被挑上的理由？他們為何要擄走她，而不是其他軍官的女兒？」

艾斯頓再次瞪著荷莉，陷落在自己的煉獄裡。

「長官？」她輕聲問。

艾斯頓僅是無助地聳聳肩。「問祂吧，問大老闆，上帝知道，不會有人曉得了。」

荷莉喝掉開胃酒。這酒真的好淡，也許她還會再來一杯。

「嘿。」

荷莉左右看著，是她在阿夏戈遇到的，指揮天鈎部隊的那個中尉。「噢，你好。」

中尉一臉燦然，很高興能再見到荷莉。「我是比爾．寇尼，我正想點啤酒，你要不要來一杯？」

她嘆口氣說：「好啊。有何不可？」荷莉接著解釋自己為何獨自坐在這裡：「我剛去看艾斯頓少校。」

「有查到任何消息嗎？我是指從部隊裡？有任何能幫助的線索嗎？」

她搖頭說：「沒有。」

中尉坐到荷莉旁邊。「嘿，記得你問過我們，是否涉入任何具爭議性的事嗎？」

「怎麼了嗎？」她好奇心大起。

「呃，也不算具爭議性，所以你問的時候我才沒想到。不過那是件機密，不知有沒有幫助。」

「可能會有。」她小心地問：「什麼樣的機密？」

「記得我跟你說過，我們基本上像塔利班計程車，抓了壞人就把他們載回基地嗎？『塔利班計程車』是『出埃及計畫』中那些分派到運送任務的人員的說法。」

「『出埃及計畫』是什麼？」

「SAP。」

特殊指定計畫（Special access Project）。意即計畫本身的資訊，只透露所需知道的部分。

「不管那是何種計畫，反正規模挺大的。」他又說：「因為不僅有那些囚犯，那回出任務，我在返家時經過巴格拉姆，看到基地停機坪上有架環球霸王（Globemaster），正在載人準備起飛。我跑過去看了一下，以為是要順便載我和同袍回家的班機。」

荷莉點點頭，波音C17環球霸王是美國空軍最大的部隊運輸機之一。

「可是飛機載的卻是穿橘色連身服，手部受到限制活動的人，希望你明白我的意思。他們約有一百五十人，全跪排在停機坪上，由兩名我方人員看守。」

「橘色連身服。」荷莉重述道，心中飛快轉念，「像米雅一樣。」

「呃……應該沒有關連吧？」

荷莉尋思，假設他看到的是某種遷移囚犯的計畫，她還是看不出那跟米雅的綁案有何關連。「你搭的運輸機開往何處？」

「阿維亞諾空軍（Aviano）基地，很近，所以我才會以為是要載我們的。」

「接著去哪裡？」

他聳聳肩。「我們降落時，我看到那架運輸機也在停機坪上，機門開著，我猜囚犯已經被送走了，也許運到利比亞或某處的祕密監獄。是那樣的，對嗎？」

荷莉又喝了一杯啤酒，心不在焉地聽比爾．寇尼講在阿富汗的故事，一邊思索他剛才的話。

假若艾斯頓少校曾涉入某種犯人引渡計畫，無論程度多淺，但那會是他女兒被抓去做模擬引渡的原因嗎？

雖然有點道理，但荷莉越想就越覺得說不過去。首先，綁匪從未聲稱米雅與犯人引渡有關，其次，你很難找到從未涉入捕抓或運送犯人的特種部隊或情治單位。美軍便是這樣對付阿富汗叛亂的——捕捉成千上萬的嫌疑份子，一一偵訊，找出他們與塔利班有關的證據，然後一片片拼湊出敵情。比爾．寇尼描述的情況，聽起來較像監獄固定的遷移犯人作業，而非綁架。

接受綁匪所說的作案動機，其實更為合理。米雅被擒，是因為她符合他們心目中的人選。米雅是女生、上相、年輕，從軍人的標準來看，已算是成人了：是完美的美國表徵。荷莉若再胡思亂想，就是在捕風捉影了。

✣ ✣ ✣

不過荷莉因此有了回去找卡弗的藉口，她可以直接問他出埃及計畫是怎麼回事，再次給他機會，解釋馬贊提的報告怎會與綁案如此的吻合。

荷莉謝過寇尼招待她喝啤酒後，朝參謀本部走去。裡頭果然還是很忙，她正要進去時，看見卡弗跟另一名男子在附近散步。卡弗抽著雪茄，荷莉發現另一名男子就是艾斯頓少校。那更好，她可以跟他們兩人一起談談。

卡弗說著從口袋掏出另一根雪茄。「你應該來一根，慶祝令嬡安全歸來。」

米雅找到了！「長官，她回來了嗎？」荷莉急切地踏向前問。

卡弗轉身看到荷莉，當即皺眉。「誰回來了，少尉？」

「米雅呀，我剛以為您說……」荷莉困惑地住了嘴。

卡弗冷冷地說：「你剛才偷聽的是私人談話，不過為了讓你搞清楚，我剛才給艾斯頓少校雪茄，是為了等他女兒安全回到他身邊後，拿來慶祝用的，我相信米雅一定能回來。」他回頭看著艾斯頓少校，荷莉聽到他低聲咕噥：「金髮腦殘。」

「對不起，長官。」荷莉惱死了自己的失誤，「我聽錯了，我不是有意要……」可是卡弗已經走了，一邊體貼地攬著少校的肩，一邊繼續說些鼓勵的話。

第五天

60

米雅天未破曉前早已醒來，籌思著該如何對小丑施展新的策略。

她知道小丑喜歡說教，不喜歡受到挑戰，因此便學乖了，不再頂撞他。

他之前說過，他需要說服的人不是她，但他若開始相信他就是在說服她呢？那樣能否創造出她所需要的情誼？

米雅先假裝贊同他扭曲的現實觀，然後再隨機應變。

米雅終於聽到門鍊的解開聲了。小丑每天早上會幫她送營養飲料，然後叫她站到磅秤上量體重。可是今天他帶來了好料，一罐可樂和一包花生醬巧克力。

米雅打開可樂，故作輕鬆地說：「我真的很想了解你為什麼要這樣做。我是指你個人。」

「那不關你的事。」

「還是有關吧。」她指指牢房，「因為我被關到這裡了。」

他遲疑了一下。「好吧，我想你有權知道。兩年前我在中東工作，那是在我……在我個人生活發生一些變化後，我想為窮人服務。不過蓋達組織在那個國家相當活躍，因此ＣＩＡ便派無人飛機轟炸所謂的恐怖份子。」

她點點頭。「請繼續說。」

「我有個朋友叫胡珊．瑟拉，跟我在同一個國際慈善組織工作。當時胡珊的太太懷第五個孩子了。總之，他到一個極貧地區分派食物時，目睹一架無人飛機攻擊一間民房，便跑去幫助倖存者。」小丑頓了一下，「但他並不知道CIA近期剛採用『二次攻擊』的政策，也就是在發射第一枚飛彈不久後，會對同一定點再發射另一枚飛彈。」

「他們為什麼要那樣做？」米雅不解地問。

「以確定殺盡所有人，並嚇阻他人去幫助傷患。胡珊當場喪命，慈善組織提出正式申訴，結果你知道美國人怎麼回應嗎？」

米雅搖搖頭。

「他們說：『攻擊區所有從軍年齡的男性，都被美國視為戰鬥人員，除非有明確情資能在其死後證明他們的無辜。』」

「但那豈不是……」

「沒錯，等他們判定你無罪時，已經太遲了。順便一提，當時歐巴馬總統還矢口否認有無人飛機計畫。」

「太可怕了。」米雅真心表示。

小丑點點頭。「當我回國，發現美國在維琴察外圍蓋新基地時，便加入抗議了。不過我很快發現大家被騙了，他們以為有足夠的人投票反對，美國人就會收拾行囊離開。我太清楚狀況了。」

「所以你才決定綁架我。」

「沒那麼單純。不過我逐漸明白，好人若被自己的原則束縛住，那些原則就會變成道德陷阱，是魔鬼設來削弱敵人用的。」

米雅打開花生醬巧克力。「要不要吃一個？」

他猶豫了一下。「我們已經給你很少食物了。」

「沒關係，吃吧。」

「我從沒吃過花生醬巧克力。」他拆開紙包往嘴裡送，但糖果沒法從面具的開口塞進去。

「我會轉開頭。」米雅扭頭說。

等她回頭時，小丑正在咀嚼。他訝異地說：「滿好吃的。真希望我跟你說話時，不用戴這面具，米雅。」

「面具有它的好處。」

「我想不出半點好處。」

「如果你對戴面具的人產生感情……覺得跟他們有真正的情誼……那絕不會是因為他們的外貌，而是因為他們的本質。」她說。

一時間，米雅覺得自己好像說得有些過頭了。

但那面具卻點著頭。「米雅，你能說這話，表示你是個很正面的人，即使在這種情況下。」

「我一向很正面。」她說。

利馬症候群。

✣　✣　✣

事後回想兩人的對話，許多事令米雅深思。小丑已相信她開始同意他的觀點了，但部分原因是，她真的開始理解了。小丑當然是錯的，且完全受了誤導，但他朋友的故事，至少解釋小丑何以對美國如此憤慨。

不知道小丑說的「個人生活的改變」指的是什麼。離婚嗎？但聽他的語氣似乎更嚴重，還奇怪地說他想為窮人服務。

還有什麼魔鬼之類的，怎麼會殺出那句話？

米雅突然懂了。

他是神父。

或當過神父。所謂的改變，可能就是指那一點。是了，這樣就說得通了：神學式的用語；面對性的尷尬；道德的堅守；與綁匪如此格格不入的小溫柔。

他是個神父。但不知該如何善加利用這一點，因為這非常重要。

米雅在來來回回踱步半天後才想到，她一直忙於思考新戰略，以至忘了問小丑，今天為何如此開恩，特別在早餐時送了花生醬巧克力來。

61

凱蒂逼自己若無其事地走進指揮中心，她知道眾人的目光從左右射來，但她竟毫不掛意。

被別人排擠成這樣的結果，就是臉皮練厚了。所有同事雖然都看到她騎在陌生人身上的照片了，但並不是什麼世界末日。

反正凱蒂是這麼跟自己說的。

凱蒂忙著查看昨夜的證據紀錄，目前已有超過上千通電話了，理論上每一通都得追蹤。

「又有一部影片了。」有人喊道，語氣並不訝異。現在已變得像例行公事了：綁匪一早便釋出預告片，讓人開始期待後來要放的主要片子。

接著傳出：「噢，天哪。」

凱蒂跟所有人一樣地抬起眼。

今早的影片不是米雅，而是一間大牢房——另一端掛著床單充當的橫幅標語。

小丑跟共犯包達男搬來像板凳或輪床的東西。兩人把東西放下後，便能看清那東西被改造過，變得一邊高一邊低，釘在木頭上的皮帶，顯然是用來綁人的。

他們在板凳上放了兩條仔細疊好的毛巾，接著是一個紅色塑膠水罐。

字幕出現了。

水刑不是刑求。

今晚九點鐘，她不會受到刑求。

指揮中心先是陷入死寂，接著每個人喉嚨裡都發出聲音——像低聲的倒吸氣。大家集體發出哀號，知道憲警若沒能找到米雅，就是會發生這種事。

現在他們失敗了，所以都是他們的責任。

綁匪彷彿為了強調這次的威脅不同於以往，影片結尾並非一片空白，而是一副咧嘴而笑的嘉年華面具，和一分一秒倒數播出時間的計時器。大家幾乎立即意識到，同樣的倒數器，也被貼到網路上了——至少國家電腦犯罪中心的首頁、威尼托議會、埃德里基地等，所有被駭的網站上都有了。

「有人檢查過我們自己的網站嗎？」瑟托問，原本喧鬧的指揮中心突然一靜。

有人把憲警網站放到螢幕上，網頁也出現了咧嘴面具和計時器。

根據計時器上的顯示，他們只剩不到十二個小時了。

我們不僅從這裡看出憲警的無能。

法里西在部落格裡痛罵。

更看見義大利退回到「鉛年代」的黑暗時代：一個無力了解、找出國家弊病的年代。義大利受到了試煉，結果卻發現義大利積弊過深。

我們該怎麼做？很簡單，我們的政府當然不能與恐怖份子協商；因此只得屈從他們的要求。然而，比義大利政府更加聰明靈活的政府，必定會為了和平的過程，而主動展開對話，這是非常不同的作法。美國不就與塔利班對話過嗎？難道我們的政府不能有類似的作為？

凱蒂告訴從羅馬回來的皮歐拉：「嘉年華的人數衝到史上最高點，今天早上綁匪剛宣布完，嘉年華就當機了。用戶看到的不是『登入嘉年華』，而是讀到『由於使用量過大，目前網頁無法使用』。」

「有沒有任何新線索？」

「沒有，瑟托叫我們比較禁飛名單跟極左人士的名單，諸如此類的……換句話說，他叫我們在海底撈針。」

「你有更好的點子嗎，上尉？」

「只有一個，而且挺走險。我打算再試丹尼爾．巴柏最後一次。」

✣ ✣ ✣

她發現丹尼爾的情況比上回更糟，他的眼眶因疲憊而凹陷得厲害，一開始凱蒂還以為他跟人幹架而受傷瘀青了。而且除了慣性眨眼外，丹尼爾身上還伴隨諸多神經性痙攣。

「丹尼爾，駭客的事被你料中了，可惜那還是無法幫我們找到米雅。你一定得再給我更多線索去查，即使必須供出機密的資料。」她焦急地說。

丹尼爾垂眼看著手裡的紙張，紙因不斷拆疊而皺得厲害。此時丹尼爾攤開紙放到桌上。

「那是什麼？」凱蒂問。

「一個公式。」

寫在紙上的公式如下：

$K: = \{(i, x)$

「是荷莉給我的，是我們在……碰面時給的，這是圖靈的悖論，我在這裡花了很多時間思索。」

「所以呢？」她不耐煩地想把他拉回主題。

「這跟集合有關。」丹尼爾發現凱蒂沒聽懂。「有個很有名的例子，有位理髮師幫村子裡每個人刮鬍子，但不刮自己的。那麼問題來了：理髮師會刮自己的鬍子嗎？就邏輯而言，他不會，因為那就表示他不屬於村民的團體，而屬於另一個會自己刮鬍子的群組。不過他若不刮自己的鬍子，那麼他也非刮不可，因為現在他屬於一定要刮鬍子的群組了。大部分邏輯問題轉換成數學都不會有問題，但這個方程式卻只能不停地追繞：變成一個不包括自己的，所有集合的集合。」

他伸手要了筆，寫下：

假設 $R = \{x \mid x \notin x\}$，然後是 $R \quad R \Leftrightarrow R \quad R$

「艾倫．圖靈發現這對他的圖靈機——也就是電腦——會是個大問題。如果你命令電腦執行任何沒有定論的任務，便等於要求電腦去計算結果無限大的題目；最後電腦會傾所有運算能力去計算不可能的結果，而終至停擺，因此所有電腦程式內部都會設一個代替方案，避開所謂的停擺問題。

「這合理地證實了邏輯只是一項工具——一個有用，但會犯錯的看待世界的方式，而非放諸四海皆準。事實上，若想繼續使用邏輯，連數學家也得找到權宜的方式，例如邏輯析取（logical disjuction）、模糊邏輯（fuzzy logic）或二元碼、彎曲函數（bent functions）。」

丹尼爾指著公式說：「圖靈發現真實人生沒有一定，無法斷言，也不是喬治．布爾（George

Boole）、歐幾里得可以解決的。」他頓了一下，「用一般人的說法，那是一種美麗的混亂。」

凱蒂不懂數學，但她知道丹尼爾在動搖。

她急切地說：「丹尼爾，有個女孩被關起來了——就像你以前被關一樣——綁匪拿刀對著你的耳朵時，你一定也很害怕。想想那份恐懼對你的影響，你千萬別讓女孩也遭受同樣的事。」

丹尼爾慢慢將眼神移向她。凱蒂看得出他相當費力；也看得出當兩人四目相鎖時，他正在考慮她的話。

凱蒂幾乎被那脆弱而痛苦的眼神擊倒。原來他就是這樣，才不肯與人對視。

丹尼爾眨著眼說：「事情並沒有大家想像的那麼簡單，我沒辦法立即駭入我自己寫的程式裡，那得花好幾個星期，甚至數個月的時間。等我成功時，嘉年華早就瓦解了，不過也許還有別的辦法。」

「什麼辦法？」

他伸手拿筆。「從網路攝影機判斷，綁匪顯然是用他們的筆電看即時新聞。」他邊說邊畫圖表。「換句話說，他們看到所有其他人看到的內容——也就是在嘉年華上播放的影像——然後再依此調整他們的畫面。」

「繼續說。」凱蒂表示。

「如果我們大動作地干預影像畫面，他們一定會立即察覺。但我們若以極慢極慢的速度放大畫面——慢到他們絕對察覺不到我們在放大……」他想了一下，「不會放大很多，但等一陣子後，若跟未經放大的原始影片比較，就會看得到螢幕的邊圈了，綁匪會以為那邊拍攝不到，但實際上我們卻能監看得到。」

凱蒂站起來，「要怎樣做才行？」

「我可以在你的手機上寫個簡單的程式，放到即時動態裡，畫面便會自動放大，但幅度小到肉眼看不出來。」

丹尼爾在三分鐘內寫了一頁凱蒂看起來像亂碼的東西，她猜事實上應該是丹尼爾自己發明的程式語言吧；一種世上僅有一小撮人能對談的語言——也就是嘉年華獨一無二，難以滲透的程式。

「好了。」丹尼爾把手機交還給她。

「這樣就成了？」

他筋疲力盡地點點頭。

「丹尼爾，謝謝你，你不會後悔的。」

✣ ✣ ✣

她直接找瑟托，告訴他丹尼爾的提議。凱蒂知無不言，雖然淡化了幾件事——例如，她的筆電遭空靈的遠程控制程式駭入；還有荷莉送的那份怪異，卻說服丹尼爾與她合作的禮物。

凱蒂說完後。瑟托表示：「我實在不知道你剛才做的事，算是不計後果的犯罪，還是一種突破，或兩者皆是。」他拿起電話撥號，跟對方說：「你能去問一下佩帝尼莉探長能多快趕過來嗎？」

探長半小時後才到，這期間凱蒂像個頑皮的學生，被迫乖乖坐在將軍的辦公室裡。接著佩帝尼莉探長衝進來，凱蒂再度做鉅細彌遺的解釋。

瑟托問：「如何？能奏效嗎？」

佩帝尼莉探長考慮後，說：「可能不行。」

「為什麼？」

「我們能看到的這一小條邊框——假如丹尼爾．巴柏說的是真的——無法真正給我們任何新線索。歹徒隨時戴著面具，攝影機又架在封閉的牢房裡。」她搖頭道：「我看，這是巴柏為了拯救自己的網站，最後的垂死掙扎。」

「也就是說，因為國家電腦犯罪中心追查他的伺服器，逼他不得不出手。」瑟托表示：「如果他願意對這位上尉做小小的讓步，說不定便會做更多讓步。」

「也許吧，但我不認為我們現在需要他合作了。昨天我們找到一部藏在米蘭附近工業區的嘉年華伺服器，我們覺得他大概只剩下一部了，而且機器就在義大利某處。我們若能找出來，就可以讓嘉年華下線了。」

凱蒂打斷她。「到時歹徒會怎麼做？殺掉米雅嗎？割掉她的耳朵鼻子以示憤怒，就像丹尼爾當年那樣嗎？這無異是最可怕的賭博。」

佩帝尼莉平靜地看著凱蒂。「我們無法預知他們會怎麼做，但無論如何，該負責的人是他們，不是我們。我們有辦法阻斷嘉年華時，卻放它一馬，便等於是支持歹徒從事犯罪活動。國家電腦犯罪中心的立場很明確：播放這些影片，就是犯罪，應該不擇手段地加以扼止。」

凱蒂心想，佩帝尼莉的世界幾乎跟丹尼爾的一樣，非黑即白。

瑟托看著探長，再看看凱蒂，以手掩臉了半晌後才終於說道：「好吧，我們就兩頭進行，放大影片的事，技術上若可行，應該無妨，我們會責成一小組人負責監看。同時間，繼續監禁丹尼爾．巴柏，而國家電腦犯罪中心也繼續尋找嘉年華的伺服器。謝謝你，探長。」兩名女子轉身要走時，瑟托又說：「上尉，我有點事要跟你說。」

探長離開後，瑟托關起門。「你不是被派去跟艾斯頓一家人聯絡嗎？怎會跑去找被反恐法拘留的人商量？」

「長官，我只是見機行事，覺得應該試試。」

「是嗎？」他嚴厲地瞪著凱蒂說：「讓我解釋一下國家電腦犯罪中心在做什麼。上尉，他們所作所為完全按規矩來，所以本案萬一悲劇收場——老實說，看起來非常有可能了——沒有人能責怪他們。最糟的情況反而是讓憲警看起來跟無頭蒼蠅似地缺乏方針。從現在起，不許你再多管閒事，明白了嗎，上尉？」

62

他們為她送午餐時，她從牢門看到長凳與水罐，立即明白其中的用意。

小丑順著她眼神看過去。「這不是我決定的。」

她好想大吼：拜託，你也有責任好嗎。可是她決心貫徹自己的新策略。「你認為這樣能幫助你成功？」

「我相信可以，否則我絕不會同意。」他嘆口氣。「我們相信等義大利民眾看到美國是如何對待他們的囚犯後，便會生氣地立即要求公民投票。可惜情勢尚未發展到那一步。我們原本不希望動用到這一招，但我們已經不能再等了。」

「那就動手吧。如果需要那麼做，就做吧。」

「你是說真的？」

我還能有他媽的選擇嗎。「是的，只是……你要照顧我，好嗎？我知道這個很危險。」

「我保證絕不讓你受到任何傷害。」

眞的還假的？你是怎樣嗎？我怎麼覺得你好像已經同意灌死我了。「謝謝你，我全心信任你，希望你明白這點。」

小丑轉身要離開時，米雅說：「等一等……你是……你以前是……神父嗎？」

小丑身子一僵，沒有回答。

她吸口氣說：「我之所以會這樣問……是我希望在受水刑之前，你能聽我告解，以免我有個萬一。」

他回過頭，面具下的黑眼打量著她。「你知道我不能討論自己的身分，或說出任何事後能指認我的資料。」

「那就別說，只聽我告解就好。我不在乎你是不是真的神父，如果你是，那最好。」

「我若拒絕呢？」

「但你不能拒絕，對吧？這是教會的規定：『在有急迫必要或有生命危險時』，即使你已離開教會，就神學層次而言，還是無法擺脫責任。我在學校讀過：你接受的聖禮已深烙在你的靈魂裡，即使你失去信仰，上帝仍能透過你對我賞賜恩典。」

他喃喃說：「你很勇敢也很聰明。你的老師們一定很討厭你。」

「有些是。」

他搖頭說：「我不會告訴你，我是否當過神父，那是私事，但我會聽你告解。」

✣ ✣ ✣

他坐到米雅的床墊上，米雅跪到一旁。

「請保佑我，神父，因我有罪。」

「你反省過自己的良知了嗎？」

「反省過了。」

「願啟發所有心靈的上帝，助你了解自己的罪惡，並相信他的慈悲。」

「阿門。」

他提醒她，〈路加福音〉中，耶穌對抗法利賽人，並告訴一名病患，他的罪已被赦免的一段話。「經學家和法利賽人便開始議論：『這個滿口褻瀆的人是誰？除了神之外，誰能赦免罪呢？』」

她知道小丑為何挑選這段話。因為它描述耶穌打破律法，並以人子，而非神之子的身分寬恕對方。

「我對全能的上帝坦承自己的罪，是我的錯，我說錯了話，做錯了事。」她淡淡地說。

「有什麼事特別困擾你嗎？」

「有的。」米雅跟他談自由俱樂部，說她覺得去看看人們在那裡做什麼，應該很刺激。「現在我父親一定已經知道了，他一定認為我是變態。」

「但你不是。」

米雅搖搖頭。「我只是去看一眼而已，你可別誤會我，他逼我發那個蠢誓言時，我還只是個孩子，不覺得自己非信守不可。」

「你父親對性與婚姻的看法，也是教會的觀點。」他提醒米雅。

米雅聳聳肩。「我知道。但我不是很在乎。」

他柔聲問：「你真的希望上帝寬恕你嗎？還是你父親？」

她想了一下。「我爸爸。」

「那麼我沒辦法幫你了。」他有些悲傷地說。

小丑帶領她念痛悔經，然後施予赦免。他最後說：「上主已寬恕你的罪了。祝你平安。」

可是兩個坐在那裡的人，看來卻都不怎麼平安。

63

義大利廣播電視公司24小時新聞網：

主播：請問醫師，水刑為什麼如此具爭議性？

醫師：首先，水刑可能造成多種嚴重傷害。包括肺部損傷、受害者掙脫綑綁時導致骨頭斷裂、缺氧造成腦部受損、肺炎、低血鈉症——這種血中缺鈉的症狀雖然罕見，卻可致命；還有窒息、被嘔吐物嗆著，或乾性溺水[29]。但最為可議之處，就是水刑與其他嚴酷的刑求技巧不同，水刑是設計來讓囚犯盡可能接近死亡的刑罰。

主播：我們有一份美國所謂的「刑求備忘錄」，對刑求過程的描述近乎臨床式的仔細。

醫師：是啊，讀起來真教人難過。

（朗讀備忘錄）「囚徒綑妥後，審問者把長凳朝下傾斜10至15度角，令囚犯頭部朝下。接著以布蓋住他的臉，並從0.1至0.5公尺的高度倒水或生理鹽水。長凳的斜度有助於讓水直接流入犯人的口鼻中。」

主播：這要持續多久？

醫師：每次朝犯人臉上倒水的時間不應超過四十秒鐘。審問者每次可分別倒六次水。

主播：每次審問者只把水倒到布塊上嗎？

醫師：沒錯。據備忘錄上說，這與「溺死」的感覺極為接近。

主播：所以犯囚不會真的有危險吧？

醫師：這種說法很容易讓人產生誤解，但囚犯的確是在溺死邊緣，只是不在水底而已。審問者會在犯人正要吸氣時倒水，因此犯人會把水直接吸入肺裡，這在醫學定義上，就叫做溺水，審問者還會用手把水強行灌到犯人的喉裡。（朗讀備忘錄）「審問者可以手蓋住犯人口鼻，堵住流水，但也使得犯人在倒水時無法呼吸。」還有後邊這裡寫：（朗讀備忘錄）「我們知道水可能會流進——並積聚在——犯人的嘴裡及鼻腔中，使其無法呼吸。」

主播：所以真的會有死亡風險嗎？

29 乾性溺水（dry drowning）：在水中掙扎時吸入少許水，由於呼吸道受到刺激，導致咽部肌肉痙攣，而出現窒息與呼吸困難的症狀。

醫師：稍不小心便會有閃失。（朗讀備忘錄）「假若揭開臉上的布塊後，犯人呼吸不順，便會立即豎直犯人，以利清出口鼻及鼻咽裡的水。施行水刑的長凳經過特殊設計，能迅速完成豎立的動作。」以下是ＣＩＡ醫療服務部的報告：（朗讀備忘錄）「犯人若無反應，應立即將之豎直，審問者接著應用力推擠犯人下胸，把水逼出來。」

主播：基本上就是哈姆立克急救法。

醫師：是的。如果該動作無效——我們知道有時會失靈，因為備忘錄特別提到，「即使已停止灌水，犯人恢復了立姿，但喉部的痙攣會造成犯人窒息時」——醫師會施行氣管切開術。

主播：所以會有醫師在場，拯救犯人的性命嗎？

醫師：那是部分原因，但也是為了監控犯人的呼吸狀態，判斷是否能安全地進一步施刑。醫師能有效地幫助審問者將犯人進一步逼向死亡邊陲。這種由醫療專業人員，精準拿捏造成的傷害，在任何國家都違反了希波克拉底誓詞[30]。

主播：可有任何人真的死於ＣＩＡ的水刑？

醫師：備忘錄中看得出曾死過幾個人。有份備忘錄中特別提到「因心理崩潰而造成死亡」。換言之，犯人不去抗拒灌水，反而有效地利用水刑來自殺。另一份備忘錄提到，最後請求提供更多資料，以協助他們把水刑的程序調整得更精準。（朗讀備忘錄）「為了有助於將來的醫療判斷及建議，每次施用水刑時，務必做完整紀錄：每次施刑持續多久、過程中使用多少水量——但當中會灑掉很多水——水的倒法是否能達到窒息效果、口鼻或口咽是否灌滿水、吐出多少水、每次灌水之間休息多久，以及犯人每次受刑間隔時的狀態如何。」

主播：我們可以想像他們的狀態肯定不會太好。醫師，謝謝你。我們須特別指出，歐巴馬總統二〇〇九年曾宣布，施用水刑是「一種錯誤」，意指美國情治單位已不再普遍使用這種刑求方法了。

✣ ✣ ✣

義大利MTV台的報導：

播報員：以下是今天下午的九十秒鐘新聞。記者及喜劇演員卡撒曼堤今天自願接受水刑，想證實水刑並不像所說的那般可怕。他手握啞鈴，若是受不了刑求，便將啞鈴放下。卡撒曼堤僅堅持了十二秒鐘。

✣ ✣ ✣

第五頻道：

新聞播報員：據MORI市場研究公司今天為第五頻道所做的意見調查，受訪民眾若對達莫林軍事基地的未來舉行公民投票，他們會如何表決。結果受訪者壓倒性的表示，他們會投票反對綁匪的訴求，其中包括許多之前簽署反對美軍基地的人……

30希波克拉底誓詞（Hippocratic oath）：醫師就職前之誓詞。

✣　✣　✣

下午四點鐘，網路上到處可見的倒數計時器顯示只剩五個小時了。原本四處橫流的二手消息和議論紛紛偃旗息鼓。張貼在全義大利欄杆、教堂門上的米雅新聞海報旁，被奉上了蠟燭與花束。效果之悲悽，令世界各地人士，及許多義大利人以為米雅已經死了。

下午五點，指揮中心有個聲音大喊：「美國總統要發表聲明了。」

緊接著一片安靜，美國領袖現身白宮新聞簡報室，讀出一份令人意外的聲明。他公開為先前政府「過度熱心」，致使CIA「虐待、蹂躪，甚至刑求那些一開始就不該受到拘禁的人」表示道歉。總統並重新誓言，他的政府必然會致力「以更公平嚴謹的方式，追求國家的安全」。並宣布水刑的施用，「及其他特定的嚴酷技巧」，是「一種嚴重的錯誤」。最後歐巴馬呼籲釋放米雅。

凱蒂加入眾人的歡呼聲中。大家頓覺一片樂觀，充滿期待，認為美國這種前所未見的動作，應足以讓綁匪宣布得勝，而釋放米雅了。

可是，等總統大而無當的演說效果淡去後，凱蒂不得不承認，歐巴馬並未做出特定或甚至有新意的承諾。

六點鐘剛過，濃霧自海上飄來。七點鐘，義大利廣播電視公司24小時新聞網的主播報導說，當天晚上，威尼斯各城鎮都無人走動；交通比平日疏鬆，餐廳酒吧空無一人。

主播說，就像國家受到可怕的暴風雨襲擊。

64

聖匝加利亞教堂裡，憲警已盡力做好準備。精算過的放大軟體，能讓技術人員在播出三分鐘後，看到網路直播畫面四周，約多出二十分之一的邊框。

幾乎沒有人認為這樣足以成事，但他們還是架好設備，以便兩邊影像出現差異時能做比較。

✣ ✣ ✣

網路直播延遲了，讓人懷疑綁匪根本不會下手。接著熟悉而可怕的字幕出現了。

據我們了解，使用水刑時，犯人的身體會做出溺水反應。你們曾告訴我們，水刑過程不會造成實質的肉體傷害。因此，犯人雖然可能經歷溺水的恐懼或慌亂，但水刑並不會造成肉體痛苦。

我們認為，不會造成痛苦或實質傷害的水刑，也不會帶來「劇痛或巨大的折磨」。這是一種精密控制的過程，不會有一般「折磨」造成的後續苦痛。

綁匪似乎嫌這些廢話連篇的恐怖聲明還不足夠——假如水刑不會造成「實質傷害」，便不會造成痛苦；如果水刑時間很短，便不會帶來「折磨」——接著又播出第二份字幕。

根據你們對水刑的研究顯示……你們不認為施用水刑會帶來後續的精神傷害，也明確地建議，一旦移除犯人口鼻上的布塊，犯人幾乎立即就沒事了。

由於沒有後續的精神傷害，因此也不會造成嚴重的精神痛苦。

畫面接到穿橘色連身服，被綁在長凳上的米雅。她的頭部放在低的一端，腳與手腕都被緊緊固定。後來評論員談到米雅緊張地尋望，並緊盯戴小丑面具的男子，轉頭看著他走過來。也有些人談到，小丑男拿毛巾幫米雅墊住頭部，再拿另一條毛巾緊綁到她臉上時，動作顯然相當溫柔。米雅透過粗糙的毛巾勉力呼吸，布塊下明顯看出她張大了口鼻。

大家都看得出米雅在發抖，並緊握雙拳，極力想抑制顫抖。綁匪抬起水罐時，雙臂看起來也像在發顫，不過那有可能是因為水罐很重的緣故。

清澈的水細細流到毛巾上，很長一段時間，什麼事都沒發生。接著米雅突然一喘，釋出憋了許久的氣，接著便吸入清水了。米雅劇咳起來，四肢驚厥，頭部左右搖擺，驚惶地想避開流向她嘴裡的水——那涓滴不斷的細流。

凱蒂喃喃說：「天啊。太殘忍了。」但她跟指揮中心裡所有其他憲警一樣繼續觀看。小丑持續不斷地倒著水，鏡頭外一定有碼錶或監控器什麼的，因為小丑一直瞄著它，似乎想確定自己不會多灌一秒鐘。

整整二十秒鐘後，小丑停手了。觀眾從權威評論員那兒得知，接下來該預期什麼。雖然CIA反恐中心的領袖在二〇〇六年親自下令，銷毀九十二份水刑的錄影帶，但仍有足夠的證人與受害者口述，使水刑的過程廣為人知。人的身體承受水刑時，通常會有相同反應：先嘔吐，接著是尖叫，然後哭泣，當毛巾再次蓋上時，受刑者會發出更多慘叫。

可是米雅並沒有嘔吐，她只是動也不動地躺著，不省人事。

✣ ✣ ✣

指揮中心的人意識到出狀況時，一片震驚。小丑也意會過來了。他伸手壓住米雅的橫隔膜，驚惶地按擠，米雅卻毫無動靜。

他把臉湊到米雅臉旁，卻因戴著面具，無法施行人工呼吸。

他走到長凳高的那一端米雅的腳邊，試圖把長凳推到鏡頭外。長椅很重，椅腳卡在水泥地上，小丑心慌意亂地使勁猛推。

小丑朝米雅的頭部走過去，消失在鏡頭中，畫面上只剩下米雅的腳。

「去看原始畫面。」凱蒂說。技術人員按下按鈕，影像有了變化，從全世界看到的畫面，變成現場的原始畫面。

他們從小丑不知情的窄小畫框中，看到他摘下面具搶救米雅，為她做人工呼吸。小丑瘋狂地推壓她的胸口；當米雅終於嗆醒、嘔吐著搶回一條命時，他用手托住她的頭輕輕搖晃，開心地哭著一再呼喊她的名字。

接著，他們看到小丑伸手在米雅額上，用拇指畫著聖號，那是不折不扣的祝聖動作。

瑟托驚喘，說：「我的天！他是神父。」

說時遲那時快，嘉年華網站就在瞬間熄滅，畫面突然被一道訊息取代掉，告知大家由於網站流量過大，網頁暫時無法取讀，請稍後再試。

✣ ✣ ✣

憲警用閉路系統重播影片。男人的臉呈側面，所以一直未能看清他的面貌。馬禮告訴大家，由於畫面太小，所以無法使用影像比對軟體。

「還是盡可能把畫面隔離出來，弄清晰些，然後傳給其他單位。」瑟托說完環視眾人，問：「誰有抗議人士的資料？」

「我有。」凱蒂已點開反達莫林請願書上的所有名單，一會兒便整理出一份冠有「導師」、「閣下」、「神父」等頭銜的人了。

長達十五萬人的名單中，有七十個符合上述條件的名字。

瑟托下令：「分成幾個小組，五名軍官一組，開始調查這份名單。」

凱蒂說：「長官，他有沒有可能以前是神父，但現在已經不幹了？一名在職神父好像很難在工作之餘去做這種事。」

「有可能，甚至是非常可能。若是那樣的話，要如何才能找出他？」

✣ ✣ ✣

時間雖然很晚了，凱蒂還是試著打電話到梵蒂岡，結果電話竟然有人接。她說明來意後，電話轉接到資訊服務處。對方告訴她，他們確實有在職神父的資料庫，但並不會保留離職神父的資料。

凱蒂想了想，問：「你們有沒有較舊的資料庫，例如十年前的？」

「我查查看。」電話另一頭的聲音說，一分鐘後他回來表示：「好像有。」

「有過世的神父名單嗎？例如訃告之類的？」

「當然有。」

「麻煩把三份名單都寄給我，我會自己去找他們。」

一組組的人馬陸續離開指揮中心時，凱蒂仍留下來做資料交叉比對。凌晨三點前，她拿到過去十年，近千名離開教會的義大利神父名單。

梵蒂岡寄來的資料裡，包括了她沒想到去索取的額外資料：每份名字旁邊，都附上了生日。小丑看起來相當年輕——也許三十幾或四十初頭。為求安全起見，凱蒂僅剔除掉五十歲以上的人。

接著她將剩餘的名字跟反達莫林陳情書上的姓名做比對，只有六人相符：

阿佳撒．貝魯奇

艾迪里歐．巴雷塞

費迪亞諾．凱拉利

李瓦歐．羅倫佐

安里科．法黎

李耳柯．托斯卡諾

她撥打荷莉的號碼，知道自己會吵醒她。

荷莉在第二聲鈴響時接聽，「凱蒂嗎？怎麼了？」

「我們整理出一份七十六人的名單，我們對這名單很感興趣，我認為其中六人格外有價值。你能把這幾個名字拿去比對你們的名單，看看其中有沒有人很反美嗎？」

「沒問題，我親自去比對。」凱蒂聽見荷莉邊說邊穿衣服。

「謝了，我會寄過去。」

「凱蒂？」

「什麼事？」

「你覺得這有可能就是破案關鍵嗎？」荷莉低聲問。

「我不確定，但這是目前最有力的線索。」

✣　✣　✣

荷莉到她的工作電腦上點開 SIPRNet，接著把凱蒂寄來的名字一一輸進去。由於電腦也與一般網路相連，因此立即便看到許多名字出現時，都冠有「閣下」、「教士」等頭銜。但有兩人輸入 SIPRNet 時，並未出現這一類的尊稱，她回電給凱蒂。

「看起來，我們跟其中兩人交涉過，費迪亞諾．凱拉利和李瓦歐．羅倫佐。凱拉利涉及兩年前，抗議無人飛機攻擊葉門的活動。羅倫佐在下載盜版影片網站的名單中。」

凱蒂尋思道：「有可能進一步追查他們嗎？」

「我們可以用稜鏡計畫（PRISM），也就是網路監控的方式搜尋他們，最後你會取得一堆資料。不過會有一些法律問題——美方這邊是沒問題，但你也許得弄一份反恐搜索令，我也必須去通知卡弗上校。」

凱蒂說：「沒問題，你若能幫我拿到資料，我就會把文件辦給你。」

✣ ✣ ✣

荷莉八成在還沒拿到搜索令前，便申請搜索了，因為不到早晨六點，凱蒂已拿到羅倫佐和凱拉利兩人網路監控的報告了。報告上雖然寫著「摘要」，每個人卻都足足有五十頁長。

稜鏡計畫是那些透過美國最大科技公司——谷歌、微軟、Skype、臉書和其他公司——在美國進出的資料。國家安全局可以在不須任何搜索令的情況下，直接吸取跨大西洋的主要光纖電纜裡的資料，將資料拷貝到猶他州資料中心，造價二十億的巨型「資料庫」裡，合法監視全世界所有其他國家的資料。國家安全局若與其他政府分享裡面的資料，才會遇到法律問題，因為會違反許多地方的隱私法。雖然這些資料通常只做模式上的分析，例如挑出那些搜查「炸彈製作」和「航班」資料的人；但也可以反過來用：輸入個人的姓名、住址和生日，最好是電郵地址，稜鏡計劃的電腦便會「吸取」這些資料，從前幾個月的網路流量中，把該名人士所有細節資料篩撿出來。

羅倫佐和凱拉利都使用了谷歌、臉書和 Skype。羅倫佐也使用 iphone。他搜尋過不舉症的資料，並網購治療藥品。他固定會看幾個色情網站，在六週前使用婚姻介紹網站。由於他不是很懂電腦，每次用完谷歌後都沒有清理伺服器的暫存檔，所以凱蒂可以看到他過去六個月的每筆搜尋資料，甚至打錯哪些字。她看得出羅倫佐曾預訂雙人航班跟旅館，但沒有完成交易，以及他搜尋建議，想知道如何求婚。由於他用的是 Gmail，Gmail 會掃瞄用戶往來電郵的關鍵字，而產生「與內容相關」的廣告。凱蒂看到他最近寄出一些跟車子、假期、貸款、破產、性滿足、婚姻、蜜月，以及米蘭市中心一間頗有好評的餐廳相關的電郵。

上個月他在臉書上加了六位朋友；他的感情狀態從單身改為「交往中」兩次，而且對一百則發布訊息、連結和影片按過「讚」，包括反達莫林的陳情書。

更有用的是，羅倫佐曾在義大利最大超市Esselunga購物，他持有會員卡，卡上的資料就儲存在德州的微軟伺服器裡，凱蒂藉此看出他何時加油。羅倫佐的加油時間點約始於三個月前——大約在他搜尋便宜的汽車貸款及二手車網站時——且量不大，相當固定。他的信評度最近下降了，因為借款償還金額變高了，而且他還用他的地址註冊了一張新車牌。

不過羅倫佐最大的死穴是擁有iPhone，加上他買了一堆會追蹤位置的軟體，從警告他即將經過測速器的軟體，到紀錄他燃燒多少卡路里的健走app。按照羅倫佐的手機跟手機定位服務間的來往資料判斷，凱蒂知道他過去兩個星期，從米蘭到都靈兩趟，但就沒再跑遠了。凱蒂要的話，大可進入羅倫佐存放在臉書動態時報上，標註著「都靈」的照片，甚至可以查看他最近用電子閱讀器買的，有關兩性關係的書，並查看他在哪些文句底下畫線。

羅倫佐不當神父後，顯然努力地彌補錯失的兩性時光，她很懷疑這傢伙是他們要找的人。

凱拉利則是另一回事了。他很少使用網路，且多與職務有關。他會造訪宗教網站、左翼部落格，以及有關國際事務的布告欄，尤其是反全球化運動。

凱拉利每次用完電腦，都會清理谷歌的暫存檔，表示他基本上懂得小心。他的電郵內容只會招來慈善活動及保密軟體的廣告，雖然他註冊過Skype的用戶姓名與密碼，卻從未用過。他最近在臉書上按的「讚」，是反對麥當勞在維琴察開設分店。

更有甚者，凱拉利三週前買了一部新筆電、一架USB攝影機，以及從網路電腦商店買來的預付式無線寬頻網卡。他最後一次上網，是搜尋維洛納附近，賣嘉年華面具的商店，那是他所在的地點，之後便突然不再上網了。

是他，一定就是他。

凱蒂若有更多時間細想，可能會因發現美國對她的同胞掌握如此大量資訊而感到不安。凱蒂大概知道，勾選保護隱私設定，表示沒有人能看到你的資料，連政府都不行。但她跟大部分人一樣，在看到四大頁的「條件與條款」時，會直接勾「同意」，她相信自己使用的國際品牌會保護她的安全。而且凱蒂總以為，美國政府若不敢對美國公民做出太過侵犯的事，必然也不敢那樣對待其他國家的人民。

實況顯然並非如此，凱蒂開始明白丹尼爾為何百般不願開放嘉年華的伺服器了。

凱蒂跑去找瑟托，解釋查到凱拉利的事。

「很好，帶兩名軍官和搜查小組去他家。他若不在，就破門而入，我會把搜索令傳真給你。」

第六天

65

早上七點半，他們撞破凱拉利在維洛納的公寓門。凱蒂大步搜尋一個個房間時，覺得公寓看起來不像有人住。地上有張床墊；陶器和平底鍋仍裝在箱子裡；還有一套完全未安裝的音響。凱拉利唯一仔細拆封的東西，是他的書籍。凱蒂發現大部分是神學——尤其是解放神學——和倫理學的理論書籍。不過還有一些反全球化及現代文化類書籍，有娜歐蜜・克萊恩的《No Logo》、諾姆・杭士基的《霸權或生存》，以及賈德・戴蒙的《大崩壞》。凱蒂發現全都是英文書，表示此人的英文極佳。廚房的海報上寫了甘地的一段話：「大地所提供者，足以滿足每人所需，但無法滿足所有人的貪婪。」

桌上有一些印刷品，凱蒂拿起來翻看，似乎全是從網站上印下來的。最上面一張，有段話還仔細畫了線：

美國在二戰期間擬出一套全球控制策略，意圖以新方式取代歐洲帝國強權，並超越它。他們發現空軍的效能，便打算盡可能地在全世界部署必要時能迅速擴張的軍事基地。並利用基地，確保控制各種資源，打壓威脅美國霸權的本土運動，安置並保護其附庸政權。美國自一九四〇年代末，便大規模干涉破壞義大利民主，但這僅是許多事例之一，與其他近乎滅族屠殺的過分做法相比，已算溫和的了。——諾姆・杭士基

搜查小組進行搜查時，凱蒂跑去收取外頭信箱裡的郵件，逐一翻看。有一封來自憲警的信，要求凱拉利與憲警聯絡——他的名字顯然出現在一些名單中，已引起注意了，但尚未多到不回覆便會造成麻煩的地步。其中有張信用卡帳單，上面沒有新的花費。但搜索人員在回收桶裡找到一張五金行的收據，凱拉利以現金買了木料、繩子和鐵鈎。

接著他們拿來一件令凱蒂看了血冷的東西——一張消費合作社的收據，細目是二十四瓶營養飲料和一箱衛生棉。凱拉利也以現金支付。

找到要找的人了。

✣ ✣ ✣

帕尼庫奇走進來，他剛跟鄰居們聊過。「已經好幾個星期沒人看見過他了。甚至在那之前他都獨來獨往。不過他跟樓下的婦人說過，他要出門做避靜。凱拉利以前也偶爾會去，所以婦人並不訝異。」

凱蒂走過去跟搜查小組的組長說：「把任何跟義大利旅遊相關的東西拿給我，地圖、旅遊指南、露營地點……所有東西都要，我們得查出地址。」

「好的。」

凱蒂專心尋找凱拉利的正式文件。她認為不管再怎麼紊亂無序的人，都會有個擺放重要文件，如金融文件、護照、出生證明等等的檔案夾。

凱蒂終於找到了。厚厚的一份紙板文件夾，隨意地塞在一個提包裡。文件夾裡有一堆凱拉利受雇於葉門紅十字會期間，相關的過期旅行證與簽證；以及一封更久前，來自維洛納主教教區的信，信上標著「特許」，內容是「萬分不捨地」接受凱拉利的辭職，並影射「你在靈修時一直有諸多煩擾」。接著是幾份舊的義大利手機帳單，都屬於同一個帳戶。一份預防接種證書，一張平面電視保證書。

凱拉利，你究竟把米雅帶去哪兒了？

凱蒂心生一念，回頭翻看預防接種證書。日期是二十年前，上面有特倫提諾─南提洛區31一家醫院的地址，那是遠在義大利北邊說德語的山區。

她打電話給瑟托。

「我想他應該是在南提洛區長大的。你能派人搜查居民紀錄中，有沒有叫這個名字的人嗎？說不定那邊有他能用的家族房舍。」

「你等一下。」凱蒂聽見瑟托對另一名軍官下令，接著他回到電話線上說：「幹得好。那邊讓搜查小組收尾就好，你先回威尼斯。」

✣　✣　✣

他們開車下高速公路時，帕尼庫奇看著凱蒂，問：「你覺得我們接近目標了嗎？」

「感覺確實如此。不過那些山區好偏遠，假設人就關在那裡，我猜還得花點時間才能找出正確的地點。」

帕尼庫奇遲疑地問：「你猜他用的是哪種網卡？」

「什麼意思？」

「我去度假時也買過網卡，這樣就不必付旅館 wi-fi 的錢了。不過雖然是預付的，購買時我還是得出示證件，我問店員原因，顯然是因為規定要看過後，網卡才會連結到我的義大利電信的帳號。綁匪要上傳那麼多影片……一定加值過流量，也許還不止一次。如果他有手機帳號，或許網卡也註冊在上面。」

「這建議很棒，麻煩你把它加到要問義大利電信的項目裡。」

回到指揮中心後，凱蒂發現大家看她的眼神不同了，不再帶著偷偷的不屑，而是有了好奇，彷彿在重新估量她，甚至還透著同行間的妒意。不過瑟托自己則十分喪氣。

「南提洛有六十幾個姓凱拉利的。凱拉利在那裡是大姓，義大利電信說至少要一天後才能告訴我們網卡的事。」

「一天！」

瑟托點頭說：「太誇張了。」

凱蒂心想，幸好她在義大利電信確定公司是否有凱拉利的行動寬頻紀錄前，便取得凱拉利的臉書流量了。凱蒂遲疑了一下，「也許有更快的辦法。」

「例如什麼？」

「我們最初追查米雅的手機時，博蘭少尉曾經請丹尼爾．巴柏查看義大利電信的系統，他在半小時內就查到了。」

這下輪到瑟托一臉驚詫。「我的媽呀。」

31特倫提諾—南提洛區（Trentino-Alto Adige）：義大利北部自治區，由義語區與德語區組成。

「我們現在也可以做同樣的事。」凱蒂建議。

瑟托天人交戰地說：「我不可能授權做那種事，上尉。」

「我明白，長官，我一查到線索就立刻回來。」

當凱蒂正要離開指揮中心時，看到大螢幕上閃出新的影片，嘉年華顯然又回到線上了。

影片裡的米雅顯然已經醒來，她被綁在椅子上，字幕打道：

據ＣＩＡ贊助的麥基爾大學（McGill）研究顯示，以手套、護目鏡和耳塞造成的感覺剝奪，可能在二十四小時內引發犯人的幻覺，四十八小時內造成其徹底崩潰與精神分裂。

據美國的說法，感覺剝奪並非刑求。

今晚九點，她不會受到刑求。

✣　✣　✣

凱蒂一到監獄便說：「丹尼爾，這個美麗的混亂，剛才變得更醜陋、更混亂了。」

她告訴丹尼爾需要做什麼，他點點頭。「我可以辦得到。」

凱蒂打開隨身帶來的筆電，丹尼爾登入義大利電信的網站。「我以前就是這樣弄的，」他邊解釋邊在「電郵地址」及「密碼」欄中輸入一些編碼。「我想他們應該還沒有把漏洞修好。」

果然一會兒之後，丹尼爾已駭入義大利電信的系統了，接著他皺起眉頭。

「怎麼了？」

「我沒辦法進去查看帳戶細節。」他又打了幾個碼。

「被鎖住了嗎？」

他不解地說：「沒有，裡頭還有別人，有人在我之前把資料庫打開了。」

「你不能也打開資料庫嗎？」

他搖頭說：「得等他們離開後才行。」他等著，然後再次輸入指令。

「好多了，我們運氣不錯，你們中尉說得對——有預付網卡連結到他的主要帳號裡。」

「我們可以追蹤嗎？」

「他過去二十四小時都沒用過，不過他若再次使用，我們就能找到基地台，那就形同找到手機了。」

✣ ✣ ✣

到了中午，憲警隊利用各種傳統手法，把名單剔除到只剩六位凱拉利了。凱蒂心想，照這種速度，他們得耗上好幾個星期才能查得出來。

問題是，山區地廣村稀，即使只查一個地址，都得費上好幾個小時。地方單位雖已全員出動，仍嫌不足。

凱蒂說：「等一等，他們是怎麼選擇查哪個地址的？」

「他們先查最快找到的。也就是說，從不是太偏遠的先找起，這樣便能盡量刪除名單了。」

「咱們得反著想，如果綁匪有棟家族老宅，又認為那是拘禁米雅的絕佳地點，必然是因為屋子異常偏遠難至，說不定還被列入廢宅。我們應該先找最難去的地方。」

他們改變做法，但山區不到六點天色便暗了，幾乎不可能再多查任何住址。

接著辦案人員終於遇到了迄今一直避不見面的小運氣了。

費迪亞諾．凱拉利在南提洛的某處高山，加值了他的無線寬頻網卡，打算稍晚上要大量上傳。雖然他用的是預付卡，但網卡上的SIM卡會跟最近的基地台連結，確保在授予新的傳輸量前，手機能找到連結，因此手機的一些資料會自動連結到凱拉利最初購買網卡時，使用證件所登註的帳號。

丹尼爾立即將資料轉回給凱蒂。

手機基地台設於兩千公尺的高山頂上，含蓋弗里桑科（Frisanco）村四周近三十平方公里的範圍。憲警名單上，弗里桑科區登記在凱拉利名下的房產僅有一戶：以前原是農舍，但已被列入廢棄名單。房子位在半山處，遠離其他房舍。

眾人靜默片刻，明白那代表什麼含意。

瑟托急切地說：「所有人聽好了。事情尚未結束，還早得很，現在我們得想好如何將米雅安全帶離那裡。」瑟托拿起電話，「首先我得跟我們的夥伴報告最新狀況。」

瑟托講了幾分鐘電話。凱蒂看他幾乎從談話一開始，表情便十分凝重，等放下電話時，已一臉鐵灰。

他沉重無比地說：「美國人已派出飛機了。就官方而言，這是一場聯合行動，實際上，我們有幾位特種部隊人員跟著他們做政治掩護。美軍希望親自救回米雅。」

「他們怎會知道消息？」凱蒂問，「我們還沒告訴他們凱拉利的事，他們怎會已在飛機上了？」

瑟托苦澀地說：「看來我們不是唯一進行跟監的人，他們顯然一直在竊聽我們的調查。」

66

米雅並不知道發生什麼事。只記得很痛——窒息的驚恐，以及肺部掙扎著吸取並不存在的空氣時，那種灼燒的痛苦。她甚至記得意識漸失時的眩暈，但對小丑救她一事全無記憶。

等她終於轉醒時，米雅感覺胸口一陣劇痛，後來她才知道，小丑為了讓她恢復心跳，壓斷她一根肋骨。

她以為經過那番折騰之後，事情應該就結束了。他們差點殺死她，而她卻奇蹟地活下來了。她甚至在醒後感受到小丑的害怕，所以現在他們一定會合理地釋放她了。

筆電中三番兩次傳來Skype的來電鈴聲，每次小丑都沒理會。

最後她在牢房中聽見一輛車子爬上山來，車聲來回在陡路上爬行，漸行漸響。她聽到敲門聲，然後有人咆哮。「L'ho quasi uccisa!」是小丑的聲音。

另一個較冷靜的聲音答道：「Si, questo è ciò che accade.」

我差點害死她。

是的，你差點殺掉她。

接著小丑高吼了一段像最後通牒的話——怒氣隨長串的義大利文逐漸升高，最後變成英文。「操你媽的，老子不幹了，隨便你，老子要走了。」

對方也用英文回答。但因為不是用吼的，米雅聽得極為吃力，感覺上像是說：「好，是你選擇的。」

接著她聽到奇怪的鬧聲，不大，但有可能是混戰。無論那是什麼，總之幾秒鐘就結束了。第三人的聲音——刺耳的義大利男聲，她猜是包達男——吼道：「Che cos' hai fatto? Ma sei matto!」

啵的一聲，像開瓶聲，接著一片死寂。

她有半小時什麼都沒聽見，接著她聽到有個重物被拖過粗糙的地面，接著她的門鍊就響了。

進門的男子戴著小丑面具，但他不是小丑，此人低聲吹著口哨。

男人示意她站起來，然後拉開連身服。

男子在她身邊繞一圈後，把手放到她胸口下。米雅身子一縮，強逼自己放鬆。男人是在檢查她的肋骨，他按到斷肋時，米雅叫出聲來，他像醫師般地揉了幾秒鐘，但手法較為粗重。

米雅又叫出聲來，但男子似乎根本沒注意。等滿意後，他才又指著連身服，把米雅綁到椅子上，幫她拍攝了幾分鐘。

米雅問：「他們人呢？你把他們怎樣了？小丑在哪兒？」

男人二話不說地朝她腹腔上揍一拳，揍得她腰都彎了。

男子離開時，用手指按住自己的唇。不許說話。

✣　✣　✣

米雅隔著牢房窗口，聽到男人在外頭四處走動。接著是咚咚咚，槌子敲擊木頭的聲音。

後來男子打開門要她走在前頭，進入一間較大的倉房裡，中央有個鋪了毯子的木箱。

男子默默交給她一對耳塞，然後是一頂厚實的頭罩。米雅感覺手腕被綁起來，手被套上軟厚的手套。

男子堅定而溫和地把她推進箱子裡。

米雅躺下時，感覺頂上蓋了蓋子，並隱約聽到釘子釘入木箱裡——她數到第四根。然後就安靜下來了。那是她這輩子遇過最絕然的死寂。

米雅努力聚焦於疼痛的腹腔，至少有個東西可以讓她想，有個東西真實的存在。然而一陣子過後，連疼痛似乎都離她而去了。

奇異的圖紋在她面前的黑暗中舞動，她試著睜眼再閉上眼，但景象依然不變。又過了一陣子後，她連自己的眼睛是睜是閉都分不清了。米雅開始著急。

我不會瘋掉，她告訴自己，我不會發瘋。

她開始出現幻覺，她在遊樂園騎旋轉木馬，一圈圈打繞地看著下方的攤子。她在海上的一艘小船裡暈船。她已經死了，這就是她的棺材。她緩緩沉落水底。她聽到遠處呼呼亂響，像放鞭炮似的，但分不清是真的還只是她腦中的幻想。

67

憲警獲得准許，可分享美國無人飛機與頭盔式攝影機上的直播畫面。凱蒂在擁擠的指揮中心裡，跟其他人一起觀看特種部隊十二人小組，搭乘兩架快速低飛的直升機，飛向靜謐的阿爾卑斯山村落。

離農舍兩公里處，六名隊員像網上的蜘蛛般，從第一架直升機垂降而下，再繼續步行前進。

經過快速的偵察後，領隊給出訊號，閃光手榴彈便擲入農舍窗口，同時搜救人員從屋頂、上方窗戶及門口衝進去。接著是一小場混亂的槍戰，子彈在夜視畫面上看來像一塊塊的白斑，然後特戰部隊用簡單扼要的行動術語，逐一確認敵方已經死亡。

還是沒提到米雅的消息，指揮中心裡，人人屏息以待。

接著一名士兵走向一只大木箱，扯開箱子頂蓋。箱子裡有個頭被罩住，戴著手套的人。頭罩掀開後，米雅的臉出現在螢幕上了。她被閃光彈刺得發昏，但仍活著，她的眼睛在攝影機的綠色畫面中，像貓眼般地發著銀光。

指揮中心裡，幾十個人喉中同時爆出歡呼，凱蒂一把抱住身邊最近的人，剛好就是帕尼庫奇。凱蒂從他的肩頭看到阿爾多．皮歐拉渾身一鬆地把頭埋到雙手裡。瑟托將軍在空中揮拳，然後加入一大群興奮狂舞的軍官中，大家像跳著俄羅斯舞的哥薩克人一樣，彼此搭著肩，男人們在指揮中心裡公開地拭著欣喜的眼淚。

68

「GIOITE!」義大利報紙頭條賀道。「普天同慶！」全世界的媒體跟著響應。

埃德里基地發表聲明，米雅安全無恙，但暫時不接受任何訪問，至少先等她做過一段時期的醫療及心理評估再說。

艾斯頓少校與妻子坐在卡弗上校和瑟托將軍之間，於臨時召開的記者會上，發表簡短、激動，對義大利的感謝聲明：謝謝義大利的媒體、人民，以及最要感謝的安全單位協助營救他們的愛女，這次營救行動是國際合作反恐的經典範例，但望各界能給他們一段私人時間，讓一家人團聚。

琵托在政治家般的簡短演說中，強調當今世界的恐怖主義，已不再是對單一國家的威脅，而是對全世界的威脅，為了對抗恐怖主義，全球的結盟比以往更顯迫切。他感謝許多單位，從義大利的國家電腦犯罪中心到美國的特種部隊，米雅安然獲救，他們亦功不可沒。

卡弗上校的演說甚至更短，大意是美國的敵人應自此學得教訓，他們將無處躲藏。

與梵蒂岡關係甚佳的記者很快挖到消息，凱拉利不久前因「靈修時有諸多煩擾」而離開教會；他們也發現凱拉利在二〇一二年時，曾為葉門國際紅十字會工作，當時美軍因飛彈攻擊，殺死了一名三十五歲的救援人員胡珊．琵拉，而引發爭議。

挑事者聲稱看到美國RQ-4全球鷹偵察機在目標物上空盤旋，但葉門政府速迅釐清，導彈並非美方所射，而是葉門空軍某架飛機所為。

法里西藉機在部落格裡大放厥詞：

據可靠消息來源指出，找到米雅的人是CIA，而非憲警；尤其是以電子攔截及跟監的手法找人。義大利安全單位再度技遜美國一截。新的網路世界需要一批新的網路警察——幸好我們的盟友中，有人具備這種必要的專業，因為我們的政府一直無力自行發展這種技能。

這點我也注意到了。

他又繼續寫了一大段東西：

據聞，米雅並未因這場災厄而受到永久傷害。這雖部分歸功於米雅超強的勇氣與毅力，但也等於打了那些認為米雅受到刑求的善心人士的臉。現在我們都知道了——拜媒體及專研CIA的專家們之賜——會「造成永遠傷害或心理創痛」的，才能稱為「刑求」。我不會恥於承認以前我錯了。美國不該為了自由主義人士的鬼吼鬼叫而偏離其使命。因為不僅美國國內的安全，連整個自由世界的安全都須仰賴它。我們不該忘記：美國不是敵人，激進的伊斯蘭才是，我們必須團結一致，齊心對抗。

幾天內，在達莫林基地紮營的記者群和主播們，陸續對著攝影機做最後報導，許多人發表類似的觀點，之後頭條便替換成西班牙皇室的醜聞了。

✣　✣　✣

皮歐拉說：「很完美，太完美了，一名有點瘋狂的離職神父，對美國心懷不滿。還有個欠他恩情的輟學學生。」第二名綁匪的身分是堤茲亞諾．卡邦，原本是毒蟲，凱拉利在維洛納的遊民中心工作時幫過他。「目前安全單位在大眾眼裡是英雄。美國國務卿甚至讚揚憲警的專業，也就是彌補未准許我們帶頭攻堅農舍的意思。斯塔基飯店櫃員告訴我，過去十二個小時，他們接到的訂房比前一整月都多。海報上的女孩安全了，大家都很開心。」

「你也覺得這根本是狗屁？」凱蒂問。

「這麼說吧，我在調查時的種種疑惑依然未解。」他用手指數著。「為什會弄出如此複雜的行動？幕後真正的主使是誰？原因何在？雷鬼頭和他的刺青女友是怎麼回事？還有最重要的一點，若非埃托雷．馬贊堤或其他示威份子告訴他們，凱拉利或卡邦怎會知道有激進的ＡＤＭ團體？」

兩人靜默片刻，搜索枯腸。

他又說：「當然了，英雄不只是瑟托一人。食堂裡大家都說，要不是你極力爭取把畫面放大，案子一定會被國家電腦犯罪中心做死。大家甚至很敬佩你用自己的電腦處理案子。我聽到一名軍官說，照片裡的人一定不是你，因為那女的連根屌都沒有，而你是本單位最有屌的人。」

凱蒂無奈地笑了笑。

「所以總歸來說，幾乎可以恢復常態了。」皮歐拉沒提到所謂的「常態」，是指他仍住飯店，老婆依舊不理他；也沒提當他看到帕尼庫奇在米雅獲救後與凱蒂相擁慶祝時，心中妒嫉到發痛。英俊年輕的帕尼庫奇與凱蒂年齡相仿，她有何理由不跟那樣的人在一起？「重點是，將來並不會有人感激我們揪出更多問題。」

凱蒂說：「咱們把這事情想個徹底。假設大家都被瞞天大謊騙了，米雅獲救與本案其他一切都是造假的。那代表什麼意思？」

皮歐拉吸口氣。「那表示……案情比我們想的還要嚴重。表示他們不僅綁架了一名青少年，而且還殺害綁架她的人。表示安排這場救援行動的人，也是綁案的主謀。表示美國人絕對脫不了關係。」

兩人停下來細想。

「所以假設我們瘋狂到想去對付世上最強大，技術最先進的軍隊，我們該怎麼做？上尉。」他問。

凱蒂說：「我們設法打草驚蛇，讓他們以為我們知道更多內情。咱們先出手，刺激他們回擊。只有在他們開始慌亂時，才可能出現失誤。」

第二週

69

米雅．艾斯頓獲救兩天後，荷莉．博蘭從她的衣櫥裡拿出灰色的史帝文麗洋裝，這是本月第二次了。羅馬廣場碼頭邊，一艘典雅的汽艇等著，由桃花心木與黃銅製成的船身側邊，有個繁複的B字。她知道這是巴柏家的船，雖然駕駛座上，那名來接她的小鬼看起來一點都不像家族老侍者，倒像丹尼爾的駭客朋友。

汽艇快速駛過大運河，穿越各種汽艇與貢多拉，接著轉入一條安靜幽暗的小運河，慢慢滑過一個個用磚頭砌成的破敗門口。荷莉好愛威尼斯這些靜謐的小水道，和整座城市彷若被遺棄的荒涼感；但她知道，那只是幻覺罷了，威尼斯的人只是很懂得哪些建築物的修復工作可以安然地延宕罷了。

丹尼爾就站在木製碼頭邊等她，他雖未精心打扮，但連帽衫是乾淨的，布鞋看起來也是新的。

「歡迎。」他說。

「嗨。」

「廚房就在後邊。」然後丹尼爾不安地問：「你不介意在這裡吃吧？」

「這樣安排很好。」她肯定地說。

荷莉尾隨丹尼爾走向一樓後方的一道舊木門，穿過門後，竟來到一小片花園，花園兩側排著像修道院迴廊的長柱。這花園小到她邁三個步子就越過去了。

園子左側有間廚房，拱型的磚造屋頂，使廚房看似地窖。通往運河的窗子，令空中盈滿了輕柔的水浪聲。

廚房雖舊，裡頭的陳設卻不然。流理台上排列著幾樣看起來像實驗設備的器具，靠牆而立的白板上寫了一道複雜的公式。

「你在這裡做實驗嗎？」荷莉好奇地問。

「不全是。」

丹尼爾倒了兩杯質地細膩清透到有若氣泡水的氣泡酒。「晚餐再十九分鐘就好了。」

「十九分鐘？」她重複說，覺得丹尼爾如此分秒必究，相當有趣。「你確定嗎？」

「非常。」

荷莉覺得丹尼爾看起來好很多了。剛出獄時深陷的眼窩現在已有改善；他雖然仍經常眨眼抽搐，但似乎較能控制，不再隨時犯病。

丹尼爾雖不擅長閒聊，但兩人一起討論嘉年華。他說他正在用康特諾的賞金購買更多伺服器。「不過這回我會把鏡站藏得更好，一個在瑞士蘇黎士某個安靜的地窖，一個在聖馬利諾共和國，甚至在蒙特內哥羅也擺了一架。」

計時器在他們後方響了，丹尼爾站起來。

「我們吃什麼？」她問。

「鴨肉麵、煙燻鰻魚和小牛肝。」全是威尼托的經典菜。「還有一瓶我父親酒窖裡的一九六一年份Oddero紅酒。」他把蒙塵的酒瓶放到桌上，然後檢視其中一件機器，機器打開時，還輕輕地呼呼響。

她指指白板。「那件藝術品呢？那是關於什麼的？」

「那個嗎？」丹尼爾看著笑了。「那個非常有用，是煮蛋的正確方法。」

公式十分錯綜複雜，荷莉壓根看不懂。

$$t = 0.0152c^2 \ln\left[2 \times \frac{(T_{\text{water}} - T_{\text{egg}})}{(T_{\text{water}} - T_{\text{yolk}})}\right]$$

丹尼爾解釋說：「我們的廚娘有各種迷信和習慣。例如，她把蛋放入鍋子前，會在蛋頭上刺一下。所以我做了點研究，看有沒有更科學的方法。」

「結果有嗎？」

「有啊。最重要的因素就是周長。」他指著公式裡的c說。「然後是周圍的溫度，T。不過後來我發現把水燒到一百度的話會太熱，得用低很多的溫度去煮，但要煮很久。」

「所以想煮出完美的蛋，不是用滾水呀？」她問。

丹尼爾點點頭。「我就是那樣才買下第一架控溫槽。」他指著荷莉後邊的一架設備，說：「事實上，今晚我就是用它來煮我們的晚餐。」

「哪一道菜？」

「所有的菜。」他站起來走到流理台邊。「麵條應該好了，已經煮四小時了。」

荷莉看不到丹尼爾在做什麼，直到他把食物擺到餐桌上。菜看起來並不怎麼美——丹尼爾的擺盤並不優雅或專業——但荷莉立即意會到這跟她以前吃的菜都不同。她的盤子上有四根如同鋼筆粗細的小管子，上面只澆了一小坨綠色橄欖油。

她切了一條，黑色醬汁便湧出來，釋出一股濃濃的鴨香了。

「不錯嘛。」荷莉說著放了一叉子到嘴邊。「我的天！那是……那是……」

他點點頭。「我知道。」

不知怎地她竟未想到，原來麵是反過來做的——香濃的醬汁被包在麵皮裡，而非淋在麵皮上。

丹尼爾為兩人倒酒，「這道菜需要搭這個，鴨肉裡的胺基酸跟酒裡的梅納反應[32]很配。」

「丹尼爾……」荷莉說不出話，「沒想到你竟然會做菜。」

「呃，我只會煮十二道菜，不過我反覆調整到登峰造極。」

但這道別出心裁的麵條跟威尼斯小牛肝（Fegato alla Veneziana）比起來，簡直不算什麼。小牛肝是威尼斯的代表菜，荷莉已吃過很多次了，每位家庭主婦和餐廳的煮法雖略有不同，但基本都差不多：洋蔥以小火煨到半透明；牛肝切成長條灑上麵粉，然後用油與奶油很快地炸一下；兩者摻在一起灑些白酒醋。

丹尼爾的小牛肝卻在控溫槽裡煮了十二個小時，而且以八角與薰衣草調味。

他解釋：「肝與薰衣草都含有相同的硫分子，把兩樣東西放在一起，會彼此添香。」

「那八角呢？」

32 梅納反應（Maillard reaction）：烹調過程中，胺基酸和糖的結合，就是梅納反應。食物中的碳水化合物與胺基酸、蛋白質在烹調加熱時發生的一連反應，生成了棕黑褐色的大分子物質。反應過程中會產生不同氣味的分子，誘人的色澤與風味。

「含有甲基胡椒酚，會帶出洋蔥裡的天然焦糖。」

太好吃了！跟菲力牛排一樣入口即化，但濃郁遠在其上。不過荷莉最愛的卻是甜點。丹尼爾告訴她，那是加鹽的巧克力和煙燻鰻魚時，她差點拒絕嘗試，孰料竟是人間珍饈：一卷紙薄的黑巧克力，鹽花微灑，放在散放煙燻香氣與甜味，不說根本不知是鰻魚做成的慕斯上。甜點配了一小杯Torcolato，一種近似棕色，散發強烈芒果與葡萄香的威尼斯甜酒。

用餐過程中，荷莉注意到丹尼爾的眼神與她接觸得越來越頻繁了。他探問她父親的事，她很自然地坦認不常見父親，令她感覺很罪惡，雖然父親已不再認得她了。荷莉告訴丹尼爾，父親因中風腦部受損，無法像正常人生活，她離家甚遠，對母親和三位兄長十分愧疚。

丹尼爾緩緩說道：「我十幾歲時，曾自以為痛恨家父，最近才開始明白我們父子有多麼相像。例如他的藏畫成癡。如果我有兒子，我認為他在我死後會把嘉年華賣掉，我會放任他去嗎？也許不會。」

「你跟尤瑞厄神父就是在治療這些嗎？你父親的事？」

「有一部分是。」他猶豫著說：「還有一些其他的練習。」

「比如什麼？」

他看著荷莉。「你若想知道，我做給你看。」

「好啊。」她有些猶疑。

丹尼爾清開桌上的盤子，解釋練習的步驟。「不過你不能移開眼神，不管練習變得多緊張。」

荷莉靠向前，按指示定定地望著他。一開始她覺得有點好笑，覺得用這種方式結束今晚還挺奇怪的，可是荷莉還撐不到一分鐘，便發現剛才的好笑，其實是一種難為情。除此之外，她只覺得自己慢慢向他開放，丹尼爾也是，兩人眼睛細微的牽動，用一種她無法理解的語言，默默地進行交流。荷莉在這種靜默的交談中，不僅一次地垂下眼或臉紅，她實在無法理解何以至此；而且有時懷疑，我怎麼會有那種念頭？或者，但願他不知道我剛才在想什麼。

當他們相互凝望，開始模仿彼此的動作時，荷莉覺得兩人像心靈相契地共同跳過舞池。她手上頭部每個細微的動作，身上毛衣的每道拉扯，都如愛撫般的輕柔而撼人。荷莉的頸背發熱，耳垂灼燒。

計時器在她背後響了。「現在做實話練習。」他輕聲說。

「你先。」她突然害羞起來。

丹尼爾想了想。「我有好多事想問你。但唯一真正重要的，我並不想問，怕答案是否定的。」

荷莉沒聽懂，因此沒做回應。

「你有任何想問我的事嗎？」他說。

「你跟代理人做這項練習時……是一樣的嗎？」

他搖搖頭。「不一樣，雖然強度很大，但不像這次。」

「那你會……」她頓住，不知該怎麼說。「練習最後結果呢？」

「你想知道我是不是跟她們上過床？」

「應該吧，是的。」她坦承說。

「尤瑞厄神父覺得那可能會有幫助。但我還沒做到那個地步，雖然我覺得其中一名代理人很迷人。」

「我從來看不出你是不是在開玩笑。」她咕噥說。

「那是因為我從不開玩笑。」他想了一會兒，又說：「怎麼？你認為我應該跟她上床嗎？」

「不，我覺得你也許應該跟我上床。」

70

桑迪尼大步走出真空室，來到燈光幽柔的祕密檔案室。托拿泰里修士正在等他。兩人邊走邊談，桑迪尼匆匆戴上棉手套。

「怎麼樣？都找齊了嗎？」他問。

「很難講。」托拿泰里答道。他的語氣聽起來很累，聲音首次透露出他的年紀。桑迪尼知道托拿泰里最近都睡在這下頭，此人一輩子克盡職守。梵蒂岡有個奇怪的特色：在這個幾乎沒有人有家累的城邦裡，你很難抵抗一天工作二十四小時的誘惑。人們把自己搞到筋疲力盡，死在教廷的辦公室裡，畢生致力維護教宗的影響力。「但我們已挑出所有明顯相關的參考文件，我想大部分應該都找到了。」

桑迪尼心想，他的語氣像在談雜草或傳染病，必除之而後快，一絲都不能留，以免衍生後患。不過也許離事實不遠。

「我把東西放到這裡了。」托拿泰里帶桑迪尼進入一間會議室。一名警衛站在門口，為求隱私，玻璃牆已被遮住了。

桑迪尼走進去後，當場愣住。他現在才明白，原來玻璃牆根本沒被東西遮住，而是堆疊著一排排的箱子——從地板堆至天花板高，且有四層深。

「可是……到底有多少？」他愕然地問。

托拿泰里輪番指著每面牆說：「一九四五至一九四七年，四百六十五份報告。一九四八到一九五〇年，六百份。一九五一到一九五三年，兩千零三十五份。我們暫時先找到一九五三年。」

桑迪尼伸手到箱子裡隨意抽出一份文件。

艾米利亞－羅馬涅區（Emilia-Romagna）有個叫奎里科．布喬的共產黨員，一直偷偷參加告解。大家討論該如何與這位布喬先生對質，揭露他的偽善。最後我們決定向您報告此事……

文件日期為一九四八年五月。桑迪尼抽出另一份：

佛里烏利（Friuli）一個名叫卡蜜拉．康堤的婦人跟神父報告，她丈夫因加入共產黨，拒絕參加彌撒……

接著是：

此君公然表示在即將到來的選舉中，要投票給共產黨。由於他是本地學校老師，也許會影響當地社區。有人建議此人甚為怯弱，或許能勸退其意……

有份來自葡萄牙的類似報告，另一份來自法國，還有另一份是西班牙；有些報告甚至以拉丁文書寫，在當時是全球天主教神職人員的共通語言。

本地醫師是無神論者，據聞他支持一些激進的想法……

我在布道時，解釋為何我們教區的信徒，有責任投票給天主教民主黨，而信眾也都欣然接納；然而，請容我為大人指出幾點……

「如何？」托拿泰里低聲說：「我們該怎麼做？是毀掉文件？還是全部放回去？」

桑迪尼左右看了看，終於說：「暫時別動，我得先找人談談。」

✣　✣　✣

他來到離梵蒂岡一小段走路距離的小宮殿，跟櫃台人員報上自己的姓名。幾分鐘後，桑迪尼被帶到一處安靜的角落，一名白髮男子正在等他。

「謝謝你同意見我。」他說。

「不客氣。」男子是前一任的教廷新聞中心主任，桑迪尼與他聯絡時，他似乎並不訝異，也無戒心。

「我想這份工作應該讓你很忙吧？」

桑迪尼坦承：「超乎我想像的忙。而且壓力相當大，保密的重責大任……」

白髮男子點點頭。「你會慢慢上手的，相信我。」

「有件事我想請你給點建議，這跟當年還是蒙迪尼大主教的教宗保祿六世有關。」

對方若無其事地說：「我知道他不久便要封聖為聖保祿了，他的後繼者已尊他為神僕與尊者。現在有些報告說他已展現神蹟了。」

桑迪尼靜靜說道：「我懷疑這位神僕，是否也是ＣＩＡ的僕人。」

「啊。」對方沉默片刻。「我經常在想，這件事重新浮出台面時，會是誰坐在我的舊辦公桌上。」

「重新浮出台面？所以這事以前就知道了？」

「當然。當時要執行那樣的行動，大家不可能不知道，至少特定圈子的人會曉得。」

「這場行動……到底是什麼？」

白髮男子淡淡地說：「一場全面性對抗共產黨的戰爭。從歷史的制高點來看，現在會覺得這場戰爭的勝利相當容易，幾乎勢在必得。不過請相信我，當時並非如此，雙方拉鋸得異常艱辛，需得用厲害的策略去因應。有人甚至說是不擇手段。」

「天主教民主黨。」

「沒錯，天主教民主黨。基本上是西方兩大強權的聯盟：天主教會與美國。」

「有人會說，天主教民主黨跟基督或民主幾乎無關。尤其神父還監視自己的教區居民，或指示居民如何投票。黑手黨也在其中操控選舉，教廷把反對者的資料交給安全單位，安全單位又把某些人的資料轉交給黑手黨，讓他們施以強制。」

對方堅定地說：「但儘管如此，那是個很成功的策略。在你匆匆下評判之前，請以此做為基礎。」

「蒙迪尼呢？他怎會授權所有這些事？」

「就像你說的，他與ＣＩＡ聯手——他們稱之為『人脈』；也許是他們最重要的一條人脈。不過當你說『僕人』時，你大概誤會他們的關係了。梵蒂岡和CIA當時的利益一致。別忘了，蒙迪尼曾看過教宗庇護十二世飽受批判，說他反納粹不力；其實蒙迪尼自己也曾那樣批評過，因此他決定不在冷戰期間重蹈覆轍。如果教會被迫放棄梵蒂岡，豈不完蛋？對任何人來說，這些都是要面對的可怕問題。」

桑迪尼表示：「南美有句話說：『Cuando la CIA va a la iglesia, no va a orar.』CIA去教會時，並不是去禱告的。」

「沒錯。我相信那是個很難應付的夥伴關係。至於關係從何開始，那是早在我任職以前的事了。我知道得回溯到戰爭尾聲。據我看過的檔案顯示，當時美國戰略情報局給蒙迪尼指派的代號是：戰艦。可見他對美方來說有多麼重要，美國還為他成立新的戰略情報局部門，X-2，專門分析他提供的情報。」

桑迪尼攤開手，「告訴我，我該怎麼做？」

男人笑了笑。「我總是在想，我們的上帝讓知識，而非罪惡，成為天堂裡最致命，也是唯一能將人類從幸福園中驅逐出境的水果，實在是太恰當了。你該怎麼辦？我們都必須接受自己已喪失純真的事實，然後守護過去的種種祕密，好讓別人能守住他們的純良。」

「換句話說，什麼都別做？聽起來像在取巧。」

「相信我，」白髮男子答道：「對一個人的靈魂來說，什麼都不做反而最難辦到。」

71

早晨第一件事，丹尼爾煮了兩顆蛋，蛋在控溫槽中煮了六個鐘頭。果然像他保證的，煮出完美的蛋。

荷莉心想，不知丹尼爾何時煮的。是在她睡著時，還是在更早之前？

這只是那晚諸多驚奇中的一項；她有太多事情要想了。更令人訝異的是，此刻她竟十分滿足，根本不願多想。

荷莉．博蘭，原來你也有狂野的一面。

✣ ✣ ✣

他們聊了很多事，也聊到米雅。

荷莉告訴丹尼爾，「一切都合情合理，每個問題都有解答，但不知怎地，還是覺得怪怪的。」

「米雅就是你的蛋。」他說。

「怎麼說？」

「就像我找到煮蛋的完美方程式後，發現方程式其實並不完美。接著我就停不下來，非得煮出完美的蛋才罷休。」

她想了想。「我想是吧。」

丹尼爾吃掉他的蛋，然後把蛋倒過來，用湯匙戳穿蛋殼底部。

「你幹嘛那樣做？」荷莉問。

「你若不把蛋殼弄破，魔鬼就可能困在裡頭。這是我們家廚娘教我的。」

她好奇怪看著丹尼爾。「你確定你從不開玩笑？」

「確定。」

「再回到米雅……我還是不懂，為什麼單單挑上她。雖然我找了又找，就是查不出她被挑上的理由。」

丹尼爾尋思道：「也許從某個方式去看，這就跟我的蛋一樣。你知道結果蛋根本不能用滾水煮嗎？或許你得把這案子倒過來想。」

「什麼？」

「可是倒過來想，我們還是找不出頭緒。」她瞪著丹尼爾，心中浮現一個念頭，「除非……」

「除非他們要折磨的人不是米雅。」荷莉緩緩說，這句話一字字地重重撞擊著她，「而是他。」

✣　✣　✣

他們搬出丹尼爾最大的白板。

「你確定不介意？」荷莉緊張地問。

丹尼爾搖頭說：「那是『黎曼假設』（Riemann Hypothesis），一八五九年就有了，反正我又不是今天下午就能解出來。」

她擦淨丹尼爾寫在板子上的公式，畫上兩個小人，一男一女，並加上名字，米雅．艾斯頓、艾斯頓少校，然後從女兒朝父親身上拉了個箭頭。

「拷打代罪羔羊的辦法已行之數千年，尤其用來對付那些身心頑強、能抗拒所有正常辦法的人。但也基於同樣理由，這些人自認是他們所愛的人的保護者。身為偵搜部隊的指揮官，艾斯頓一定很清楚米雅所受的經歷——他自己在受C級的SERE訓練時，就有過類似歷練。米雅是他的掌上明珠，艾斯頓知道女兒去自由俱樂部時，都快氣炸了。」

「也許那正是他們選擇自由俱樂部的原因。」

荷莉點點頭，寫下「自由俱樂部」，再多畫兩個小人。由於她是荷莉．博蘭，一個剛發現自己有狂野面的女生，所以又畫了一個跟他們做愛的小人，並在下頭寫著，毒品？誘拐。她從那組小人，往米雅父親身上拉出第二根箭頭。

「圖曼專員告訴我和凱蒂，艾斯頓痛恨毒品。」接著，她又畫了一個人。「艾斯頓的上司是卡弗上校，美軍在ADM的臥底馬贊提直接跟卡弗報告。」她寫下卡弗、ADM和另一個箭頭。

荷莉逐一把所有事項寫下：馬可．康特諾、麥基洗德修會、嘉年華，並繪成關係圖。再來補充：「還有喬伊．尼可斯。艾斯頓幫這名士兵戒毒。他最近去看過喬伊，為了提醒自己，這一切所為何來。艾斯頓否認那件事與綁架案有任何關係，但如果他只是不想讓我知道呢？」

她寫下，喬伊．尼可斯／毒品。

「然後還有一個叫『出埃及計畫』的行動，是在阿富汗的機密引渡計畫，但艾斯頓似乎關連不大。」

她加上出埃及計畫，畫出最後一條線，然後往後站開。

看不出艾斯頓少校身上來來回回的線條有何意義，缺了個重要的關鍵。

丹尼爾說：「人們討論黎曼時，有時會談到『黃金鑰匙』，也就是必須以假設的方式，拼湊出缺失的關鍵，然後用它來解釋一切。」他指著卡弗與艾斯頓之間的空白處，「有什麼能夠解釋這一塊嗎？」

荷莉懊惱地搔頭說：「我就是想不出來。」

72

「你想做什麼？」瑟托不可置信地說。

「調查兩名綁匪，費迪亞諾．凱拉利和堤茲亞諾．卡邦的死因。做為相關調查的一部分，則還要包括艾沙．亞丹莎、崔瓦撒諾教授及邁可斯．哲曼帝。」皮歐拉平靜地說。

瑟托用手捂著臉。「你瘋了，就在一切都……都……」

「都妥善收尾，每個人也都很高興的時候。」皮歐拉同意道。他指著瑟托翻領上的小十字架，其粗短的下段變成劍形。「恭喜你，將軍，看來你被推選為傑出弟兄階級了，相信他們將來一定會非常看重你。」

瑟托狐疑地看了皮歐拉和凱蒂一眼。「你們要做的調查包括什麼？」

「我們必須訪問所有涉入營救米雅的人，以及他們的指揮官卡弗上校。噢，還有過去六十年來，許多支持興建美國基地的政客。」皮歐拉頓了一下，「沒料錯的話，一直有個大規模的陰謀持續在剝奪義大利人民用民主方式決定美軍去留的權利。我們想知道為什麼。」

「天啊！我的天啊！」瑟托差點說不出話，一時間只能這樣重複地說。

✣　✣　✣

瑟托堅持陪他們去見檢察官。他們運氣極佳，案子指派給法拉維歐．李方帝，他是傳奇法官費里西．卡森（Felice Casson）的入室弟子。這位威尼斯法官在一九八九年調查一場死了三名憲警的爆炸案時，查出劍黨行動，以及北約與義大利右翼游擊隊的祕密網絡。李方帝自己則專事起訴黑手黨，結果到現在無論走到何處，都有一名武裝守衛陪在一旁。這位檢察官當然不會好應付，但此人與他們以前共事過的那些膽小怕事、步步算計的檢察官大不相同。

李方帝聽二人娓娓道來，偶爾在面前的筆記紙上寫點筆記。皮歐拉字斟句酌地描述案情，但李方帝並未受騙。

「所以你想去驚擾他們，希望他們因此洩漏一些有用的證據。」皮歐拉說完後，李方帝表示。

「我們確實是想擴大調查範圍。」皮歐拉小心翼翼地說。

李方帝表示：「你們的方法不對，我不同意。」

凱蒂好失望，她原本對這位眼神陰鬱，但活力四射的男子頗抱期望。

「這方法不對，因為你若猜中了，二位只怕八字還沒查出一撇，就被宰掉了。」李方帝又說：「先別想當英雄，想想怎麼做才有效率。深究既有的證據，找尋其間的矛盾，揪出誰是軟柿子——那些跟你們講了之後不會有損失的人、再也不想撒謊的人，或希望能坦白從寬的人。最重要的是，你們得找些實證給我，不管證據有多小或多麼不重要。之後我們可以用它來做文章，但不能反其道而行。」他看看筆記。

「上校，先從那副遺骸開始吧，因為你的嫌犯葛藍少校至少有個優勢——他已經死了，不會再有損失了。然後去跟那位政客拉瑟洛談談，哲曼帝先生的死可能會有個完美而無罪的解釋。」他看看凱蒂，「還有你，上尉，你應該把焦點放在檢查米雅．艾斯頓的救援行動上。不過別直接去找卡弗上校，從技術層面上去過濾，我想農場已經搜查過了吧？」

「現場還有一組檢驗人員。」

「很好，幫我找出一些矛盾點，上尉，一些我能用的東西。」

✣　✣　✣

回到聖匝加利亞教堂後，凱蒂要求在弗里桑科的檢驗組，把所有檢驗報告拷貝一份給她。接著她開始追查拉瑟洛的下落。先查看死亡登記，拉瑟洛戰時若曾參加游擊隊，現在應至少九十歲了，但她找不到死亡紀錄或網上的訃告，看來此人應該還活著。

凱蒂從投票紀錄找到一筆位於維琴察南部山區萊彼歐（Lapio）小鎮的地址和電話號碼。接電話的是一名女子，凱蒂問能否與拉瑟洛說話。

「他不接電話，我可以幫他傳訊息。」女人說。

「你是他夫人嗎？」凱蒂問。

「不是。」

「那是他的管家嗎？我是憲警隊的……」

咔，電話掛了。

✣　✣　✣

他們還是開車去找他了，凱蒂都忘記這些山巒有多麼秀麗了，一條綠帶像巨龍的鱗脊般，斷開平坦的威尼托平原。那感覺像在不同的國度裡：一個葡萄園與小片農地盤環不盡的地方，連農耕的機器都像是戰前的古物。

萊彼歐是一座可俯看迪菲蒙湖（Lao di Fimon）的小村子，水域充滿了田園風情，水上還有幾點漁舟緩緩飄盪。拉瑟洛的住處毫無破敗的跡象；是棟藤蔓與橄欖樹林環繞的貴氣別墅。

「對一名前共產黨員來說，算挺不賴的。」皮歐拉咕噥說，把車子開上長長的車道。不過凱蒂發現兩側的橄欖樹長得有些雜亂，彷彿主人已不想再照顧它們了。

應門的是位穿灰色修女服的修女。「有什麼事嗎？」她問。

「我們想跟拉瑟洛先生談一談。」皮歐拉出示證件。

「我想他大概無法跟你們談話，他已經病一陣子了。」

修女帶他們進入一間漂亮的客廳，這裡顯然很少拿來當客廳用了。四周牆邊擺滿了醫療設備與醫院床單，隔壁房間響起一陣手搖鈴，一個細薄的聲音喊道：「是不是有人？瑪莉亞？」

她喊道：「是憲警。我跟他們說過你身體不舒服。」

「帶他們進來。」

兩人跟著修女來到以前應是餐廳的房間。窗邊擺了一張能調整頭尾角度的電動床，窗外即是湖景。床上躺了一名病弱的老人。

皮歐拉介紹自己和凱蒂後，解釋來意，表示想談談戰爭期間發生的一樁舊事。

拉瑟洛虛弱地說：「戰爭？我記得戰爭。但我不太記得最後那幾年的事了。」

「是關於一名叫邁可斯·哲曼帝的人。」皮歐拉坐到床邊的椅子上，「我們在舊達莫林機場跑道附近，找到他的屍體，或者該說是他的遺骸。」

老人褐斑點點的眼皮輕顫著。「邁可斯·哲曼帝不是被德國人抓走了嗎？」

他是在故意反問，但皮歐拉肯定地回答說：「不，他沒有。而且我知道他死的時候你跟他在一起。」

老人又是一頓。「我……記不得了。」

皮歐拉更加溫柔地說：「拉瑟洛先生，無論你曾目睹、共謀，或犯過什麼罪，你都不可能受到審訊了。不過你若能解釋當初究竟發生什麼，會有助我們了解哲曼帝的死，不管他的死因是什麼，我不相信你能忘得掉。」

一記輕嘆自拉瑟洛的唇中吐出，彷彿他已無力再做偽裝了。

皮歐拉接著說：「我們知道其中牽涉到美國人，例如美國戰略情報處的葛藍少校。」

拉瑟洛靜默良久，凱蒂懷疑他是不是睡著了。接著他開口說話了，但眼睛依然閉著。「當時有個計畫。」

皮歐拉往前靠攏。「是嗎？誰的計畫？」

「我們在南斯拉夫的同志，帶著狄托親自下達、也經過黨同意的命令來找我們，說等德國撤退後，要為工人占取義大利北部的威尼托大區。」

「事情被你說得好像很容易，應該有遇到抵抗吧？」皮歐拉說。

老人在枕上點著頭。「君主制擁護者原想試圖阻擋，但我們共產黨的人數比他們多，又很受人民歡迎。重點是要搶快並出奇不意。本來我們可以占領市政廳與警察局，控制重要道路與橋梁，在大家還搞不清發生什麼事情之前，便讓威尼斯飄滿紅旗了。」

「是誰阻止了這項計畫？」

拉瑟洛輕輕搖頭。「計畫遭到背叛了。除了我以外，所有的領袖都被殺了。美國人在那之後，就再也不讓我們拿到任何重型武器或迫擊砲了。」

「美國人為什麼會放過你？」皮歐拉問。「我可以理解他們為何要消滅哲曼帝和其他人，但為什麼不連你一起殺掉？」

拉瑟洛再次搖頭。「你不明白，阻止那項計畫的人不是老美，而是我，我就是那個背叛者。」

「你！」

拉瑟洛嘆道：「德國人是一回事。甚至黑衫軍33也是——我可以殺掉他們，因為他們令我國蒙羞。但我不能對抗游擊隊的同袍——反抗君主制的人士和天主教徒。當我聽到那些南斯拉夫人在討論他們的計畫，而邁可斯和其他人竟然同意時，我知道自己必須有所行動。」

他沉默了很久，再次提起精神。

「我們以前常睡在一間教堂，我就是在教堂裡下手的，在每人頭上射一槍，邁可斯雖然醒了，但我已事先清空他的來福槍。」

「然後呢？你怎麼處理他們的屍體？」

「我請葛藍少校處理屍體，反正我們正要去見他。他把教堂裡的屍體搬走，我則回去告訴自己的部隊，說哲曼帝遭到伏擊了。」

「謝謝你。很感謝你幫忙釐清這件事。」皮歐拉平靜地說。

33 黑衫軍（Blackshirts）：義大利法西斯黨領袖墨索里尼在一九二三年創立的義大利民兵組織。二戰結束後解散。

拉瑟洛點點頭。「我剩沒多少日子了，能說出來，算是了一件心事。」

皮歐拉說：「那樣的話，我們不需要正式的供詞了。如果你能在這位上尉的筆錄上簽名，我們就不再多打擾你了。」

他指指凱蒂，凱蒂遞上筆錄，把筆錄捧到老人面前，然後將他的手放到簽名處，老人簽的字抖抖顫顫，但仍清晰可讀。

✣ ✣ ✣

兩人走回車上的時候，皮歐拉一路很安靜。凱蒂瞄著他說：「你說得對，只有哲曼帝是誰射死的那一段沒料中。不過就像你講的，哲曼帝算是冷戰的第一位受害者。」

皮歐拉表示：「有些事我或許說對了，但拉瑟洛還是對我們說了謊。」

「你為什麼那樣說？」

「法醫哈帕迪檢查哲曼帝的遺骸時，在他的右肩找到一顆子彈，子彈從哲曼帝的左耳上方直接射穿腦部，槍手應該站在跪地的哲曼帝背後。」他嘆口氣。「換句話說，槍手是左撇子，而拉瑟洛簽供詞時用的是右手。」

「一個九十歲的老人臨死前幹嘛還做假口供？」她不解地問。

「有人堅決把真相一起帶進墳墓裡。」

「可是為什麼……」凱蒂突然打住，「那些修女。」

皮歐拉點點頭。「這人相信他在天堂能獲得公義的報酬，他認為自己是在保護他的教會。」

✣ ✣ ✣

回到總部時，檢驗報告也出來了。凱蒂逐一翻看一頁又一頁凱拉利農舍的圖表與照片，並跟特警隊頭盔攝影機拍下的畫面做比對。這是項龐大的工作，檢驗單位因抓不準哪項結論在法庭上會遭到挑戰，因此在科學細節上，報告會做到盡可能詳細。

「啊，塔波上尉，能借一步說話嗎？」

凱蒂抬起頭，是萊帝瑞上校，旁邊跟著他的助理安迪茲。安迪茲拿了一疊貼著便利貼的檔案。

「是另一位受害者嗎？」她問。

「不全是。瑟托將軍教我把跟你案子有關的筆記再看過一遍，經過再三審思後，似乎是我們失職了，未能保護像你這樣的年輕軍官，不受皮歐拉上校的侵擾。」萊帝瑞堆笑說。

「算了，我要撤回申訴。」凱蒂說。

「真的嗎？」萊帝瑞故作震驚。「那當然是你的特權，但對我的調查來說並無差異，調查現已擴及皮歐拉上校與其他下屬的婚外情了。」他對安迪茲示意，助理打開一份檔案交給他。「如果你還記得的話，你曾親口告訴我們，因為發現上校的花邊韻事，促使你考慮與他分手。看來皮歐拉在婚外情上是累犯了，憲警非常重視為女性軍官提供一個安全、無騷擾的工作環境。」說罷萊帝瑞面帶得色地離開了。

爛人。她完全洞悉瑟托在搞什麼。皮歐拉對綁架案的調查，一旦可能造成尷尬，瑟托便會利用萊帝瑞的報告，將皮歐拉停職，凱蒂或許也會遭池魚之殃。如此一來，李方帝便欠缺起訴的根基了。

她回到搜查農舍的文件，找出驗屍報告。凱拉利跟卡邦都沒有刺青，凱蒂在旁邊的空白處寫道，刺青女孩？雷鬼頭男？他們在哪裡？

接著她埋頭閱讀文件，找出其他值得筆記的資料。凱拉利在加值無線網卡時，藏身地就被找出來了。報告上指出，他在那次加值時，多加了1GB的傳輸量，檢驗組分析網卡後，發現卡上未使用的傳輸量剛好低於5GB——是無線網卡可能的最大傳輸量。

凱蒂心想，這表示凱拉利這次致命的加值，竟然是不必要的。

她想起丹尼爾發現除了自己，竟同時有人駭入凱拉利義大利電信的帳戶時，表情有多麼困惑。當她聽到美國一直在監視憲警的調查時，便以為美國一路在追義大利憲警的證據線索。

可是萬一還有內情？萬一那條線索就是美國人布下的呢？會不會有人決定米雅獲救的時間到了——同樣的，綁匪也差不多該死了？

她回頭翻看驗屍報告。兩名在農舍找到的男子皆是頭部中彈而亡，從幾公尺外的距離射擊，並在兩具屍體附近尋獲槍枝。救援人員證實他們在進入農舍時聽到槍聲，奇怪的是，竟沒半個救援小組人員聲稱歹徒為他們所殺。

凱蒂重審頭盔攝影機的影片，一格格檢視。凱蒂覺得詭異：先是子彈四處亂飛，接著特種部隊的士兵便站在死屍旁了，但都沒人看見死者生前的樣子。

難道兩名死者是在救援行動開始前就被另一名綁匪射殺的嗎？那名匪徒射了幾槍後，事前得到警告，在救援小組抵達前便逃掉了？救援小組在混亂中，大概以為綁匪是在交火時被殺的。

她又讀了一遍報告。沒有發現能夠確認或反駁這項推論的線索，但至少她找到矛盾點了。

73

荷莉把她畫了涉案關係圖的白板，從丹尼爾家挪到她家客廳的牆邊，接著坐到對面的沙發上凝視。

有人藉綁架艾斯頓少校的女兒來折磨他。米雅所受的磨難，跟真正的囚犯，甚至是SERE練習時所受的相比，可能相對輕微。但像艾斯頓這樣的人，應該聽過從阿富汗和伊拉克牢房中傳出的慘叫，知道狀況會有多麼淒慘。對方光憑艾斯頓的想像力，便能折磨死他了。

一位功勳彪炳的戰爭英雄，一個紀律嚴謹，備受部屬尊敬的人，他到底做過什麼，或威脅過要做什麼，而讓人做出如此極端的回應？

荷莉知道，只有一種合理的解釋。

✣ ✣ ✣

她告訴吉瑞：「我應該早點想通的，艾斯頓是位揭發者。」

「揭發者？」他重述道，思索其中的可能。

「或威脅要去揭穿什麼。剛開始第一部影片播出後，他便說了：『我要怎麼跟他們聯絡？』之類的話，原來他的意思是，『要怎樣才能告訴綁匪，我願意跟他們交涉？』」

「這倒是個好問題，他要如何去交涉？」

「透過我。」荷莉搖搖頭，氣惱自己太笨。「我固定去跟卡弗上校報告艾斯頓的最新狀況。後來我告訴艾斯頓少校，我去看了喬伊．尼可斯。我猜可能就是那樣，少校才會直接找卡弗，跟他表明只要米雅能夠回來，自己都願意配合。我甚至看到他們在一起，而且不小心聽到卡弗在跟他談條件。」荷莉頓一下，「我想，無論少校究竟發現什麼，應該與毒品有關。」

「現在他為了米雅的安全，決計不會冒險說出事實了。我們現在只能盡量想別的辦法，找到證據。」

荷莉想了想。「我得跟米雅談一談。」

✣　✣　✣

她打電話給妮可．艾斯頓，問米雅想不想看一些自她獲救後成千上萬湧入美軍民事聯絡部的卡片和禮物。妮可表示得去問問米雅。荷莉覺得她的語氣，就像任何詢問忙碌的女兒有沒有空的媽媽一樣，你很難相信這位健談開朗的女人，就是女兒被綁時，飽受折磨，差點瘋掉，要靠藥物度日的人。

妮可回來表示：「當然，她請你過來。」

你也很難相信，荷莉在艾斯頓家遇到的少女，就是影片上被綁匪凌虐的那名女孩。兩人剛坐下時，米雅戴了一頂毛織帽，當她摘掉帽子時，荷莉發現原本剃掉的頭髮已經長出來了，且她的聲音相當穩健有力。謝天謝地，年輕人的復原力好強。

率先談起綁架的人是米雅。荷莉讓這孩子用自己的方式表述，只偶爾問些問題，鼓勵她往下講。米雅大半時候都在談小丑，顯然女孩在刻意跟他套關係時，兩人互相產生了情誼。

「我的朋友都說他是怪物。」她怯怯地笑著，在手裡絞著織帽。「但我知道他並沒有那麼壞。」

荷莉發現，米雅需要有人能體諒她對小丑的哀思。於是荷莉大聲表示：「雖然凱拉利選擇奪去你的自由並虐待你，但僅把人二分成怪物或英雄，都失之過簡。有些道貌岸然的人，會做出罪大惡極之事，而拯救你的英雄，說不定反而是地痞流氓。」

「也許吧。」米雅半信半疑地說。

「你有接受任何心理輔導嗎？」荷莉問。

米雅扮扮鬼臉說：「爸媽要我去見學校的輔導員麥考納先生，因為我們已經相互認識了。」

荷莉點點頭。「我見過他，就是那個會盯著你的腿看的傢伙，對吧？」

米雅哈哈笑道：「對。」

「如果能有點幫助的話……」荷莉遲疑地說：「我有位朋友的心理諮商師同時也是神父，我朋友說他很厲害，我可以幫你聯絡。」

「謝謝，那很好。」

「你父親呢？」荷莉溫柔地進一步探問，「他還好嗎？」

「爸爸還好。他不是那種見到女兒回家，會激動到不行的人，不過我們有擁抱，也長談過，所以……」她點點頭。「他要我重新發誓。你知道那個守貞的事吧？我還不太確定要不要做，但我們會想出別的辦法。」

「我能問你一件事嗎，米雅？」

少女聳聳肩。「當然。」

「令尊最近是否有一段期間，對你格外保護？」

米雅點點頭。「有啊。真的耶，在他上一次外派剛回來後，爸爸就常常要我坐下來，跟我講人身安全的事。他叫我一定不能把自己的名字告訴網路上任何人，出門時要小心，小心交哪些朋友等等，等等。甚至要我在臉書上加他好友，好讓他看看我的朋友是誰。」米雅翻著白眼，「我朋友不被他嚇跑才怪。」

「你就是在那時註冊嘉年華帳號的嗎？」

「差不多。」

「綁匪有提過嘉年華嗎？」

「他們只有一個人跟我講話。另外兩個……一個只會講義大利文，另一個只吹口哨。」

荷莉愣愣地看著她，「另外兩個人？我讀到的資料只有兩名綁匪。」

米雅搖頭，說：「我知道他們是那樣說的。但我已經跟他們講過了，還有另一個人有時會借小丑的面具戴。每個人都說一定是我弄錯了，因為他們只找到兩具屍體，可是……」她聳聳肩。

「而你從未見過這個人的臉？沒有任何能辨識他的方法？」

「沒有，我只知道就是他，因為他會低聲吹口哨。」

「像是吹音樂？吹歌曲嗎？」

「是啊。」她想了一會兒。「當時我聽不出是什麼。但最詭異的是，我昨天在基地的廣播電台聽到了。我相當確定，那是史普林斯汀（Bruce Springsteen）的〈生而奔跑〉（Born to Run）。」

✣　✣　✣

荷莉回到自己的公寓檢查官方的報告。他們說得很清楚：兩名綁匪從屋內朝救援人員開槍後，被射死了。

荷莉在從丹尼爾廚房搬來的涉案關係圖上，加了三個小人到米雅下面。兩個小人上面打叉，第三名下方寫道：口哨男。史普林斯汀？

她發了封短信給凱蒂，告訴她米雅所說的話，接著駕著自己的車往北邊山區開去。

74

這回她沒有事先通知自己要來，喬伊．尼可斯穿著健身服來應門。他臉上泛著一層薄汗，顯然正在運動。

他訝異地說：「博蘭，我能為你做什麼嗎？」

「我還有幾個問題想問你。」

「米雅不是已經平安無事了嘛？」

「是的。」她指指門，「我能進來嗎？」

他領著荷莉經過滑雪裝備走進廚房時，荷莉停了一下，檢視走廊。門後塞了一個軍用的大背包，她試驗性地拿起來，估計至少有八十磅重。

喬伊回頭看看荷莉。「你在做什麼？」

荷莉連忙一笑。「這背包好重。」

他咕噥說：「那是當然。」

喬伊在廚房坐下，沒問荷莉要不要咖啡。

「喬伊，你並沒有對我說謊。你只是沒跟我講到任何重點罷了。」荷莉說。

「我不懂你在講什麼。」他淡淡回應。

「我猜，部隊在阿富汗時出過一些事，一些涉及你和少校的事。你跟他說，你遇到一些不正常或有人包庇的事，而少校趁下次出派時去查了一下，回來後告訴你，你猜得對。無論那是什麼事，反正都跟他女兒被綁有關。」

喬伊注視她甚久，權衡著該告訴她，還是把她趕出去。

荷莉又說：「我知道『出埃及計畫』，只是不知道為什麼會害米雅被綁。」

喬伊終於說道：「艾斯頓少校是位英雄，是我見過最勇敢的人。」

「我知道。」

他嘆口氣。「當時我們被派去抓情報人員——至少我們被告知的情況是這樣。我們闖入叛亂區，逮到目標，火速閃人。這算例行公事，我們稱之為『塔利班計程車』。只不過那些人並非塔利班，未必全都是。」

他看著荷莉，確定她聽明白了。「有時我們會帶一名翻譯員，化解任何對抗。總之，有個被我們抓到的傢伙，嘰哩呱啦講了一大串，我們問翻譯員他說什麼，結果那人說他會被抓，是因為他幫一位本地商人管理鴉片蒐集站。」

「聽起來並沒冤枉他。」荷莉隨口表示，雖然她一聽到毒品，兩耳立刻豎直。

「也許吧，但美軍當時並沒有破壞罌粟的計畫。我們得到的命令是別去干擾農人，以免將他們逼入塔利班的懷抱。總之，那人說他被抓的真正理由，是因為他沒有為開林．撒亞夫做事。」

「誰是……？」

「當地的龍頭老大，一名軍閥，部落領袖，我們找他幫忙統治當地人。」

「所以意思是，那傢伙是因為阿富汗人爭奪地盤才被黑的嗎？我想，那種事一定經常發生吧？」

「當然。我們拿來福槍柄敲了那傢伙幾下，叫他住嘴，然後把他送去基地，之後就沒再多想了。可是後來又發生同樣的事。一名目標聲稱他被抓是因為他不是開林·撒亞夫的人。事實上，同樣的情形多到像是一種模式了。」

「所以你跟少校說了？」

喬伊搖頭。「我不是在那個階段講的，但我倒是檢查過檔案，看那些傢伙被我們抓來後，下場如何。我以為，他們若真的與塔利班無關，經過拷問，關一陣子後，應該就會被踢出來了。可是我一查後，發現我們抓到的第一個人，被標上『轉至出埃及計畫』的字樣。所以我又查了另一個人，結果一樣，所有賣鴉片的都是相同結果。」

「『出埃及計畫』到底是什麼？」

「最初我以為是某種反毒計畫。但實際上，該區的鴉片產量在美軍駐紮期間爆增五倍，主因是生意被開林·撒亞夫獨攬了。而且我在翻查檔案時還發現，『出埃及計畫』不僅與我們的囚犯有關；那些被列入計畫裡的囚犯，大部分是中等價值的目標，這些人已受過審訊，把知道的都告訴我們了，只是還關在牢裡，等著決定該起訴或遣返家園。我們稱這種人叫『卡房』，因為他們只會占空間。」

荷莉皺皺眉，沒預料會聽到這些。「你就是那樣跟少校說的嗎？」

「沒錯，少校要我寫下來，說他下次去阿富汗時會調查。我覺得抓塔利班是一回事，但美軍若只是在幫某個當地毒梟霸占市場，豈不變成呆子，對吧？」

「所以你寫了報告。結果發生什麼事了？」

「我中彈了。」他看著荷莉，等她問該問的問題。

「你認為是因為你的報告內容？」

「我沒有證據。事實上，除了射入我右腿的子彈外，根本無憑無據。」他頓了一下，「當時，敵軍在我的左側。」

「然後你的軍旅生涯便結束了。全都是因為你對獲得過多協助的當地軍閥提出了幾項疑點。」

「差不多是這樣。」他搖搖頭。「我退役後掙扎得可辛苦了，我自己沒有家人——偵察紅隊就是我家。我開始吸毒，剩下的你已經知道了。無論我變成什麼樣子，少校都會幫我，他就是那種人，他大概覺得自己有責任吧。」

「門邊的背包……是逃生用的吧？以防射你的人回頭找你。」

他點點頭。「我在滑雪板上，速度不輸任何人。」

「你要去哪兒？」

他指向天空。「上頭。」

荷莉突然明白了。「那個背包是天鈎用的。」

他很佩服荷莉竟能想得到。「還有一副降落傘。這裡的風會帶我一路飛越邊境到瑞士，除非追我的人帶護照，否則我應該不會有事。」

荷莉又想過一遍。「我不明白的是，為何有人要費這麼大勁來封你們二位的口，先是開槍打自己人，然後綁架……我不相信開林・撒亞夫是第一個被美軍收買來支持我們的軍閥。」

喬伊聳聳肩。「那麼就是我全猜錯了，也許那顆子彈只是巧合，而發生在阿富汗的事，也與黑手黨無關。」

「不對，」荷莉想到自己的關係圖，以及那些需要填補的空白。「那場要艾斯頓少校住口的行動，規模太大了，所以他們想掩飾的事項，必然也是大事。」荷莉萌生一念，「天鈎的載重量是多少？」

「大約兩百五十磅，得視情況而定。怎麼了嗎？」

「沒什麼。」荷莉覺得沒必要分享心中掠過的疑慮，讓喬伊・尼可斯進一步陷於險境。

但他已經搶先說了。「你覺得可能像伊朗軍售案（Iran-Contra）嗎？」

荷莉點點頭，「有可能。」

伊朗軍售案是她父親年代的案子。奧利維・諾斯（Oliver North）上校底下的一批情治貪官，非法在伊朗販賣武器，再把錢拿到尼加拉瓜買飛機；然後以這些飛機運古柯鹼，賣掉毒品後，賺更多錢買武器。阿富汗是否發生了類似的事——美國陸軍收買軍閥的支持，演變成涉入軍閥的毒品生意？若是如此，那些錢拿去做什麼用途了？

「但我們還很難證實那樣的事。」荷莉又說：「在找到證據前，最好先別臆測，你的報告有留備份嗎？」

喬伊點頭說：「埋在外頭的木堆下。」

她瞥向窗外，夜色早已沉落。

他又說：「如果你願意睡沙發，我明早就去取。地面現在應該凍成冰了。」

「好的，謝謝。」荷莉很想立即拿到那份報告，但她無法要求喬伊在大半夜裡搬開木堆，挖掘凍土。明早就明早吧。

✣　✣　✣

凌晨四點左右，荷莉醒了。她興奮到無法再度入眠。關係圖上的資料不斷在她眼前飄移。卡弗、艾斯頓、出埃及計畫、毒品……她在腦中添加幾個新名字，開林・撒亞夫、天鈞……

越來越多解答，若即若離地一絲絲滲入她心中，只是她一打算分析時，答案便消失無影。艾斯頓被人封了口，不許他揭發美軍對開林・撒亞夫的支持，那點是無庸置疑的。但艾斯頓自己顯然也不清楚大局。還有別的問題，一定還有。

時間雖晚，荷莉卻決定打電話給凱蒂，把此事說清楚。

荷莉撥了話，電話才響，又因缺少訊號斷了，這裡畢竟是山區。她走到喬伊・喬伊健身的房間，看見排放在牆壁四周的健身設備與舉重器。荷莉高舉手機，檢視螢幕上的訊號強度。

喬伊自己的手機放在低處架子上的充電器裡，她睨了一眼，看上面有多少道訊號欄。有好幾道，不過喬伊用的電信公司不同。荷莉正要離開時，注意到別一件事。

喬伊的手機會顯示未讀訊息，現在手機上便有道簡訊，短短二字：

「Copy that.」

「Copy that.」是軍事簡語，意為「了解訊息了」。

荷莉拿起手機，點入先前的訊息，也就是喬伊寄出去的簡訊。依然只有幾個字：

「她在這裡。」

✣ ✣ ✣

噢，喬伊．尼可斯，你這天殺的混蛋。

喬伊對陸軍的效忠，加上害怕受到報復，大概高過他對艾斯頓少校的忠誠吧。但荷莉此刻已無暇多想，也沒時間做任何事了。她火速套上自己的衣服，走到窗邊。

下方主街上有輛黑色廂型車。車子停在那裡，沒開燈。

是監視？還是要來抓人？

荷莉看到車內明光一閃，一支手機的螢幕亮了。

她知道他們不會為了跟蹤她，派一組人老遠跑來。凱蒂看到的雷鬼頭，此時該不會正在指揮吧？

荷莉奔向走廊喬伊放滑雪靴、夾克、滑雪板的地方。她的體重不到喬伊的三分之一，滑雪靴實在太不合腳，但至少她的腳跟滑雪板頗合。

喬伊說過：「現在風向吹往瑞士，只要他們沒帶護照，應該沒事。」

荷莉打開門，冰冷的空氣灌了進來。喬伊在臥房裡用睡意濃重的聲音問她在做什麼。「我抽根菸。」她回喊。荷莉懷疑喬伊會相信，但如果能藉此拖延幾秒鐘，也不無助益。

天鈎的袋子幾乎跟她一樣重，荷莉套上滑雪板時，還以為自己會往後倒。萬一她真的倒下，恐怕再也爬不起來了。

荷莉往前屈蹲，以平衡背包的重量，並一邊奮力推著桿子，讓自己移動。

「三小啊？」喬伊的剪影出現在門口，「博蘭，你他媽搞什麼鬼？」

她已經在動了，荷莉拿著桿子狂推地面，但移速極慢。只要她能取得一些動力，背包的重量便能成為助力，不再拖累她了。

荷莉聽到喬伊罵聲不絕地光腳追著她，來到雪地裡。荷莉最後使勁一撐，身體終於動了；力道適足以讓她左右挪動滑板，聚集更多速度，掠過喬伊屋外的平地，衝往下方的樹林。那邊有條離開村子的路徑。荷莉雖不知道在哪裡，但已沒得選擇了，反正她只能快速衝下坡。

荷莉是滑雪高手，這點得感謝老爸駐派義大利時，堅持善用那段時間，每年都去滑雪。由於體型嬌小，荷莉從十三歲起，就開始跟專業級的好手競賽了，但她從未揹過這麼重的東西，而且也很少在夜裡滑雪。幸好雪地微微反光：她只須避開任何不是白色的地面，讓膝蓋去應付那些白色的雪地就好了。

當她穿越山坡下的村莊時，聽到廂型車的加速聲。她猜應該是往喬伊的屋子開過去的，他們接著會追過來，但願喬伊沒有太多備用的滑雪板。

幾分鐘後，荷莉來到林子邊緣，下方有條道路彎入山谷裡。假如她非要做接下來的事情，就得趁離開樹林的保護前，在這裡動手。

荷莉脫掉滑雪板，把天鈎袋拖離小路，拿著手機當光源，檢視袋子裡的物件。裡面最重的物品是一個氣瓶，然後還有繫繩、一卷將繩具固定在汽球上的鋼索。降落傘是極輕的備用降落傘，僅約一公斤重。荷莉套上繩具，把降落傘夾到前方，扯開鋼索四周的結。她不知道怎麼充氣，但她相信美國陸軍一定會把程序簡化到連白癡都會用。

當時陪她一起觀看天鈎訓練的廚子說過的話猶在耳畔：「他們說超爽的，不過提醒你，那是在他們安然返回地面後才說的話。」

四周仍無追兵的聲音，但她知道至少喬伊能悄然無聲地快速滑雪，若是等到聽見他來，就太遲了。

荷莉把汽球裝到氣瓶上，用力拉動手把。汽球立即鼓脹起來，迅速充飽，摺痕盡失。不到幾秒鐘，汽球已豎直了，僅由氣瓶的重量拉住。接著一聲尖嘯，汽球掙脫衝入空中。荷莉在綱索往上拉時，擺出訓練時見到的姿勢：雙臂交叉緊抱胸膛，準備被扯上去。

強大的扯力害她一時吸不上氣，接著她便飛出去了，林子迅速退降，急速竄升的汽球被她的體重拖緩了些。底下樹林裡出現一些星火，有人朝她開槍。不對，不是對準她開槍，荷莉聽到咻咻的子彈聲掠過她頭頂——而是朝著更容易射中的汽球。她已經飛得很高了，摔下去準死無疑。

他們一定也明白這個道理了，因為她聽到一聲大喊，槍聲停止了。

所以他們並不想讓我死，或至少不能死在這裡。但這還是無法令人安心。

荷莉看向地面，現在已經離地好幾百公尺了。她應該讓自己飛多高？荷莉知道備用降落傘的設計，是為了能在相對較低的高度打開。可是她若任由汽球升到標準跳傘的六百公尺的高度，她會凍到根本無法開傘。她已經不太能呼吸了。

不過高度太低的話，降落傘只會讓她落在離灌汽球不遠的地方。

快下決定，遇到災難時，猶豫不決的人最先死。

當然了，接著死的是做錯決定的人。

她要等升到三百公尺高。

決定已下，荷莉在腦中把該做的步驟跑過一遍，鬆開汽球、自由降落、然後打開降落傘。

接下來就是控制方向，飛越邊境了。至於要去哪裡，我就不知道了。

荷莉．博蘭，你眞愛自己找麻煩，對吧？

✣　✣　✣

她在三百公尺的高度鬆開汽球。那很難。汽球雖然可能把她帶往死亡，但她身上每根神經與肌肉，都在畏懼解開鈎子，把自己投入地心引力的懷裡。

荷莉鬆開汽球，開始墜跌。以前教官要她在此時大喊：「Geronimo! 傑羅尼莫！」[34]，荷莉高呼Geronimo，奮力扯開開傘索。塑膠布立即在她周邊騰開，像超市輕薄的提袋般拍擊她的臉，荷莉的心跳頓了一下，以為傘會纏住或撕裂。接著傘布乖乖地在她頭上綻出一道長方形的遮篷，罩住了空氣，也減緩她的跌速。

她拉著前面的帶子，發現自己的身體順著北方斜去，她看到遠方另一座村落的燈火。推想村子應該已過了邊界，那邊似乎是個不錯的降落點。

荷莉盡可能慢慢往下飄，來來回回地移動，乘著微風，一公尺、一公尺地拉開距離。荷莉著陸時，離目標只差幾百公尺而已，山谷的隘口成了她背後的一片黑影。

荷莉解開降落傘時，車的頭燈一亮，光線灑遍她全身。

看來喬伊．尼可斯的同事們，畢竟還是帶護照了。

75

凱蒂被帶到梅拓波飯店的大馬士革套房，招待她的主人就等在裡頭。「抱歉遲到了。」她說著坐入對方示意的椅子裡。

維瓦多．摩瑞堤要她別道歉。「剛才我度過最愉快的二十分鐘，期待我們今晚的每一刻，我已經很開心了。」

「你也只能期待而已。」凱蒂警告說。

維瓦多．摩瑞堤微微一笑。「我很幸運，因為我的想像是那麼的美好。」他指指前面的桌子。「我擅自請廚子配菜，看來是『古今融合』的菜色，也就是說，每道菜都包含了傳統與現代元素。」

凱蒂狐疑地檢視自己的盤子。上面有個裝著草莓醬的雞尾酒杯，旁邊是一塊上面放了一堆豆泥的玉米糕，最後還有條塞了碎魚肉的炸節瓜花。

凱蒂拿起叉子，說：「謝謝你同意見我。我想跟你談一個人，拉瑟洛，相信你以前跟他工作過。」

「的確有。我們雖然不算很熟，但我確實常近距離觀察他。你想知道他什麼事？」

「首先，我想知道你對他的印象。」

摩瑞堤想了想。「就政治上而言，他是那種慢工出細活的人。當然了，他運氣好朋友們都不錯。那個

34傑羅尼莫（Geronimo）：十九世紀反抗美國政府的傳奇印第安酋長，寓有求天保祐，賜其勇氣，使得以生還之意。

年代的政客——那些曾經參戰過的政客——喜歡在奇諾餐廳的餐桌上安靜地解決他們的紛爭，而不是在報紙上吵來吵去。」

「你提到『他的朋友』……我想你知道他是麥基洗德修會，這個所謂的慈善團體的成員吧？」

摩瑞堤點點頭。「許多政客都是。」

「但你不是。」

摩瑞堤若有所思地說：「你知道嗎？祕密是非常誘人的，而更迷人的是，還包含了兄弟的情義，有一群位高權重的社會精英會自在地與你分享他們的祕密。若有人告訴你——他們稱之為『接觸』——你可以成為他們的一員，會叫人受寵若驚，甚至是陶醉的。當然了，你會知道或被提醒，入會帶來的其他利益。選舉經費、辦公費用、聰明年輕的研究員，更別提媒體的偏袒報導了。這類人脈的結黨確實能聚集極大的權勢，而真的遇到重大問題時，他們也會確保圈內人能團結一致。」

「你覺得麥基洗德修會就是『圈內人』嗎？」

他聳聳肩。「麥基洗德修會只是其中的一種，P2是另一種，梵蒂岡是其中的一環，情治單位亦散布其間；有些專屬俱樂部和餐飲協會，甚至一、兩間相當特殊的妓院，也涉足其中。那沒有明確的名稱——可稱做是『影響力』、『腐敗』或直稱為『權力』，因為那超過以上全部的總加。」他搖搖頭，「再回到你之前的問題。沒有，我從來沒參加過這類團體。」

「你是怎麼避開的？」

「把自己的名聲搞爛，讓他們覺得我會損傷他們的名譽，讓自己厚顏無恥到沒有任何祕密，可被人勒索。」

「你覺得拉瑟洛被勒索了嗎？」

「我不認為有。向來有耳語說他非常愛國，是位難以具體說明的戰爭英雄。誰知道呢？身為主流共產份子，說不定他的金主們選擇提拔他，以鼓勵其他想遵循同樣道路的人。在那個世界裡，表面跟裡子是兩回事。」

「你說的『金主們』是指CIA嗎？或至少是奉命行事的義大利情報圈人士？」

侍者進來撤下他們的空盤，換上兩盤同樣繁複的菜。凱蒂的是鴿子加荔枝醬及巧克力削片，摩瑞堤的是燉牛肉與蔬菜慕斯。

「我這麼說吧。」兩人再次獨處後，摩瑞堤表示：「在我醜聞不斷的漫長政治生涯中，我發現若與美國對立，沒有人能在義大利紅太久。噢，偶爾來個大動作是可以接受的，尤其能讓報紙喧騰一陣子。不過若涉及貿易、外交政策或安全問題，與美方採相同立場，會較安全有利。許多義大利公司就是靠美國一路發的，例如康特諾公司。」

「康特諾？怎麼說？」

他抬起雙手，「光軍方的合約這麼多年便有幾十甚至數百筆。最早始於重建隆加雷洞穴中，當年為納粹製造飛機零件的工廠，後來有裝瓶廠、灌溉工程，以及最近在伊拉克和阿富汗的工程計畫。對了，拉瑟洛也是康特諾董事會的一員，所以也賺了不少銀兩。」他探詢地看著凱蒂，「你會告訴我，你為什麼想知道這些吧？」

「我想查清楚，戰爭最後幾個月，一名共黨游擊隊員的死，與維琴察四周的美軍基地，到底有何關連。」

他緩緩點著頭。

「你有什麼建議嗎？」

「只有一點。對美國來說，所有義大利的美軍基地各有各的重要性。西哥奈拉（Sigonella）的潛艇基地、利佛諾（Livorno）的海軍基地、阿維亞諾的機場、達比基地儲放的軍需品與設備，我只舉這四個例子。不過在冷戰期間，所有基地中，維琴察的駐軍在戰略上最為重要。」

「為什麼？」

「因為守護住美軍的核武，」他簡短地回答。「一九五〇年代以降，蘇聯在傳統武器上占盡優勢，尤其是坦克。當時的想法是，等占據義大利的時機成熟時，紅軍便會越過東阿爾卑斯山，直搗威尼托平原。」他指指地板。「北約會在這裡抵禦他們，由於北約的坦克數輛遠遠不及，因此必須採用戰術型核武。在五、六〇年代，即是指毀掉廣島與長崎的那一類武器，必須從飛機空投的不穩定巨型炸彈；以及另一種叫核地雷的更大武器，打算埋到阿爾卑斯的關口底下。」

凱蒂說：「我的天。那威尼斯豈不是要成為一片廢土——另一處比基尼環礁35。」

摩瑞堤點點頭。「沒錯。但美國需要維琴察的最主要理由是，在北義的城鎮中，只有維琴察可以在蘇聯的空襲範圍外，提供儲放那些武器的場地。」

「我不懂，哪裡？」

「地底下。康特諾公司在隆加雷營運的軍需工廠，是納粹所謂的『隧道工廠』中，最大的之一。即使在當時，山底下的洞穴與採石場，占地便超過三萬平方公尺。戰後康特諾又進一步擴大，將之改裝成儲存核武的地下設置。且不僅儲放核武；底下還有指揮中心、隱藏的坦克師、軍營、水廠……儼然是個自給自足的完備駐軍要地，等待核戰爆發的那天。」

「那地方還在嗎？」

「我知道一九八〇年代冷戰結束後，那地方便退役了。不過那個叫『冥王倉』（Site Pluto）的地方，幾十年來一直是美國的核子武器要地，他們一定會設法保護。」

凱蒂思忖道：「有意思。搞不好這跟哲曼帝的死有關。他的屍體是在一堆碎石中找到的，亞丹莎博士說，那是當地採石場的石子。不過如果冥王倉像你說的已經退役了，為什麼他們今天還要費心維護它？全歐洲一定有幾十處那種舊倉庫。」

「我不知道。不過我發現在義大利，過去的祕密就是有辦法變成現在的祕密。」摩瑞堤把自己的盤子推到一旁。「要不要來杯格拉巴酒，凱蒂上尉？我不知道你對這種可笑的菜餚作何感想，我個人可不想再吃了。米其林的評審員會喜歡這些慕斯、泡沫和其他形態的加味空氣，大概是因為他們牙齒不好吧。」

凱蒂大笑道：「或者只因為他們是法國人？」

摩瑞堤表示同意。「法國人哪裡懂食物了？或愛情？」他多情地望著凱蒂。「我喜歡你，凱蒂上尉，為了表達我對你的愛慕，我應該現在就帶你上床。那應該是一種愉快悠閒，持續我們的談話，讓今宵無有盡時的方式。」

凱蒂發現自己竟然心動了一下，這男的又老又醜，荒謬十足，但他的魅力卻讓人如沐暖陽。凱蒂有些

35 比基尼環礁（Bikini Atoll）：屬馬紹爾群島，美國在四、五〇年代，於馬紹爾群島進行了二十多次原子彈試爆。

勉強地搖搖頭。「今晚不行，維瓦多，我得為這案子收尾，也無法放鬆去享受你所想的事。」

「也許改天吧。」

「也許。」凱蒂說，對方報以燦然的笑容。

76

「把頭罩拿掉，我要她看著我。」一股熟悉的聲音說。

厚重的毛氈罩子從荷莉頭上被摘下。她在明亮的光線中眨著眼睛，一會兒後才聚焦在他臉上，由於手腕上的縛繩固定在她頭部的後上方，逼得她只能把身體往後拱。

卡弗。

他走向前，讓荷莉看得更清楚些。「博蘭，」他把她的名字像醇酒般地在舌尖攪著，「博——蘭。」

「我在這裡做什麼，長官？」她乾涸的嘴唇發出嘶聲，「為何我會被綁住？」

卡弗咧嘴一笑。「噢，很好，可是現在才對我扮金髮笨妹，已經稍微嫌遲了。我雖然喜歡聽你喊我『長官』，但已不適合了，因為現在你不該把自己當成美軍了。」

「但我就是一名美軍，長官。」

卡弗搖頭說：「不對，博蘭，你現在是一個謎。擅離職守，人間蒸發，失蹤了，但不是在戰鬥中失蹤。若有人不嫌麻煩地舉報你不見了，至少那會是你的情況。目前你暫且跟所有其他『出埃及計畫』的人一樣，」他靠向前，把臉湊到荷莉面前，「都是我的人。」

「長官，『出埃及計畫』是什麼？」她拚命保持聲音冷靜。

「她想知道什麼是『出埃及計畫』。」他轉向牢房中另外兩名男子說，兩人都十分健壯、平頭、三十出頭，也都穿了陸軍迷彩服。荷莉看到他們捲袖下的二頭肌上，刺著死神頭顱與翅翼的刺青。「我們要告訴她嗎？」

兩名男子沒答話。決定權在卡弗手上，他們只是聽眾而已。

他回頭對她說：「出埃及的確是非知道不可的事。其實那並不是真的。真正該知道這項計畫的人，僅有少數一小撮人，但他們，包括總統在內，卻什麼屁都不懂。」卡弗對自己的答案很滿意，伸手彈著其中一條繩子，測試緊度。

荷莉偷偷檢視周遭環境。這是間小牢房，有一面牆全是鐵條，兩邊牆壁是空心磚，後邊那面是石牆。鐵條之外有更多的牢房，全都獨自分立，一眼望不到牢房的盡頭。荷莉看到其中一些牢房中有豔橘色的斑塊。這裡沒有窗子，牆壁頂端嵌入岩石裡。溫度很低，大約十二或十四度。

她應該是在地下深處的地道中。

其中一塊橘斑動了。遠處一間牢房裡，有張黑臉抬起來盯住她的眼睛，然後視線又迅速調開了。

那對眼眸中沒有訝異，沒有意識，除了恐懼，沒有任何其他的情緒。

原來都是囚犯，幾百名，甚至幾千名的囚犯。

卡弗說：「『出埃及』是一種解決辦法。瞧，咱們偉大的總統在二〇一六年就卸任了，他考慮的是自己的千秋之名，但現在只怕要成為歷史罪人了。因為宣稱已關閉關塔那摩灣的總統，並未把它關掉，他不知該如何處理一百六十四名還坐在關塔那摩裡的囚徒，而時間已經在倒數了。」卡弗伸出一根指頭，再伸出第二根。「那是問題一，博蘭。可是跟第二個問題比起來，根本不算什麼。阿富汗的問題。自關塔那摩成為美國每個自由主義部落客和熱心記者的旅遊景點後，我們便把囚犯搬到其他偏遠的地方了。例如巴格拉姆空軍基地——那邊就有三千個混吃等死的傢伙，但你猜怎麼著？現在咱們要撤出阿富汗了，得把監獄交還回去。而其中有些囚犯……這麼說吧，我們不希望有幾位在咱們這裡作過客的傢伙，把他們的故事搬到半島電視台上到處播放，那件事時間也挺緊迫的。然後還有伊拉克、葉門、索馬利亞，以及像你這種半途殺出的程咬金、兩個必須在工地外靜靜消失的傢伙……」他伸出第三隻手指，然後第四隻，一路數到另一隻手。「以及所有以前，用船隻運到我們利比亞、埃及和敘利亞友人那邊的犯人。你懂了吧，成千上萬的拘留犯，竟無處安置他們。」

「這裡就是拘留處。」她說。

卡弗想了一下。「算是吧。但也不盡然。這裡不是一般所說的監獄，這裡是灰色地帶、管理黑洞、溢流管，我喜歡把它看做是人類垃圾桶。沒有人明確下令要設置這個地方；沒有人去討論，但需要時，自然就變成這樣了。」他指著上方的岩石，「這就是地表下的模樣，博蘭。地表下一條長長，長長的隧道。」他又轉向手下，與他們一起咯咯發笑。

荷莉漸漸明白卡弗話中的含意了。她驚駭地問：「有多少人？你要在這底下非法關多少人？他們會有什麼下場？」

卡弗環顧四周。「這裡嗎？若關得擠一點，這地方可以容納兩千人。我們這邊關的大部分是所謂的『皮渣』——就是已經刑求過，沒什麼抵抗力，其實也沒有利用價值的人。只要把系統設好，幾十個人就能管理那麼多人了。不過『出埃及計畫』指的不僅是這裡，還有來往於國際海域的貨櫃船、南極兩處所謂的研究站、一處不產一滴油的沙漠油田……『出埃及計畫』是一種特許，而且非常成功。」他用手掌摸著頭，「至於這些人將來會如何，答案是不會如何。我們在採石場有運動設備，有自己的水源。當然了，那邊沒有陽光，不過每年注射一次維他命D就行了。你看到的是一個美好安靜，給聖戰士的退休之家，他們離開這裡的唯一辦法，就是裝在骨灰罈裡。」

荷莉忽然意識到，自己的應對方式全錯了。卡弗告訴她越少，就越有一絲放她走的可能，否則她就得跟所有其他被扔棄在這裡的皮渣一樣，面對相同的命運了。

卡弗似乎看穿她的心。「問題是，管理這裡的人，大部分時間都覺得很無聊，尤其他們都習慣以前敢衝敢闖的日子。所以我挺高興你能來當我們的客人，博蘭，你一定可為這地方添色。」他挨近說：「成為我們的休閒活動。」

卡弗退開去，享受荷莉的眼神。又說：「不過，首先，我們想知道你知道什麼，從哪裡知道，又跟誰說過。這事就交給這位法蘭克林來處理了。」

兩人中體型較魁梧的那位，低聲吹著口哨，踏向前。

77

「凱蒂嗎？我是丹尼爾．巴柏。」

「有什麼事嗎，丹尼爾？」凱蒂知道一定出了狀況，丹尼爾才會打電話給她。

他貿然說：「我很擔心荷莉。我好幾天聯絡不上她了。」

聽到丹尼爾與荷莉竟然有聯絡，凱蒂已十分詫異了，更別說丹尼爾會預期荷莉固定打電話給他。「她最近也都沒回我的簡訊。不過我想他們那邊應該很忙。要不然，就是她終於跟脫衣舞者瘋狂大做愛了。」

對方沉默很久。「你什麼意思？」

「我的意思是，她好不容易出櫃了，應該會野上一陣子。」凱蒂耐心地解釋。「不過我相信她很快就會跟我們聯絡了。你想跟她說什麼？你若告訴我，我會把訊息轉給她。」

對方以掛電話回應她。

✣　✣　✣

凱蒂給荷莉發簡訊，告訴她應該回覆，還開玩笑地加了一個 PS.，你的愛慕者急啦……

凱蒂按下「傳送」時，看到之前的訊息，是荷莉寄給她的最後一則。

凱蒂，我今天跟米雅談過了。她的說法與官方的好像有差異。尤其米雅談到有個「吹口哨的男子」，跟另一名綁匪戴上同一張面具。此人從不開口，但會低聲吹史普林斯汀的曲子。你有沒有想到什麼？

她回覆了簡訊，卻石沉大海沒有回音。還有一通凌晨四點沒撥通的電話，除非是要事，否則撥打的時間點很怪。

凱蒂打電話到基地，要求與荷莉在民事聯絡部的長官說話。荷莉數度提起麥可．布里登中尉：凱蒂知道荷莉喜歡他，也信任他。

電話上帶著淡淡維吉尼亞腔的聲音聽起來頗焦慮。「她已經二十四小時沒來上班了，通常我會讓她自己去做事，但她總是很細心地讓我知道她的時間表。」麥可頓了一下，「通常以十五分鐘為一個段落，標上顏色，還加上紙條提醒我什麼時候該做什麼事。」

「出事了，一定是出事了。」凱蒂說。

「憲警能不能派人去她公寓看看？」

「我自己去，把地址傳給我好嗎？」凱蒂說。

✣ ✣ ✣

荷莉租了維琴察歷史城區的大樓頂層公寓。這種地方通常有管理員兼維修員，他們會有備用鑰匙。公寓內比凱蒂預期的還要整齊。廚房裡分別有四個不同顏色的砧板，仔細標上「肉」、「魚」、「雞肉」與「蔬菜」的字樣。食譜——凱蒂這輩子從沒讀過食譜，更別說是買食譜了，因為她從母親和姥姥那裡，已學到所有她需要的菜了——按字母排列在架子上。臥室裡的床，整理得跟軍床似的，甚至連洗衣籃裡的髒衣服也都仔細摺好了。

凱蒂回想自己與荷莉吵架的事，兩人現在雖然都選擇裝作為了鍋子吵架，但其實並沒那麼單純。波士尼亞的案子結束後，荷莉搬來與她同住，不久兩人跑去凱蒂最愛的威尼托小酒館，接近尾聲時，她們跟兩位帥哥菲利普和安迪斯聊了起來。由於凱蒂跟安迪斯很對眼，也因為菲利普和荷莉的狀況似乎差不多，凱蒂自然建議等酒吧打烊後，大夥一起回她公寓。不過他們又喝光一瓶酒後，發現有個小問題了，凱蒂的公寓僅有一間臥房；也就是凱蒂的房間。

凱蒂加點另一瓶酒時，藉機低聲跟荷莉說，她稍後會跟安迪斯開溜，把客廳留給荷莉和菲利普。

荷莉瞪著她說：「我沒打算跟他睡，凱蒂。」

凱蒂想了想，說：「噢。那樣挺怪的，你最好叫他回家。」

可惜事情不是那樣進展，最後凱蒂跟安迪斯和菲利普兩人一起進了臥房，且聲音大得有些過頭。對於那個在牆壁另一頭的沙發上努力忍耐、設法入眠的荷莉來說，這種狀況她無計可施——事後凱蒂反省，荷莉當時可能會那樣認為。

第二天凱蒂直接去上班了。荷莉在她出門後，決定把公寓好好清理一番——這也絕不是因為她認為整間公寓被前一晚的狂歡弄得污煙瘴氣之故。荷莉一絲不苟，效率奇高地把看得到的東西都整理、刷洗、磨亮一番。不幸的是，其中包括了凱蒂的鑄鐵平底鍋。那是她姥姥蕊妮塔送給她的傳家寶，凱蒂非常以鍋子古墨般的色澤為傲，這鍋子只要偶爾擦拭一下，滴點上好的橄欖油，就很好用了。那晚凱蒂回到家，發現家中的貴客不僅將她的美國魂強加在凱蒂可愛而混亂的廚房裡，而且過程中還毀掉她姥姥的鍋子，簡直怒不可抑。

自從凱蒂發現，申訴皮歐拉會讓自己的日子相當難過後，脾氣就變得很差。那晚她用長篇的激烈談話，宣洩所有積壓的怒氣，但說過的話再也收不回來了，她甚至暗示荷莉對男人沒「性趣」，所以才會那麼喜歡清潔用品。被刺傷的荷莉表示要搬出去，凱蒂告訴她，最好在一小時內搬走，沒想到結果她就真的搬了。凱蒂在很多方面都鬆了口氣——小小的公寓本來就無法容納兩名性格截然不同的人——她雖自覺有些理虧，但盛怒下，決定豁出去不管了，反正這也不是她第一次幹這種事。

直到後來，凱蒂才發現自己其實真的非常在乎。自從米雅被綁後，她一直感謝自己運氣好，荷莉願率先對她示好。她們雖天差地別，但兩人的特殊情誼，使那份歧異變得無所謂了。

凱蒂走到客廳。玻璃門後有一小片露台，露台上有盆栽的新鮮香草和一對桌椅。桌椅面朝南方，望過陶瓦屋頂，向著貝里西山（Berici Hills）。她想像荷莉坐在那兒，心滿意足地喝她每天早晨的那杯咖啡時，突然焦心不已。

就在凱蒂轉身時，她頓住了。牆面上原本的照片被取下來了，換上凱蒂見過，最整齊有序的關係圖。

卡弗，艾斯頓，毒品……

凱蒂仔細檢視關係圖，有些關聯處她自己也已想到，還有些則十分陌生。她挑眉望著自由俱樂部那些亂搞的小人圖——至少那很不像荷莉會畫的東西。

還有兩個小人吸引凱蒂的目光——標示著「丹尼爾」與「荷莉」的一男一女。凱蒂心想，自己稍早是不是對丹尼爾說了不該說的話。唉，罷了。以後有的是時間去釐清那點，現在當務之急，是先找到荷莉。

我今天跟米雅談過了，荷莉在她的訊息裡說。

凱蒂在手機裡輸入一個號碼，荷莉的上司接電話時，她說：「麥可，你能幫我查一下米雅和她父親現在人在何處嗎？」

✣ ✣ ✣

對方回說，他們在維琴察高中，正在參加活動，不方便受打擾。

凱蒂直奔過去打擾他們。

她把車子開進停車場時，看到大門前掛了橫幅海報。「第九屆貞潔舞會！」並以較小的字體寫道：「歡迎返鄉特別嘉賓：米雅與艾斯頓少校」。

軍樂隊在基地架起的舞台上奏樂，一群十一、二歲的女孩穿著正式舞會晚禮服，努力扮成郝思嘉的模樣，有些甚至戴了淑女帽和長手套，女孩的父親們則穿著華麗的禮服。退休人員與退伍軍人來回大步走動，高挺的胸膛上別滿了勳章，掛在樹上及欄杆的海報告戒嘉賓們要「發誓守貞！」，另外還有聽起來很怪的「一旦開戒，就戒不了」的標語。

凱蒂擠過人群，尋找艾斯頓少校。一陣歡呼與掌聲響起，凱蒂看到米雅走上舞台，凱蒂挨上前聽。

「嗨，大家好。」米雅有些尷尬。「再過一會兒，你們有些人會發誓守貞，就像我幾年前一樣。」她頓了一下，才繼續說：「我爸爸和我一直在討論這件事，我們都認為，我在發誓時，其實尚未成熟到能夠理解誓約的意義，也不明白一個人只能對自己做出那樣的承諾。

「所以，如果你想發誓，在新婚夜之前，都不會做那件事，那麼就去發誓——我會尊重並向你致敬，也希望你們能成功。同樣的，如果你覺得那些理想並不適合你，那麼也別覺得難過。」她停下來，有些猶疑地紅著臉，然後又說：「我想說的就這些了，不過我還要說一點，我有全世界最棒的爸爸。」

小公主們有些不太確定地為米雅鼓掌，一邊瞄著自己的父親，看能否接受這樣的觀點，但即使她們的父親無法接受，也都沒敢表現出來。

當第一對父女被請上舞台時，凱蒂擠到一旁，找到攬著米雅肩膀的艾斯頓少校。

「很抱歉打你，長官。是有關博蘭少尉的事。」

艾斯頓斜睨她一眼。「現在不適合談這個，上尉，我正在陪家人。」

「我明白，但這是急事，博蘭少尉失蹤了。」

「記得你曾跟我說過，逃跑的人通常會自己出現。」

凱蒂噙著口水。「我錯了，少校……拜託你，你女兒回來了，請幫我救我朋友。」

「爸……」米雅哀求道。

艾斯頓皺著臉。「好吧，跟我來，上尉。」

他把凱蒂帶到一旁，聽她述說。凱蒂一邊解釋，艾斯頓的臉色也益發沉重。

他低聲說：「我明白你為什麼要擔心了。相信我，我認為她現在非常危險，可是我恐怕無法真的幫上忙，我真的不知道他們可能把她帶去哪裡。」

「基地裡沒地方去嗎？」

艾斯頓搖搖頭。「你自己也看到基地裡有多熱鬧了，若有人硬被關起來，不可能沒人知道。」

慘了，凱蒂心想，慘了，荷莉，你在哪裡？

78

她從未如此疲累過。除了不許睡覺外，還有持續不止的疼痛，耗盡了她所有的體力。感覺上，她被摔了好幾個小時的牆；臉部、腹部和乳頭挨了幾小時的揍；她被灌水；被人抓著手臂拽起來，然後又突然摔下；不斷被人拿冷水澆灌，凍到渾身顫抖。在歷經過這一切後，她已經無力抵抗，只想睡覺了；必要的話，就別醒吧。

但她也知道自己必須拖延時間，必須相信有人會來找她。她唯一能用的戰略，就是留口氣活著等人來救。

荷莉知道那些都只是準備階段——是ＣＩＡ所謂的「建立基本狀態」，每次法蘭克林刑求告一段落後，卡弗便會過來檢查手下的表現。卡弗親手割去她的衣服，「就文化內涵而言，你在很保守嗎，博蘭？希望你是。」卡弗還嘲弄地告訴她，「不流血，不犯規」在這裡並不適用。此外，卡弗提醒荷莉，感覺剝奪箱幾小時便能讓人腦袋缺氧，通了電流的浴缸能傷人肉體，但兩者都不會留下痕跡。卡弗挑了碧昂絲的曲子〈時間的盡頭〉（End of Time），用震耳欲聾的聲量，在睡眠剝奪房中播放，那歌詞和轟天的節奏仍在她腦中敲擊。

這會兒卡弗檢查手臂被吊起來的荷莉說：「你知道嗎，博蘭？你那對奶子實在挺可悲的。老實說，我看過更漂亮的炸雞蛋。」他停了一下，想到一個點子，轉頭對法蘭克林說：「咱們能給她隆個胸嗎？法蘭克林中士？」

另一名男子想了想，「有何不可，長官。郵購一對植入用的假乳，我可以輕易地幫她縫進去。」

「你喜歡那樣嗎，博蘭？」卡弗向她逼近。「我們要把你變美嘍，我們做完之前，你就會感激得涕泗縱橫啦。」

她知道——希望——他只是想刺激她，如果是這樣的話，他成功了。荷莉從乾涸的嘴裡聚集所有口水，朝他臉上一吐。

卡弗咧嘴笑著，用一根手指刮下荷莉吐在他頰上的唾液，放入自己口中，「嗯，真美味，希望你還有存量，因為你會需要的。」他近乎溫柔地拂開她眼上的頭髮，掖到她一隻耳後。「我們要的話，可以在十分鐘內讓你崩潰，博蘭，不過誰會想要玩壞掉的玩具？老實說，你的反抗，是你目前最性感的地方。」他退開看清她的表情。「你知道嗎，等你渴到快死時，你會求我在你的臉上吐口水，餓到求我在你嘴裡射精，寂寞到求人撫觸或碰你——不管那會造成多大的痛楚。不過我真的希望，就算很多年過去了，都不會有那種時候，不管我們對你做了什麼。」

他轉頭對法蘭克林說：「我們給她做過水刑了嗎？」

對方搖頭說：「我正要辦。」

「那就快點，我沒一整天閒功夫。」

✣ ✣ ✣

荷莉被綁在手推車上——他們用推車把五花大綁的犯人，推過長而無止境的隧道——臉上纏了一條毛巾。

荷莉被毛巾遮去視線前，看到法蘭克林把水管套到牆上的水龍頭。

他們把她丟在那裡不管，感覺上過了好久，但也許僅有幾分鐘——他們太清楚預期能如何左右她的心情了，荷莉已忍不住害怕得發抖了。

水剛淋上來時感覺很輕，冰涼的水落在她焦灼的嘴上，但法蘭克林只是在澆溼毛巾而已。荷莉屏住氣——那不是出於意識的決定，而是一種本能，是她的身體在說不要。

但他們知道荷莉無法憋太久。當她忍不住大口吸入身體亟需的空氣時，灌入的並不是空氣，而是水。清水如水泥般灌入她的喉頭、肺裡，劇痛逼得她張大口，強吸更多空氣。

但只能吸入更多水。

荷莉覺得肺都炸了。她的雙耳鼓譟不止，喉頭抽搐作嘔，就像盡力游到水深處，卻發現自己須急忙趕回水面一樣。

但這裡沒有水面。

涓流不止的水突然停住了，荷莉剛才還以為一切都遲了，自己就要昏死，但接著她擠出吃奶的力氣，逼迫自己吸入空氣。荷莉大聲喘著，像噴泉似地嘔出肺裡的水，然後便活過來了。

「再一次。」她聽見卡弗說。

✣　✣　✣

第二次時間拖得更久。第三次又更長，然後她便死過去了。法蘭克林用雙手推擠她的胸口，將她搶救回來。荷莉的心口疼得有如撞車。

「再一次。」卡弗冷冷地說。

法蘭克林拿起毛巾時，他老闆湊到荷莉面前。「你比外表看起來更悍，是吧，博蘭？撐五十二秒還挺厲害的。不過你要知道，咱們這裡不會照ＣＩＡ的規定玩。要的話，我可以弄把電擊槍，甚至是警棍來，增添點趣味。所以咱們何不先休息一下，把你跟你那些憲警朋友知道的一切告訴我？反正你遲早都會講。」

但我唯一能爭取的，也只有時間了。

「長官，我不向叛賊做報告。」她嘶聲說。

「叛賊？」卡弗揚聲高笑，嘲弄她的說法。「我怎麼會是叛賊？」

「你背叛了軍法的每一條規則。」

「唉，博蘭啊，博蘭，你這樣頂撞我，我該怎麼懲罰你才好？咱們待會兒再說，我先回答你可悲的指控。我比你認識的任何美國人，更不像叛賊。我是愛國志士，博蘭，一位了解奉承敵人，只會使敵人氣焰更盛；只有抛開法律束縛，才能為國家爭取利益；美國唯有維續國力，才能生存的愛國者。我愛我的國家，你這個蠢婊子，因此我才會為了保衛國家，隨時準備撒謊、刑求、動手殺人。」

荷莉心想：小丑大概也對米雅說過同樣的話，只是用不同的措詞罷了。

「你知道我為什麼讓那些白癡去整艾斯頓的女兒嗎？那不僅是為了挫挫那個笨少校的銳氣，更是向世界宣示，我們會如何對付反對者。多年來我們一直試圖隱藏證據，彷彿那是件丟臉的事。我們毀掉ＣＩＡ的水刑影帶，假裝再也沒有黑暗地帶跟引渡的航班，否認我們採取必要的措施。但我絲毫不以那些事情為恥，博蘭，我以它們爲榮。水刑影片是我深夜最愛看的片子。現在，每個將來會成為穆斯林游擊隊的中東青少年，都看到米雅的遭遇了，也許——只是也許——他們會想，如果我把美國惹毛了，受害的人可能就是我了。所以你跟我說吧，博蘭，我所做的，是讓今天的美國變得更脆弱呢？還是更安全？」

「長官，你是個變態。」荷莉說。

他伸手輕鬆地甩她巴掌，先是一邊，然後另一邊。「要不是你被綁在推車上，博蘭，我現在就讓你屁股開花，把趕牛刺塞進去。」他笑了笑。「當然了，我可沒說我不享受那女孩受刑的過程。咱們的米雅．艾斯頓小姐，維琴察的偉大處女。我看到她穿著啦啦隊服，大搖大擺地在基地裡到處走動，看起來萌翻了。那些守貞什麼的全是屁，她知道男人有多哈她，她愛死那種感覺了，自以為能夠予取予求。你們這些婊子就是不懂，你們無法真正地左右男人，只能擁有我們選擇給你們的。」他看看法蘭克林。「廢話夠了，把水拿來，咱們加倍弄她。」

✣　✣　✣

他們搬來一個卡車電池，用鱷魚夾把電極夾到她胸上。

「手冊裡頭沒有這一項，博蘭，所以我來解釋一下怎麼進行。」卡弗靠向她。「法蘭克林負責倒水。六十秒鐘，保證能殺死你。」他摸著其中一邊鱷魚夾，享受尖銳的夾子扯住荷莉時，她退縮的模樣。「這時我們就開始電擊，把你弄醒，但會非常痛苦。聽說有時受刑人為了不再受電擊，會哀求再淋他們水，如果他們還說得出話的話。」

「長官，我會把知道的都告訴你。」她接受失敗了。

「說吧。」

「我知道是類似伊朗軍售案的行動。你們從阿富汗運毒，我猜你們用那些錢去資助『出埃及計畫』。」

他點點頭。「很好，博蘭，即使是跟康特諾這樣聽話的公司合作，但這種地方很花錢，而且還不能記到帳上。我們負責整理阿富汗供應的罌粟，安排運送到義大利的對接方，並在過程中逼走塔利班。雙贏。」

「結果被艾斯頓少校發現了。」

「關於毒品的事，是的，那是最不重要的一項，只是大計畫裡的一個小節。可是如果他對外公開，就會使整個『出埃及計畫』曝光，所以必須說服他改變心意。馬贊提的報告適時地落到我辦公桌上。一個激進的抗議團體打算綁架美國小孩？媽的，太妙了！之後就只剩後勤工作了。」他攤開手。「反正我們在這裡就是幹同樣的事。當然啦，我們還得應付憲警。我必須承認，當你跑來跟我說他們在調查馬贊提時，我還挺擔心的。不過他們也因此一直追錯方向。」他靠向前繼續說：「博蘭，你給我仔細聽好了，然後老實回答。你可曾寫下任何資料？用任何形式做報告？跟任何人提過此事？」

荷莉猶疑著，她跟吉瑞提過一點，當然還有凱蒂，他們兩位都是圈內人，卡弗不可能對他們動手。可是還有別人，她跟嘉年華的丹尼爾提過自己的疑慮，人們可以在丹尼爾的網站上張貼自己的祕密。

「沒有，長官，我沒跟任何人說。」她說。

「博蘭啊，博蘭。」他可憐搖頭嘲弄道：「你很不會撒謊，你知道嗎？」他對法蘭克林示意。「咱們開始，好嗎？」

79

凱蒂回荷莉的公寓，回到那張關係圖和整潔的床鋪。她相信答案就在某個地方。

荷莉，告訴我，你在哪裡。

可是什麼都沒有更動。關係圖跟她離開時同一個樣子，卡弗、艾斯頓、出埃及……

凱蒂來到小露台，用手抵著欄杆，絕望地垂著頭。我要讓你失望了，她默默對她的朋友說，我是憲警上尉，跟壞人鬥智是我的職責，可是我就是想不出他們會把你帶去哪裡。

她抬起頭，望著層層屋頂外的貝里西山。心想：美國竟在這些山巒平靜的表面下，藏匿一座核武指揮基地如此之久，實在太驚人了。

一連串的聯想像煙火般地在她腦中炸開來。是了。

✣ ✣ ✣

她指著說：「冥王倉，這裡。」

根據凱蒂攤在皮歐拉桌上的地圖顯示，冥王倉只是位在貝里西山腳的一座小型美國倉庫，地點在主要基地的南方幾公里外。

凱蒂又說：「它看起來之所以這麼小，是因為這只是入口。倉庫主體設在這些山巒下，一連串的舊洞穴及採石場中。戰爭期間，德國在底下設立工廠，打造飛機零件與軍需品，雇用了三千名工人，即使在當時，占地都已有三萬平方公尺了。」

「現在呢？」

「冥王倉在冷戰後就正式退役了。但它是達莫林近期工程的一部分，他們又偷偷重新裝備了。」她把皮歐拉從鮑諾中士那邊拿來的設計圖拿給他看，冥王倉上標著「報廢彈藥處理」。

皮歐拉開始明瞭，為什麼達莫林的工程計畫要這麼趕，為何財團要選擇雇用不會亂發問的非法勞工了。「我想，『報廢彈藥處理』是卡弗故意開玩笑的說法。你去看過了嗎？」

凱蒂點點頭。「我被兩名武裝士兵趕走了。這件事本身就很詭異，因為維琴察四周所有其他美軍設施，都由憲警負責守衛。」

「我們有任何證據能證實荷莉在那裡嗎？」

「完全沒有，不過那是唯一剩下的地方了，假如荷莉眞的在那裡，我們其實沒剩多少時間了。」

皮歐拉下定決心說：「好，隨我來。」

✣
✣
✣

皮歐拉帶凱蒂去見瑟托將軍及檢察官李方帝，幾乎一字不差地重述凱蒂的話，只除了一點。在皮歐拉的敘述中，凱蒂分別與兩名隆加雷的目擊者談過，他們舉報看到一輛廂型車開到冥王倉門口，有一名穿美軍迷彩服的女人被粗暴地從車子後拖出來。

「你非常確定嗎，上尉？」瑟托緊張地轉問凱蒂。

「非常確定，長官。」

他還是一臉不放心。「萬一我們搞錯了……」

凱蒂堅決表示：「如果我們對了，那就是一小撮惡劣的美國人在全世界面前要我們。如果我們找出並揭發這些貪腐的人，所有正直的美國人——我相信大部分人都是——將為我們喝采，憲警也能重振聲名。」

李方帝問：「你們需要什麼？」

「二十名配備自動武器的憲警。」皮歐拉看到瑟托驚恐的表情，解釋道：「美國人有槍，如果我們沒帶足武器就闖進去，反而可能引發槍戰。」

李方帝說：「就這麼辦，我會開搜索令。」

「萬一你們弄錯了，那就求老天幫忙吧。」瑟托喃喃地說。

80

「你是什麼東西，博蘭？」

「我是磨砂石，長官。」

「沒錯，博蘭。你就是一塊磨砂石。磨砂石是拿來做什麼用的？」

「磨石是拿來磨的，長官。」她疲憊地說。經過這麼久，她當軍校生時的口呼，仍深植在她腦裡。

「我們會好好地磨你。待會兒你要做性病檢測，博蘭，我們這裡很講究清潔。」說完卡弗便離開荷莉了。荷莉銬住的手臂仍吊在天花板上。

她筋疲力竭，頹敗地掛在那裡。荷莉已放棄丹尼爾了，她雖曾鐵了心，但面臨無止境的疼痛與說實話，她還是選擇了對卡弗說實話。

卡弗咯咯笑說：「你瞧？不說謊的感覺很好吧？」

才不，她好想說，感覺比受水刑還糟。

現在她終於了解CIA平淡的「因心理放棄而造成的死亡」的真實含意了。她若再受到水刑，會把水吞下去嗆著。但話又說回來，CIA囚犯的身邊，也許沒有拿著卡車電池，準備電擊搶救他們的法蘭克林。她懷疑自己能騙得過他們，讓她現在就死。她的小命握在他們手裡，他們可以為所欲為。

至於要如何處置，卡弗已經說得很明白了。

「這是個適合家庭的地方，博蘭，事實上，有幾個小博蘭在這裡到處跑，也挺不錯的。」

卡弗即使不在場，陰魂猶在，他說過的話像集束炸彈似地流洩而下。

「我從來沒機會親手對付米雅，只好跟其他人一樣湊合著看，邊看邊想像。我對咱們倆可是充滿了各種點子。博蘭，讓我告訴你幾個……」

一開始荷莉不懂他幹嘛如此費事，若想強暴她，何不直接動手？後來她發現那與性無關，或者不全然有關，重點在於耍弄權力。單純的強暴不夠刺激；讓荷莉知道他擁有權力才叫過癮，彷彿他必須享受到權力的滋味，權力才能存在。

卡弗離開後，一名女守衛來看她。守衛戴著白色透氣手套，帶著擺了棉花棒的消毒盤。

「你很漂亮。」女人邊工作邊莫名地冒出一句。她的上臂跟其他守衛一樣，都有死神頭的刺青。

荷莉試圖與她的眼神做接觸。「我是民事聯絡部的博蘭少尉，我被非法拘禁，你得去呈報。」

「卡弗下令不許聽你的話，女士。」

「你是女人，知道他們想對我做什麼，對吧？你能真的袖手旁觀，放任那種事情發生嗎？」

「我總說，無辜的人沒什麼好害怕的，女士。」說完守衛便拒絕回應任何問題了。

荷莉一定是累到睡著了，她全身的重量吊在銬住的手腕上，荷莉在肌肉抽筋的劇痛裡醒來。她咬緊牙，死命不肯叫出聲，她看到卡弗又在那裡望著她了。

卡弗湊上來拉起她的手臂輕輕捏著，感受皮下虬結的肌肉，彷彿她是農場裡的動物，而他正在評估她是否成熟到可以宰殺了。

他輕聲說：「你猜怎麼著，博蘭。今晚是約會夜。」

81

他們以軍事編隊大步走到冥王倉門口。軍官們掏出隨身武器，一般憲警也備妥了來福槍。但阿爾多．皮歐拉對守衛室那名倒楣的士兵揮舞的不是武器，而是檢察官李方帝適時開出的逮捕令。

「長官，您得等我去跟上面報……」美國人才開口就被打斷。

「不用了，我不等。」皮歐拉用英文說：「這裡是義大利領土，我們是獲得充分授權的憲警軍官，我讓你看逮捕令是出於客氣，你若敢阻止本人或我的手下，就會立即被捕並繳械。」美國士兵還來不及抗議，憲警隊已繞過他，呈扇形散開，逼進一扇嵌在山腰中，半圓形的厚實巨大鐵門。

旁邊有扇較小的門，門被弄開了。

裡頭有照明，一條約十五公尺高的隧道往下延伸，還有岔往四個方向的小隧道。就視力所及，每條隧道兩側都是一排排的牢籠。

簡直像動物園，一行人往深處走時，皮歐拉忍不住想。筋疲力盡、膚色黝黑的面孔，從一間又一間的牢房中茫然地瞪著他們。大部分囚犯都穿著橘色連身服，少數幾個緊抱著破爛的可蘭經，有些人被套上護目鏡，看起來活像突眼的橘蒼蠅。這裡安靜得詭譎。

其中一條隧道中，隱約傳出碧昂絲〈時間的盡頭〉歌聲。

「她就在這下頭。」凱蒂說著拔腿狂奔，她身邊的憲警不等命令，也跟著衝過去。

她是第一個穿過小牢房門口的人，樂聲掩去他們的腳步聲，因此裡面的兩個人一開始都沒聽見凱蒂的動靜。

荷莉雙臂被吊在天花板的鉤子上，兩腿也被吊上去了，整個人掛成胎兒的姿勢。她美麗的皮膚布滿瘀傷，一對明眸緊緊閉著。

卡弗跟荷莉同樣一絲不掛，手裡還握著一根木槳。

卡弗轉向凱蒂時，毫無遮掩自己的意思。「操你媽的，你想幹嘛？」他問。

凱蒂指指荷莉。「我要她，我是來救她的，你這個大變態可以離她遠一點了。」

荷莉輕聲呻吟，張開眼睛，凱蒂走上前將她攬入懷中說：「沒事了，荷莉，沒事了，是我。」

「凱蒂……凱蒂……警告丹尼爾。」荷莉喃喃說。

「我會派人去巴柏府，別擔心，他不會有事。」

「卡弗上校，我這裡有份以綁架罪名逮捕你的逮捕令。」皮歐拉跟著凱蒂走進來。

「綁架誰？」卡弗笑著指指荷莉說：「她是我麾下的美國士兵，我有權用自己的方式管教她，包括剝奪她的自由。」

「這樣算是軍紀訓練嗎？」皮歐拉挑眉問渾身光溜的卡弗。

「這是什麼，不關你的事，上校。」

「老實說，你那樣說就錯了。」皮歐拉表示，「理由一，博蘭少尉具雙重國籍，因此有權受義大利法律保護。理由二，綁架的罪名不僅指博蘭少尉，甚至是米雅．艾斯頓，而是適用這裡的每一個人。」

皮歐拉心滿意足地看著卡弗的眼神由困惑轉為恐懼。他命令離他最近的憲警：「把他銬起來。還有，幫博蘭少尉弄副擔架來。」

82

阿爾多．皮歐拉耐心地等候吉瑞翻閱他的報告。在這個房間裡，要有耐性並不難，單是那些牆上的壁畫，便足以引他注意數個小時了。

吉瑞終於把文件放到一旁，說：「所以你想問我什麼？上校。」

這次是吉瑞主動邀約見面。他打電話給皮歐拉，表示美國欠他一份恩情，皮歐拉若有任何需要，盡管開口。皮歐拉知道賣毒抓人的醜聞很快被消音了。經過最高層協商後，整件事移交給美國做適當的處置。隆加雷地道悄悄地撤了。卡弗上校轉由美國監管，並迅速遷至一處因反恐戰爭而無意間衍生出來的祕密法庭。瑟托告訴皮歐拉那樣處理最好，如果公開起訴卡弗，將危及全球美軍的性命。

皮歐拉聽出瑟托的說法帶著外交的權謀，他沒對瑟托點破，不讓卡弗受審即是蒙蔽大眾，亦無法讓其他像卡弗那樣的人，知道他們都得受法律的管束。皮歐拉也沒去探聽冥王倉的犯人被遷至何處，那是領導者的問題，皮歐拉樂得輕鬆，不必親自處理。

吉瑞說美方很感激，也許主要指那件事，但皮歐拉知道，吉瑞私下也十分感激。醫療小組將荷莉抬出山洞時，看到這名老者衝過來緊抱住荷莉擔架的模樣，兩人之間的情誼一覽無遺。皮歐拉覺得幾乎就像是父女，而不是前諜報員與他的愛徒。

皮歐拉考慮了一會兒，回覆吉瑞，他想請吉瑞看看他寫的哲曼帝之死的報告，並給些意見。

電話一頭的吉瑞沉默良久才說：「有意思，我還以為你會要求很不一樣的事，上校。不過好的，我很樂意幫你看一看。」

此刻皮歐拉望著古董檀木桌對面的美國人說：「我只想知道其中有多少真實？當時究竟發生什麼事？」他指著報告，「以及我是否寫對了。」

吉瑞不動聲色地說：「你為什麼認為我能告訴你對錯？」

「你跟鮑伯．葛藍工作過。我若沒說錯，他似乎把義大利分部當成自己的私屬封地，你接手時，一定承接了許多當時的祕密。」

吉瑞緩緩點頭。「鮑伯有些手法確實並不正統。」他拍拍報告。「不過你若要我評點，我會說這份文件有太多臆測了。以前我的分析員若是拿這種報告給我，我會在旁邊寫句惡評丟回去。」

皮歐拉等著，沒說話。

吉瑞嘆口氣說：「可是裡面幾乎都說對了，美國在戰後的確花了很多心力，避免義大利變成民主的共產主義國家，其中包括資助、並組織天主教民主黨。美國也透過種種其他組織與網絡，資助各種方案，以其他形式來發揮影響力。有些假借共濟會集會處的名義，有些是榮譽社團，其他則是與教會的合資企業。麥基洗德修會便是後者。」

「馬可．康特諾若知道他的修會造假，一定很崩潰。」

吉瑞搖頭，說：「麥基洗德或許算是幌子，但與造假還是不同，上校。鮑伯是個奇才，他知道這類網絡一旦達到某種實力，便會自己永久運轉下去；一開始的成功，會賦予這些組織權力的光環，進而創造出更多無須用金錢買來的權勢。我希望你不會殘忍地跟馬可・康特諾拆穿修會的起源。那位年輕人，已揹負太多父執輩的重擔了。」

「你的意思是，康特諾工程公司也是CIA的同路人嗎？」

吉瑞點點頭，「鮑伯・葛蘭在戰時遇見安博奇努・康特諾。我想他們倆其實很惺惺相惜，鮑伯一直在尋找能被美國吸收的工業家，而精明的安博奇努也看出依附美國的好處。一開始鮑伯要求安博奇努破壞工廠裡供應德國的部分。諷刺的是，納粹讓康特諾從製造拖拉機轉型成飛機製造及工程公司時，幫了康特諾一個大忙。安博奇努同意幫美國，合夥關係自此而生。」

「就我所知，他們的關係一直持續到現在。」

老人瞇起眼睛。「我們是來這裡討論過去的，上校。至於現在發生什麼事，你得去問某些年輕人了。我相信現況必然很不一樣。」

皮歐拉很懷疑吉瑞所說的兩點——現況很不同；還有他對現狀毫不知情——但他把話擱在心裡。

吉瑞接著說：「不過我也應該告訴你，你的報告有一個基本誤解，殺死哲曼帝的人並不是鮑伯・葛藍。」

「那是誰？」

「一個你從沒聽過的人，埃瓦洛・路西。」

「這位路西先生又是何人？」

吉瑞糾正說：「不是『先生』，是閣下，一位來自馬羅斯蒂卡[36]附近的教區神父，游擊隊的基地就在那裡。」

皮歐拉想了一下。「為什麼？」

「哲曼帝和他的游擊隊員，偶爾會在路西的教堂躲藏或會面。有一天，拉瑟洛興奮地跑去告訴神父，他們剛跟南斯拉夫的游擊隊開過會，南斯拉夫人帶了共產黨領導人簽署的命令過來，要在德國撤退後起義，將威尼托接收到共黨旗下。」

「所以路西……」

「路西神父跑去警告唯一跟他有聯繫的權威當局——梵蒂岡。梵蒂岡把消息傳給宗座總書記官喬瓦尼・巴堤斯塔・蒙迪尼。當然了，教廷在官方上是中立的，但共黨的崛起將威脅到教廷的存在。對蒙迪尼來說，那是個相當艱難的決定——事後他告訴鮑伯，他祈禱了一整夜，尋求指引。蒙迪尼傳了張紙條給路西神父，表示他應不擇手段地阻撓這場計畫，上帝會寬恕他任何極端的作為，等於是明確指示他去暗殺陰謀者了。」

「神父犯謀殺罪？而且還很冷血？」

「是的，路西在游擊隊下一次進教堂時——這次他們即將跟美國戰略情報處會面，想從他們那邊多騙些武器過來，留存著等政變時用——便把哲曼帝和其他人都殺了，只留拉瑟洛活命。就我所知，神父在射殺哲曼帝之前，還出於憐憫地讓他做禱告，雖然是共產黨，臨終前竟也能重新發現上帝。對了，路西

36馬羅斯蒂卡（Marostica）：義大利北方威尼托大區維琴省的一個市鎮。

是左撇子，我想那應該吻合考古的證據吧？」

皮歐拉點點頭，但他覺得吉瑞早已很清楚證據顯示什麼。

「所以現在他們有三具屍體，勢必會被德軍發現。神父非常驚慌，拉瑟洛說服路西神父代替哲曼帝，去參加鮑伯．葛藍的會議，並請他幫忙。安博奇努．康特諾負責處理屍體，拉瑟洛則回到游擊隊，匆匆編了個受德軍埋伏的故事，而鮑伯．葛藍也拿到一張能改變戰後義大利情報方針的紙條了。」

皮歐拉說：「我不明白，蒙迪尼寫的那張紙條為何具備那種效用？」

吉瑞簡潔地說：「勒索，或者你喜歡用比較委婉的說法，手段。鮑伯一得空便跑去羅馬告訴蒙迪尼，說他拿到蒙迪尼寫給路西神父的信了。鮑伯當然把話說得很漂亮，說蒙迪尼是位非常務實，又忠於天主的人；兼具這些才華的人極為難得，美國戰略情報處應特別支持蒙迪尼才對；畢竟他們的目標一致，都希望能防止歐洲淪為共產國家。不到一週，蒙迪尼便透過東京的梵蒂岡官員，將重要訊息交給美國戰略情報處。一旦你能從高官那邊拿到報告，後續就沒問題了。一陣子之後，高官們總會嚷著說不要幹了，已經給太多情報了。那時你就溫和地表明，他們將終生為你所用。蒙迪尼的價值是無庸置疑的，他被招攬進來後，美國在戰後聯合教會與義大利中間偏左人士的策略，才有可能實現。」

「蒙迪尼後來也成了教宗保祿六世，而且是在冷戰最緊張的時期登位，我想是美國人幫的忙？」皮歐拉說。

「這麼說吧，我們僅幫了一點小忙，不過鮑伯對蒙迪尼說的話是事實：蒙迪尼確實是位聰明過人又務實的神職人員。我真心相信，教宗之位非他莫屬。」

「而拉瑟洛也從他的背叛中獲得豐厚的報酬。那路西神父後來呢？」

「他選擇終生在同一教區的教堂服務，該區所有教堂與神父，大概都因他而免於被毀壞與迫害。路西獲頒伯利恆之星，但就我所知，他從未佩戴、甚至提起自己擁有這項殊榮。你控訴拉瑟洛是叛徒……但實情遠遠複雜許多，不是嗎，上校？他雖然背叛了自己的同志，卻忠於自己的國家。哲曼帝忠於自己的理想，卻是個會害義大利分裂的叛徒。」吉瑞指著皮歐拉的報告，「你指控美國策謀、謀殺及背叛他們的盟友，其實相反，美國協助義大利免於被一群變節的義大利人毀滅。」

皮歐拉沉默良久，思忖話中含意。他坦承：「是我太武斷了，我一心想把美國定罪，讓美方為哲曼帝的死負責，因此沒想到事實也許更複雜。」

吉瑞點點頭。

皮歐拉表示：「但話又說回來，你告訴我的一切，各種陰謀、對選舉的操弄、梵蒂岡裡的特務……既然貴國主使的事務總是如此特殊，那麼每項特殊的指控都先指向貴國，也就不令人訝異了。」

吉瑞說：「沒錯。我剛接手鮑伯的工作，擔任分部主任的最初幾年裡，幾乎都在收拾過去的爛攤子，但我對他並無意見。義大利是冷戰的戰場，萬一冷戰變成實質戰爭，義大利也會是衝突的場地。我不能告訴你那些年裡有多少災難與險象，但我們還是熬過來了，有時感覺就像一場奇蹟。」

「Sempre crolla ma non cade.」皮歐拉引用威尼斯古諺。

「『它一直在崩壞，但不至於倒塌』，沒錯。」

「那亞丹莎博士和崔瓦撒諾教授呢？他們為何被殺？」

吉瑞聳聳肩。「他們被殺絕不是因為七十年前的陰謀，我猜亞丹莎博士發現舊跑道旁的碎石來自於隆加雷的山洞了。亞丹莎身為工程計畫的考古學家，她的特殊處境使她發現其中的連結，而卡弗最不希望的，就是有人在冥王倉附近打探。」

「當我請你評點我的報告時，你說你以為我會要求別的事，是指什麼？」皮歐拉好奇地問。

「噢……我還以為你會問我，能不能幫你跟少將提一下調去吉諾亞的事。」

皮歐拉的詫異必然全部寫在臉上了，他根本沒跟任何人提過他的打算。但皮歐拉心想，凱蒂知道他老婆的家族來自吉諾亞，如果她也跟荷莉談過，而荷莉又跟吉瑞說……

吉瑞笑了笑，樂見他的愕然。「所以你還沒決定？」

「是的，還沒有。」

「等你決定了再讓我知道。」吉瑞站起來繞過桌子對皮歐拉伸出手，「我會很樂意運用自己殘餘的一點影響力，你若喜歡，我也可幫你留在威尼斯。」

83

他們坐在巴柏的舊音樂室裡，嘉年華新升級的伺服器燈號在後面輕輕閃動。荷莉今天的穿著跟丹尼爾相似：帽T、布鞋、牛仔褲。她還沒準備好再度穿上美國陸軍的迷彩服——卡弗割去她的衣服時，身上所穿的那一套。老實說，她不確定自己將來會不會。

「我每天都過得渾渾噩噩，沒有時間表，沒有計畫，我還去看尤瑞厄神父的診，他幫了我很多忙。」丹尼爾說：「那很好。我自己已經不再去見他了。」

「為什麼？」

他的眼神透著古怪與冷漠。「經過徹底思考後，我已不確定自己眞的想培養同理心了。我想可能是因為我在米雅被綁期間做錯了事，我因為不忍心，而在原則上讓步。一旦開始讓步，最後又會如何？難道不會變得像凱拉利或卡弗那樣，自認不管做什麼，都是為了更高的目標嗎？你要如何判定，誰是重要到可以讓你放棄原則，而誰又不是？你要如何活在一個每個人對你都有不同索求的世界裡？」

荷莉知道丹尼爾所說的世界，不僅是他們坐處的這個世界，更是另一個他伺服器裡新創的世界。他對那片天地有絕大的責任。

荷莉輕聲說：「人們祈禱時，總希望有人能回答。祂若能回答，人們不會覺得被打擾，但上帝一直很反覆。」

「也許吧。」丹尼爾沉默了一會兒。「總之，我又做了另一個反覆的決定，我禁止空靈進入嘉年華了。」

「你可以那樣做嗎？」

「我得大幅改寫編碼，雖然只是象徵性的示警，卻能讓大家知道，他們不能為所欲為。我也把莫賽伯假裝駭入嘉年華的一些小漏洞堵死了，原來他在我們合寫編碼時，寫了一些給管理員專用的編碼。這兩個人再也無法幹出類似的事了。」

「我很高興，但你知道，那樣並不能阻止別人企圖控制或毀掉嘉年華，對吧？」

「我知道。」他瞄著她，然後又說：「有件事我必須問你。」

「什麼事？」

「你失蹤時，凱蒂說了一些話，讓我覺得……也許你跟我上床的動機不像表面上那樣單純，也許是伊安．吉瑞建議你的。」此刻他的眼睛緊盯著伺服器的螢幕，遠離她的目光。

荷莉嘆口氣。「是的，我確實跟伊安說過我對你很感興趣。但你若以為他可以指揮我去跟誰睡，那就太侮辱人了。」

丹尼爾輕聲說：「我知道你喜歡，也信任那個人，知道你覺得我對他有偏見，因為他跟家父的關係，但請你試著從不同角度去看待發生的一切。吉瑞承襲他CIA前輩的影響力——他握有麥基洗德修會會員的檔案、美國陸軍人脈、康特諾的董事會席次……他是否一開始就知道米雅出了什麼事？是不是利用你以及你跟憲警的關係，去消滅他的對手卡弗。因為卡弗的野心威脅到吉瑞自己的權勢？」

荷莉搖頭道：「你想太多了。」吉瑞的名字的確不時會跳出來，但過於鑽牛角尖就太瘋狂了。就她了解，真相更像一連串環環相套的俄羅斯娃娃，藏在達莫林裡頭的是卡弗、毒品、艾斯頓與出埃及計畫。在CIA裡的是鮑伯．葛藍、美國戰略情報處和麥基洗德修會。藏在上述二者裡面的，是最小的娃娃，敵人——以前是共產主義，現在是恐怖主義，但都是一樣令人疲於奔命的敵人。

而藏在敵人裡面的是……荷莉瞥見某個東西，那是另一個娃娃的影像，那影像倏然消遁得如此渺小而飄忽，荷莉的心拒絕追去探看。

她重申：「你想太多了。我對他完全信任。」她猶豫了一下才說：「不過丹尼爾，我們現在得好好地談一件事。」

「沒關係，你不需要解釋。」

即使如此，荷莉還是試著說明。「我必須處理遭遇的事，所以無法同時與人交往。」

「當然。」丹尼爾沒問荷莉在山洞裡究竟發生什麼事。丹尼爾並不打算問凱蒂所說的性取向，是否跟她的決定有關。「我可以理解，真的。」

「你可以嗎？」

「我這輩子也是那種感覺。」他說。

84

凱蒂坐在憲警的車子裡，在別墅外等他。「談得如何？」皮歐拉坐進乘客座時，凱蒂問：「你的問題都得到答案了嗎？」

「大部分。當然了，他有可能對我撒謊，這點他絕對辦得到。但不管他的動機是什麼，反正我現在不能呈交那份報告。」

「我覺得那樣很好，義大利現在問題已經夠多了，不用急著導正過去的事。」

「或許吧。」皮歐拉想起老特務的話，以及他如何一針見血地點出皮歐拉現在必須做的決定。皮歐拉忍不住搖頭嘆息。

「怎麼了？」凱蒂問。

凱蒂把車子開下長長的碎石車道，皮歐拉轉頭望著她的側面。「凱蒂，你知道我愛上你了，對吧？」

「是的。」她停頓片刻後回答。

「所以呢？」

「我想你會慢慢忘掉的，長官。」她近乎歉然地說。

他們來到馬路上，凱蒂停了一下，手擺在方向盤上。「接下來去哪裡？」

歷史註記

《血色嘉年華2》雖為虛構小說，卻大量採用冷戰時期數件真實的謀畫。

二戰尾聲，北義密謀投入共黨旗下一事，如今已廣為史學家所知；美國戰略情報處的戮力防堵亦然——也因此，使得某些美國情報官員在戰後獲得教皇頒授的殊榮。

還有一點相當確定的是，美國的第一次國家安全會議有許多與義大利息息相關的命令，尤其 NSC 4/A 方針中清楚指示，需防範共黨取得選舉政權。美國的諸多戰略中，也包括了贊助中間偏左的天主教民主黨。義大利四十年來，每位總理均由該黨團勝出，可見這項計畫成果斐然。天主教民主黨在歷經無數的賄賂與貪污醜聞後，終於在一九九〇年代瓦解——約與冷戰同時結束。

許多讀者覺得後來成為教宗保祿六世的喬瓦尼．蒙迪尼，也許曾為CIA效力，或許有些離譜，但這點亦是基於事實。據稱蒙迪尼從一九四四年後，便以「戰艦」的代號，將情報傳給美國戰略情報處。由於他的情報量廣質精，美國還成立新部門 X-2 專事處理。據其中一份報告指出，X-2單在六個月的時間內，便產出近五百份報告。

麥基洗德修會是參考許多義大利戰後組織，合成出來的團體，如同馬爾他騎士團或聖墓騎士團等，享有治外法權及其他特權的社團。這些團體對情報單位一向十分有用（例如，美國戰略情報處戰後的『繩梯行動』[37]，便是用馬爾他騎士團的護照來運作）；其他如共濟會的「宣傳」會所，則旨在結合黑手黨、義大利情報單位和其他中間偏右的派系，一起對付左派。多年後成為義大利總理的貝魯斯柯尼，也在P2

的成員名單中。

美國一九五五年在維琴察建立首批永久性基地，當時訂立的條約內容，至今仍列為機密，其中包括貝里西山底下的洞穴「冥王倉」，這裡曾用來儲放核地雷與短程核武（但早已被位於蓋迪〔Ghedi〕及阿維亞諾的現代核倉庫取代了）。二〇〇四年，美國陸軍宣布已獲貝魯斯柯尼政府核准，在前義大利空軍基地達莫林增建基地。該計畫引發部分地方居民強烈反彈，約有十五萬人帶著「不要達莫林」的標語，聚集抗議，後來有一小批人闖入工地，但本書的ADM團體則純屬虛構。

美國大使在二〇一二年的開幕式上——當時達莫林已改稱為「達汀」（Dal Din）——將基地工程的迅捷有效，歸功於「義大利政府最高層給與美國的支持」。

書中引用的CIA強化審訊文件，大多摘自二〇〇九年，依《資訊自由法》而釋出給美國公民自由聯盟的「刑求備忘錄」。歐巴馬總統就任時，曾象徵性地廢除強化審訊，一般相信美軍仍繼續使用許多同樣的技巧。歐巴馬在二〇〇九年的行政命令中，指示成立跨部會小組，檢視「審訊政策」及「將個人轉至其他國家的作法」。二〇〇九稍後，小組雖提出檢查報告，但報告仍未見公諸於世。

歐巴馬在同一份行政命令中宣布關閉關塔那摩灣監獄，但內容顯示歐巴馬總統並不打算釋放或起訴犯人，只是將「太難起訴，但釋放又失之危險」的人犯，分散到各地的美國監獄系統。國會反對將無法受審的犯人轉入美國監獄，本書撰寫期間，關塔那摩灣監獄仍持續開放。許多其他近年接受轉監犯的監獄——特別是阿富汗巴格拉姆空軍基地的巴萬拘留所（Parwan Detention Facility），目前約收容三千名未受起訴的人士——已安排時間，將犯人轉交給當地政府。

我在描述中情局的相關活動時，如「二次攻擊」政策（阻止他人在第一時間協助被無人飛機轟炸的受害者），以及美國網路監控計畫「稜鏡計劃」，盡可能要求詳實。

美國雖在二〇〇九年表示要終止「引渡」——或「綁架」——但引渡依舊是美國政府的合法手段。

37繩梯行動（ratlines）：梵蒂岡利用紅十字會作身分掩護，以假護照和證件協助納粹逃離德國的計畫。

感謝

再次 Head of Zeus 小說出版社的 Laura Palmer 致謝，感謝她協助塑造本故事。也謝謝 Anna Coscia 與 Lucy Ridout：前者糾正我破爛的義大利文，後者修改我恐怖的英文。

完美煮蛋的數學公式，乃以英國艾希特大學查爾斯・威廉斯博士（Exeter University, Dr Charles D.H. Williams）的研究為基礎，讀者可在 http://newton.ex.ac.uk/teaching/cdhw/egg/ 找到做法。

書中第三一〇頁諾姆・杭士基的引語，摘自 www.nodalmolin.it 上一篇較長的文章。

LOCUS

LOCUS

LOCUS

LOCUS